KJB

Holly Smale wollte schon im Alter von fünf Jahren schreiben, als sie feststellte, dass Bücher nicht wie Äpfel auf Bäumen wachsen. Ihre Leidenschaft für Geschichten führte sie zu einer Reihe von Abenteuern, darunter Modeln, Unterrichten von Kindern in Japan sowie Rucksackreisen durch Dutzende von Ländern auf der ganzen Welt. Sie studierte Literatur und Feminismus an der Universität in Bristol, England. Ihre Serie über das *Geek Girl* Harriet war ein riesiger Erfolg und verkaufte sich weltweit über drei Millionen Mal. *Rebel Girl* ist der dritte Band ihrer neuen Trilogie über *Die Valentines – verdammt berühmt*.

Alle Bände der Trilogie *Die Valentines – verdammt berühmt*:
Band 1: *Happy Girl*
Band 2: *Perfect Girl*
Band 3: *Rebel Girl*

Weitere Informationen zum Kinder- und Jugendbuchprogramm der S. Fischer Verlage finden Sie unter
www.fischerverlage.de

HOLLY SMALE

Die VALENTINES

verdammt berühmt

Rebel Girl

Band 3

Aus dem Englischen
von Petra Koob-Pawis

KJB

Aus Verantwortung für die Umwelt hat sich der Fischer Kinder- und Jugendbuch Verlag zu einer nachhaltigen Buchproduktion verpflichtet. Der bewusste Umgang mit unseren Ressourcen, der Schutz unseres Klimas und der Natur gehören zu unseren obersten Unternehmenszielen.

Gemeinsam mit unseren Partnern und Lieferanten setzen wir uns für eine klimaneutrale Buchproduktion ein, die den Erwerb von Klimazertifikaten zur Kompensation des CO_2-Ausstoßes einschließt.

Weitere Informationen finden Sie unter: *www.klimaneutralerverlag.de*

FSC
www.fsc.org
MIX
Papier aus verantwortungsvollen Quellen
FSC® C083411

Erschienen bei FISCHER KJB

Die englische Originalausgabe erschien 2021 unter dem Titel
The Valentines – Love Me Not
bei HarperCollins Children's Books,
a division of HarperCollinsPublishers Ltd, London

Die Zitate aus William Shakespeares Komödie *Viel Lärm um nichts* wurden entnommen aus William Shakespeare, *Viel Lärm um nichts*, Zweisprachige Ausgabe, neu übersetzt von Frank Günther, Deutscher Taschenbuch Verlag, München, 2001.

Die Zitate aus Anton Tschechows Drama *Die Möwe* wurden entnommen aus Anton Tschechow, *Drei Schwestern und andere Dramen*, aus dem Russischen von Andrea Clemen, Fischer Taschenbuch Verlag, Frankfurt am Main, 2008.

Umschlaggestaltung und -abbildung: Frauke Schneider, Wittighausen,
unter Verwendung eines Motivs von Kseniia Levskaia/shutterstock
Satz: Dörlemann Satz, Lemförde
Druck und Bindung: CPI books GmbH, Leck
Printed in Germany
ISBN 978-3-7373-4198-1

Für meine Schwester Tara,
bedingungslos und für alle Zeit

1

Du wirst mich nicht mögen.

Ich bin nicht *nett*, du kannst dich nicht mit mir *identifizieren*, dich nur schwer in diese schnippische Tochter aus altem Hollywoodadel *hineinversetzen*, bla, bla, bla, vielleicht solltest du also jetzt gleich abhauen.

Es ist nicht der Lebenszweck eines Mädchens, *gemocht* zu werden.

Ich bin weder deine Ratgeberin noch deine Vertraute. Ich habe kein Interesse, Inspiration oder Ansporn für dich zu sein, nur damit du dich wohl und *wahrgenommen* fühlst. Wenn du auf zuckersüß stehst und dich nicht an einem eingeschränktem Wortschatz störst, dann geh zu meiner kleinen Schwester Hope. Es sei denn, du bevorzugst eine willensschwache Beautykönigin? Dann bist du bei meiner Schwester Faith genau richtig. Oder wie wär's mit eigenwilligem Charme in Kombination mit Begriffsstutzigkeit? Von beidem hat mein Bruder Max mehr als genug.

Aber ich, Mercy Valentine, brauche und will deine Bestätigung nicht, also zieh Leine.

Ich bin nicht deine Heldin.

»Man nennt sie *Eisberghäuser*«, haucht Dior, während sie mich die gewundene Marmortreppe hinunterführt. »Daddy sagt, sie sind der letzte Schrei in South Kensington, also *mussten* wir auch eins haben.«

Sie wirft ihre blonden Haare zurück und strahlt mich an.

Genervt – und dabei bin ich erst seit sechs Minuten auf dieser Party – zupfe ich an dem Wundschorf auf meinem Fingerknöchel.

»Ich *vermute*«, sagt meine Freundin und steckt sich gedankenverloren eine gebleichte Strähne in den Mund, »sie heißen so, weil man Eisberge meist an exklusiven Orten wie der Arktis findet und ein Trip dorthin schweineteuer ist. Es sind sozusagen die besten Häuser, die man für Geld kriegen kann.«

Falls du es noch nicht bemerkt hast: Dior ist strohdumm.

»Du hast keine Ahnung«, sage ich zu ihr, als sie mich um die Ecke in einen Gang führt, in dem es heiß hergeht, vorbei an einem voll ausgestatteten Fitnessstudio, komplett mit echten Palmen und einer vom Boden bis zur Decke reichenden Kletterwand. »Sie heißen so, weil die Fläche im Keller größer ist als oben. Wie bei einem *Eisberg*.«

Vielleicht liegt es an der Bleiche, die sie alle sechs Wochen auf ihre Haare klatscht.

Und vielleicht sollte sie aufhören, darauf herumzukauen.

»Ach, du!« Dior lacht über ihre eigene Ignoranz, wie es nur die Tochter eines milliardenschweren Tech-Start-up-Gründers kann, die nie in ihrem Leben auf einen Job angewiesen sein wird. »Was bin ich nur für ein *dummes* Ding! Aber schau!«

Stolz deutet sie nach rechts zu einem gutbestückten Weinkeller, in dem Alkohol für eine halbe Million Pfund lagert – natürlich abgesperrt –, schwebt dann an einem abgedunkelten Minikino vorbei (Knutschraum), einem Spa (für das gepflegte Nickerchen), einem großen exotischen Indoorgarten und einer … Ich fasse es nicht …

»Dior, ist das etwa eine *Bowlingbahn*?«

»Na klar.« Sie nickt selbstgefällig und führt mich eine Etage tiefer, wo sich auf der linken Seite in grellem Neonlicht eine vollausgestattete Bowlingbahn erstreckt.

»Mummy spielt ab und zu gerne, also dachten wir: Warum nicht unsere eigene bauen? Dann müssen wir uns keine ekligen Schuhe ausleihen.«

Jep, ich bin im Haus einer Familie, die eine unterirdische Megabowlingbahn gebaut hat, statt sich *Bowlingschuhe zu kaufen*. Das ist das Problem mit den Neureichen: Echte Klasse kann man nicht mit Geld kaufen, gesunder Menschenverstand ist nicht erblich, und Reichtum ist bei den Reichen die totale Verschwendung.

»Bowling ist was für Loser«, sage ich ruhig. »Glückwunsch.«

Mercy.

Diors Gesicht fällt kurz in sich zusammen – wie ein gepiekster Luftballon –, dann entdeckt sie jemanden hinter mir und wird sofort wieder munter.

»*OmeingottomeingottomeinGOTT!*« Der Schrei ist durchdringend und so unangenehm wie das Kauen auf einem Wattebausch. »Cee! Ceeeeee, du bist gekommen! Na, was sagst du? Ist es nicht die *beste* Geburtstagsparty aller Zeiten? Bin ich nicht der *größte* Glückspilz?«

Ich zucke zusammen, als Amethyst – Entschuldigung, *Mee* – ihre dünnen gebräunten Arme um meinen Hals legt.

»Lass das«, sage ich und befreie mich aus ihrem Griff.

»Tut mir leid, Cee.« Amethyst ist die schönheitsoptimierte Tochter eines Supermodels und eines international bekannten Chirurgen. Ihre Nase wurde bereits korrigiert, als Nächstes sind die Lippen dran. »Ich bin *so* aufgeregt. Ab heute bin ich achtzehn! *Achtzehn! Offiziell erwachsen!* Es war eine tolle Idee, die Party hier zu feiern, Vee! Dees Haus ist einfach *so* viel cooler als meines.«

Vee – beziehungsweise Nova, Sprössling eines prominenten Musikers und einer *o mein Gott, ich mach mir gar nicht erst die Mühe, den Satz zu beenden* – packt sie am Arm und schüttelt sie liebevoll. »Du hast es verdient, wunderschöne beste Freundin.«

»Nein, *du* bist *wunderschön*«, zwitschert Amethyst.

»*Du* bist es.«

»Nein, *du*.«

»Ihr seid beide grottenhässliche Gnome«, sage ich trocken und nehme einem vorbeischlendernden Jungen seinen Drink aus der Hand. »Das ist meiner.«

Jep. Cee, Mee, Vee, Dee: Zusammen hören wir uns an wie ein dämliches Gesangs-Warm-up für *The Sound of Music*.

Missgelaunt streiche ich meine hüftlange dunkelrote Perücke glatt und schaue mich im Keller um. Es herrscht Chaos. Die Gäste klettern auf die Palmen, werfen Schuhe, grölen Songs, und irgendein Idiot hat sich ein T-Shirt über den Kopf gezogen und ein Gesicht auf seinen Bauch gemalt.

Die Mädchen benehmen sich wie aufgescheuchte Hühner, die Jungs wie eingebildete Pfauen.

»*Hallooo, hallooo.*« Ein Typ mit orangem Teint und schwarzen Haaren zwinkert mir zu und legt seine gebräunte Hand um meine Taille. »Ich bin Dylan Harris, bekannter TV-Star auf Netflix. Wie geht's …«

»Ich reiß dir gleich den Arm aus«, fauche ich, ohne den Typen auch nur eines Blickes zu würdigen. »Ich reiße ihn dir aus der Schulter, nage ihn mit meinen Zähnen ab und ramme ihn dir als spitzen Pfahl so fest in den Mund, dass dir die Ohren abfallen.«

»O-kay«, sagt er langsam und tritt den Rückzug an.

Was muss ein Mädchen hier tun, um in Ruhe gelassen zu werden?

Warum bist du überhaupt auf die Party gegangen?

»Cee, kommst du?«, kreischt Dior mir ins Gesicht und wackelt mit ihrem Hintern, als hätte sie Verstopfung. »Es gibt einen speziellen *Dancefloor*. Er ist aus Glas und leuchtet, wenn man draufsteht!«

»Oh-my-gosh-oh-my-gosh«, hyperventiliert Amethyst. »Am Geburtstag ist Tanzen ein absolutes MUSS!«

»Total.« Vee nickt und zerrt uns in einen überfüllten, in türkises Licht getauchten Raum, in dem schockierend schlechte Musik wummert. »Ist das nicht irre, Daddy hat mir diesen Song zu meinem süßen Sechzehnten geschrieben!«

Mir kommt fast mein Abendessen wieder hoch.

Die Mädchen fassen sich im Kreis an den Händen und versuchen, auch meine zu ergreifen. Ich weiche ihnen aus und stecke meine Hände in die Hosentaschen.

»Ich wünschte«, sagt Dee mit einem perfekt eingeübten traurigen Gesicht, »Tee wäre hier, um mit uns zu feiern.«

»Ich auch«, sagt Vee und zieht einen Schmollmund. »Auf Tee!«

»Auf Tee!«, ruft Mee, woraufhin alle klatschen.

Während die drei Spatzenhirne durch den Raum wirbeln wie kullernde Pennys, beobachte ich mit finsterem Blick die Partygäste. In den Gesichtern leuchtet ungetrübtes Glück, wie es nur Menschen empfinden, für die es schlicht unvorstellbar ist, dass sie irgendwann einmal nicht perfekt sein könnten. Dass ihr ganzes Leben nicht perfekt sein könnte, dass alles um sie herum nicht der Inbegriff von makelloser, unbezahlbarer Perfektion sein könnte.

Am liebsten würde ich mir die Augen ausreißen und sie in meine Nasenlöcher stecken, nur damit ich mich auf etwas anderes konzentrieren kann.

Schau auf den Boden.

Blinzelnd starre ich auf meine Füße. Der Boden ist aus massivem Glas. Er flimmert türkis, denn … Verblüfft kneife ich die Augen zusammen – darunter ist *Wasser*? Diese schwachsinnige Familie hat in ihrem Keller einen transparenten Boden, unter dem sich ein *Pool* befindet. Das heißt …

Ja! Tu es. Tu es. Tu es.

Natürlich tue ich es. Ohne dass jemand es bemerkt, bahne ich mir einen Weg in die Ecke.

Tu es!

Unauffällig lasse ich meine Hände über die Marmorwände gleiten, bis ich einen kleinen Schalter ertaste, direkt hinter einer der importierten und mit Lichterketten geschmückten Palmen. Geistesabwesend zupfe ich an der schorfigen Stelle an meinem Fingerknöchel und beobachte einige Minuten lang die anderen Gäste. Alle sind in bester Stimmung und sehr, sehr trocken.

Ich lächle, zum ersten Mal an diesem Abend.

JETZT, Mercy!

»Ja, ich tu's«, sage ich laut.

Dann lege ich den Schalter um.

2

Siehst du? Ich bin ein ausgesprochen unangenehmer Mensch.

»Gib mir einen Kuss.«

»Nur wenn du mir zuerst einen Kuss gibst.«

»Ich werde dein wunderschönes Kinn küssen.« *Muah.* »Schau es dir an!« *Muah.* »Hast du schon jemals etwas Niedlicheres gesehen?« *Muah.* »Ich frage dich: Hat Ben nicht das hübscheste Kinn, das du je bei einem menschlichen Wesen gesehen hast?«

Das Goldfisch-Schmatzgeräusch setzt kurz aus.

Und nein, die Frage ist nicht rhetorisch: Meine kleine Schwester Hope fragt jeden nach seiner Meinung zu dem spitzen unteren Ende der dummen Visage ihres neuen Freundes. Ich bin zwar erst seit zwanzig Minuten wach, aber ich würde mich lieber von einem Kellner mit einer Käsereibe abschmirgeln lassen, als noch mehr von dieser jämmerlich aufblühenden Romanze mitzuerleben.

»Sieht aus wie ein Ellbogen«, sage ich knapp und zupfe an einer Scheibe Toast. »Und wenn du nicht aufhörst zu gurren, werde ich mein Frühstück auf den Tisch kotzen und eure beiden Gesichter hineintunken.«

»Mercy!« Bens Mutter (unsere Haushälterin) schaut mich tadelnd an.

»Sei nicht sauer, Maggie«, sage ich ungerührt. »Ich werde darauf achten, dass für dich noch was zum Wegwischen übrig bleibt.«

Zugegeben, Benjamin mag jetzt heißer sein als damals, als wir Kinder waren, aber meine kleine Schwester himmelt den Typen an, als hätte nicht unsere ganze Familie miterlebt, wie er sich den Finger ins Ohr steckt, das klebrige Ohrschmalz untersucht und es dann an seiner Jeans abwischt.

»Hör nicht auf die Teufelsgöre«, sagt Max. Er beugt sich vor und fährt mir durch die Haare. »Unsere Meerhexe ist nur schlecht gelaunt, weil sie gestern Abend eine Party nicht ruiniert, sondern versehentlich noch etwas lustiger gemacht hat.«

Ich versetze ihm einen richtig harten Schlag. »Hab ich nicht.«

»Hast du doch«, sagt mein Bruder und reibt sich grinsend den Bizeps. »Du hast dafür gesorgt, dass die Partygäste in den Swimmingpool gefallen sind, genau wie in *Ist das Leben nicht schön?*. Ein bisschen abgekupfert von dem Film, aber alle waren begeistert von dem unerwarteten Kick. Ging sofort viral.«

»Ein Mädchen hat geweint«, widerspreche ich grummelnd.

»Nur eins? Wo bleibt dein machiavellistischer Touch?« Lachend holt Max sein Handy hervor und richtet es auf mich. »Vielleicht hast du ja beim nächsten Mal mehr Erfolg als Unglücksengel, Sis. Irgendeinen Kommentar zu deinem kläglichen Versagen?«

Ich starre erst ihn, dann den leeren Stuhl am Tisch an.

Als ich von Dior zurückkam, war Faith schon wieder weg. Vor vier Wochen hat meine mittlere Schwester sich von ihrem langweiligen Popstarfreund getrennt, einen Nervenzusammenbruch erlitten und sich den Kopf kahl rasiert. Danach schloss sie einen Kompromiss mit unseren Eltern, und jetzt darf sie tagsüber in der schäbigen Mietwohnung ihrer Freundin Scarlett in Brixton hausen, muss aber jeden Abend in unsere Villa zurückkehren. Mein Partywochenplan ist genau gegenläufig, daher sehen wir uns nur noch selten.

Nicht dass es mir etwas ausmacht. Effies Abwesenheit ist mir so was von egal.

Ich versetze ihrem Stuhl einen Tritt.

»O mein Gott«, haucht Hope und schmachtet Ben mit hochroten Wangen an. Sie küsst ihn. *Muah.* »Ben-ja-mi-no, ich schwör's, du bist«, *muah,* »der attraktivste Junge«, *muah,* »den ich pazifisch in meinem Leben gesehen habe.«

Muah, muah, muah.

Ben lacht – »Endlich hast du's gemerkt« – und erwidert ihren Kuss. Max und ich schauen uns an. Wird einer von uns der dummen Gans sagen, dass es *spezifisch* und nicht *pazifisch* heißt? Sie fängt bald in ihrer neuen Schule an – sollen sich doch die Experten dort darum kümmern.

»Seltsam.« Ich stehe auf und verschränke die Arme. »Genau das hast du auch schon über Jamie gesagt, Hope.«

Betretenes Schweigen.

»Du erinnerst dich noch an Jamie, oder?«, frage ich mit Unschuldsmiene. »Der Kalifornier? Groß, blond, muskulös, total selbstverliebt? Du warst wahnsinnig in ihn verknallt.

Angeblich war er einfach perfekt. Bist du nicht sogar nach Amerika abgehauen, um mit ihm zusammen zu sein und so weiter?«

Alle haben die Köpfe gesenkt und starren vor sich auf den Tisch. Maggie knallt mehrere Teller in die Spüle.

»Oh, *ups*«, sage ich seufzend und schlage die Hand vor den Mund. »Ist das Thema für uns tabu? Mein Fehler.«

Das Strahlen in Hopes Augen ist erloschen, und sofort überfallen mich Gewissensbisse.

Musste das wirklich sein, Mercy?

»Das ist nun mal Tatsache«, sage ich schulterzuckend.

»Manchmal bist du eine herzlose Kuh, Mer«, sagt Ben leise und drückt Hopes Hand. »*Das* ist nun mal Tatsache.«

»Ich schätze, das ist auch der Grund, warum Miss Unbarmherzig ihren neuen Job bekommen hat«, knurrt Max, der sich wie immer auf die Seite unserer kleinen Schwester schlägt. »Ein boshaftes Lästermaul zu spielen, fällt dir nicht schwer.«

»Jamie war ein Fehler«, murmelt Pudel. »Das weiß ich inzwischen.«

Wieder herrscht betretenes Schweigen.

An dieser Stelle würde Faith jetzt etwas Nettes sagen, um die angespannte Stimmung zu lockern. Meine Zwillingsschwester Charity würde einen albernen Witz machen. Dad würde laut und sehr amerikanisch sein, und Mum würde mit einer scherzhaften Bemerkung das Eis brechen.

Aber sie sind nicht hier, die ganze Familie ist in Schieflage geraten.

»Was soll's«, sage ich seufzend und wende mich zum Gehen. »Die Liebe ist erbärmlich, und ihr seid es auch.«

Dann knalle ich die Küchentür hinter mir zu.

3

Vier Jahre zuvor

»Timing ist alles.« Charity wickelt ein Familienfoto in Silber ein. »Jetzt ist gemeinsames taktisches Vorgehen gefragt.«

»Wie in einer Schlacht«, sage ich und nicke zustimmend, während ich ein Kissen umwickle.

»Genau.« Meine Zwillingsschwester streicht mit der Hand über die jetzt silbrig glänzende Kommode. »Unsere Strategie für den ultimativen Spaßeffekt.«

Wir grinsen uns triumphierend an, dann begutachten wir unser Werk.

Jeder Gegenstand in Hopes Zimmer ist in Alufolie eingekleidet. Die Kissen, die Bücher, die geliebten Hollywoodposter, die Stifte, der Teppich, das gesamte Bett inklusive Bettpfosten. Sogar ihr Lieblingskuscheltier Rocket hat einen silbernen Miniaturanzug verpasst bekommen, nur sein Gesicht haben wir frei gelassen, wir wollen ja nicht, dass der kleine Hund erstickt. Es hat den ganzen Vormittag gedauert und buchstäblich unser gesamtes Taschengeld gekostet, aber das war es allemal wert. Das Schlafzimmer unserer kleinen Schwester sieht aus wie eine bratfertige Ofenkartoffel.

»Prank-Plan läuft«, sagt Charity und nickt zufrieden. »Zeit?«

Ich blicke auf meine Uhr. »Zwölf Uhr vierzehn.«

»Noch sechzehn Minuten.«

Wie immer ist Tee die Ideengeberin unseres Streichs. Sie strahlt, ihre Pupillen sind geweitet, ihr Atem geht schneller. Eigenartig, wie ich jedes kleinste Detail registriere. Ich kenne sie besser als mich selbst.

»Bereit?«

»Immer.«

»Wir sind die Zweier-Armee.« Charity grinst mich an.

»Die Zweier-Armee«, wiederhole ich.

Und ich erinnere mich – wie ich es manchmal tue, in überraschenden kleinen Gedankensprüngen –, dass wir, abgesehen von einer kleinen Narbe an Charitys linker Augenbraue, für den Großteil der Welt eine Person in doppelter Ausführung sind: Doubletten, kopiert von einem gigantischen genetischen Computer.

»Los!«, ruft meine Zwillingsschwester. Auf ihr Kommando hin sausen wir wie zwei Flipperkugeln durch die Valentine-Villa.

Ich fange bei Mum an. Während sie im angrenzenden Badezimmer ist, lege ich eine dicke, fette Spinne in ihren Schrank. Dann verstecke ich eine bewegungsaktivierte Furzmaschine im Rucksack von Faith, unserem Perfect Girl. In der Zwischenzeit bereitet Charity den Streich für Grandma vor (ein lebensgroßes Filmposter von ihr, direkt hinter der Haustür), für Dad (Nebelhorn unter seinem Bürostuhl) und für Max (falsche Klopapierrolle in der Toilette im Erdgeschoss).

Völlig außer Atem verziehen wir uns wieder in unser

Schlafzimmer. Genau genommen sind es zwei Schlafzimmer – ihres ist gelb, meines marineblau –, aber wie alles in unserem Leben haben sie schon immer *uns beiden* gehört.

»Mission erfüllt?«, flüstert Charity verschwörerisch, während wir uns auf die schlüsselblumengelbe Bettdecke fallen lassen.

»Mission erfüllt«, bestätige ich gut gelaunt.

Aneinandergekuschelt hören wir, wie das Plätschern aus Mums Dusche verstummt, Effs Schlafzimmertür aufgeht, Grandma und Hope mit der Limousine vorfahren, Dad von seiner Pause im Garten zurückkehrt, Max die Toilette hinter sich zuschließt.

»Zehn«, flüstert Tee feierlich und steht auf.

»Neun«, zähle ich weiter.

»Acht.«

»Sieben.«

»Weißt du«, sagt meine Schwester und streckt ihre Zeigefinger hoch, »es ist eigentlich keine *Schlacht,* sondern eine *Sinfonie.* Die richtigen Töne an den richtigen Stellen, in einer perfekten Mischung. Eine Kakophonie des Chaos.«

Ich lache. »Du bist böse. Sechs.«

»Fünf.« Charity hält ihre Finger an ihren Kopf wie kleine Teufelshörner, schließt die Augen und lächelt selig. »Ich bevorzuge die Bezeichnung *Herrin über das Chaos.*«

»Vier. Das ist fraglich.«

»Drei. Nein, nachweislich.«

»Zwei. Das werden wir ja sehen.«

»Das werden wir. *Eins.*« Den Bruchteil einer Sekunde später holt meine Schwester tief Luft, hebt die Hände wie ein Dirigent, und im selben Moment ertönt ein lautes Hupen …

»AAAAAAAAAAAAGGGHHHHHHHHHHHHH HHHHH!!!!«

»Himmel nochmal!«

»Was zum Teufel …«

»Das war nicht ich!« *Furz.* »Wirklich nicht!« *Furz. Furz.* »Ich schwöre es!« *Furz, Furz, Furz.*

»ICH DREH DIR DEN HALS UM! KOMM NUR HER, DU KLEINE …«

Wumm, wumm, wumm …

»Yay, *Aliens*!«

Zufrieden lässt Charity sich wieder neben mich aufs Bett fallen: prustend und kichernd liegen wir da, zu einem Knäuel verschlungen wie auf dem gerahmten Ultraschallbild in Mums Schlafzimmer, bei dem man nicht genau erkennen kann, wo die eine aufhört und die andere anfängt.

»Jetzt kommt der Refrain«, gluckst meine andere Hälfte.

Grinsend hebt Tee erneut ihren unsichtbaren Taktstock, und wir halten den Atem an.

Ein paar Sekunden bleibt es still.

Dann hören wir sie, von überall im Haus, vereint zu einem Chor der Entrüstung: »CHARRRIIITYYYYYY!!!«

4

»*Herrin über das Chaos?*« So ein Schwachsinn.

Und eine Dreizehnjährige, die mal eben so das Wort *Kakophonie* einwirft? Lächerlich.

Missmutig werfe ich mir ein schwarzes Gucci-Kleid über die Schulter.

»Willst du mich *verarschen*?«, knurre ich und lege noch eine schwarze Prada-Hose dazu, während ich weiter wütend meinen großen begehbaren Kleiderschrank durchstöbere. »Ein kleines bisschen *Respekt*, ist das wirklich zu viel verlangt?«

Ich werfe einen Blick auf das Etikett eines schwarzen Jumpsuits: Fehlanzeige.

»Den *Anstand*, meine Sachen in Ruhe zu lassen.« Noch ein Jumpsuit: wieder Fehlanzeige. »Ich möchte doch nur in meinen eigenen Kleiderschrank gehen und mich für meinen ersten Tag in meinem neuen Job fertig machen können, ohne dass mein sorgfältig zusammengestelltes Outfit anscheinend vom Erdboden verschluckt ist.«

Ich wühle mich durch einen Stapel stinkender Nachtclubklamotten auf dem Fußboden. Warum kann Maggie nicht einfach meinen Kleiderschrank betreten und meine schmutzige Wäsche selbst heraussuchen? Was für eine Haushälterin ist sie überhaupt?

»Aber nein, die hirnlose kleine Kackbirne spaziert frech in meinen Schrank« – ein schwarzes Shirt fliegt in hohem Bogen in die Ecke – »und nimmt sich, was sie will« – dann ein schwarzes Korsett-Top – »und haut einfach ab.« Ein schwarzer Schal. »Und wenn ich meinen Jumpsuit von Yves Saint Laurent brauche, ist meine *diebische* Schwester über alle Berge und …«

Oh. Da ist er ja.

Jetzt schaust du ziemlich dumm aus der Wäsche, was?

Ich schnaube. »Er hat ihr vermutlich nicht gepasst, aber was soll's.«

Genervt ziehe ich den Overall an. Dann fasse ich mein geglättetes, dickes schwarzes Haar zu einem lockeren Dutt, steige in schwarze Stiefel mit Spikeabsätzen, die man notfalls auch als Waffe benutzen kann, umrande meine Augen mit schwarzem Liner und tupfe dunkelvioletten Lippenstift auf.

Ich muss schon auf den ersten Blick abweisend aussehen. Es gibt bereits genug Muppets in meinem Leben, ohne dass ich bei der Arbeit aus Versehen noch mehr davon einsammle.

Das ist sehr viel Schwarz, Mer.

»Ich mag Schwarz. Es ist meine Lieblingsfarbe.«

Nein, ist es nicht.

»Doch, ist es. Schwarz ist raffiniert und brutal und macht aus mir eine wilde Kriegsgöttin.«

Es ist trostlos und langweilig. Deine Lieblingsfarbe ist Rot.

»Pfff.« Mit meinem schwarz lackierten Fingernagel wische ich den verschmierten Lippenstift am Mundwinkel weg. »Vielleicht als ich klein war. Rot wie Blut.«

Rot wie Rosen. Wie Lippenstifte. Wie HERZEN.

»Wie Gefahr«, erwidere ich scharf. »Bleib weg von mir, das ist die Botschaft von Rot.«

Rot wie der lange, schmale Teppich. Die passende Farbe, wenn man später einmal eine berühmte Schauspielerin ist und von der ganzen Welt geliebt wird, genau wie Mummy.

»Ha!« Ich verdrehe spöttisch die Augen. »Niemand will wie dieser lebendig gewordene Albtraum sein, der hinter verschlossenen Türen haust. Sie ist eine Blamage für die Valentines.«

Und du redest mit dir selbst im Spiegel.

»Halt die Klappe.«

Nur weil es auch deine Klappe und dein Gesicht ist, hahaha.

Verärgert drehe ich den Spiegel Richtung Decke, schnappe mir die schwarze Gucci-Handtasche, stopfe mein Skript zusammen mit irgendwelchen Make-up-Utensilien hinein und schwinge sie über meine Schulter.

Nur zu deiner Information: Violett steht dir nicht besonders gut.

Und das ist mir nicht einmal eine Antwort wert.

Nachdem ich meine Schlafzimmertür doppelt abgeschlossen habe, stürme ich gefrustet die Treppe hinunter. Unten lauert meine kleine Schwester. Ihre Dreistigkeit ist fast schon beeindruckend.

»Wage es nicht«, sage ich scharf, als Pudel sich aus der Bibliothek hervorwagt.

»Hm?«

»Ich warne dich, Kleine. Ich werde ein *Universum* des

Schmerzes entfesseln. Ich werde die Feuer der Hölle entfachen und sie über deinen Kopf gießen, bis dein Gehirn kocht.«

Hope blinzelt und legt den Kopf schief. Sie hat so ein süßes, hübsches Gesicht: herzförmig und mit großen Kulleraugen. Wer würde vermuten, dass sich dahinter eine skrupellose Kleiderpiratin verbirgt?

»Huch!«, sagt sie mit geradezu chronischer Fröhlichkeit. »Wie dramatisch! Kann ein Gehirn kochen, was meinst du? Oder brutzeln? Wie finden wir das heraus, ohne jemanden dabei zu verletzen?«

Ganz im Ernst, ich könnte genauso gut versuchen, einem Babyigel zu drohen.

»Lass die Finger von meinen Klamotten«, sage ich, obwohl es sinnlos ist.

»Okay!« Hope nickt und strahlt mich an. »Können wir kurz quatschen, Mer? Ich habe zufällig ein paar sehr interessante *Informationen.*«

Auch das noch …

»Nein.« Ich nehme meine Schlüssel vom Tisch, während Pudel beschwingt hinter mir hertrippelt.

»Alsooo …« Sie reckt den Hals und wirft verstohlen einen Blick nach links und rechts wie eine Spionin in einem Comic. »Ich habe Grund zu der Annahme, dass unser großer Bruder ein superwichtiges Geheimnis hat.«

Sie wartet darauf, dass ihre Ankündigung Wirkung zeigt.

Ich öffne die Haustür. »Ist mir egal.«

»Und nach gründlichen Nachforschungen«, fährt sie triumphierend fort, »die beim Frühstück begannen und soeben endeten« – also insgesamt fünfzehn Minuten, mach Platz, Sherlock Holmes –, »habe ich mich vergesichert, dass …«

»Verge*wiss*ert.«

»Nein, Mercy, ich weiß es jetzt *sicher*.« Hope sieht mich betont geduldig an, als wäre ich eine störrische Schülerin, etwas schwierig zwar, aber doch kein ganz hoffnungsloser Fall. »Das Wort, nach dem wir suchen, ist *vollsicher*.«

»Das Wort, nach dem wir suchen, ist *Vollpfosten*.«

Die Limousine der Familie Valentine wartet in der Einfahrt auf mich, und ich muss dringend ein wichtiges Skript in der luxuriösen Stille eines Fahrzeugs überfliegen, dessen Chauffeur intelligent genug ist, den Mund zu halten. Stattdessen höre ich wehrlos dem Geschwafel meiner Schwester zu, die genau das *nicht* ist.

Seufzend stapfe ich die steinernen Verandastufen hinunter.

»Er hat eine geheime Freundin!«, kräht Hope hinter mir her, unfähig, die *Überraschung* auch nur eine Sekunde länger für sich zu behalten. »Max ist in einer Beziehung!!! Ich habe es ganz allein herausgefunden! Er verschwindet ständig und macht Selfies und Videos von sich! Es ist Liebe!«

Sag es nicht. Sag es nicht. Lass es einfach …

»Glückwunsch«, sage ich schnippisch über die Schulter hinweg. »Faith und ich haben das vor einem Monat herausgefunden. Gut gemacht, Einstein.«

Enttäuschung verdüstert für einen Moment das Gesicht meiner kleinen Schwester.

Bravo, Mercy.

»Und du hast mir nichts gesagt …« Hope schluckt und rappelt sich auf, als ich die Wagentür aufreiße. »Das ist okay! Denn ich werde herausfinden, *wen* Max liebt, dann weiß ich mehr als du!«

Sag was Nettes. Oder lächle. Nur ganz kurz …

»Höchst unwahrscheinlich bei einer geistigen Tieffliegerin wie dir.«

Ich steige ein, verriegle mit einem *Klick* die Tür, schließe die Augen und zupfe an dem schrundigen Schorf an meinem Fingerknöchel, bis das Schuldgefühl verschwunden ist.

Dann öffne ich die Augen wieder.

»Was?«, blaffe ich den Chauffeur an. »Was starren Sie mich so an? Fahren Sie los.«

5

Ich weiß, wie sich Glück anfühlt.

Wenn ich auf der Bühne oder vor einer Kamera stehe, löst sich Mercy Valentine auf, und ich werde jemand anderes: eine andere Person mit einem anderen Leben und einer anderen Vergangenheit. Plötzlich sind meine Worte nicht mehr die meinen. Gedanken und Gefühle werden ersetzt. Sogar meine Erinnerungen gehören einem anderen Menschen.

Meine Entscheidungen haben andere Konsequenzen.

Ja, ich denke, du verstehst, worauf ich mit diesem kleinen Monolog hinauswill.

Glück ist … nicht *ich* zu sein.

»Sie ist da!« Verity Ramirez blickt demonstrativ auf ihre Uhr, als ich ins Globe Theatre stürme und mit meinen rasiermesserscharfen Absätzen Aufmerksamkeit einfordere. »Pünktlich auf die Minute! Alle mal herhören, ich freue mich sehr, euch unsere neue Hauptdarstellerin Mercy Valentine vorstellen zu dürfen!«

Die gesamte Besetzung und die Crew sind in ein heruntergekommenes Hinterzimmer verbannt worden, bei dem von Theaterglamour nichts zu spüren ist. Behelfsmäßige Tische reihen sich aneinander wie bei einem kostengünstigen Hochzeitsbuffet, anstelle von Besteck liegen Skripte aus, und ungefähr zwanzig Augenpaare sind neugierig auf mich gerichtet.

Ich hebe kurz grüßend die Hand.

»Und *ja*«, fährt meine neue Regisseurin fort, die mit ihrem schwarzen Bob und der im flackernden Neonlicht schimmernden dickrandigen Schildpattbrille jedes Klischee erfüllt, »es ist verständlich, wenn wir als *Thespisjünger* große Fans der Valentine-Familie sind, aber lasst uns dennoch versuchen, das Ganze professionell zu handhaben.«

Ich knalle meine Tasche auf einen der zwei freien Stühle.

»Wollen Sie damit andeuten, dass ich den Job nur bekommen habe, weil meine Familie berühmt ist?« Ich lasse mich mit verschränkten Armen auf den anderen Stuhl plumpsen und blicke sie entrüstet an. »Sie können von Glück reden, dass Sie mich haben. Nennen Sie mir irgendeine andere Schauspielerin, die praktisch in letzter Sekunde die Hauptrolle in *Viel Lärm um nichts* übernehmen kann.«

Vor ein paar Tagen hat die Loserin, die den Part der Beatrice in *Viel Lärm um nichts* spielen sollte, voll auf retro gemacht und sich beim Rollschuhlaufen den Knöchel zertrümmert, zwei Wochen vor der Premiere. Dass sie den sprichwörtlichen *Beinbruch* wörtlich genommen hat, finde ich erbärmlich und zum Weinen, und genau das habe ich meiner Agentin auch gesagt.

»O Gott, nein! Hier gibt es keine Vetternwirtschaft!« Verity wendet sich dem Rest des Ensembles zu und versichert: »Mercy ist eine höchst talentierte Schauspielerin, und wir sind sehr dankbar, dass wir jemanden mit ihrer Medienpräsenz so kurzfristig engagieren konnten!« Sie lacht gepresst. »Diese Ehre haben wir uns ziemlich viel kosten lassen, hahaha!«

Ich beschließe, dass sie mein Ego gebührend gestreichelt hat, und nicke gespielt gnädig.

Umzingelt von freundlich lächelnden Gesichtern, zwinge ich mich zu einem dieser Grusellächeln, bei dem man den Mund verzieht und kurz die Augen aufreißt, so dass niemand sicher sein kann, ob das Lächeln echt oder sarkastisch ist, obwohl es ziemlich eindeutig Letzteres ist.

»Wir anderen kennen uns natürlich längst«, fährt Verity mit unechter Begeisterung fort. »Aber da die heutige Probe eigens angesetzt wurde, um Mercy in unser Team aufzunehmen, schlage ich vor, wir stellen uns zuerst einmal vor.«

Eine hübsche Rothaarige – sie spielt die Rolle der Hero, weshalb ich sie fortan Hero nenne, denn ich habe keine Lust, mir die IRL-Namen zu merken – macht den Anfang. Sie spricht von ihren Hoffnungen, Träumen, Visionen für die Zukunft oder was auch immer. Als Nächstes ist *Gouverneur Leonato* dran, gefolgt von der Zofe *Margarethe* und *Don Juan*, dem Bösewicht des Stücks.

Einer nach dem anderen sagt etwas, das so unbedeutend und banal ist, dass ich am Ende halb über dem Tisch liege, das Kinn auf den Arm gestützt, gelangweilt an meinen Nägeln zupfe und schwarze Nagellacksplitter quer durch den Raum schnippe. Sie sind alle nur Nebenfiguren: Wer zum Teufel interessiert sich für die Sülze ihrer banalen Lebensgeschichten?

»Ich bin Daisssyyy, aber du kannst Dayyy zu mir sagen.«

Die Worte kommen so langsam und gedehnt, dass ich gezwungen bin, durch meine Wimpern hochzuschauen, nur um zu sehen, was für eine dumme Pute ich vor mir habe. Daiiisssyyy ist ungefähr in meinem Alter und hat ein langes Gesicht, einen langen Pony, lange Augen, eine lange Nase, lange Finger und lange Arme. Sie sieht aus, als wäre sie auseinandergezogen worden wie warmes Toffee. Und überhaupt, wie schwer ist es, die Haare zu färben? Wie kommt sie darauf, die natürliche Farbe – und noch dazu *diese* – beizubehalten? Also, wenn du mich fragst, ist das einfach arrogant.

»Ich spiele den zweiten Wächter«, erklärt sie über einen Zeitraum von dreihundert Jahren hinweg und lächelt dabei schüchtern. »Ich weiß, es ist nur eine wiiinzige Rolle, aber es ist meine eeerste, und ich kann es kaum erwaaarten …«

»Tut mir schrecklich leid, Leute!« Ein blonder Typ, den man vermutlich attraktiv nennen könnte – vorausgesetzt, man mag Männer mit Familienwappen, was ich nicht tue –, schlendert auf uns zu, in Jeans, gestärktem weißen Hemd und einem babyrosa *Pashmina-Schal.* »Der Verkehr war mörderisch! Sorry, ihr Lieben!« Posh-Boy grinst mich mit seinen Porzellanverblendungen an, die so groß sind, dass er aussieht wie ein pastellfarbenes Zebra. »Hallo erst mal! Du bist wohl meine neue Gespielin!«

Natürlich kenne ich Eli Bickford-Goggins, der seine blonde Gardine im Sonnenschein schwingt wie die Mähne eines reinrassigen Ponys, sobald sich auch nur irgendwo Paparazzi blickenlassen.

Ich habe für ihn nur meinen speziellen nichtssagenden

Blick übrig und verdrehe ganz leicht die Augen. Das Mädchen, das die Margarethe spielt, ist neonpink angelaufen und starrt tödlich verlegen zu Boden. Offensichtlich haben die beiden bereits ihre kleine gescheiterte Romanze am Set hinter sich.

Was für armselige Amateure.

»Und hier ist er, unser Held!« Verity winkt Eli zu dem noch einzigen leeren Stuhl. Widerwillig nehme ich meine Tasche hoch und lege sie auf den Tapeziertisch. »Immer wieder eine Freude, Elijah! Aber – und denk jetzt bitte nicht, dass ich nur dich allein herauspicke – wir müssen *unbedingt* pünktlich zu den Proben erscheinen. In Zukunft werde ich die Tür abschließen!«

Alle außer mir kichern nervös.

»Nein, wirklich, ich habe genug.« Sie lächelt bis zum Anschlag. »Ich werde abschließen und niemanden reinlassen. Und jetzt lasst uns loslegen, ja?«

Innerhalb von Sekunden rattert Eli Bilbo-Baggins seine komplette Biographie herunter, einschließlich des Krankenhauses, in dem er geboren wurde. Ich lehne mich in meinem Stuhl zurück und starre zur Decke eines der bedeutendsten Theater der Welt. Gleich nebenan, auf der anderen Seite der Wand, befindet sich die berühmteste Bühne, die je ein Schauspieler betreten hat. Hier begann auch Mums Karriere, vor zwanzig Jahren. Oder wie auch immer man es nennt, nachdem es vorbei ist.

Ein leichtes Klopfgeräusch dringt durch die Wand eines Hinterzimmers.

Ich kneife die Augen zusammen.

»Das ist sie also, kurz und knackig«, schließt Eli Dingo-Daggins in einem so vornehmen Tonfall, dass selbst Affen Juckreiz davon bekommen. »Die Geschichte meines kometenhaften …«

Tapp, tapp, tapp, TAPP.

»… Aufstiegs, die Quintessenz meines bisherigen Lebens, ein Soupçon meiner Vergangenheit, könnte man sagen …«

TAPP, TAPP, TAPP, TAPP, TAPP.

»Ähm, sorry.« Posh-Boy schwenkt seinen Pashmina in die Richtung, aus der das Klopfen kommt. »Störe ich jemanden?« Alle drehen sich zu dem hartnäckigen Lärm um, der jetzt zum lauten *DRRRRRRRRRR* einer elektrischen Bohrmaschine anschwillt und dann plötzlich verstummt.

»Oh, hahaha!« Veritys Lachen klingt kein bisschen wie Lachen. »Kümmere dich nicht um Finneas! Er wohnt praktisch hier! Offiziell ist er Bühnenarbeiter, aber für einen Schokoladenkeks würde er so ziemlich alles tun!«

Stille, dann …

Tapp.

Ich starre auf mein Skript und versuche, nicht hämisch zu grinsen.

»Okay, wo war ich stehengeblieben?« Eli Dunkin-Donut räuspert sich irritiert und setzt dann seinen Monolog fort. »Ah ja, als ich noch ein Grünschnabel war, habe ich …«

Ich stoße einen gelangweilten Seufzer aus, laut genug, dass alle ihn hören können.

Von der anderen Seite unseres Kreises lächelt Hero zu mir

herüber und zieht eine Augenbraue hoch. Schnell schaue ich weg und lasse mich wieder auf den Tisch fallen. Ich spüre, wie alle aus meinem neuen Ensemble mich gespannt beobachten und auf die erstbeste Gelegenheit warten, mich mit offenen Armen in dieses aufregende Gemeinschaftserlebnis aufzunehmen.

Wie sagt Don Juan so treffend? *Ich kann mich nicht verstellen.*

Aber warum zum Teufel sollte ich das überhaupt wollen?

6

Außerdem ist dieses Theaterstück als Komödie gedacht.

Offensichtlich hat sich niemand die Mühe gemacht, diese Info an das Ensemble weiterzugeben.

»*Brach er in Tränen aus?*«, fragt Leonato, als wir endlich etwas holprig mit der Leseprobe beginnen.

»*Über alle Maßen*«, antwortet ein Bote und nickt.

»*Ein Übermaß an Zärtlichkeit.*« Der alte Mann lächelt herzlich. »*Kein Gesicht ist ehrlicher als ein so gewaschenes. Wie viel besser sind Tränen der Freude als Freude an Tränen!*«

Alle schauen mich gespannt an und warten auf meine ersten Sätze.

»Verflixt«, murmle ich vor mich hin. »*Ich* fange gleich an zu weinen, wenn du dein lahmes Gebrabbel nicht endlich aufpeppst.«

»Wie bitte?« Verity sieht mich stirnrunzelnd an. »Mercy, kannst du etwas lauter sprechen?«

»*SAGEN SIE*«, blöke ich, »*IST SIGNOR HAU VON STECHER MIT HEILER HAUT DAVONGEKOMMEN ODER NICHT?*«

»Ähm, sehr schön!« Die Regisseurin räuspert sich und fragt sich schon jetzt, was sie mit mir anfangen soll. »Nur eine kleine Anmerkung: *Denk daran*, dass Beatrice hier nach

Benedikt fragt, weil sie schon vor Beginn des Stücks verrückt nach ihm ist. Versuch also, deinem Text etwas mehr *Nuancen* zu verleihen, wenn du kannst.«

Ich werfe ihr einen vernichtenden Blick zu.

»Beim Arsch einer Fledermaus – wer ist *Benedikt*?«

»Ah.« Verity hüstelt. »Wir mussten seinen Namen ändern, damit er zu unserer jungen Besetzung und einem jungen Publikum passt. Mit der Zeit gehen, angemessen bleiben und so weiter.«

»Schade.« Ich schaue zu Eli, der gerade einen losen Faden am Ende seines Pashminas mit dem Ausdruck echter Hingabe untersucht. »*Benedick* hätte perfekt zu ihm gepasst.«

Irgendjemand aus dem Ensemble kichert.

Ehrlich, ich freue mich wirklich sehr, im Globe arbeiten zu dürfen, aber musste es für meinen großen Durchbruch ausgerechnet eine Romanze sein? Eine Tragödie wäre mir lieber gewesen. Ich wäre eine fabelhafte Goneril oder eine coole, wenn auch sehr junge Lady Macbeth. Stattdessen muss ich mich mit schnulzigen Dialogen von Hero und Claudio herumschlagen, die sich ineinander verlieben, ohne je auch nur ein einziges vernünftiges Gespräch zu führen, und Benedikt und Beatrice, die sich gegenseitig hassen, bis ihre *Freunde* ihnen einreden, sie seien ineinander verliebt, woraufhin sie prompt heiraten.

Bei Shakespeare bedeutet Romanze entweder, sich emotional an jemanden zu binden, den man kaum kennt, oder den Rest des Lebens mit jemandem zu verbringen, den man nicht ausstehen kann.

Wenigstens hat Beatrice am Anfang ihr Hirn eingeschaltet.

»Ich wundere mich, was Sie immer reden, Signor Benedikt«, sage ich seufzend zu Eli. *»Kein Mensch hört Ihnen zu.«*

»Was?« Er lacht. *»Fräulein Zicke von Hochmut! Sie leben auch noch?«*

»Wie soll einem der Hochmut vergehen …«

Ich blicke abrupt hoch: Daiiisssyyy flüstert meinen Text mit. Weiß der Himmel, warum das langsamste Mädchen der Welt sich so in dieses Stück hineinsteigert. Der zweite Wächter könnte mittendrin zur Mani- und Pediküre gehen, und niemand würde es bemerken.

»Wie soll einem der Hochmut vergehen«, wiederhole ich überdeutlich, *»wenn er mit solchen Verächtlichkeiten wie Signor Benedikt fettgefüttert wird? Sogar die Höflichkeit wird zu Hochmut, wenn Sie sich blickenlassen.«*

»Ich wollte, mein Herz würde mir sagen, dass ich nicht ganz herzlos bin.« Eli grinst mit seinen unfassbar riesigen Zähnen. *»Denn ich liebe keine …«*

Und schließlich meine Lieblingszeile. *»Lieber höre ich meinen Hund nach einer Krähe bellen, als einen Mann um Liebe winseln …«*

Aber mit einem Mal fühle ich mich irgendwie … kribbelig.

»Mercy?«, fragt die Regisseurin.

»Ähm.« Ich starre auf mein Skript und kratze mich im Nacken. *»Lieber höre ich meinen Hund nach einer Krähe bellen, als einen Mann um Liebe winseln.«*

Ich schaue auf meine Arme: Alle Härchen haben sich aufgestellt. Stirnrunzelnd blicke ich in die Runde, aber die anderen sind alle auf das Skript konzentriert.

Und dann ist das Kribbeln weg, einfach so.

Ich blinzle.

»Ja nun, Sie hätten Sprachlehrerin an der Papageienschule werden sollen«, schnaubt Eli Poopy-Piggins. Mir graut schon vor unseren Liebesszenen. Er ist verstörend glatt und porenlos – es wird sein, als würde man mit einem haarlosen Kater rummachen.

Für die restliche Szene wird Beatrice nicht mehr gebraucht, also hole ich mein Handy hervor. Dior hat ein Foto von uns auf der gestrigen Party gepostet. Sie sieht perfekt aus; ich habe ein Auge halb geschlossen und ein Doppelkinn.

Schlecht gelaunt schreibe ich darunter:

Partyzeiten sind gute Zeiten. <3 <3

Dann schreibe ich ihr:

LÖSCH ES SOFORT, ODER ICH LÖSCHE DICH

Mein Handy macht *Pling.*

Aber ich sehe so hübsch aus :(

Mit zusammengebissenen Zähnen schreibe ich eine Antwort:

Nicht mehr lange, wenn du es nicht SOFORT löschst.

Im nächsten Moment ist das Foto verschwunden. Das ist genau der Grund, warum ich bei Grandma darum gekämpft habe, die Kontrolle über meine sozialen Medien zu behalten.

Dann tippe ich:

SUP.

Pling.

Stand-up-Paddleboarding? X

Meine Nasenflügel zucken.

Ja, ich schreibe über den langweiligsten Wassersport der Welt.

Pling.

Eigentlich macht es richtig Spaß. Gutes Core-Training, stärkt die Kernmuskulatur. X

Schnell haue ich eine Antwort raus:

Ich bin kein Apfel.

Ich lächle, weil ich weiß, dass Effie jetzt auch lächelt, dann schreibe ich rasch:

Ist alles in Ordnung? Ich mache mir Sorgen.
Ich habe dich schon ewig nicht mehr gesehen.

Pling.

Ja! Mir geht's wirklich gut! Xx

Ich runzle die Stirn, nicht restlos überzeugt.

Sicher? Ich habe die Schlagzeilen
über Noah und seine neue Fr

»Mercy?« Ich blicke kurz hoch: Das Gesicht unserer Regisseurin sieht aus wie das einer Plastik-Legofigur mit aufgemaltem Lächeln. »Ich weiß, du hast in dieser Szene *momentan* eine Pause, aber vielleicht könntest du deine Handykommunikation erst dann wieder fortsetzen, wenn nicht alle hier im Raum eine zusätzliche Leseprobe *extra für dich* machen?«

Alle Ensemblemitglieder starren mich mit leicht geöffneten Mündern an.

Toller erster Eindruck, Mer.

»Familiärer Notfall«, sage ich knapp und stecke mein Handy zurück in meine Handtasche. »Aber gut. Dann lasse ich eben meine jüngere Schwester mit ihrem emotionalen Zusammenbruch alleine, wenn euch das glücklich macht.«

Mercy!

Was?! Ich mache mir Sorgen um Faith! Sie als Ausrede für

einen unhöflichen Seitenhieb zu benutzen, ist ein willkommener Nebeneffekt.

»Oh.« Eli Buzzard-Bullock beugt sich vor und interessiert sich heute zum ersten Mal für jemand anderen außer sich selbst. »Und mit Schwester meinst du nicht zufällig den exquisiten Engel Faith Valentine?«

Ich blicke ihn aus schmalen Augen an. »Vielleicht.«

»Könntest du mich ihr vorstellen, ich meine, mir ein *Intro* verschaffen? Kleine Gefälligkeit unter Kollegen und so?« Diesmal gewährt er mir sogar einen Blick auf sein Zahnfleisch. »Wie ich gelesen habe, ist sie vor kurzem sitzengelassen worden, wirklich sehr traurig, und dabei bin ich ganz vernarrt in sie, das kannst du mir glauben.«

»Ich *würde* dir ja gerne weiterhelfen« – ich ziehe eine Grimasse und hebe scheinbar ratlos die Hände –, »aber wir haben sie zur Strafe ins Kloster gesteckt, weil sie es nicht geschafft hat, ihren Mann zu halten.«

Da ist wieder dieses Kribbeln. Hat gerade jemand … gelacht?

Verity knallt ihr Skript unnötig hart auf den Tisch. »Gut, fangen wir an, ja?« Und dann hangeln wir uns scheinbar endlos weiter bis zum Schluss, volle zwei Stunden länger als geplant.

»Spielt, ihr Musikanten!«, beendet Benedikt die letzte Szene. Kaum hat er das gesagt, schiebe ich meinen Stuhl zurück, stehe auf und werfe mir meine Tasche über die Schulter.

Hero springt gleichzeitig auf und folgt mir nach draußen.

»Hey!« Sie tippt mir auf die Schulter. Es scheint ihr nichts auszumachen, dass ich sie geflissentlich ignoriere. »Mercy?«

Ich nicke und schaue demonstrativ auf meine Uhr, obwohl ich genau weiß, wie spät es ist.

»Ein paar von uns gehen nach der Probe noch schnell einen Burger essen, wenn es wieder mal spät geworden ist.« Sie lächelt mit beunruhigend ernsten blauen Augen. »Wir haben uns gefragt, ob du vielleicht Lust hast mitzukommen?«

Hinter ihr lauern mehrere Leute aus dem Ensemble. Sie haben ihre Jacken in der Hand und schauen mich freundlich, hoffnungsvoll und ein bisschen ehrfürchtig an. Ich starre ein paar Sekunden lang zurück, ehe ich loslache.

»Wie kommt ihr denn auf die Idee?«, frage ich glucksend und stoße die Tür weit auf. »Ich bin *Mercy Valentine*. Glaubt ihr ernsthaft, ich habe nichts Besseres zu tun?«

Es ist mein bester Satz des ganzen Tages.

7

RIDE OR DIE GANG

Dior
Mercy, du kommst zu spät!

Nova
DU bist spät dran, Dee.

Dior
Bin ich nicht, ich stehe direkt neben dir!

Nova
augenroll

Amethyst
Was MACHST du da, Cee? Diese Party ist LIT, es gibt vegane Minihotdogs! Steckst du immer noch bei diesem kleinen Theaterstück fest?

Mercy
Bin eben zur Tür raus. Und nenn es nicht kleines Theaterstück.

Dior
Viel Lärm um NICHTS, oder? hahahahaha

Amethyst
LOL

Nova
Yessssss

Mercy
So lautet der Titel, und genau darum geht's.

Ich stelle mich in Positur, streiche über meine schulterlange blaue Perücke und strecke möglichst gebieterisch das Kinn vor. Ich bereue schon jetzt, dass ich mich für den Bauch-rein-Body entschieden habe. Er schien eine gute Idee zu sein, aber jetzt fühlt es sich an, als trüge ich den einengenden Badeanzug einer prüden viktorianischen Lady, für die Atmen zweitrangig ist.

»Mercy!« *Flash.* »Mercy Valentine! Hier drüben!«

»Mercy!« *Flash. Flash.* »Schau hierher!«

»Mercy!«

Mit einem wilden Blick fixiere ich die Paparazzi, und sie starren zurück. Die allgemeine Aufmerksamkeit streicht warm und süchtig machend über meine Haut.

»Mercy!« Einer der Paparazzi hält seine Kamera höher. »Mercy Valentine! Wie ist die neue Rolle?«

Ich erlaube mir einen kleinen Anflug von Stolz.

»Wundervoll.« Ich wechsle die Pose, lege eine Hand auf die Hüfte und schiebe meine Schlüsselbeine vor, so dass ich highfashion aussehe. »Ich fühle mich geehrt, in die Fußstapfen meiner Mutter treten und Shakespeares berühmte Beatrice im Globe spielen zu dürfen.« Ich mache eine kurze Pause, des Effekts wegen. »Obwohl ich ihr hoffentlich nicht den ganzen Weg bis in die Reha folgen werde.«

Kollektives Schocklachen der Paparazzi.

Alles für eine Schlagzeile, was?

Darauf kannst du wetten, Baby.

»Irgendwelche Neuigkeiten von Faith?« *Flash.* »Geht es ihr gut? Sie wurde seit Wochen nicht mehr gesehen!«

Es versetzt mir einen Stich. Denn da fragen sie die Falsche. Sie wissen wahrscheinlich genau so viel wie ich.

»Es steht mir nicht zu, über persönliche Angelegenheiten meiner Familie zu sprechen«, antworte ich entschieden und drehe mich in eine andere Richtung. »Ich kann nur für mich selbst sprechen.«

Kurzes enttäuschtes Schweigen.

»Obwohl«, füge ich hinzu und wechsle meinen Ausdruck zu tränenreich-aber-tapfer, »ich hoffe, die jüngsten emotionalen Schwierigkeiten meiner Schwester tragen zur Entstigmatisierung der psychischen Probleme bei, unter denen selbst die Erfolgreichsten und Schönsten leiden.«

Mercy! Hör auf, Faith für deine Publicity-Gier zu benutzen!

Effie selbst will den Ruhm nicht, also warum kann ich ihn nicht einheimsen?

»Und, Mercy, wie geht es …?«

»Hallo in die Runde!« Eine spärlich gekleidete Dee gesellt sich zu mir und umklammert meinen Arm – in einem Outfit, das für einen kleinen Hund gemacht zu sein scheint. »Ich bin Dior Nguyen, die *beste Freundin* von Partygirl Mercy Valentine!«

Irritiert – das war's dann wohl mit meinem großen Solointerview – lächle ich in die Kameras: *fünf, vier, drei, zwei …*

Dann schüttle ich den Arm der dummen Gans ab.

»Weißt du«, flüstert Dior, als wir zum Aufzug des berühmten Gebäudes mit dem lächerlichen Namen Gherkin gehen. (Gewürzgurke? Im Ernst? Was kommt als Nächstes? Der Cracker-Tower? Das Mixed-Pickles-Building?) »Mummy und Daddy waren nach unserer Party *stinksauer*, weil alle durchs Haus getrampelt sind und Wasserspuren hinterlassen haben! Sie meinten: *Diese Mercy ist ein schlimmes Früchtchen, was? Das kommt davon, wenn die Eltern nie da sind.* Und ich so: *Unser Haus ist jetzt berühmt, ihr solltet euch freuen!* Haha!«

Die Fahrstuhltüren öffnen sich auf halber Höhe, und ich sehe mich einem knutschenden Pärchen mit sichtbar großem Altersunterschied gegenüber. Ah, ein Beispiel für den gesellschaftlich akzeptierten Deal von Aussehen und Jugend gegen Macht und Geld.

Vielleicht sind ihre Gefühle ja echt.

»Süß«, sage ich laut. »Babysitten kann *so* lohnend sein, was?«

Abrupt lösen sie sich voneinander.

Musst du immer so zynisch sein?

»Du meinst wohl *realistisch*.«

»Hm?« Dior runzelt die Stirn, als sich die Türen wieder schließen. »Was hast du gesagt?«

»Nichts.«

Mit verschränkten Armen lehne ich mich an die Wand des Aufzugs, bis die Türen erneut zur Seite gleiten und den Blick auf den gewölbten, lila beleuchteten vierzigsten Stock freigeben. Der Raum ist proppenvoll bis hinauf zur frei liegenden Stahlkonstruktion. Jeder hier hat entweder bereits einen gewissen Bekanntheitsgrad oder bemüht sich sehr, ihn zu erlangen.

Dior drückt schon wieder meinen Arm. Wenn sie so weitermacht, könnte es sein, dass sie sehr bald ihre Hand verliert.

Ich schüttle sie ab und sehe mich nach den anderen beiden um.

»Babes!!!« Wie aufs Stichwort tauchen Amethyst und Nova auf, deren aufeinander abgestimmte Fummel im duftigen Mehrlagenstil krampfhaft gewollt aussehen. *»Na endlich!* So ein Pech, du hast ein Riesendrama verpasst! Er« – sie deuten mit einem Nicken auf einen A-Promi der Schauspielzunft – »hat sich gerade an sie rangemacht« – sie nicken zu einem Model hin –, »obwohl jeder weiß, dass sie sich heimlich mit …«

»Hört auf«, unterbreche ich die beiden und zupfe an meinem Fingerknöchel. »Ihr langweilt mich.«

Dee, Mee und Vee schauen sich an.

»Weißt du«, sagt Nova und schiebt schmollend ihre Unterlippe vor. »Du kannst manchmal echt verletzend sein, Cee.« Sie hebt ihr Kinn. »Tee hätte nie so mit uns gesprochen.«

»Tja, Tee ist nicht hier«, blaffe ich sie an, als ich im selben Moment Faiths erbärmlichen Exfreund erspähe, der in einer Ecke Hof hält. »Sie ist vor zwei Jahren gestorben. Schon vergessen?«

Entschlossen straffe ich die Schultern und marschiere durch den Raum auf ihn zu. Noah tut so, als würde er mich nicht sehen. Ich überwinde meine innere Abscheu, bleibe *gaaanz* nah bei ihm stehen und atme tief durch die Nase, bis er meine in Szene gesetzte, Gänsehaut hervorrufende Anwesenheit nicht länger ignorieren kann.

Okay, du bist superseltsam.

Es ist eine Party. Ich darf mich doch wohl amüsieren, oder?

»Mercy«, schnauzt er mich an. »Ich will nicht mit dir reden.«

»Wie schade.« Aus den Augenwinkeln sehe ich, wie ein neugieriger Journalist mit geschärftem Blick für potenzielle Schlagzeilen auf uns zusteuert. »Dass ich nicht in den Genuss deines berühmt-berüchtigten Konversationstalents komme, ist ein echter Tiefschlag. Na, du drittklassiger Popstar, kommst du gut über meine schöne Schwester hinweg?«

Noah läuft pink an. »Zu deiner Information, ich treffe mich mit einer sehr netten …«

»Ja, ich habe das Foto gesehen. Ein echtes Downgrade!«

»Du kannst mich mal!« Noah sieht den Journalisten und zwingt sich zu einem heuchlerischen Lächeln. Inzwischen weiß er, dass ich heimlich und mit einer Perücke getarnt zu seiner After-Show-Party gegangen bin und ihn abgeknutscht habe, obwohl er damals mit meiner Schwester zusammen war, um danach eindeutige Fotos von uns an die Presse zu schicken, damit Faith es herausfindet. »Das geht dich gar nichts an«, zischt er und legt dann für ein Foto mit charmantem Lächeln den Arm um mich, während ich versuche, nicht zurückzuzucken.

»O doch.« Ich lächle strahlend. *Flash.* »Eff ist meine Schwester.«

»Du bist eine schlechte Schwester und ein schlechter Mensch«, zischt Noah und küsst mich auf die Wange. Igitt. *Flash.* »Du hast unsere Beziehung zerstört, weil du es nicht erträgst, jemanden glücklich zu sehen. Weißt du überhaupt, was Liebe ist?«

»Weiß das überhaupt jemand?« Ich schubse seinen Arm weg, wir stoßen mit den Gläsern an und strahlen dabei von einem Ohr bis zum andern. *Flash.* »Und Faith war *nicht* glücklich, du Vollidiot, deshalb ist sie nicht mehr mit dir zusammen.«

Noah wird rot und schaut weg. »Ich frage mich, wie du nachts schläfst.«

»Auf dem Rücken«, fauche ich. »Wie ein Vampir.«

Ein schnelles letztes gemeinsames Grinsen für die Kamera, *Flash*, dann lasse ich ihn einfach stehen, fürs Erste zufriedengestellt. Es ist ein Gefühl, wie wenn man sich an einer juckenden Stelle kratzt, die man bis dahin nicht erreichen konnte.

Hat das Spaß gemacht?

»Und wie!«, sage ich fröhlich, während ich zwei Gläser vom Tablett eines Kellners nehme und mich umschaue.

»Zehn von zehn Punkten, sehr empfehlenswert, jederzeit gerne wieder. Wer ist der Nächste?«

Da ist ein gescheiterter Fernsehmoderator mit einem notorischen Wutproblem. Ich könnte ihn reizen und sehen, was passiert. Oder ein Typ, der sich so viel Gel ins Haar geschmiert hat, dass ich ihn allein deswegen fertigmachen –

»Ceeeeee!« Die Spatzenhirne sind zurück. »Du *glaubst* nicht, wer gerade Dee gegrüßt hat! Der Typ, der das Werbegesicht von –«

Sind die echt so langweilig geworden?

Jep.

Wie ist das passiert?

Ich weiß nicht. Vielleicht kam das mit den *Boobs*?

Hahaha.

Geistesabwesend lasse ich den Blick schweifen, auf der Suche nach einer weiteren Schwachstelle: ein Footballspieler, seine Freundin, ein Radio-DJ …

»Also sagte Mee –«

»Und dann sagte Vee –«

»Daraufhin sagte Dee –«

Mit zusammengekniffenen Augen schaue ich weiter und erspähe ein verloren wirkendes rothaariges Teeniemodel. Ich ziehe meine Schultern zurück, lecke meine Eckzähne und bereite mich darauf vor zuzuschlagen. Eine vertraute Vorfreude auf die bevorstehende Gemeinheit durchströmt mich. Höchste Zeit, die Party in Schwung zu bringen.

Ein kleines *Ping* hinter mir bringt mich dazu, mich umzudrehen, gerade als die Fahrstuhltüren aufgleiten. Eine Frau mittleren Alters schlurft in den Saal. Sie ist abgemagert, blass, hat wirre Haare und trägt einen viel zu großen, bodenlangen schäbigen Pelzmantel, in dem sie fast verschwindet.

Meine Kehle wird immer enger, bis ich keine Luft mehr kriege.

MUM?

8

Gut zwei Jahre zuvor

Der Sweetie scrollt durch sein Handy.

»*Hey, Schmuseköterchen*.« Charity beugt sich über ihn und streift seine Wange mit ihrem flauschigen weißen Mantelärmel. »*Was hast du da? Sieht echt dufte aus.*«

Meine Nasenflügel blähen sich; sie ist bereits vom Text abgewichen.

»*Hey, Honigbär*«, flüstert meine Schwester und steckt dem armen Blake ihren Geisterfinger ins Ohr, während er versucht, in seiner Rolle zu bleiben. »*Weißt du, dass ich eine Taube habe, die Pingpong spielen kann?*«

»CUT! CUT! CUT! CUT!«

»Sor-reeeeee!«, sagt Charity kichernd zu unserem Regisseur. »Hab ich was falsch gemacht?«

»Ja.« Er seufzt. »Und das weißt du, weil du es vierzehn Takes hintereinander falsch gemacht hast.«

Meine Zwillingsschwester zuckt mit den Schultern und zwinkert mir zu.

Erschrocken rutsche ich in meinem Stuhl nach unten und verberge mich in der Dunkelheit ganz hinten am Set. Ich will nicht, dass irgendjemand denkt, ich würde Charity bei ihren verrückten Aktionen auch noch ermutigen oder dass sie das alles nur macht, um mich zu beeindrucken. Ausnahmsweise bin nicht ich das Zielpublikum.

»Aber ich bin ein Geist!«, erklärt Tee gespielt unschuldig. »Er kann mich nicht sehen!«

»Das gibt dir nicht das Recht, deine Finger überall reinzustecken«, sagt der Regisseur frustriert. »Und der Slang der 1920er Jahre muss historisch korrekt sein; du kannst nicht einfach spontan irgendwas dazuerfinden.«

»Oh, mir fällt noch einer ein: Warum trauen Wissenschaftler den Atomen nicht über den Weg?« Meine Schwester wackelt mit den Augenbrauen und reckt die Hände. »Weil sie sich immer zusammenrotten.«

Blake lacht und *bumm!* – Ziel erreicht. Meine Schwester ist seit Ewigkeiten in unseren süßen Co-Star verknallt. Wenn sie ihn irgendwie zum Lachen bringen kann, wird sie es tun, und sei es auf Kosten ihrer Karriere.

Ich korrigiere. *Unserer* Karriere.

»Ich gebe auf.« Der Regisseur breitet die Arme aus und gibt sich geschlagen. »Wo ist deine Schwester? Mercy?«

»Hier!« Rasch trete ich aus dem Schatten hervor. »Ich bin hier!«

Ich habe das gleiche Outfit im 20er-Jahre-Stil wie meine Schwester und bin auch genauso geschminkt: Flapper Dress mit Silberfransen, ergrautes Haar und geisterhaft aschfahle Haut.

»Mercy, nimm bitte Charitys Platz ein. *Schon wieder.*«

Ich schaue Tee schuldbewusst an, aber sie zwinkert völlig unbeeindruckt, und meine Schultern lockern sich.

Der Regisseur mustert mich. »Du kennst den Text?«

»Ja.«

»Gut.« Er seufzt. »Wenigstens eine von euch beiden.«

Charity drückt mir den voluminösen weißen Pelzmantel in die Hand und wirft Blake ein triumphierendes Küsschen zu. Er errötet, und meine Schwester nimmt – noch ganz übermütig von ihrem romantischen Erfolg – meinen Platz in der hintersten Reihe ein. Dort sitzt sie grinsend, die Ellbogen auf den Knien, das Kinn in die Hände gestützt wie eine hinreißend schelmische Elfe.

Ich ziehe den riesigen Pelzmantel an, halb verärgert, halb amüsiert. *Mein Boo* ist erst seit ein paar Monaten auf Sendung, aber die Serie wird bereits von Millionen gesehen.

Warum kann Charity nicht ein *einziges* Mal etwas ernst nehmen?

»Alle auf ihre Plätze«, bellt der Regisseur, während ich bereits genau dort stehe, wo meine Zwillingsschwester noch vor fünf Minuten stand. »Ruhe am Set.«

Tee nickt und macht eine flinke Reißverschlussbewegung mit ihren Fingern.

Ich räuspere mich und konzentriere mich ganz auf die Szene.

»Ton an.«

»Ton läuft.«

»Episode sechsunddreißig, Szene eins, Take fünfzehn.«

»Fertig.«

»Action!«

Ich verschmelze mit der Figur, und eine Welle des Glücks pulsiert durch mich wie elektrischer Strom.

»*Hey*«, sage ich als hundertjährige tote, einsame und liebeskranke Teenagerin, während ich langsam auf Blake zugehe. »*Kuschelköterchen, was hast du da? Sieht irgendwie dufte aus.*«

Die Szene läuft perfekt ab und ist schon nach einem Take im Kasten.

»CUT! Mittagspause. Superb wie immer.«

Gut gelaunt drehe ich mich zu meiner Zwillingsschwester um, und wir klatschen uns triumphierend aus der Ferne ab. Im nächsten Moment runzle ich die Stirn. Von den Scheinwerfern geblendet sehe ich eine Gestalt neben Tee stehen, aber es ist weder Maggie noch Mr. Gilbert, unsere üblichen Anstandswauwaus. Tatsächlich sieht die Gestalt aus wie –

»*Mum*?«

»Hallo, Darling.« Meine Mutter schenkt mir ihr weltberühmtes Megawatt-Lächeln, während ich versuche, möglichst lässig auf sie zuzugehen, mit dem Ergebnis, dass ich fast über ein Kamerakabel stolpere. »Wie ich sehe, bin ich gerade noch rechtzeitig gekommen.«

»Aber …« Ich freue mich so, sie hier am Set zu sehen, dass meine Stimme vor Aufregung heiser klingt. Ich räuspere mich und spreche etwas ruhiger weiter. »Hast du heute keinen Drehtag?«

»Wir haben endlich mal frei.« Sie ist so wunderschön. »Ich dachte, ich nutze ihn, um meine Mädchen in Aktion zu sehen. Du warst phantastisch.«

Ich spüre förmlich, wie mein Gesicht aufleuchtet. »Wirklich?«

»Wenn ich es dir sage.« Meine Mutter lächelt mich an,

ihre grauen Augen strahlen. »Besser als ich in deinem Alter. Das ist übrigens ein schöner Mantel. Er steht dir gut, mein Schatz. Ich werde ein Wort einlegen, mal sehen, ob wir ihn mit nach Hause nehmen können.«

Ich platze fast vor Stolz wie eine Brieftaube, der man Aufputschmittel verabreicht hat.

»Ja, sie war ziemlich gut«, sagt meine Schwester ernst. Ihre Augenbrauennarbe ist unter dem Make-up nicht zu sehen. Sie deutet mit einem Nicken auf den leeren Stuhl, auf dem *Charity Valentine* geschrieben steht. »Ich schätze, Tee ist die talentierteste Schauspielerin in der Familie, was?«

Meine Gesichtszüge flackern, und das Leuchten erlischt. Lachend beugt Mum sich zu Charity, um sie zu umarmen.

»Netter Versuch«, sagt sie und drückt einen Kuss auf Charitys Haar. Sie lächelt mir über Tees Schulter hinweg zu. »Aber ich kenne meine Zwillinge. Gut gemacht, *Mercy*.«

Und von einem Moment zum nächsten ist das Leuchten wieder da.

9

»Mum?«

Ich versuche, auf sie zuzugehen, aber meine Fersen sind am Boden festgeschraubt.

»Und dann, ob du es *glaubst* oder nicht, sagte Dee –«

»Das habe ich nicht!«

»Doch, hast du! Es war total –«

Wieso hat noch niemand meine Mutter bemerkt? Warum gehen die Unterhaltungen weiter? Warum spielt immer noch Musik, als wäre eine der berühmtesten Frauen der Welt nicht soeben in den Saal gestolpert, nachdem sie sich monatelang in einer dunklen Höhle verkrochen hat?

Weil sie nicht mehr wie Mum aussieht.

Ich schlucke.

»Er steht definitiv auf mich, du weißt ja, was man über Augenkontakt sagt, und er war total … Cee? Hörst du mir zu? Cee?«

Wieso ist sie hier?

Ich weiß nicht, vielleicht um den Namen Valentine ein für alle Mal auszulöschen?

»Cee? Was machst du …?«

Tu was! Geh rüber und –

Ich geh ja schon!

Sofort! Bevor sie –

»VERFLIXT NOCHMAL, KANNST DU EIN EINZIGES MAL IN DEINEM LEBEN DEINE BESSERWISSERKLAPPE HALTEN?«

Vee, Mee und Dee starren mich mit großen Augen an.

»Ich … Das ist nicht, ich meinte nicht …«

»Wie auch immer.« Dior hakt sich bei den anderen beiden unter. »Kommt, Mädels. Ich schlage vor, wir überlassen Ihre Königliche Hoheit einen Abend lang ihrer eigenen faszinierenden Gesellschaft. Mal sehen, ob ihr das besser gefällt.«

Die Spatzenhirne wenden mir den Rücken zu und steuern entschlossen die andere Seite des Saals an. Ich habe jetzt wirklich keine Zeit, mich mit ihnen beschäftigen, ich muss eine Mutter verstecken, bevor jemand sieht, was aus ihr geworden ist.

Ich schraube meine Füße vom Boden los, husche unauffällig um die Ecke und greife nach Mums flauschigem Arm. Dann ziehe ich sie ohne Umschweife hinter eine riesige Vase mit lila beleuchteten Blumen.

Sei sanft, Mercy. Sei nett. Denk daran, sie …

»*Mutter*«, zische ich sie an. »Was *zum Teufel* treibst du hier?«

»Oh, hallo, Darling.« Mum blinzelt, ihr schmales Gesicht ist schwer gezeichnet. »Das ist die *Vanity-Fair*-Party, nicht wahr? Normalerweise komme ich immer zur *Vanity-Fair*-Party.«

»Normalerweise duschst du auch und benutzt Deodorant, aber offensichtlich hast du beschlossen, diese regelmäßigen Gewohnheiten aufzugeben.«

Meine innere Alarmglocke schrillt immer lauter. Aus der Nähe betrachtet, ist Juliet Valentine ein Wrack: Ihr Gesicht ist zerfurcht wie ausgetrockneter Beton, und sie hat die schuppige, porenreiche Hautstruktur von jemandem, der schon lange nicht mehr bei unserem Familiendermatologen war.

Der weiße Pelzmantel, den wir vor Jahren am Set geschenkt bekommen haben, ist zottelig und vergilbt und stinkt nach Staub und Mottenkugeln.

Und dann ihr Haar … Es ist fettig, hat dunkle Ansätze und wird an einigen Stellen bereits *weiß*.

Mein Magen verkrampft sich.

»Mum«, sage ich etwas sanfter. »Wie bist du hergekommen? Hat die Pressemeute dich gesehen? Woher hast du den Mantel?« Ich schaue nach unten, und mein Magen wird zu einem festen Knoten. »Wo sind deine *Schuhe*?«

»Es gibt eine Seitentür, die kaum jemand kennt.« Meine für ihren unnachahmlichen Style berühmte Mutter blickt erstaunt auf ihre schmutzigen nackten Zehen. »Den Mantel habe ich gefunden, ganz hinten in einem … Schrank.«

Ich brauche gar nicht erst zu fragen, welches Zimmer sie wie ein halb verrücktes Eichhörnchen durchwühlt hat.

»Was hast du drunter an?« Die nächste Alarmstufe. *»Mum, sag mir, dass da etwas unter dem Mantel ist.«*

»Natürlich ist da was.« Meine Mutter lächelt, berührt sanft mein Gesicht. »Ich kann mich nur nicht genau erinnern, was.«

Automatisch schlage ich ihre Hand weg. Mein Gehirn scheint in meinem Kopf Amok zu laufen.

»Gut, komm mit.«

Ich packe sie an ihren Pelzschultern und bugsiere sie Richtung Toilette – vorsichtig und mit irrwitzigen Verrenkungen, als würden wir in einer Fernsehshow versuchen, die ersten Anzeichen eines Schwangerschaftsbauchs zu verbergen. Irgendwie schaffe ich es, uns gemeinsam in eine Kabine zu quetschen, ohne dass jemand auf Mum aufmerksam wird. Dann schließe ich die Tür und hole keuchend Luft.

»Du siehst müde aus, Schatz.« Meine Mutter betrachtet mich mit sanften, gedankenverlorenen Augen. »Achtest du denn gut genug dich?«

»Am besten wäre es, wenn ich das gar nicht bräuchte«, sage ich schroff und krame Make-up aus meiner Handtasche. »Halt still.«

Mit Notfallfeuchttüchern säubere ich das Gesicht und die Füße meiner Mutter, dann bürste ich ihre Haare und verpasse ihr ein Make-up. Dass sie viel zu dünn ist, kann ich natürlich nicht ändern, aber immerhin sind wir auf einer Fashion-Party, wahrscheinlich werden sich alle Diät-Tipps von ihr holen wollen.

Stumm wie ein kleines gescholtenes Kind lässt Mum mein rabiates Umstyling über sich ergehen.

Schließlich verharrt mein Blick auf ihrem schäbigen Pelzmantel.

»Also gut«, sage ich unfreundlich und reibe mir müde übers Gesicht. »Mal sehen, was unter diesem monströsen Ding steckt.«

Folgsam knöpft meine Mutter den Mantel auf. Sie trägt

immer noch das eklige Spitzennachthemd, in dem sie seit Wochen im Haus herumwandelt. Ohne lange nachzudenken, ziehe ich meine Stiefel und meinen Louis-Vuitton-Anzug aus und helfe ihr, die Sachen anzuziehen.

Das Nachthemd wandert auf direktem Weg in den Mülleimer.

Mit einem Kribbeln in der Brust ziehe ich den Mantel, den ich einst mit meiner Schwester teilte, über meine Ganzkörperunterwäsche im Oma-Style, reiße die blaue Perücke vom Kopf und stopfe sie in meine Handtasche. Ich muss wohl nicht extra betonen, dass dies kein Look ist, bei dem ich es darauf anlege, die Blicke der anderen auf mich zu ziehen.

»Habt ihr schon Mercy Valentine gesehen?« Eine vertraute Stimme weht aus der Nachbarkabine zu uns herüber. »Ich fasse es nicht, dass sie hier einfach auftaucht, nach allem, was sie dir letztes Mal angetan hat.«

»Ja, oder? Wusstest du, dass sie inzwischen Theater spielt? Wie tief die Mächtigen doch fallen können.«

»Sie hat auf jeden Fall ein *Bühnengesicht*, wenn du verstehst, was ich meine. Am besten aus der Ferne, hahaha.«

Als sie loskichern, durchströmt mich süße, flüssige Wut, und ich halte mich dankbar an dem Gefühl fest wie eine Ertrinkende, der unerwartet ein Rettungsring zugeworfen wird.

»Okay!« Ich lächle meine Mutter beschwörend an, öffne die Kabinentür und führe sie hinaus. »Bereit für die Party?«

Dann drehe ich uns beide zu den Spiegeln.

Die gute Nachricht: Juliet Valentine sieht jetzt ganz wunderbar aus – elegant, cool, leidenschaftlich, kultiviert.

Die schlechte: Ich sehe aus wie ein obdachloser Eisbär.

»Oh!« Meine Mutter blinzelt sich im Spiegel an. »Wie schön!«

Es macht zweimal *Klick,* und die Fernsehmoderatorinnen kommen gleichzeitig aus ihren Kabinen. Als sie mich sehen, erstarren sie, und alles Blut weicht aus ihren Gesichtern.

Okay, dieses Mal bin ich ganz auf deiner Seite.

»Mädels!« Barfuß mache ich einen drohenden Schritt auf sie zu. »Oder sollte ich sagen, *Frauen*, die zehn Jahre älter sind, als sie bei Wikipedia vorgeben? Ich gebe Ihnen einen guten Rat: Beim nächsten Mal sollten Sie sich dieses Bühnengesicht von *sehr, sehr weit weg* anschauen, kapiert?«

Unwillkürlich stoße ich ein tiefes Knurren aus und mache einen Satz auf sie zu, als wollte ich mich auf sie stürzen. Die beiden kreischen erschrocken auf und stolpern ziemlich unelegant zur Tür hinaus wie zwei panische Wüstenrennmäuse, die gemeinsam in einer Klopapierrolle gefangen waren.

Grinsend – na also, es geht doch – drehe ich mich wieder zu meiner Mutter um.

Sie ist immer noch leicht weggetreten, geistesabwesend, verwirrt. Es spielt keine Rolle, ob sie aussieht wie Juliet Valentine, weltberühmter Filmstar und Liebling aller Briten, wenn sie sich nicht auch so *verhält.* Denn das ist es, was Berühmtsein ausmacht: Es ist eine Dauervorstellung, aus der man nie aussteigen kann.

»Mum«, sage ich sanft und blicke in ihr für den Glanz der Öffentlichkeit bestimmtes Gesicht. »Du bist Juliet Valentine.«

Sie sieht mich blinzelnd an. »Ich bin Juliet Valentine.«

»Ja«, wiederhole ich bekräftigend. »Du bist *Juliet Valentine*, A-Promi und kulturelle Ikone. Valentines. Zeigen. Immer. Klasse.«

Bei meiner Mutter geht ein Licht im Hinterkopf an.

Und sie schlüpft lächelnd in ihre Rolle.

10

Es ist der Auftritt ihres Lebens.

Sekunden nachdem sie den Raum betreten hat, legt sich Stille über den Partysaal. Juliet Valentine ist nicht die unsichtbare Frau mittleren Alters, ohne Gewicht oder Bedeutung. Sie ist der helle Stern, an dem die Planeten sich ausrichten und um den sie kreisen.

Was Lippenstift und ein anständiger Jumpsuit bewirken können!

»Juliet!« Ein Beauty-Redakteur eilt herbei. »Meine Güte, Sie sind hier! Wie schön, Sie wiederzusehen! Was für eine strahlende Erscheinung Sie heute sind!«

Meine Mutter ist nicht umsonst vierzig Jahre lang bei meiner Großmutter durch eine harte Schule gegangen. Ich habe es bei Faith mit ansehen müssen – wie sie sich gegen die ehernen Regeln wehrte, bis sie fast daran zerbrochen wäre –, doch jetzt wird mir klar, wie dieselben Gebote meine Mutter wie ein Gerüst stützen.

Mit flauem Gefühl beobachte ich, wie das Gesicht meiner Mutter weicher wird.

»Wie lieb von Ihnen, das zu sagen!« Mum lächelt liebreizend, nimmt die Hand des Redakteurs und drückt sie. »Es ist ein Privileg, hier zu sein, Cassidy. Vielen Dank, dass Sie mich wieder eingeladen haben.«

Die Deiche haben sich geöffnet, und hier kommt die Flut.

»Wenn das nicht Juliet Valentine ist! Mein Liebling! Du bist zu uns zurückgekommen.«

»Wie *geht* es dir?«

»Wie *tapfer* Sie sind! Was für eine Tragödie, was für eine Kraft!«

»Ich habe *Gipfelhöhen* gesehen, und es ist zweifellos Ihr *bestes* Werk! Ein wahrer Geniestreich! Sie werden alle großen Preise gewinnen, denken Sie an meine Worte! Von einem *Comeback* kann man da nicht sprechen!«

Wie gebannt beobachte ich das schöne Gesicht meiner Mutter: ausgeglichen, freundlich, beherrscht. Das ist dieselbe Frau, die vor ein paar Wochen fast unser Haus zerlegt hat auf der Suche nach der Babydecke eines toten Mädchens, um sie auf einer Charity-Veranstaltung versteigern zu lassen.

Jetzt sagt sie: »Ich komme sehr gerne zu Ihrer Galerieeröffnung!«

Sie sagt: »Und wie geht es Ihrem hübschen Sohn, Charles?«

Sie sagt: »Was für ein wunderschönes Kleid du trägst, Jessica. Verrate mir doch, woher du es hast, damit ich mir auch eines besorgen kann.«

Ein paar Minuten lang bin ich voller Ehrfurcht vor ihrer unglaublichen Leistung und vergesse tatsächlich, dass ich in einem unförmigen Mantel hinter ihr stehe und wie ein überdimensionaler Russenhut aussehe.

»Ah, Sie haben dieses Jahr Ihre Tochter mitgebracht!«

Eine tattrige Schauspielerin – eine von Grandmas alten Freundinnen – hält mir eine üppig mit Juwelen geschmückte Hand hin. »Wie ich höre, trittst du in die Fußstapfen der Familie! Wie glorreich!«

Ihr Blick gleitet nach unten, wird magisch von meinen nackten Füßen angezogen.

»Ohne Schuhe ist es einfacher, Leuten zu folgen«, sage ich mit einem verschwörerischen Grinsen. »Sie hören mich nicht kommen.«

»Haha!« Mum stößt ein süßliches, hohes Lachen aus, das überhaupt nicht wie ihr echtes kehliges Lachen klingt. »Das ist Mercy. Sie war schon immer die Talentierteste von meinen Mädchen.«

Es folgt eine lange, peinliche Stille.

Meinen Mädchen.

Und in diese Leerstelle quetschen sich Faith, Hope, Charity und ich: Wir rennen im Garten hinter Mum her, krabbeln in ihr Bett, hängen an ihren Beinen, zwicken sie in die Nase, ziehen an ihren Haaren.

Ich sehe, wie meine Mutter ins Wanken gerät, schwankt, stolpert.

Das Gerüst lockert sich.

»Ich fürchte, wir müssen gehen«, sage ich, als Mums Augen sich verschleiern. Ihr Kopf wird leer, und sie entschwindet wie das Kinopublikum, das am Ende eines Films den Saal verlässt. »Wie Sie sich denken können, warten noch viele schöne Partys auf uns.«

Entschlossen packe ich meine Mutter am Arm und ziehe

sie in einen Aufzug. Ich weiß nicht, wie viel Zeit wir noch haben.

Ich drücke auf alle Knöpfe für das Erdgeschoss.

Tipp. Tipp. Tipp.

»Juliet!« Eine andere Schauspielerin jagt atemlos hinter uns her. *Tipp.* »Ich wollte nur sagen, dass –«

»Das Valentines ist geschlossen«, schnauze ich sie an. »Kommen Sie morgen wieder.«

Die Türen gleiten zu, es herrscht Stille, während der Aufzug nach unten schwebt. Ich werfe Mum einen Blick von der Seite zu; sie starrt ausdruckslos ins Leere. Und alles, woran ich jetzt denken kann, ist das letzte Mal, als wir alleine zusammen waren. Wem mache ich etwas vor? Ich denke die ganze Zeit daran.

Impulsiv drücke ich jeden Knopf für jedes einzelne Stockwerk.

Tipp. Tipp. Tipp. Tipp. Tipp.

Der Lift erreicht den neununddreißigsten Stock, hält an, die Türen schwingen auf, der Lift bleibt stehen, die Türen schließen sich. Der Aufzug setzt seinen Weg nach unten fort: öffnen, stehen, schließen. Achtunddreißig: öffnen, stehen, schließen. Siebenunddreißig …

Ich schlucke, räuspere mich und versuche, mich zu erinnern, wie ein Gespräch mit meiner Mutter geht. Zum ersten Mal seit langer Zeit scheint sie halbwegs präsent zu sein, und das ist meine große Chance. Es gibt eine Frage, die ich ihr unbedingt stellen muss, bevor sie sich wieder in sich selbst zurückzieht.

»Mum«, sage ich schließlich. Öffnen, stehen, schließen. »Hast du … Ich meine, hast du jemals …« Öffnen, stehen, schließen. Meine Wangen sind heiß, mein Magen rumort. »Was ich sagen will, ist –«

»Sprich klar und deutlich, Liebling«, ermahnt Mum mich mit glasigem Blick. »*Artikuliere* dich. Denk daran, das Publikum muss *jedes Wort* verstehen können.«

Ich werfe ihr einen finsteren Blick zu, bis mir klarwird, dass sie nur Grandmas dumpfe Lektionen auf Autopilot herunterleiert. »Ich will nur wissen …«

Ängstlich atme ich tief ein und halte die Luft an, während der Aufzug weitere vier Etagen hinabfährt: achtzehn … siebzehn … sechzehn … fünfzehn … Dann platze ich heraus: »Hast du jemals das Gefühl, dass ein Teil von dir weg ist?«

Mum starrt vor sich hin, ohne sich zu bewegen, ohne auch nur zu blinzeln, und ich warte nervös und in der Hoffnung, dass meine Frage zu ihr durchgedrungen ist, während der Aufzug weiter nach unten fährt: vierzehn, dreizehn …

Schließlich flüstert sie: »Dein Kind ist immer ein Teil von dir.«

»Ja.« Ich schlucke heftig und nicke. »Ja, natürlich. Aber ich meine das eher im eigentlichen Sinn. Also … ob ein Teil von *dir* weg ist. Nicht ein Teil von … Charity. Ob sie diesen Teil mitgenommen hat, als sie ging.«

Wieder Stille. Zwölf, elf …

Ich versuche es erneut.

»Es ist nur …« Wir erreichen den zehnten Stock, meine Stimme ist rau und irgendwie schwerelos. »Ich dachte, Kummer ist etwas Vorübergehendes, Mum. Ich dachte, irgendwann ist man davon geheilt. Man hat gelernt, damit umzugehen, weiterzumachen und ihn irgendwann hinter sich zu lassen. Aber allmählich glaube ich, dass vielleicht auch etwas in einem selbst stirbt und nie wieder zurückkommt.«

Stille. Neunte Etage. Achte. Siebte. Sechste. Und plötzlich ist da in mir eine weiß glühende Traurigkeit und Enttäuschung, dass ich Angst habe zu zerbrechen.

»Mum, *bitte*«, schluchze ich mit zittriger Stimme. »Ich habe dich dadrin gesehen. Für alle anderen kannst du den Schalter umlegen, kannst du es nicht auch für mich? Nur eine Minute lang? *Bitte?*«

Ich drehe mich um und betrachte Mums perfektes Profil.

Sie blinzelt, ein Mal, ganz langsam, öffnet den Mund, um etwas zu sagen, und ich habe das Gefühl, dass sich vielleicht eine kleine Brücke zwischen uns aufspannt und Mum mich auf eine Weise versteht, wie es sonst niemand kann, und das gibt mir wiederum den Mut, tief Luft zu holen und mit meiner Frage herauszuplatzen …

»Hast du jemals das Gefühl, dass in dir nur noch …«

Ping.

Die Türen gleiten auf, und eine blonde Frau kommt herein, hält inne, starrt meine Mutter sprachlos an.

Ich mache diese schweigsame Fremde platt. Ich werde sie in Stücke reißen und ihre inneren Organe hier in diesem Aufzug verteilen. Ausgerechnet in diesem Moment muss sie auftauchen – seit zwei Jahren das erste richtige Gespräch mit meiner Mutter, und schon ist es aus und vorbei.

Schweigend fahren wir zu dritt im Lift nach unten.

Ping.

Die Türen gehen auf, und die Welt empfängt uns mit Blitzlichtgewitter.

»… nur noch Schlechtes zurückgeblieben ist?«, beende ich meinen Satz, während Mum bereits den Lift verlässt.

Flash. »Juliet Valentine!« *Flash.*

»Juliet!« *Flash, flash.* »Kehren Sie mit diesem Auftritt zurück in die Öffentlichkeit?« *Flash.* »Haben Sie sich von Ihrem Zusammenbruch erholt?« *Flash, flash.* »Haben Sie immer noch vor, sich von Michael Rivers scheiden zu lassen?«

»Juliet!« *Flash.* »Lächeln Sie für uns!«

»Sie sehen umwerfend aus!« *Flash.* »Was sagen Sie zu den kürzlich aufgetauchten Fotos Ihres Mannes mit einer unbekannten Amerikanerin in den Vierzigern?«

Flash, flash, flash, flash.

Entsetzt beobachte ich, wie meine Mutter tief Luft holt und ihnen entgegenschwebt. Sie strafft ihre schmalen Schultern, hebt das Kinn und stellt sich den Paparazzi.

Erwartungsvolle Spannung liegt in der Luft.

»Ich«, sagt Mum. »Bin. Sehr.«

Und das war's: Ende des Satzes. Meine Mutter verstummt, steht da, blinzelt, und ich merke, dass jede Energie aus ihr gewichen ist. Das Gerüst ist eingestürzt, die Vorstellung ist vorbei.

Mercy, hilf ihr!

Impulsiv und völlig planlos renne ich aus dem Aufzug.

»Ich werd verrückt«, flüstert jemand, als ich mich förmlich vor meine Mutter werfe und die Arme ausstrecke. »Aus welcher ranzigen Grube ist Mercy Valentine denn diesmal gekrochen?«

Blinzelnd schaue ich auf meinen widerlichen Pelzmantel.

Tu es!

Was trage ich eigentlich drunter?

Einen halben Neoprenanzug.

Ich schlucke, hebe den Kopf und blicke direkt in die Gesichter der Paparazzi.

»Ich bin die größte Schauspielerin aller Zeiten!«, schreie ich. »Schaut alle her zu MIIIIIIR!«

Dann knöpfe ich den Mantel auf und lasse ihn zu Boden fallen.

11

Stunden später krieche ich in Effies Bett.

Hier die Zusammenfassung: Ich habe Mum nach Hause begleitet, den Spatzenhirnen per Handy eine Entschuldigung geschickt und sie überredet, mich in einem Nachtclub zu treffen. Ich habe die blaue Perücke wieder aufgesetzt und auf den Tischen getanzt. Bin auf das DJ-Pult geklettert, um die lahmen Party-Vibes etwas aufzumischen. Bin rausgeschmissen worden und habe ein weiteres Mal lebenslanges Hausverbot bekommen. Habe einem Typen, der mir von der anderen Straßenseite hinterherpfiff, eine Packung Chips an den Kopf geworfen. Bin mit nackten Füßen die Straße entlanggerannt, woraufhin die Girls kichernd die Schuhe abgestreift haben und hinter mir her sind.

Alles in allem also ein ganz normaler Dienstagabend.

Bald wird die Sonne aufgehen, und Eff schläft immer noch tief und fest: mit angezogenen Knien, rundem Rücken, die Fäuste wie ein Kind geballt. Nur eine Faith Valentine schafft es, engelsgleich auszusehen, während sie ins Kissen sabbert.

Zu müde, um den Bodysuit auszuziehen, lege ich mich vorsichtig neben meine Schwester. Sie rührt sich, und ich drehe mich zu ihr, betrachte ihr wunderschönes Gesicht und suche darin nach einem Hinweis, wie es ihr wirklich geht. Faith ist es gewohnt, sich hinter eisiger Perfektion zu verstecken, und ich habe Angst, dass sie es wieder tut. Dass ich aufwache und noch mehr zerbrochene Spiegel sehe. Dass sie mir nicht wirklich verziehen hat, was ich ihr angetan habe. Dass ich auch sie verliere.

»Faith?«, flüstere ich. »Bist du wach?«

»Nein«, murmelt sie.

»Ist alles in Ordnung?« Ich betrachte ihren Umriss in der Dunkelheit. »Wir verbringen kaum noch Zeit miteinander, seit …« Ich habe ihre Beziehung zu Noah zerstört, einfach weil ich es so wollte.

Eff schlägt die Augen auf und lächelt schläfrig. »Mir geht's gut.«

»Versprochen?«

»Versprochen.«

Ihre schönen katzenförmigen haselnussbraunen Augen schließen sich wieder, und ich weiß nicht, ob ich ihr glauben soll. »Du würdest es mir sagen, wenn es nicht so wäre, oder, Eff? Diesmal würdest du es mir sagen. Du würdest nicht versuchen, es alleine durchzustehen?«

»Ja«, brummt sie undeutlich. »Morgenredenjetztschlafen.«

Sie legt ihren grazilen schlanken Arm übers Gesicht, und nach ein paar Sekunden wird ihr Atem tief und regelmäßig, bis aus den Tiefen ihrer Kehle nur noch ein hauchfeines Rasseln kommt. Und mir bleibt nichts anderes übrig, als still dazuliegen, während die nicht enden wollende Nacht sich dehnt und streckt und mich wie ein dunkler Mund umschließt.

Das tut sie immer.

Immer verschluckt sie mich.

»Hey«, flüstere ich, als ich es nicht mehr länger aushalte. »Bist du noch da?«

Und wie immer höre ich Charity, hell und klar wie eine Glocke.

Ja.

12

VALENTINES AM ARSCH!!!

Mercy Valentine (im Bild links) ist am absoluten Tiefpunkt angelangt. Als angehende Schauspielerin und It-Girl (17) zeigte sie gestern Abend beim Verlassen der Schickimicki-Party von *Vanity Fair* nackte Tatsachen, als sie freizügig in ihrer Unterwäsche tanzte. Die anschließenden Kommentare reichten von »trashig«, »aufmerksamkeitsgeil« bis zu »ziemlich erbärmlich«.

Die Soloburleske ereignete sich zeitgleich mit der öffentlichen Rückkehr ihrer Mutter, Juliet Valentine (41), in elegantem Schwarz von Yves Saint Laurent (rechts im Bild). Juliets tadelloser Stil war ein starker Kontrast zu ihrer ältesten Tochter.

»Mercy kann es nicht ertragen, wenn jemand anderes im Mittelpunkt steht«, vertraute uns eine enge Freundin des Society-Girls an. »Sie ist immer so! Wenn sich nicht alles um Mercy Valentine dreht, wird ihr sofort langweilig. *Ich, ich, ich!* Es ist irgendwie traurig.«

Echte Klasse liegt eindeutig nicht in der Valentine-Familie!

Ihr könnt mich mal.

»Beleuchtung! Kameras! Action! Daaaaaa kommt sie! Eine Valentine, aber ohne einen Hauch von Klasse! Zur Seite, Leute, damit hier noch ein paar miserable Arschwitze Platz haben!«

Ich kann Max jetzt ungestraft ermorden, richtig?

Selbstverständlich. Vase?

»Scher dich zum Teufel.« Ich nehme das unbezahlbare Porzellanding in die Hand und ziele damit auf meinen Bruder. Es zerschellt mit einem befriedigenden Klirren an der Küchenwand hinter ihm. »Du bist nur neidisch, weil *ich* heute Morgen auf den Titelseiten bin und nicht du.«

Max schüttelt gespielt betrübt den Kopf. Überall auf den Zeitungen liegen die Überreste von Sandwiches, Chips und halb gegessenen Donuts. Ich scheine wieder einmal das Mittagessen verschlafen zu haben.

Ich werfe einen Blick auf die Uhr: nein, fast Abendessen.

»Klar.« Mein Bruder kratzt sich am Kopf. »Ich meine, ist es *Unterwäsche* im eigentlichen Sinn? Angeblich ja, aber der Fummel sieht aus wie etwas, das Klempner zur Wärmedämmung von Heizkesseln benutzen.«

Ich werfe eine leere Tasse nach ihm, und als sie ebenfalls an der Wand aufschlägt, setze ich mich hin.

»Also *ich* finde, du siehst wild und mutig aus«, sagt Hope und betrachtet die Fotos mit unverhohlener Bewunderung. »Wie ein glänzender, tapferer Aal.«

Meine Nase zuckt. In der Speisekammer raschelt es, und als ich mich umdrehe, sehe ich, wie Faith mit einer Handvoll

Coco Pops herauskommt und sich die Dinger einzelnen in den Mund schiebt, obwohl sie wie Kaninchenkacke aussehen.

»Eff!« Ich springe vom Tisch auf. »Du bist noch hier!«

Ich spüre, wie ich rot werde, und räuspere mich.

»Was ich meinte, war …« Ich setze mich wieder hin, verschränke die Arme und schiebe das Kinn vor. »Warum bist du noch hier? Normalerweise hockst du doch tagsüber in deiner dreckigen kleinen Bude.«

Ich schaue sie forschend an, aber ihr Gesicht ist wie immer ruhig und verschlossen.

»Tja.« Effie zuckt nonchalant mit den Schultern. »Kostenloses Essen.«

Dann wirft sie einen schnellen Blick auf die Zeitungen und hebt die Augenbrauen. Sie trägt ihre Fahrradweste, also ist sie heute Morgen wohl zu ihrer Wohnung geradelt, und als sie die Zeitungen gesehen und begriffen hat, was letzte Nacht passiert ist, sofort wieder zurückgeradelt, um dann stundenlang zu warten, bis ich mich aus ihrem Bett bequeme, und das alles nur, um zu sehen, ob es mir gut geht. Puh, sie ist immer so *nett*.

Ich blinzle einmal, langsamer als sonst: *Mir geht's gut*.

Faiths Kinn zuckt: *Hast du die Aktion veranstaltet, um die Fotografen von Mum abzulenken?*

Ich kratze mich an der Nase: *Vielleicht*.

Sie zieht die Oberlippe hoch: *Ich liebe dich*.

»Gieriger Muppet«, sage ich pampig: *Ich liebe dich auch*.

»Wenn es um Kohlenhydrate geht, werde ich zum Monster.« Eff lächelt und wirft mir ein Coco Pop zu. Ich ziehe eine Boulevardzeitung über den Tisch zu mir her.

»Oder«, murmelt Hope, während ich zähneknirschend den Artikel noch einmal überfliege, »Faith ist ein Monster, das Dinge *verkauft*, die ihr nicht gehören, ohne vorher nachzufragen, ob es jemanden stört?«

Mit zusammengepressten Zähnen hole ich mein Handy heraus und tippe:

Mercy
LEUTE, HÖRT AUF, MIT DER VERDAMMTEN PRESSE ÜBER MICH ZU REDEN

Nova
Das war ich nicht. Aber jede Publicity ist gute Publicity, oder?

Amethyst
Ich war's auch nicht. Freu dich doch, auf den Fotos siehst du viel dünner aus;)

Ich starre ungeduldig auf das Display.

Dior schreibt, Dior schreibt, Dior schreibt, Dior schreibt.

Mercy
Spuck's aus, Dior.

Dior
Sie sagten, sie würden meinen Namen erwähnen. :(

Darf ich vorstellen: meine Freundinnen.

»Wovon redest du, Pudel?«, fragt Faith gerade, als ich mein Handy wieder zurück in die Tasche stecke und hochblicke. »Baby, ist alles okay mit dir?«

»Mmm-hmm.«

»Hope?«

»Mmm.«

»Rede mit mir, Süße.«

»Natürlich bin ich *nicht* okay!«, platzt Hope heraus. »Ich bin echt sauer, Effie! Du hast Elaine verkauft! Sie war meine beste Freundin, und du hast sie auf einer Auktion *verkauft*!«

»Warte mal.« Faith runzelt die Stirn und sieht Max und mich fragend an. Wir zucken beide mit den Schultern. »*Deine beste Freundin?* Meinst du das alte kleine Gemälde, das früher in der Bibliothek hing?«

»Ja!«, kreischt Hope und ballt die Fäuste. »Das tue ich! Elfenduell könnte es sein, dass ich genau davon spreche!«

Max, Faith und ich schauen uns an, unsere Nasenflügel blähen sich.

»Pudel, was meinst du mit *Elfenduell*?«

»Das ist ein *vermutliches* Duell zwischen Elfen, und man kann es genauso wenig sehen wie das verschwundene Gemälde … Hört auf, über mich zu lachen!« Hope springt auf, ihr Gesicht brennt, nein: glüht vor Zorn. »Ich kann sehen, wie ihr über mich lacht! Hört auf!«

Wir drei brechen kichernd über dem Tisch zusammen.

Pling.

»Du bist *eventuell* eine Idiotin«, gluckse ich, während ich nach meinem Handy greife und meine E-Mails öffne. »Du kannst nicht mit einem leblosen Objekt befreundet sein. Das ist das Lächerlichste, was ich je gehört habe …«

Meine Augen werden groß.

Von: Finneas O'Connor
An: Mercy Valentine

Mercy,
ich hoffe, du hattest einen schönen Abend – es sieht ganz danach aus.
Ich habe die beglückende Aufgabe, dir mitzuteilen, dass du heute Morgen deine erste Gesamtprobe von *Viel Lärm um nichts* verpasst hast. Die Regisseurin ist bestrebt, dir diesen Fehler in aller Deutlichkeit klarzumachen – sie ist überzeugt, dass es sich dabei um einen solchen handelt. Die Personalabteilung war leider zu beschäftigt, und ich kam im falschen Moment vorbei, daher fällt mir nun diese Aufgabe zu – Jubel, Freude, Begeisterung über diese glorreiche Gelegenheit etc.

Anbei im Anhang ein Zeitplan für die weiteren Proben, die alle obligatorisch sind. Deine Agentin hätte ihn dir längst schicken sollen. Wie du siehst, hast du morgen eine Kostümprobe. Sie ist weder freiwillig noch optional, wie bei Vollzeitbeschäftigungen so üblich. Ich hoffe, du siehst dich imstande, rechtzeitig aufzuwachen.

Alles Gute, Finn (Bühnenpersonal)

Ich spüre, wie meine Wangen brennen.

Okay, wie hätte ich wissen sollen, dass ich heute eine Probe habe? Meine Agentin hat mir nie einen Zeitplan geschickt. Oder vielleicht hat sie das, aber ich habe zu der Zeit auf einem Tisch getanzt. Wie auch immer, wie kann dieser *Finn* es wagen, mich zu beschimpfen? Er gehört nicht einmal zum Ensemble, sondern zum *Bühnenpersonal.*

»Es tut mir *so* leid«, sagt Effie sanft und greift nach Hopes Arm, doch die reißt sich los. »Süße, ich hatte keine Ahnung. Ehrlich. Wie kann ich das wiedergutmachen?«

»Menschenskind.« Mein Bruder lacht laut. »Beruhigt euch, ihr beiden. Wir besorgen dir ein neues Bild, Hope. Was hättest du denn gerne? Häschen? Kätzchen? Ben auf dem Rücken eines Pferdes?«

Stirnrunzelnd schaue ich wieder auf mein Handy.

Ich bin *Mercy Valentine.* Dieser dahergelaufene Typ weiß eindeutig nicht, wie man mit einem echten Star umgeht.

»Du kannst nicht einfach Freunde ersetzen, Max!«

Verärgert drücke ich auf ANTWORTEN.

Von: Mercy Valentine
An: Finneas O'Connor

Ich weiß nicht, welchen Umgang du normalerweise hast, aber so lasse ich *nicht* mit mir reden. Ich bin eine VALENTINE. Ich spiele BEATRICE. Du hackst Holz und schlägst Nägel. Also kümmere dich um deine eigenen Angelegenheiten.
Und fürs Protokoll: Ich habe die Probe NICHT verpasst.
Ich bin KRANK.

Mercy

SENDEN.

Es ist keine Lüge, ich habe tatsächlich leichte Kopfschmerzen. Es ist eher eine Anpassung der Wahrheit für meine Zwecke, also etwas, worin Schauspieler geschult sind.

Pling.

Von: Finneas O'Connor

Tut mir leid, dass du krank bist. Ich könnte mir vorstellen, dass du dir eine Erkältung eingefangen hast, als du mitten in der Nacht in Unterwäsche herumgetanzt bist. Und du spielst NICHT die Beatrice. Du bist im Bett. Daher meine E-Mail.

Was das Hacken von Holz und das Schlagen von Nägeln angeht – gelegentlich klebe ich auch Dinge.

Finn

»Mercy?«

Mit fliegenden Fingern schreibe ich:

Von: Mercy Valentine

Anscheinend bist du nicht in der Lage zu unterscheiden, ob es

»Mer?«

»Meerhexe? *Mercy Valentine?*«

Blinzelnd schaue ich auf. Meine Geschwister starren mich an.

»Whoa.« Mein Bruder runzelt die Stirn. »Was ist mit Mercys Gesicht passiert? Ist es … geschmolzen? Oder … Das gibt's doch nicht! Sieht so ein Lächeln aus?«

»Was?«, blaffe ich ihn an und bringe rasch meinen Gesichtsausdruck wieder unter Kontrolle. »Nein, du Idiot. Ich kann nichts dafür, wenn du die Körpersprache nicht lesen kannst.«

Hopes Augen verengen sich, dann weiten sie sich. »Oh, jetzt kapier ich! Mercy, das ist ein *Ich flirte mit einem Jungen*-Gesicht! Du kannst jemanden sehr gut leiden!«

Ich schnaube laut. »Also bitte. Ich kann niemanden leiden.«

»Aber *du* hast einen Schwarm, das wissen wir alle.« Meine kleine Schwester zeigt auf Max, dann dreht sie sich um und mustert Faith. »Und du auch! Wow, sind alle an diesem Tisch verliebt?! Ich wusste, dass es ansteckend ist! Habe ich es an euch weitergegeben?«

Faith und Max wollen beide etwas sagen, aber ich fange an zu lachen.

»Hope«, sage ich ehrlich amüsiert, »nur weil *du* dich in jeden Menschen *verliebst*, der dir das kleinste bisschen Aufmerksamkeit schenkt, heißt das nicht, dass der Rest von uns ebenso verzweifelt ist. Wir haben schließlich Standards.«

Mercy, das war völlig unangebracht.

Hopes Gesicht fällt in sich zusammen wie eine nasse Papiertüte. Mein Magen verkrampft sich.

»Ich meinte nur –«, rede ich schnell weiter.

»Ich weiß, was du gemeint hast.« Meine kleine Schwester steht so abrupt auf, dass ihr Stuhl mit einem lauten Krachen umkippt. »Und du tust mir echt leid, Mercy. Sehr sogar. Du hältst dich für hart und unzugänglich, aber *ich* glaube, du hast dein Herz vor Jahren an einem sicheren Ort eingesperrt und kommst jetzt nicht mehr ran.«

Etwas Kaltes schießt durch mich hindurch. »Das ist wirklich nicht –«

»Ich *liebe* Ben«, fährt Pudel mit geballten Fäusten fort. »Ich liebe ihn, und das schon, seit ich klein war. Er ist der netteste, aufrichtigste Mensch der Welt. Ist mir doch egal, wenn ich verzweifelt wirke! Ich würde lieber verzweifelt der Liebe hinterherjagen, als mich so zu verschließen wie du.«

Faith und Max schauen mich mit großen Augen an.

»Hope«, sage ich nach einem Moment verblüfft. »Ich –«

»WER WILL HIER DER LIEBE HINTERHERJAGEN?«, dröhnt eine laute amerikanische Stimme hinter mir. »ICH HAB ES EUCH ALLEN GESAGT: KEINE DATES, BIS IHR VIERZIG SEID.«

13

Valentines wissen, wie man einen Auftritt hinlegt.

Noch immer leicht verstört, drehe ich mich zu meinem riesigen Vater um, der die gesamte Küchentür einnimmt.

»Dad!«, quietscht Hope überglücklich und stürzt sich auf ihn.

»Was ist denn hier los?«, fragt Dad gut gelaunt und drückt ihr einen Kuss auf den Lockenkopf. »Pudel, was um alles in der Welt hast du gesagt, dass es ihnen derart die Sprache verschlagen hat? Treibst du wieder Unfug?«

»Ein bisschen«, gibt sie stolz zu.

»Das ist mein Mädchen.« Mein Vater dreht sich zu Faith um. »Hältst du dich an unsere Abmachung, Schatz? Kommst du jeden Abend nach Hause?« Sie streckt stumm den Daumen hoch, woraufhin Dad seine Aufmerksamkeit Max zuwendet. »Mach mir eins von diesen ekligen Sandwiches, Mr. Oben-Ohne auf YouTube. Man könnte glatt meinen, wir geben dir nicht genug Geld für T-Shirts. Wo ist Maggie?«

Max zieht eine Grimasse und reicht unserem Vater ein schlaffes Erdnussbutter-Gelee-Sandwich.

»Unterwegs mit ihrem Sohn, meinem *Freund*«, antwortet Hope, deren Stimmung bereits wieder ins Sonnige wechselt. »Außerdem gibt es noch ein großes Geheimnis: Max hat eine neue Freundin, und er ist total verrückt nach ihr!«

»Wie bitte?« Max fallen fast die Augen aus, aber Hope streckt ihm ungerührt die Zunge raus. »Woher hast du das denn?«

»Ich hab so meine Quellen«, sagt sie vage.

Mit einem leicht amüsierten Stirnrunzeln dreht Dad sich zu mir um, aber mir schwirrt der Kopf, und ich fühle mich, als hätte mir ein süßes Kätzchen plötzlich ein Stück aus dem Gesicht gebissen. Mühsam versuche ich, mich zusammenzureißen.

»Was ist?«, frage ich brüsk. »Wieso siehst du mich so an?«

»Zu dir komme ich gleich noch«, sagt mein Vater. Bei dem tiefen warnenden Unterton rutscht mir das Herz in die Hose.

Alle Blicke richten sich auf die Tür.

Dort steht eine kleine lächelnde Frau: mattbraune Haare, braune Augen und eine braune *Cargohose*. Ich reiße die Augen auf. Das muss ein Scherz sein. *Das* ist sie? Dads neue Eroberung? Das ist die Frau, um die sich so viel Drama und Schlagzeilen gedreht haben?

Liebe führt offenbar dazu, das eigene Leben und die eigene Familie auf den Kopf zu stellen – und das für eine Frau, die mehrfache Aufbewahrungsmöglichkeiten anzieht und *Crocs* trägt.

»Eine neue Haushaltshilfe?«, frage ich hämisch. »Wunderbar. Machen Sie die Wäsche?«

»MERCY!«

»Was denn?« Ich mime die Unschuld. »Was habe ich getan?«

Hope hat sich bereits um die Amerikanerin geschlungen

wie ein anlehnungsbedürftiger Efeu. Ich kann nur hoffen, dass Mum rechtzeitig runterkommt, um das Ganze zu beenden, und sei es mit Fäusten und gummierten Fußtritten.

»Leute, das ist Ruth!« Meine kleine Schwester wickelt sich unerklärlicherweise noch etwas fester um die Frau. »Ich hab sie in Kalifornien kennengelernt. Sie ist ein psychotisches *Genie.*«

Sie meint *psychologisch.*

»Dad.« Ich ziehe die Augenbrauen hoch. »Du datest unsere neue Haushälterin? Das ist schon ein bisschen traurig.«

»SIE IST NICHT DIE HAUSHÄLTERIN, MERCY!«, explodiert Dad. »SEI NICHT SO VERDAMMT UNHÖFLICH!«

»Ich bin eigentlich Therapeutin«, sagt Ruth und streckt ihre Hand aus. »Schön, dass wir uns endlich kennenlernen. Mir ist klar, dass mein Erscheinen hier in England für euch etwas unerwartet kommt, aber ich hoffe, ihr gebt mir die Gelegenheit, euch alle besser kennenzulernen.«

»Nicht beruflich, hoffe ich.« Ich täusche Interesse an meinem Handy vor, jetzt, da ich ihr das Gefühl gegeben habe, nicht willkommen zu sein. »Ich habe schon eine Reihe von Psychiatern verschlissen. Ich nehme Sie gern in die Liste auf.«

Ich klicke auf meinen Entwurf an Finneas:

Von: Mercy Valentine
An: Finneas O'Connor
Anscheinend bist du nicht in der Lage, zwischen TALENT und PERSONAL zu unterscheiden, also bitte

Das geht noch etwas schärfer. *Delete.*

»MERCY!« Seltsamerweise ist Dad immer noch wütend. »LEG DEIN HANDY WEG. GENAU DESHALB BIN ICH HIER.«

Ich schreibe weiter und murmle: »Völlig überzogene Reaktionen auf unbedeutende Probleme, Vater.«

Faith schlägt die Hand vor den Mund, und ich grinse sie zufrieden an.

»Ich bin *hier*« – Dad entreißt mir mein Handy und knallt es auf den Tisch –, »um mit dir über dein Verhalten zu sprechen, Mercy. Seit meiner Rückkehr nach Großbritannien erwarten mich beim Aufwachen neue und zunehmend alarmierende Schlagzeilen in diversen Schundblättern. Und immer dreht es sich um meine älteste Tochter. Du bist eine Schauspielerin, kein Möchtegern-Reality-TV-Star. Damit ist jetzt Schluss, hast du gehört?«

»Michael«, sagt Ruth beschwichtigend. »Ich glaube nicht, dass –«

»Halten Sie sich da raus, Little Miss Khaki«, schnauze ich sie an und wende mich dann sofort wieder meinem Vater zu. »Du hast deine Kinder einer Wahnsinnigen überlassen, damit du zu deiner Armeehosen-Tussi nach Amerika abhauen kannst. Also, wessen Verhalten steht hier zur Debatte?«

Dad öffnet den Mund und schließt ihn wieder wie ein Fisch.

»Ich habe einen *Film* gedreht.« Er reibt sich das Gesicht. »Aber das entschuldigt nicht, dass du –«

»Dass ich tue, was ich will? Siehst du, das ist der Vorteil, wenn man keine Eltern hat, *Dad*. Man muss sich nicht auf ihre Heuchelei einlassen. Ich werde zufällig einmal in meiner Unterwäsche fotografiert, und du rastest komplett aus. Max dreht jeden Tag Oben-ohne-Videos, und du machst dich darüber lustig.«

Sein Mund macht nutzlose Bewegungen.

»Michael«, sagt Ruth leise und tritt einen Schritt vor. »In diesem Punkt hat Mercy recht. Ich weiß, es steht mir nicht zu, aber vielleicht ist das nicht der geeignete Weg, um …«

»Sie haben recht«, sage ich von oben herab und mache eine verächtliche Handbewegung. »Es steht Ihnen *nicht* zu. Also halten Sie die Klappe, Little Miss Khaki. Auf diese Pseudosolidarisierung kann ich verzichten.«

Faith, Max und Hope glotzen mich an.

»MERCY!« Dad ist jetzt völlig außer sich, was toll ist, denn eine Auseinandersetzung lässt meinen Verstand sofort schärfer und klarer werden. »HÖR AUF, SO MIT DEN LEUTEN ZU REDEN! DIESE STÄNDIGE GIER NACH AUFMERKSAMKEIT – SO WURDEST DU NICHT ERZOGEN!«

»Ich bin eine Valentine – *genau so* wurde ich erzogen.« Ich stehe auf und gähne übertrieben. »Und es hat funktioniert, oder nicht? Du hattest endlich einen Gastauftritt.«

Kabumm.

»Hör zu.« Dad reibt sich erneut erschöpft übers Gesicht. »Mercy, ich verstehe, warum du wütend bist, und mir ist klar, dass du …« – er sagt etwas übers Unglücklichsein, über Trauer, Verlust, Schmerz, was auch immer –, »aber ich bin jetzt für dich da, okay? Außerdem habe ich ein Friedensangebot mitgebracht, damit wir vorankommen und du unabhängiger und verantwortungsbewusster werden kannst.«

»Oooh.« Ich verdrehe die Augen. »Du hast mir ein *Geschenk* gekauft, Vater? Ein Hühnerei vielleicht? Willst du, dass ich es eine Woche lang wie ein Baby herumtrage? Du bist so was von lahm.«

»SCHLUSS DAMIT!«, brüllt Dad und verschränkt die Arme vor der Brust. »MERCY, ES REICHT!!! DAS GESCHENK KANNST DU VERGESSEN! ICH ZIEHE DAS ANGEBOT ZURÜCK!«

Okay, jetzt will ich es doch haben. »Was ist es?«

»Ja«, meldet sich Max zu Wort, »was hast du für sie? Denn wenn *sie* Geschenke bekommt, zahlt es sich offensichtlich aus, eine fiese Ratte zu sein. Vielleicht sollte ich das auch mal versuchen.«

Dad versucht, die Hintertür zu blockieren, aber ich schnappe mir mein Handy und stürme zur Vordertür hinaus. Gegen meinen Willen hat mich nun doch die Neugier gepackt.

Was denkst du, was es ist?

Ein Haustier, das mich lehrt, wieder zu lieben? Das mein hartes, hartes Herz erweicht? Bei einer Schlange würde ich nicht nein sagen.

Ein Welpe würde dir gefallen, gib's zu.

Eine Vogelspinne. Eine Eidechse. Etwas Kaltes und Gruseliges, das jeder hasst.

Ein flauschiges kleines Kaninchen. Ein winzig kleiner Ball aus …

HÄLTST DU WOHL DIE KLAPPE?

Ich renne hinaus in den Garten – meine Geschwister dicht hinter mir – und bleibe dann abrupt stehen. Hinter dem Haus steht etwas, reglos, mit einer großen rosa Schleife.

Es ist sehr groß. Es ist schwarz. Es kann Menschen töten.

Es ist definitiv kein Hase.

»Das darf nicht wahr sein!«, schreit Max empört. »Das ist das Unfairste, was mir je in meinem Leben passiert ist!«

Mein Vater hat mir ein Auto gekauft.

14

Nicht ein Auto: ein *Biest.*

Mein Magen dreht sich um, und ich schlucke heftig. Gut möglich, dass ich mich gleich übergeben muss.

»Ein Land Rover«, sage ich, als mein Vater schnaufend hinter mir auftaucht. »Du hast mir einen Land Rover gekauft.«

Dad ist sichtlich entzückt über seine eigene Großzügigkeit.

»Jedes Mädchen in einem gewissen Alter braucht einen SUV!« Er zögert kurz, dann übergibt er mir die Schlüssel. »Du bist fast achtzehn, also dachte ich, dass du ein bisschen mehr Verantwortung übernehmen kannst. Du musst auf den Wagen achten, Benzin, Öl und Kühlflüssigkeit überprüfen, ihn instand halten …«

»Michael …«, unterbricht Ruth ihn leise.

»Ich bin Amerikaner, Autos sind ein Initiationsritus!« Er sieht so selbstzufrieden aus, dass ich ihm am liebsten einen Karatetritt gegen das Schienbein verpassen würde. »Vielleicht hält es dich in Zukunft davon ab, unseren Chauffeur um drei Uhr nachts für einen Drive-in-Milchshake herbeizurufen!«

Ich bitte dich, das habe ich genau *ein Mal* gemacht. Normalerweise ist es ein Kebab.

»Ich. Kann. Nicht. Fahren«, erinnere ich ihn.

»Daran habe ich auch gedacht!« Dad grinst. »Ich habe Fahrstunden gebucht! Hier ist die Visitenkarte. Es ist alles bezahlt, so lange, wie es eben dauert. Melde dich einfach, du kannst anfangen, wann immer du willst!«

Ich starre auf das kleine rechteckige Stück Pappe, das er mir in die Hand drückt.

Ich habe das Gefühl, als müsste ich mich übergeben, schreien, weinen, Dinge werfen, hysterisch lachen und dann wieder kotzen. Es ist extrem verwirrend, die richtige Reihenfolge zu finden.

»ICH FASSE ES NICHT!«, tobt Max. »Sie bekommt einen SUV? Mercy benimmt sich seit Jahren wie ein Arsch, und du kaufst ihr einen brandneuen *Land Rover*? Ich bin auch ein totaler Arsch – wo ist mein Auto?! Ich verlange gleiches Recht für alle, Vater! Fairness gegenüber deinen Kindern!«

»Oooh!« Hope hüpft aufgeregt auf und ab. »Wenn hier alle Autos bekommen, kann ich dann auch eines haben? Klar, ich bin zu jung, um selbst zu fahren, aber ich kann mit Ben im Fahrzeug sitzen und knutschen.«

Nur Faith schweigt und sieht mich forschend an.

»Was ist denn in euch gefahren?« Dad schaut entnervt zum Himmel. »Max, ich habe in den letzten Jahren für eine Penthouse-Wohnung in Knightsbridge bezahlt, in der du selten oder nie wohnst, weil du ständig hier herumlungerst und alles wegfrisst, was dir in die Finger kommt. Und ich unterstütze dich finanziell, und zwar nicht zu knapp, damit du deine *Träume* verwirklichen kannst, was auch immer sie sein mögen.«

»Also wirklich.« Max hört sofort mit seinem Gemeckere auf. »Wenn wir jetzt schon die *Pennys zählen*, Dad.«

»Pudel.« Dad wendet sich an Hope. »Ich habe für dich eine Fünf-Sterne-Reise nach Kalifornien bezahlt einschließlich des Erste-Klasse-Rückflugs, weil du dir ein Upgrade gegönnt hast, plus du bist in einer der teuersten Privatschulen des Landes eingeschrieben. Ich glaube, du hast keinen Grund, dich zu beschweren.«

Pudel runzelt die Stirn. »Vielleicht könntest du mir ein Fahrrad kaufen?«

Dad lacht leise. »Faith hat zurzeit die kleine Wohnung ihrer Freundin in Brixton gemietet, aber ich habe den Eindruck, dass sie genau das will. Richtig?«

Faith nickt.

»Also, ja, ich habe Mercy ein Auto gekauft.« Dad wirft meinen Geschwistern einen warnenden Blick zu. »Ist das in Ordnung für euch gierige kleine Monster?«

Max und Hope blicken zu Boden.

»Tut mir leid, Dad.«

»Tut mir leid, Dad.«

Wie benommen drehe ich mich um und starre das Biest an. Ich habe ihm noch nicht wirklich ins Gesicht gesehen – oder auf die Motorhaube, was auch immer –, und es ist schwer, das zu tun, ohne zurückzuschrecken. Es ist mir *unbegreiflich*, wie irgendjemand denken kann, dies sei ein passendes Geschenk für mich.

Für uns.

Ganz genau. Für uns.

»Also gut.« Ich schlucke und presse kurz die Zähne zusammen. »Wie du dir vorstellen kannst, Vater, bin ich überglücklich über dieses extrem großzügige Schuld-Bindestrich-Bestechungsgeschenk. Und natürlich werde ich alles tun, was mein Patriarch mir aufgetragen hat.«

Vater besitzt auch noch die Unverfrorenheit, schockiert auszusehen. »Mercy, das ist *nicht* –«

»Allerdings gibt es da ein Problem«, fahre ich fort, »du scheinst mich mit einer fetten fünfundvierzigjährigen Geschiedenen zu verwechseln, die genau drei Meilen unter dem Tempolimit fährt.«

»Mercy! Das ist ein sehr guter SUV! Ein *sicheres* Auto.«

Ich lache kurz. »Mein *Geschenk* besteht also im Grunde genommen darin, dass du mir meinen Limousinen-Service wegnimmst und mich die Arbeit selbst machen lässt, oder? Jippie! Kneif mich! Weißt du, die meisten Väter kutschieren ihre Teenager selbst durch die Gegend. Das ist dir doch klar, oder? Draußen in der normalen Welt? Wo sie sich für ihre Kinder den Arsch aufreißen?«

»Mercy.« Dad sieht niedergeschmettert aus, und ich verspüre einen Anflug von Gewissensbissen, aber scheiß drauf, warum muss er so unsensibel sein. »Ich dachte wirklich, du würdest dich freuen.«

»Tue ich aber nicht«, fauche ich. »Und ich werde dieses Ding garantiert nicht fahren.«

In meiner Wut zerreiße ich die Visitenkarte in zwei Hälften und schleudere sie zu Boden; dann werfe ich die Schlüssel nach meinem Vater, dass sie ihn an der Brust treffen.

Voller Zorn stürme ich zurück ins Haus.

»Mercy …« Faith holt mich ein und greift nach meiner Hand. »Geht es dir gut? Ich bin sicher, Dad hat nicht –«

»Nicht jetzt«, sage ich mit heiserer Stimme. Ich befreie mich aus ihrem Griff und renne die Wendeltreppe hinauf. »Geh mit deinem Mitgefühl woandershin, Eff. Im Moment habe ich keinen Nerv dafür.«

Ich lasse sie einfach stehen und gehe weg. Im Gang treffe ich auf Mum, die mit einem Skript in der Hand auf und ab wandert und vor sich hin murmelt. Einen Moment lang schaue ich ihr fassungslos zu: Sie ist wieder aufgetaucht, schon den zweiten Tag in Folge? Ohne Vorwarnung, Knall auf Fall. Einfach so: *Ich bin wieder da und ansprechbar*?

Dann sehe ich, was sie mit ihren schmalen Fingern umklammert.

Meine Wut überrascht selbst mich.

»MUTTER!« Ich reiße ihr *Viel Lärm um nichts* aus der Hand. »Das ist *mein* Skript! Hast du Anmerkungen hineingeschrieben? Das ist nicht deins!«

»Oh!« Mum blinzelt, benommen und seltsam wach zugleich. »Es ist ein geniales Stück … Ich habe die Beatrice gespielt, als ich noch etwas jünger war. Eine *faszinierende* Rolle, du musst darauf achten, dass du …«

Ich wedle mit dem Skript vor ihrem Gesicht hin und her.

»DAS IST MEINE ROLLE, ICH WEISS GENAU, WIE SIE IST! LASS VERDAMMT NOCHMAL MEINE SA-

CHEN IN RUHE! WAS IST NUR LOS MIT DIESER FAMILIE?«

Ich renne in mein Schlafzimmer, drehe mich um und starre Mum so lange böse an, bis sie den Mund öffnet, um etwas zu sagen.

Dann schlage ich die Tür zwischen uns zu.

15

Mercy, beruhige dich.

»Ich *bin* ruhig.« Zitternd vor Empörung, werfe ich das Skript auf mein Bett und tigere durchs Zimmer, auf der Suche nach etwas, das ich zerreißen, zerbrechen, zerschlagen kann. »Ich bin so verdammt ruhig wie ein Zen-Hippiemädchen, das in einem Blumenfeld liegt und eine Gänseblümchenkette für das Lieblingslama bastelt.«

Knurrend vor Wut werfe ich ein Kissen quer durch den Raum. Es landet mit einem leisen, völlig unbefriedigenden *Flump* auf dem Boden, also nehme ich stattdessen eine hässliche Porzellantasse mit einem Cartoon-Kätzchen vorne drauf und hole weit aus.

Nicht die!

»Dann eben nicht.« Genervt stelle ich sie zurück auf die Kommode, nehme die Lampe vom Nachttisch und werfe sie gegen die Wand. Sie knackt, funkt und zischt, dann geht das Licht aus. »Zufrieden?«

Klar, mach dich ruhig im Dunkeln fertig.

Genervt von mir selbst und allen anderen, ziehe ich in dem immer dunkler werdenden Raum meine Kreise.

Dad hat es gut gemeint, weißt du?

»Na und?« Ich nehme ein Kristallglas, halte es ein paar Sekunden lang in der Hand, dann schleudere ich es fort. *Knack.*

»Wen verdammt und Rattenarsch interessiert, wie er es gemeint hat? Worauf willst du hinaus?«

Auch ihre Herzen müssen erst noch heilen.

»Fabelhaft. Wenn sie herausgefunden haben, wie das geht, können sie es mir sagen.«

Es ist nichts mehr da, was ich zerschmettern könnte, also lasse ich mich aufs Bett fallen.

Aber der Groll ist immer noch da. Automatisch greife ich nach meinem Handy und checke meine sozialen Medien. Nicht zu fassen, Max hat bereits ein pseudoweinerliches, stark mit Filter bearbeitetes Selfie von sich und dem Biest gepostet und mich getaggt, dazu die Bildunterschrift:

Wenn deine Schwester deinen Traum auf vier Rädern kriegt:(

Zähneknirschend checke ich meine Alerts:

OMG @MercyValentine! Heute Abend Spritztour? Juhu! @Amethystisasuperstar @Diornotthatone Aaaaaah! Partytime!

Ab sofort bist du unsere offizielle Fahrerin @MercyValentine! @SuperNovababy! @Diornotthatone

Wenn es nur Räder sind, wo ist dann der Rest? #Fragen @MercyValentine @Amethystisasuperstar @SuperNovababy

Jep, genau wie vermutet soll ich jetzt meine Freundinnen als unbezahlte Chauffeuse durch die Gegend kutschieren.

Ich ignoriere sie alle. Aber die Wut brodelt weiter. Nach kurzer Überlegung beschließe ich, sie woandershin zu lenken. Eine Weile nutze ich die Zeit, um Noah und seine neue, farblose Model-Freundin zu trollen:

@NoahJames Wen versuchst du, so krampfhaft zu überzeugen?

@NoahJames Also bitte, das ist, als würde man einen Ferrari gegen einen Ford Kombi auswechseln.

@NoahJames Wenn ich es mir recht überlege, passt ihr beide perfekt zusammen. LOL.

Ein paar seiner Loser-Kollegen im Popbusiness verteidigen ihn, also investiere ich extra Zeit, um auch sie fertigzumachen, und dann noch eine halbe Stunde, um mich über den Schwachsinn der Modelbranche als solche aufzuregen. Ich vertiefe mich gerade in die wangenknochenlosen Fotos seiner neuen Freundin von vor sechs Jahren – sorry, aber die Pubertät verleiht dir kein anderes Gesicht –, als mein Handy *Pling* macht.

Von: Finneas O'Connor
An: Mercy Valentine

Ans? Ist das ein Geheimcode? ANS? ANSturm? ANSchlag? ANSpruchshaltung? Mein Verstand fährt Karussell.

Verwirrt scrolle ich nach oben und werde rot.

Anstatt meinen Entwurf ganz zu löschen, habe ich die ersten Buchstaben des ersten Wortes stehenlassen und abgesendet:

Ans

Das erfordert eine schnelle und schroffe Antwort:

Von: Mercy Valentine

Musst du keine Böden schleifen? Dinge zusammenkleben? Warum belästigst du mich immer noch?

Ich aktualisiere fünf- oder sechsmal.

Von: Finneas O'Connor

Ich habe mich an den abgeschliffenen Fußboden geklebt, und dies ist ein verzweifelter Hilfeschrei. ANSturm! ANSchlag!

Ich lache laut auf. Als ich merke, wie dunkel es in meinem Zimmer inzwischen ist, lege ich mein Handy auf den Nachttisch, schalte das Deckenlicht ein und stehe auf, um mich für eine weitere Nacht fertig zu machen.

Finn ist irgendwie witzig, findest du nicht auch?

Ohne darauf zu antworten, trage ich mit geübter Hand ein noch dunkleres Make-up auf. Dann ziehe ich ein enges, kurzes schwarzes Kleid an. Unschlüssig bleibe ich vor meiner Perückensammlung stehen und begutachte die verschiedenen Farben und Lacefront-Varianten.

Frag ihn, wie alt er ist und ob er hübsch und Single ist.

Der Vorschlag entlockt mir ein Schnauben. Ich entscheide mich für einen kurzen rosa Bob und schüttle ihn aus.

Mach schon.

Auf keinen Fall. Bist du wahnsinnig?

Sag einfach: »Wie alt bist du, und bist du vielleicht hübsch und Single?«

Wie subtil.

Subtilität wird überbewertet.

Du bist besessen von Jungs, Charity.

Nicht besessen. Hingebungsvoll interessiert.

Ich ziehe die Augenbrauen hoch – »Ah, okay« –, binde meine Haare straff zurück, setze die Perücke auf und begutachte mich erneut im Spiegel. Zu niedlich, zu süß für meine momentane Stimmung. Ich nehme sie ab und probiere eine lange dunkelgrüne. Sie lässt mich kränklich aussehen, also setze ich sie sofort ab.

Es ist nichts falsch daran, einen Jungen zu mögen, Cee.

Klar. Das sieht man daran, wie gut es für dich gelaufen ist.

Autsch.

Sorry.

Frag Finn, wie alt er ist. Tu's für mich.

Nein.

Frag ihn.

Nö.

Frag ihn. Frag ihn, frag ihn, frag ihn, frag –

»Pah.« Ich schnappe mir eine lange, gewellte blonde Perücke mit Pony, setze sie auf und nehme mein Handy in die Hand. »Nur wenn du dann mit der Nörgelei aufhörst.«

Von: Mercy Valentine

Liegt es daran, dass deine alten Knochen nicht mehr beweglich genug sind? Haben all die Lebensjahre dich eingeholt?

Ungeduldig starre ich auf mein Handy. »Er antwortet nicht.«

Warum ist das so wichtig?

»Ist es nicht. Es ist einfach unhöflich, das ist alles.« Ich warte ein paar Minuten, dann schleudere ich mein Handy aufs Bett. »Wenn ich eines auf der Welt nicht ausstehen kann, dann ist das jemand, der ohne Manieren oder Anstand oder Sinn für allgemeine –«

Pling.

Ich hechte zum Bett und greife nach meinem Handy.

Von: Finneas O'Connor

Es ist unhöflich, das Alter eines Mannes herausfinden zu wollen, noch dazu mit dem Taktgefühl eines Traktors, der durch die Wand brettert.

PS: Ich bin neunzehn. ANSpielung!

Ich lache: Okay, er ist ziemlich witzig, dass muss ich *zähneknirschend* zugeben, aber wahrscheinlich ist er hässlich wie ein Seeteufel.

Ich würde mich trotzdem mit ihm verabreden.

Mit den Augen rollend, stecke ich mein Handy in meine Gucci-Handtasche, schlüpfe in meine killerhohen, bis übers Knie reichenden Dolce-&-Gabbana-Stiefel und stakse die geschwungene Treppe hinunter.

»Großartig«, sage ich laut. »Was für ein Glückspilz.«

16

Zwei Jahre zuvor

»Es ist Liebe«, sagt Charity strahlend. »Ich weiß es einfach.«

Ich ziehe skeptisch eine Augenbraue hoch.

»Ich meine natürlich bei *ihm*«, fährt meine Zwillingsschwester fort. Sie streckt sich auf ihrer Seite der Limousine aus und legt ihre Füße neben mich auf den Sitz. »Wie könnte ein normales männliches Wesen die nötigen übernatürlichen Kräfte besitzen, um meinem umwerfenden Charme zu widerstehen?«

»Sollen wir den Fahrer bitten anzuhalten, damit du ihn dir von irgendwoher holen kannst?«

»Haha!« Tee greift grinsend nach ihrem Handy. »Du wirst schon sehen, Mer. Ich habe mir eine langfristige Strategie ausgedacht, um Blake zu gewinnen, und sie ist garantiert idiotensicher.«

»Was verstehst du unter *langfristig*?«, frage ich sie mit einem schiefen Lächeln. »Du hast noch kein Gespräch mit Blake abseits des Filmsets geführt. Was stellst du dir vor? Eine Romanze im Altersheim? Schwärmerei aus dem Grab heraus?«

»Ich habe die Räder schon in Bewegung gesetzt.« Sogar für ihre Verhältnisse sieht Tee übertrieben selbstzufrieden aus. »In fünf Minuten wird Blake mir versichern, dass er mich liebt.«

»Er kennt dich doch kaum.« Ich ziehe die andere Augenbraue hoch. »Ich wette einen Zehner, dass das nicht passieren wird.«

»Hol schon mal dein Portemonnaie raus, Schwesterherz. Du alter Geizkragen wirst mir gleich diesen erbärmlich geringen Betrag schulden.«

Grinsend beginnt Charity zu tippen.

Neugierig rutsche ich auf ihre Seite der Limousine, um zu sehen, wie sie ein Foto von einem kleinen weißen Kaninchen einfügt. Es sitzt in einer Teetasse und streckt seine kleine rosa Zunge raus. Sie schreibt:

Willkommen zum Kuschelhäschen-Newsletter!
Um ihn abzubestellen, schreiben Sie einfach STOPP.

Charity grinst.

»Hm«, murmle ich stirnrunzelnd, als sie auf SENDEN drückt. »Woher hast du Blakes Telefonnummer?«

»Stibitzt«, antwortet meine Zwillingsschwester ungerührt.

Pling.

Wer schreibt da? STOPP.

Kichernd hängt sie das Foto eines Igels mit Hut an.

Glückwunsch! Sie erhalten ein Upgrade!
Henrietta hat die kleinste Nase der Welt.
Um sich abzumelden, schreiben Sie einfach STOPP.

Pling.

ICH HABE DEN NEWSLETTER NIE ABONNIERT, ICH WILL KEINE FOTOS VON KANINCHEN ODER IGELN BITTE STOPP

Wir schnauben beide vor Lachen.

Sie sind jetzt Abonnent des Happy-Hamster-Magazins! Das ist Fu-Fu. Er ist ein echter Klettermaxe! Um sich abzumelden, schreiben Sie einfach STOPP.

Pling.

STOPP, STOPP, STOPP, STOPP, WIE VIEL KOSTET MICH DAS?

Wir sind hinten in der Limousine zusammengesackt und kichern so sehr, dass wir kaum noch Luft bekommen.

»Und wenn Blake herausfindet, dass es deine Nummer ist?«

»Dann erkennt er, dass er keine lustigere Freundin als mich finden kann.« Tee wischt sich über die Augen. »Hol schon mal dein Geld raus.«

Vielen Dank für Ihre dauerhafte Unterstützung! Welpe Buddy liebt seine Gummistiefel! Zum Abbestellen schreiben Sie einfach ICH LIEBE DICH.

Pling.

ICH LIEBE DICH

»Ta-da«, sagt meine Schwester kichernd und streckt die Hand aus. »Her mit der Kohle.«

Kopfschüttelnd komme ich der Aufforderung nach. Die Limousine biegt um eine Kurve und gleitet gemächlich auf unsere Villa im grünen Richmond zu.

Charity sieht mich aus zusammengekniffenen Augen an.

»Was?« Ich kneife ebenfalls die Augen zusammen. »Was hast du vor, Herrin des Chaos?«

»Identitätstausch«, sagt sie und zieht ihren violetten Kapuzenpulli aus. Zögernd schlüpfe ich aus meinem roten Pullover und reiche ihn ihr. Sie streicht ihre Haare glatt und bindet sie zu einem festen Dutt im Nacken. Dann zupft sie an meinen Haaren, damit sie leicht zerzaust aussehen. Schließlich greift sie in ihre Tasche und holt einen Rasierer hervor. Ich weiche zurück.

»Du rasierst mir nicht die Beine«, protestiere ich und lege schützend die Hände auf meine Jeans. »Ich habe meine eigene Vorstellung, was den Umgang mit weiblicher Körperbehaarung angeht.«

»Natürlich hast du die. Entspann dich, niemand will den

Flaum deiner Spinnenbeinchen auf den schönen Ledersitzen haben. Halt still, während ich –«

Ein Teil meiner Augenbraue fehlt.

»WAS HAST DU GEMACHT?«

»Nein, nein, schau doch mal!« Meine Zwillingsschwester hält mir strahlend einen Spiegel hin. »Jetzt sehen wir genau gleich aus!«

Ich starre auf mein leicht verändertes Konterfei. Es stimmt, wir sind kaum zu unterscheiden: die gleiche braune Haut, markante Nase, zarte Lippen. Schwarzes Haar mit spitzem Scheitelansatz, der dem Gesicht einen herzförmigen Umriss verleiht; die gleichen schwarzen, eng beieinanderliegenden Wolfsaugen.

Und doch sind wir verschieden: Unsere Charaktere leuchten aus unseren Gesichtern und vermitteln völlig unterschiedliche Wesenszüge.

Tee ist warm, lebendig, lustig und lacht gern.

Ich bin das alles … nicht.

»Hör auf, mit den Zähnen zu knirschen«, sagt Charity und stupst mit dem Finger gegen meine Wange. Es kostet mich Anstrengung, aber ich lockere meine Gesichtsmuskeln, mache meine Schultern weicher, entspanne meine Augenbrauen.

»Schon besser«, lobt sie mich.

Bestürzt sehe ich zu, wie meine Zwillingsschwester ihren Gesichtsausdruck verändert. Alles scheint sich zusammenzuziehen: Die Augenbrauen runzeln sich, der Kiefer spannt sich an. Sie sieht hart und verschlossen aus. Sie sieht aus wie jemand, den man nicht nach dem Weg fragen würde; jemand, mit dem man nicht scherzen oder dem man sich nicht öffnen würde; jemand, mit dem man nicht kichern und den man nicht kitzeln würde. Ganz sicher nicht jemand, dem man nahe sein möchte, sondern jemand, von dem man sich lieber fernhalten möchte.

»Bereit?«, fragt Charity, während mich eine tiefe Traurigkeit erfasst.

»Ja.« Ich nicke und schlucke. »Bereit.«

17

Amethyst
Kommst du noch, Mercy?

Nova
LOL. Was sollte sie sonst tun?

Dior
Sie ist hier, ich kann sie sehen!!!

Dior
Sie kommt auf uns zu!

Dior
Sie sieht uns an! Sie ist an ihrem Handy. Sie schreibt!

Mercy
DIOR, HÖR AUF, MIR MEINE EIGENEN HANDLUNGEN ZU SCHILDERN

»Cee, wir kommen nicht rein!«, ruft Amethyst entrüstet, als ich zur Warteschlange des Clubs in East London eile. Mit ihren überzeichneten roten Lippen sieht sie aus wie ein schmollender Clown. »Wir haben ihnen unsere gefälschten

Ausweise gezeigt, aber wir stehen nicht auf der Liste, deshalb weigern sie sich, uns einzulassen!«

»Ich habe ihnen erklärt, dass meinem Daddy halb London gehört und ein Teil von New York«, beschwert sich Dior mit großen Augen. »Aber ich glaube, sie haben nicht verstanden, *wie* reich ich bin!«

Nova verschränkt ihre dünnen Arme. »Tu was, Cee!«

Ich seufze unhörbar – ich bin noch müde von letzter Nacht – und baue mich dann vor dem überraschend kleinen Türsteher auf, damit er in den Genuss meines arrogantesten Gesichtsausdrucks kommt, mit bebenden Nasenflügeln und hervortretenden Wangenknochen.

»Mercy Valentine«, verkünde ich großspurig. »Plus drei.«

Der Türsteher zögert.

»Mer-cy Val-en-tine«, wiederhole ich und starre ihn an, ohne auch nur ein einziges Mal mit den Wimpern zu zucken. »Sie brauchen Ihr kleines Klemmbrett nicht, um zu wissen, wer ich bin.«

Der Türsteher überlegt kurz, kommt zu dem Schluss, dass es nicht den Ärger wert ist, hebt dann das Seil und lässt mich durch: Dee, Mee und Vee hüpfen hinterher wie Dosen an der Stoßstange eines Hochzeitsautos. Der Trick dabei: Du musst nur selbst von dir überzeugt sein, dann fällt es anderen schwer, es nicht zu sein.

Wir sind in einem grotesken Hipsterclub: wiederverwertete Ziegelsteine und bezahlter Vandalismus, rotes Leder und kunstvoll verrostete Tische. Aufgemöbelter Schrott für anspruchsvolle Kids aus reichem Haus.

»Das war *unglaublich*«, ruft Amethyst überschwänglich.

»Wir verzeihen dir total, dass du auf der Vanity-Fair-Party gemein zu uns warst«, sagt Dior mit schriller Stimme, als ich sie auf den völlig überfüllten, schweißgetränkten Dancefloor führe. »Du bist sozusagen vollständig rehabilitiert!«

»Na dann«, sage ich trocken und zwänge mich durch das Gedränge bis zur Mitte.

»Machst du mit uns eine Spritztour in deinem coolen neuen Auto?«, ruft Nova über die Musik hinweg. »Wir alle auf einem Roadtrip! Du setzt eine kleine Mütze auf und bist unsere Chauffeuse! Das wird ein Riesenspaß!«

»Halt die Klappe und tanz«, sage ich mit einem leisen Seufzer.

Die Musik pulsiert, der Bass wummert den Takt, und ich lasse es zu: Er bohrt sich in meine Seele, sprengt das schlechte Zeug weg und lässt es aus mir herausrieseln wie aus einem Pfefferstreuer. Die verschwitzte Menge drängelt und schwankt, und für einen Moment entfliehen wir uns selbst. Wir sind niemand, wir sind nichts und nirgendwo.

Dann zupft Dior mich am Arm, und ich öffne zögernd ein Auge.

Ihr Handy schwebt über unseren Köpfen. Nova und Amethyst nehmen sofort eine identische Pose ein: Kinn nach unten, Augen groß, Arme eng aneinander. Genervt starre ich das Handy an, während Dee ein Foto macht und mir danach sofort das Display hinhält, damit ich es abnicken kann.

»Ansichtssache, aber okay«, sage ich und nicke lustlos.

Schnell tippt sie: *Best Life mit den Mädels! Jede Minute*

zählt! #Justsayin #Truestory und postet es, als segelten wir gerade mit einer Yacht bei den Malediven, statt bei jeder Bewegung mit unseren Absätzen schmatzende Geräusche zu machen.

ANSichtssache, hahaha.

Mit einem verstohlenen Lächeln hole ich mein Handy heraus.

Von: Mercy Valentine
An: Finneas O'Connor

Ich bin heute Abend wieder unterwegs. Nur damit du weißt, dass ich mich nicht herumkommandieren lasse.

Ich drehe mich von den anderen weg und warte auf eine Antwort.

Mein Handy vibriert.

Von: Finneas O'Connor

Würde nicht im Traum daran denken, es zu versuchen. Wie stehen die Chancen, dass du morgen kommst?

Auf der Stelle tanzend, schreibe ich die Antwort:

Von: Mercy Valentine

100 % – ICH BIN PROFI. Und was machst du gerade? Ich wette, etwas total Langweiliges.

Die Antwort kommt sofort.

Von: Finneas O'Connor

Ich klebe immer noch am Fußboden fest. Der Abend zieht sich eeendlos.

Ich lache laut auf.

»WEM SCHREIBST DU DA?«, ruft Nova über die dröhnende Musik hinweg und lehnt sich zu mir. »Ist es ein Junge?«

»IST ES DIESER ELI AUS DEINER KLEINEN SHOW?« Amethyst beugt sich vor, aber ich ziehe mein Handy weg. »ER IST SO SEXY. ICH HABE SEINE BAUCHMUSKELN IN HARPER'S BAZAAR GESEHEN! ICH NEHME IHN, WENN DU IHN NICHT WILLST!«

Kann dich nicht hören, lüge ich gestikulierend und deute auf meine Ohren.

Dann schreibe ich spontan:

Von: Mercy Valentine

Meine Eltern treiben mich in den Wahnsinn. Ich musste einfach weg.

Mein Handy vibriert.

Von: Finneas O'Connor

Das Gefühl kenn ich. Mein Beileid.

Lächelnd stecke ich mein Handy zurück in die Tasche. Die Spatzenhirne beobachten mich misstrauisch, also schließe ich die Augen und konzentriere mich auf den Rhythmus der Musik, damit ich wieder ins selige Nichts abdriften kann.

»MER!« Eine von ihnen stupst mich an. »UNS IST LANGWEILIG! HIER IST ES ZUM GÄHNEN! WAS MACHEN WIR JETZT?«

»KEINE AHNUNG«, schreie ich zurück. Ich zucke mit den Schultern und wiege mich selbstvergessen hin und her. »WEITERTANZEN, BIS DER ABGRUND UNS VERSCHLUCKT?«

»WAS?«

»NICHTS.«

»Na ja«, sagt Nova schnippisch, als die Lautstärke plötzlich für einen Geburtstagsjubel runtergedreht wird. »Ich meine, wenn du den ganzen Abend nichts unternehmen willst, Mercy, warum bist du dann überhaupt gekommen?«

»*Genau*«, stimmt Amethyst ihr zu. »*Nichts tun* können wir auch alleine, so oft wir wollen und ganz umsonst!«

»Und das tun wir!«, plappert Dior vor sich hin. »Sagt mein Daddy!«

Die Lust zu tanzen entweicht schlagartig aus meinen Gliedern, und ich bleibe abrupt stehen. Es hat keinen Sinn: Ich kann niemals entkommen, egal wann und wo.

Ich öffne die Augen. Meine Freundinnen schauen mich schmollend an.

»Also gut«, sage ich seufzend. »Klar. Okay.«

Mit einem Anflug von Verzweiflung sehe ich mich im Club um, bis ich über unseren Köpfen einen Rauchmelder entdecke.

»Folgt mir«, sage ich und nehme im Vorbeigehen eine herumliegende Packung Streichhölzer von einem Tisch in der Nähe. »Und macht euch bereit zu rennen.«

18

Diesmal schaffe ich es nicht einmal bis nach Hause.

»Mercy«, sagt die Kostümbildnerin am frühen Morgen, als ich mich zum hundertsten Mal wegdrehe und ihrem Maßband ausweiche. »Könntest du bitte … nach rechts gehen, damit ich …«

Ich versuche, einen Rülpser zu unterdrücken; mein Fünf-Uhr-Burger liegt mir schwer im Magen.

Mit einem flauen Gefühl drehe ich mich wieder weg.

»Okay, das sind dreiunddreißig Zentimeter«, murmelt sie und schreibt meine Maße auf. »Wunderbar.«

»Ich brauche Ihre Körperbewertung nicht«, knurre ich und merke, dass mein Mund wie ein altes, nasses Hundebett schmeckt und vermutlich auch so riecht. »Also behalten Sie Ihre unnötigen Adjektive für sich, danke.«

Dir Frau murmelt eine Entschuldigung, was wiederum für Schuldgefühle sorgt.

Warum bin ich gestern Abend nicht einfach nach Hause gegangen? Stattdessen bin ich wieder einmal mit den Spatzenhirnen bis zum Morgengrauen von Club zu Club gezogen, und jetzt bin ich erschöpft, schmutzig, und mir tut alles weh. Ich bin seit Stunden hier. Wie immer wieder betont wird, habe ich eine »ganz andere Größe« als die vorherige Beatrice, daher können sie das Kostüm nicht einfach abändern. Alles muss von Grund auf neu gemacht werden, was eine Menge Stupsen und Pieksen erfordert.

Ich bin kurz davor, das Gesicht der Näherin mit meinen Zähnen zu packen und sie wie ein Terrier zu schütteln.

Außerdem rieche ich wie ein Nachtclub.

Korrektur: Ich rieche wie *vier* Nachtclubs. Und ein McDonald's.

Ich rülpse erneut.

»An der Stelle muss ich es enger …« Die Frau zerrt an meiner Taille herum, und ich weiche zurück. »Könntest du mal …« Ich drehe mich weg. »Mercy, wenn du mal stillhalten könntest …«

»Ich versuche es ja«, fauche ich frustriert.

Du hast es noch nie gemocht, angefasst zu werden, hm.

»Okay.« Die Frau löst zögernd die Spitze an meiner Schulter, ganz vorsichtig, wie ein Schmetterling in der Nähe einer Venusfalle. »Ich bin fast fertig, also …«

Ich halte den Atem an und schließe fest die Augen. Wie immer, wenn ein anderer Mensch so nah ist, fühlt sich meine Haut eng an und juckt, als würde sie mir nicht mehr passen und ich müsste mich dringend herausschälen, bevor ich darin ersticke.

Atme, Mer. Es ist fast vorbei. Atme. Atme.

Es klopft an der Tür.

»Ja?«, sage ich bellend. »Was wollen Sie?«

»Ist es okay, wenn ich reinkomme?«

Schlimmer kann es nicht mehr werden, also blaffe ich: »Gut, je mehr, desto besser.«

Die Tür geht knarrend auf, und da ist wieder dieses seltsame Kribbeln wie bei der Leseprobe.

»Tut mir leid, wenn ich störe«, sagt eine heisere Stimme. »Aber Daisy ist für ihre letzte Anprobe da, und sie möchte gerne wissen, ob du bald fertig bist oder ob sie noch auf einen Kaffee gehen soll?«

»SAG DIESER DAISY, DASS DER ZWEITE WACHMANN GANZE FÜNF SÄTZE HAT UND DASS ES NICHT MAL EINEN ROLLENDEN KARAMELLNUGGET INTERESSIERT, WENN SIE EINEN MÜLLTONNENDECKEL ALS HUT TRÄGT, OKAY?«

Eine lange Stille tritt ein.

»Gut.« Die irische Stimme klingt lässig und amüsiert. »Wenn du mir jetzt noch erklären könntest, was ein rollender Karamellnugget ist, werde ich mein Bestes tun.«

Neugierig öffne ich die Augen.

Der Junge, der in der Tür steht, ist ein oder zwei Jahre älter als ich: groß, sommersprossig, rostfarbenes Haar. Seine Augen sind leuchtend grün, weit auseinander, aber schmal, und zwischen seinen beiden Vorderzähnen klafft eine kleine Lücke. Er trägt zerrissene Jeans und einen uralten, löchrigen grauen Pullover, der voller Sägemehl und Farbe ist. Mein Magen ist so schnell nach unten gesackt, dass ich jeden Moment den fettigen Hamburger auf mein Kleid kotze.

Hallooooooo, Finneas!

Woher wissen wir, dass er es ist?

Ach, komm schon, das ist doch offensichtlich. Er ist zum Anknabbern niedlich.

Er ist in Ordnung.

Untertreibung des Jahrhunderts.

Ein bisschen schmuddelig.

Auf eine wahnsinnig heiße Ich-bin-Tischler-und-kann-eine-Säge-benutzen-Art.

Pah, nicht mein Typ.

Und warum ist dir dann plötzlich abwechselnd heiß und kalt?

Ich bin hundemüde. Halt die Klappe.

Dir ist schon klar, dass du ihn immer noch mit offenem Mund anstarrst?

»Ich …« Ich schlucke. »Ich … was –«

»Daisy«, sagt Finn mit melodiöser Stimme und zieht seine dichten, ungewöhnlich dunklen Augenbrauen hoch. »Soll ich ihr sagen, dass sie warten kann oder –«

Okay, ich bin HINGERISSEN.

Natürlich, das war ja zu erwarten. Ihr habt noch keinen ganzen Satz ausgetauscht, aber das ist genau deine Art von Beziehung.

Sag was und flirte mit ihm!

»Wir sind *beschäftigt*«, sage ich schroff, nachdem ich endlich meine Stimme wiedergefunden habe. »Die Tür war zu, ich dachte, das ist deutlich genug.«

»Mein Fehler.« Seine Augen sind so unglaublich grün, als käme er direkt aus dem Dschungel – wie um alles in der Welt komme ich auf diesen kitschigen Vergleich? »Als du so herrisch und unhöflich wissen wolltest, wer vor der Tür steht, habe ich dummerweise angenommen, dass ich dir eine Antwort schuldig bin.«

Ähm, wie zur Hölle hat er mich gerade genannt?

Du starrst ihn schon wieder an.

»Also …« Er macht eine Handbewegung, und plötzlich bin ich verunsichert: Wird er mich auf die Mails ansprechen?

Ich werde schon wieder rot. Energisch verschränke ich die Arme. »Also …?«

»Also … Daisy? Was soll ich ihr sagen?«

Himmel nochmal …

Die Kostümbildnerin schaltet sich hilfsbereit ein. »Wir sind fast fertig.« Ich hatte glatt vergessen, dass sie noch hier ist. »Gib uns noch fünf Minuten, Finn, dann kannst du sie reinschicken.«

Finn! Aha! Hab ich's dir nicht gesagt?

»Ausgezeichnet.« Der Typ grinst übers ganze Gesicht. Seine grünen Augen werden irgendwie knautschig, er hat ein tiefes Grübchen am Mundwinkel, und ich spüre, wie mir wieder heiß und kalt wird. »Kann ich dir einen Kaffee bringen, Nancy?«

»Wer zum Teufel ist Nancy?«, frage ich knurrend und blicke Finn mit trotzig erhobenem Kinn an. »Mein Name ist Mercy. M-E-R-C-Y.«

Stille.

»Ich bin Nancy«, sagt die Kostümbildnerin leise.

»Ich …« Ich räuspere mich, wie gelähmt vor Verlegenheit, und fasse mir an den Hals. Ein Streifen weißer Spitze fällt auf den Boden. »Ja, gut.« Ich spüre Panik in mir aufsteigen. »Ich bevorzuge *Nachnamen*, das ist *professioneller*.«

Finn sieht mich unverwandt an. »Und Nancys Nachname ist …?«

Schweigen.

Seufzend gebe ich mich geschlagen. »Sag Daisy, dass wir noch fünf Minuten brauchen.«

Finn nickt. Er hebt die Spitze vom Boden auf, reicht sie mir, geht hinaus und macht die Tür hinter sich zu.

19

Mercy, was hast du gerade getan?

»Nancy«, blöke ich in die Stille hinein. »Es tut mir wirklich –«

»Schon gut!« Die Kostümbildnerin setzt ein Lächeln auf und nimmt ein paar letzte Änderungen vor. »Mach dir keine Gedanken! Ich weiß ja, es war ein langer Morgen! So! Ich denke, wir sind fertig.«

Sie dreht mich zu einem hohen Spiegel. Bei meinem Anblick fange ich an zu schrumpfen, falte mich zusammen wie ein Papierfächer. Mein Haar ist fettig und steif, meine Foundation glänzt, mein Augen-Make-up ist verschmiert, mein Lippenstift verwischt. Ich stinke nach Körperausdünstungen und Fastfood – der übliche Zustand am Morgen danach. Aber all das ist nur ein Tropfen in einem Ozean der Demütigung angesichts der Tatsache, dass ich ein verdammtes *Hochzeitskleid* trage. Nichts sagt so sehr *Bleib mir vom Leib* wie eine fiese Kuh, die als *Braut* verkleidet ist.

Nancy hakt das lange weiße Spitzenkleid auf, und ich brauche nur Sekunden, um die Klamotten der letzten Nacht anzuziehen, bevor ich meinen Weg der Schande antrete, durch die Hintertür des Globe und so schnell, wie meine klebrigen Absätze mich tragen.

In einem Strudel der Gefühle marschiere ich den regennassen Gehweg auf und ab und spüre, wie meine Panik zu eskalieren droht.

Wo ist meine Limousine?

Warum ist John nicht da, wo er auf mich warten sollte?

Was hat es für einen *Sinn*, reich und berühmt zu sein, wenn du dich nicht auf dem Rücksitz einer Limousine zu einem Ball zusammenrollen und deine Schande laut in eine Armlehne schreien kannst?

Und dann, ein lautes *PIEP*!

Erleichtert blicke ich über die Schulter. Als ich den großen silbernen Bentley sehe, drehe ich mich sofort wieder um und laufe, so schnell ich kann, in die entgegengesetzte Richtung.

»Mercy Valentine!« Das Auto fährt dicht hinter mir her, und ich komme mir vor wie bei einer nicht ganz so geheimen Geheimdienstmission. »Steig sofort ins Auto!«

Sorry, aber *das* nenne ich eine *herrische* Stimme.

»Keine Lust!«, rufe ich zurück.

»Junge Dame!« Die Stimme schraubt sich eine Oktave höher. »Du scheinst eine Anforderung mit einer Bitte zu verwechseln. Rein. Ins. Auto.«

Für eine weitere Auseinandersetzung habe ich nicht die Energie, außerdem brauche ich eine Mitfahrgelegenheit, also gebe ich mich geschlagen und öffne die Tür. Hinten im Fond, auf den weißen Ledersitzen, erwarten mich Dame Sylvia Valentine und ihre Assistentin Genevieve mit nahezu gleichem Gesichtsausdruck und in fast identischen hellblauen Kostümen: streng und unheimlich wie aus einem Horrorfilm mit guter Kostümauswahl.

»Was?«, frage ich schroff und sehr müde. »Was habe ich denn getan?«

»Es geht eher darum, was du *nicht* getan hast.« Meine berühmte Großmutter schiebt ihre Goldrandbrille nach unten, damit sie mich über das Gestell hinweg mustern kann. Sie sieht aus wie die überzeichnete Comicfigur einer vornehmen Upperclass-Lady. »Wie ich höre, hast du bereits Proben verpasst, Mercy. Ist das wahr?«

Ich rutsche von ihr weg. »Nein, natürlich nicht.«

»Da habe ich meine Zweifel«, sagt Grandma und rümpft leicht die Nase. »Falls du es vergessen haben solltest, Kind, das Globe Theatre und ich sind seit Wiedereröffnung dieses Traditionshauses eng miteinander verbunden. Ich bin immer über deinen Verbleib informiert.«

»Nach ihrer ersten Probe ist sie sofort verschwunden«, wirft Genevieve hilfsbereit ein und schaut auf ihr Klemmbrett. »Das Ensemble ist ohne sie zum Abendessen in ein örtliches Burgerrestaurant gegangen.«

Ich drehe mich um und starre die verräterische Ratte an.

»Mercy.« Grandmas Lippen werden schmal. »Was du in deiner Freizeit machst, ist deine eigene Sache. Aber du behandelst Shakespeare nicht, als wärst du ein Statist bei *EastEnders*, hast du mich verstanden? Und wenn die anderen Schauspieler dich nach der Probe zu einem gemeinschaftlichen Beisammensein einladen, dann gehst du hin.«

»Aber –«, wende ich ein.

»Ich will keine Ausreden hören! Es ist mir egal, wenn du so gut wie keinerlei Interesse an anderen Menschen hast, Mercy.

Es ist mir egal, wenn du den Umgang mit Kollegen für unter deiner Würde hältst oder darauf verzichtest, weil er deinem Ruf als Partygirl nicht nützt. Die Welt der Schauspielerei ist nicht irgendein x-beliebiger Job mit Stechuhr! Theater bedeutet Gemeinschaft! Verbindung! Es geht um …«

Grandma hat auf hochtrabenden Monologmodus umgeschaltet, also starre ich aus dem Fenster und beobachte das triste graue London, während ich geduldig darauf warte, dass sie zu einem Ende kommt: bla, bla, *Industrie*, bla, bla, *Talent verschwendet*, bla, *Faith, die den Stab weiterreicht*, bla, *eine Generation von Valentines*, der übliche Kram eben.

Dann wühlt Genevieve in ihrer Aktentasche, holt einen vertrauten goldfarbenen Gegenstand heraus – und hat endlich meine volle Aufmerksamkeit. Ich drehe mich um und starre den Gegenstand an.

Das kann doch nicht wahr sein.

»Wir haben ein Album für dich angelegt«, bestätigt Grandma knapp. »Darin sammeln wir Ausschnitte aus Zeitungen und Zeitschriften sowie die passenden Erwähnungen in den sozialen Medien, um sicherzustellen, dass du die Valentines im bestmöglichen Licht repräsentierst.«

Das fade Sammelalbum liegt aufgeschlagen da, und ich fasse es nicht, aber man kann tatsächlich noch den Kleber sehen, wo Faiths Artikel herausgenommen und durch Schlagzeilen über mich ersetzt wurden.

»Deine aktuellen Bestrebungen«, sagt Genevieve mit der selbstgefälligen Stimme einer ältlichen Dame, obwohl sie kaum älter als zwanzig sein kann, »zielen ganz offensichtlich darauf, wahllos andere Prominente in den sozialen Medien zu zerlegen. Das macht sich nicht gut für die Marke Valentine.«

»Ich bin keine *Marke*«, fauche ich sie an. »Ich bin eine *Schauspielerin*.«

Meine legendäre Großmutter klopft mit der Goldspitze ihres Spazierstocks so fest auf den Fahrzeugboden, dass sie fast meine Füße berührt und ich erschrocken zurückweiche.

»Wenn du glaubst, dass beides nicht zusammengehört«, sagt Grandma scharf, »dann bist du naiv und kindisch. Du *bist* eine Marke, Mercy, so wie ich eine Marke bin und wie deine Mutter eine Marke ist und wie deine Urgroßmutter es schon vor uns allen war. Künstler sind Produkte, wir sind temporär, und wir sind austauschbar. Du tätest gut daran, das zu bedenken.«

»Tja, vielleicht bin ich einfach kein so großer Verkaufsschlager wie du«, erwidere ich pampig und rüttle an der Autotür. Sie ist verschlossen.

»Dann, meine Liebe, wirst du nie eine Schauspielerin sein.«

Grandmas Stimme ist klar und kalt.

»Im Moment«, wirft Genevieve ein und klopft auf das Sammelalbum, »nimmt die Welt dich nicht ernst, Mercy. Du profilierst dich als Diva und It-Girl und nicht als echtes Talent. Daher wollten wir dir vorschlagen, Selfies von dir in Bühnenkostümen zu posten, mit der Bildunterschrift: *Kann es kaum erwarten, an die Arbeit zu gehen und dieses neue Kapitel meines Lebens aufzuschlagen, Hashtag Shakespeare Hashtag schwerbeschäftigt Hashtag auch Partygirls müssen den Fokus beibehalten.*«

Eine Welle der Wut schwappt über mich hinweg.

»Ich bin ein echter Mensch.« Ich rüttle erneut an der Tür, diesmal etwas vehementer. »Nicht eine Figur in einem Theaterstück. Du kannst mir nicht einfach Worte in den Mund legen, wenn dir danach ist. Und das sind keine *Hashtags*, sondern nur wahllos aneinandergereihte Satzbrocken.«

Einen Herzschlag lang zeigt Genevieve keinerlei Reaktion, dann sagt sie: »Du könntest zum Beispiel ein schönes, niveauvolles Zitat verwenden, kombiniert mit einem deiner Fotos vom Vanity-Fair-Shooting, auf dem du extrem professionell aussiehst –«

»Nein«, protestiere ich entschieden, während wir uns langsam einer gelben Ampel nähern.

»Du musst lediglich –«

»Nein.«

»Wir bitten dich doch nur –«

Die Limousine hält an, und meine Wut verdichtet sich und wird hart, kalt und glitzernd.

»Ich erspare euch beiden Zeit«, verkünde ich und drücke den elektrischen Knopf, mit dem sich das Fenster herunterfahren lässt. »Ich bin nicht Faith. Ihr könnt mich nicht kontrollieren. Ich sage nein.«

Ich zwänge meinen Oberkörper aus dem Autofenster und versuche dann, mein Bein nachzuziehen. Die Ampel wird grün, hinter uns hupt es.

»Sucht euch jemand anderen als Marke«, sage ich, während ich nicht gerade anmutig aus dem stehenden Bentley auf den Gehsteig plumpse. »Ich gehöre mir selbst, sonst niemandem und schon gar nicht euch.«

Dann stehe ich auf, klopfe mich ab und hole mein Handy hervor.

»Mercy!«, ruft Grandma aus dem Fenster, als das Hupen hinter ihnen lauter wird und der Bentley sich zögernd wieder in Bewegung setzt. »Wir werden diese Diskussion später fortsetzen! Ich habe ein zivilisiertes Familienessen geplant, und du wirst daran teilnehmen!«

»Wenn du meinst!«, rufe ich über die Schulter. Ich recke den ausgestreckten Finger in die Luft und stapfe durch den Regen davon.

Ja, *das* werden wir noch sehen.

20

Gut zwei Jahre zuvor

»Mädchen!«, ruft Dad aus der Küche. »Abendessen!«

Charity und ich schauen uns amüsiert an. Unser Vater hat eine kleine Auszeit zwischen zwei Filmproduktionen, und so kommt die ganze Familie in den Genuss von halb verkohlten Pasteten, matschigen Nudeln und verkochten Aufläufen.

»Nennt man das heutzutage so?«, rufe ich zurück, aber Charity reißt die Augen auf: *Wir haben getauscht, schon vergessen?* Schnell passe ich meinen Gesichtsausdruck an und schlendere in die Küche; Tee schlurft hinter mir her und macht ein mürrisches Gesicht.

»Was steht heute Abend auf der Speisekarte, Daddy-o?«

»Das Werk eines kulinarischen Genies«, sagt Dad und grinst mich vom Herd aus an. »*Das* steht heute Abend auf der Speisekarte, Kleines.«

Wir haben zwar ein großes, elegantes Esszimmer mit Kronleuchter, Samt und Porzellan, aber wir essen nur sehr selten dort. Der riesige Küchentisch ist der Ort, an dem wir uns gerne streiten und uns gegenseitig nach Herzenslust treten.

Max schaut nicht einmal von seinem iPad auf.

»Alles klar? Wie läuft eure blöde Fernsehserie? Wird sie bald eingestellt? Ich bin immer noch überrascht, dass eure hässlichen Visagen nicht alle Kameras kaputt machen. Besonders deine, Meerhexe.«

Ich öffne den Mund, aber Tee wirft mir einen warnenden Blick zu.

»Wenigstens stinken wir nicht wie Schweinekacke«, knurrt sie in meinem Tonfall, während wir die unseren Rollen entsprechenden Plätze am Tisch einnehmen. »Wir konnten dich schon unten an der Auffahrt riechen.«

Ich ziehe eine Augenbraue hoch – wie lahm ist das denn? –, und sie formt lautlos mit dem Mund: *sorry*.

»Leute!« Pudel hat den Kopf auf die Lehne ihres Küchenstuhls gestützt und sitzt mit geschlossenen Augen und dem Ausdruck reinsten Glücks da. »Mum macht aus *mir* eine Meerjungfrau!«

Unsere Mutter hantiert an Hopes Lockenkopf herum und hat sich glitzernde Haarnadeln zwischen ihre schön geschwungenen Lippen geklemmt. »Dabn imi nisosikr«, murmelt sie und runzelt die Stirn, während sie wahllos eine weitere Nadel ins Haar steckt. »Dafü anwi pros.«

»Eloquent wie immer«, sagt Dad vom Herd aus. »Eben ein echter Filmstar.«

»Ich *sagte* …« Mum nimmt die Haarnadeln heraus und betrachtet unzufrieden das Durcheinander auf Hopes Kopf. »Da bin ich mir nicht so sicher. Dafür haben wir Profis.«

»Hier«, ruft Eff aus der Ecke, in der sie gerade Gemüse schneidet, »ich habe ein Accessoire für dich.«

Sie steckt das Karottengrün in Hopes Haar.

»Perfekt.« Pudel betrachtet sich in der Rückseite eines Löffels. »Ich bin bereit, wohlwollend eure Kondimente entgegenzunehmen.«

Die ganze Familie lacht.

»Bitte sehr.« Ich greife nach dem Ketchup und stelle ihn vor Pudel auf den Tisch.

»Danke, Tee«, sagt sie fröhlich und wirft mir einen Kuss zu. »Ich liebe dich.«

Etwas in meinem Magen rumort.

»Wie war die Arbeit?«, fragt Faith und schnippelt weiter. »Irgendwelche Fortschritte in Sachen Blake?«

Charity und ich sehen uns an.

»O ja«, sage ich gerade noch rechtzeitig. »Er wird … ähm … spätestens Ende der Woche von meiner Schönheit und meinem Charisma hingerissen sein.«

Faiths Schultern versteifen sich – sie weiß, dass wir die Rollen getauscht haben, ohne uns auch nur anzusehen –, und ich spüre eine Welle der Zuneigung für sie.

»KEINE JUNGS«, ruft Dad automatisch, während er die Zwiebeln verbrennt. »DAFÜR BIST DU NOCH ZU JUNG.«

»Jungs sind dumm«, sagt Charity schnippisch und blickt alle herausfordernd an. »Liebe ist eine temporäre chemische Reaktion, ein Trick, den uns die Natur spielt, um Verbindungen zu erzwingen, die unweigerlich zum Scheitern verurteilt sind. Daher ist sie eine Verschwendung von Zeit und Mühe, die anderswo besser eingesetzt werden können, zum Beispiel bei der Schauspielerei.«

Alle außer Faith verdrehen die Augen, und ich spüre, wie sich mir die Kehle zuschnürt.

Ich habe keine Lust mehr auf dieses Spiel.

»Das Meisterwerk ist fertig!« Dad stellt den Topf mit der

undefinierbaren Pampe auf den Tisch und sonnt sich im Glanz seines Triumphs. »Alle Kritiken werden wie immer passiv-aggressiv aufgenommen.«

Dann beugt er sich lässig herüber, um mir liebevoll die Haare zu zerzausen.

Ich zucke zusammen und schiebe instinktiv seine Hand weg.

Er hält inne und runzelt die Stirn. *»Mercy?«*

»Hurra!« Charity bricht in lautes Gelächter aus und springt mit einer übertriebenen Verbeugung auf. »Reingelegt!«

»Ja.« Mit einem starren Lächeln ziehe ich den violetten Kapuzenpulli aus und streiche mein Haar zurück. »Wir haben dich ausgetrickst.«

Etwas in meiner Brust fühlt sich eng und heiß an.

»Moment«, sagt Hope und starrt verwirrt auf den Tisch. »Warte mal. Ich versteh das nicht. Wofür ist der Ketchup noch mal?«

Alle lachen, und die Familie versammelt sich am Tisch, um zu essen: Die Dynamik ist wiederhergestellt, die Rollen sind verteilt. Den Blick auf meinen Teller geheftet, blinzle ich mehrmals. Mein Herz zieht sich zusammen, und die Welt ist vorübergehend verschwommen und wässrig. Faith stupst mich sanft mit dem Zeh unter dem Tisch.

Ich schaue auf und lächle matt.

»Und jetzt«, sagt Dad und reibt sich die Hände, »lasst uns essen.«

21

Ohne genau zu wissen, wohin ich gehe, laufe ich blindlings durch den Regen: über die Southwark Bridge, vorbei am Imperial War Museum und die Kennington Road entlang.

Du weißt genau, wo du hinwillst.

Durch den Park, um die Oval Station herum und eine lange, mit Bussen verstopfte Straße hinunter, unter einer Eisenbahnbrücke hindurch …

Du hast buchstäblich Google Maps im Kopf.

Bis ich durchnässt, verdrossen und erschöpft vor einem Betonhochhaus in Brixton stehe. Grummelnd schreibe ich John eine Nachricht, um ihm zu sagen, wo er mich später abholen soll, dann checke ich noch einmal mein Handy. Jetzt steht endgültig fest, dass mit Faith etwas nicht stimmt: Warum sollte jemand, der bei Verstand ist, eine millionenschwere Villa in Richmond gegen eine Art mehrstöckiges Parkhaus eintauschen?

Völlig ausgelaugt stütze ich meine fettige Stirn gegen die abgeplatzte graue Hauswand und schlage fünf- oder sechsmal auf die Taste der Sprechanlage.

»Ich bin's, Mercy«, stoße ich hervor.

Die Tür summt. Müde richte ich mich auf und gehe zu einem rostigen Aufzug. Ächzend versetze ich dem Schild, auf dem AUSSER BETRIEB steht, einen Tritt – mal wieder so verdammt typisch – und steige mit matschigen Schritten durch das feuchte, stinkende Treppenhaus nach oben. Alles hier ist so schmuddelig und deprimierend. Warum kann Faith nicht im Erdgeschoss wohnen? Und noch wichtiger: Warum kann sie nicht einfach zu Hause bleiben und für immer bei unseren Eltern schmarotzen wie der Rest von uns?

Im dritten Stock trample und stöhne ich so laut, dass eine alte Frau ihre Haustür öffnet und misstrauisch rausguckt.

»*Was ist?*«, knurre ich sie an. »*Was glotzen Sie denn so?*«

Sie schließt schnell die Tür, als ob *ich* das Problem wäre. Schließlich erreiche ich Faiths Etage. Ich lehne meine schweißnasse Stirn an die Tür mit der abblätternden blauen Farbe und hämmere mit der Faust dagegen.

»Faith?«

Nichts, also hämmere ich noch einmal fester.

»FAITH? Lass mich rein. Ich hatte einen richtig üblen Vormittag und keine Minute Schlaf, ich brauche dringend Schokolade.«

Die Tür schwingt auf, und ich falle fast in die Wohnung.

Nein.

NEIN.

»WAS HABEN SIE HIER ZU SUCHEN?«

»Hallo, Mercy«, sagt Ruth und strahlt mich mit ihren runden Streifenhörnchenbacken an. »Faith hat mich auf eine Tasse Tee eingeladen. Dann ist sie … ähm … sie ist losgerannt, um Milch zu holen.« Sie lacht leise. »Und wenn ich sage *gerannt*, dann meine ich damit, dass sie Turnschuhe angezogen hat und zur Tür hinausgesprintet ist.«

Ich werde immer wütender. »WANN KOMMT SIE ZURÜCK?«

»Bald.« Sie strahlt noch etwas mehr. »Möchtest du reinkommen und auf sie warten?«

»LADEN SIE MICH NICHT IN DIE WOHNUNG MEINER EIGENEN SCHWESTER EIN!«, schreie ich sie an. »ICH WARTE HIER, VIELEN DANK, SIE AUFDRINGLICHE AMERIKANERIN.«

Erschöpft lasse ich mich auf den Boden fallen und hole mein Handy hervor.

WARUM IST DIE SCHMAROTZERIN BEI DIR ZU HAUSE?

Dann füge ich hinzu:

Bring Schokolade mit. Am besten Twix. Twirl tut es auch.

SENDEN.

Völlig ausgepowert lehne ich mich zurück und schließe für ein paar kostbare Sekunden die Augen, dann öffne ich sie wieder. Ruth steht immer noch in der Tür und beobachtet mich.

»JA, FRAU? WAS IST?«

»Stört es dich, wenn ich mich zu dir setze?« Die Amerikanerin lacht mich unerklärlicherweise immer noch an. »Ich finde, das ist eine unerwartete, aber äußerst willkommene

Gelegenheit, einander etwas näher kennenzulernen, meinst du nicht auch?«

Ich starre sie dumpf an. »Falls Sie glauben, wir hätten ein beiderseitiges Interesse an einem Gespräch, liegen Sie gründlich daneben. Aber setzen Sie sich, wohin sie wollen. Es ist schließlich *Ihr* Hintern.«

Ich schließe die Augen, spüre jedoch, wie Ruth sich mir gegenüber hinsetzt und mein schlaffes, von Make-up-Resten verschmiertes Gesicht mustert.

Entnervt greife ich nach meinem Handy.

BEEIL DICH! Jetzt will sie sich auch noch unterhalten.

SENDEN.

»Dein Vater hat mir erzählt, dass du in Shakespeares Globe Theatre auftrittst.« Ihre Stimme ist ruhig und sanft, irritierend aufrichtig. »Wie aufregend! Hast du schon immer die Bühne geliebt, oder ist …«

»Hören Sie auf«, sage ich seufzend.

»Wie bitte?«

»Hören Sie auf, mich zu *therapieren* oder was auch immer. Ich kenne sämtliche Fragen: ob ich die Schauspielerei schon immer mochte, warum es mir so gefällt, jemand anders zu sein, wovor ich eigentlich weglaufe, warum ich mich selbst nicht leiden kann, bla, bla, bla. Glückwunsch, Sie sind exakt wie jeder andere Therapeut, den ich getroffen habe.«

Gereizt checke ich meinen Posteingang: nichts.

»Das war gar nicht meine Absicht«, sagt Ruth lächelnd. »Ich habe heute frei, also keine *Therapie*, versprochen. Dein Vater sagte mir, dass du eine außergewöhnliche Schauspielerin bist, da habe ich mich gefragt …«

»Jetzt kommen die leeren Komplimente«, sage ich seufzend. »Ihre durchschaubaren Versuche, sich mit mir anzufreunden, sind einfach nur erbärmlich.«

Ruth runzelt die Stirn. »Wie kommst du darauf, dass es leere Komplimente sind?«

»Als hätte mein Dad jemals meine Schauspielbemühungen zur Kenntnis genommen.« Ich schnaube laut auf. »Er ist ein weltberühmter Regisseur, trotzdem durfte ich nie bei ihm vorsprechen, nicht einmal für eine Nebenrolle in einem seiner Filme.«

»Mercy …« Sie macht Anstalten, etwas zu sagen, doch dann hält sie inne. »Ich glaube nicht, dass das der Grund dafür ist.«

Ich lache schroff. »Also will er mich einfach nicht am Set haben? Sie haben recht, das macht es so viel besser.«

Eine Zeitlang herrscht Schweigen, während ich erneut meinen Posteingang checke: immer noch nichts. Nicht dass ich etwas anderes erwartet hätte. Ich habe mein wahres Gesicht gezeigt. Finn wird mir nie wieder eine E-Mail schreiben.

»Ich denke, du solltest mit deinem Vater reden«, sagt Ruth schließlich. »Es ist nicht meine Aufgabe. Aber ich weiß, dass du unglaublich wichtig für deinen Vater bist, und dein Vater ist wichtig für mich, also …«

Jetzt ist mein Lachen echt. »Ach, ist er das?«

Die Amerikanerin runzelt die Stirn. »Ja.«

»Sie *lieben* ihn, oder?«

Sie nickt. »Das tue ich.«

»Dann sind Sie sogar noch dümmer, als ich dachte.« Ich blicke sie direkt an und sage beinahe fröhlich: »Sie haben nicht das Zeug dazu, meinen Vater auf Dauer zu halten. Niemand hat das. Weder Sie noch Mum noch ich noch irgendeines seiner übrigen nichttoten Kinder. Sie sind ein kleiner Punkt auf Dads Radar, und wenn er sie nicht mehr braucht, wird er sie verlassen. So wie er es mit uns gemacht hat.«

Ruth sieht mich forschend an. »Glaubst du das wirklich?«

»Natürlich.« Mit einem grausamen Lächeln schieße ich meinen Giftpfeil ab. »Sie sind ein Nichts. Sie sind ein Niemand. Im besten Fall sind Sie eine Nebenfigur, schlimmstenfalls eine Requisite.«

Der Pfeil verfehlt sein Ziel, das Geschoss explodiert nicht. Ihr Streifenhörnchengesicht bleibt ruhig.

»Besser, Sie lassen sich gar nicht erst auf ihn ein«, füge ich beinahe gleichmütig hinzu und schaue auf mein Handy. »Sie würden am Ende nur verletzt werden.«

Wo zur Hölle holt Faith die Milch? In Südafrika?

Komm schon, Eff. Wo bist du?

»Ich verstehe«, sagt Ruth, und ich spüre, dass ihre großen kuhbraunen Augen unentwegt auf mich gerichtet sind. »Mercy ... wie lange hast du schon Angst, dich an Menschen zu binden?«

Ein kalter Schauer durchfährt mich. Ich blicke auf.

»*Wie bitte?*«

»Nach allem, was du durchgemacht hast, ist das völlig verständlich.« Ihr Blick ist voller Mitgefühl. »Besonders bei Zwillingen ist das so. Wenn einer stirbt, ist es oft eine Art von …«

Ich springe auf, mein Herz hämmert. »Tun Sie das nicht.«

»Ich kann mir gar nicht vorstellen, wie allein du dich fühlen musst.« Ruths Stimme wird noch leiser. Meine Hände fangen an zu zittern, und meine Augen füllen sich mit Tränen. »Aber ich bin speziell in Trauerbewältigung ausgebildet, wenn du also mal jemanden brauchst, mit dem du außerhalb der Familie reden willst …«

»ICH SAGTE, HÖREN SIE AUF!«, brülle ich sie an.

Benommen wende ich mich Richtung Treppe.

»Mercy!«, ruft Ruth mir nach. »Es tut mir leid, ich wollte nicht …«

Mit verschleiertem Blick haste ich die Betonstufen hinunter, pralle gegen die Wand, reiße mir den Schorf von der Hand, spüre den Schmerz kaum und taumle auf schwachen gummiartigen Beinen um die Ecke.

»Mer!« Faith rennt direkt in mich hinein. »Was ist los?«

»Geh mir aus dem Weg«, zische ich und stoße meine Schwester zur Seite. »*Verräterin.*«

22

Endlich ist die Limousine da, wo sie sein soll.

»Entschuldige die Verspätung«, sagt John freundlich, als ich einsteige und mein Gesicht im Rückspiegel betrachte. »Dein Bruder wollte kurzfristig zu einer Veranstaltung gefahren werden, und wir sind in einen Stau geraten. Das ist eine neue Adresse. Wohnt Faith hier?«

Stumm wende ich mich ab und wische mir mit dem Finger übers Auge.

»Wie war die Kostümanprobe?«, fährt John nach einer langen Pause fort. »Wir sind vorhin an einem Plakat für dein neues Stück vorbeigefahren, mit deinem Namen ganz oben! Sehr beeindruckend, muss ich sagen.«

Ich schließe die Augen, spüre den dicken Kloß in meinem Hals und drehe mich weg. Es geht ihn verdammt nochmal nichts an.

Nach einer weiteren Pause setzt sich das Auto langsam in Bewegung.

Ich atme durch den Mund und konzentriere alle Energie darauf, meine Tränen zu einem dichten, harten Block zu zusammenzuballen. Ich sammle sie, zwinge sie in eine feste, dunkle Form in meiner Brust, als wollte ich einen schwarzen Diamanten erschaffen. Etwas, das scharf und unzerstörbar ist und mit dem ich die Welt zerschneiden kann.

Als ich fertig bin, öffne ich die Augen.

Ich hole mein Handy aus der Tasche und klicke auf meine E-Mails. Das flaue Gefühl ist immer noch da. Die Scham fährt Achterbahn mit mir und erschrickt bei jeder Kurve.

Den Namen von jemandem zu vergessen, ist gar nicht so schlimm, weißt du.

Nur habe ich ihn nicht vergessen. Ich habe ihn gar nicht erst erfragt.

Spontan fange ich an zu recherchieren und schreibe dann:

Von: Mercy Valentine
An: Finneas O'Connor

Ihr Name ist Nancy Mitchell

Zurückgelehnt sitze ich da und blicke wie betäubt hinaus, während John an Clapham Common vorbeifährt, durch Putney und ins schöne grüne, unglaublich teure Richmond. Durch die abgedunkelten Scheiben beobachte ich die Menschen auf den Straßen: im Gespräch mit Freunden, Händchen haltend, lachend, beim Einkauf, Sandwiches essend. Ich beobachte, wie sie sich neugierig umdrehen und der Limousine hinterherschauen und sich fragen, wer dadrin ist. Dabei trennt uns so viel mehr als nur ein getöntes Fenster.

Schließlich gleitet die Limousine eine von Bäumen gesäumte Straße entlang zu den Sicherheitstoren der Valentines, dann in die Auffahrt und hinauf zu unserer beeindruckenden roten Backsteinvilla.

Ich warte, während John aussteigt, um mir die Tür zu öffnen.

»Tut mir leid, dass ich nicht vor dem Theater war, als du angerufen hast, Mercy«, sagt er freundlich. »Aber wann immer du gefahren werden möchtest, werde ich versuchen, da zu sein. Überall, zu jeder Zeit.«

Ich weiß nicht, was schlimmer ist: sein Einfühlungsvermögen oder sein Mitleid.

»Das ist Ihr Job«, erwidere ich knapp. Dann straffe ich die Schultern und schlurfe erschöpft die Eingangsstufen hinauf. Es ist nichts mehr in mir, womit ich kämpfen könnte.

»Darby«, sagt Hope, als ich die Haustür öffne. »Es ist Darby, stimmt's?«

Max lacht. »Was?«

»Daria.« Pause. »Dariana.« Pause. »Darla. Darleen.« Pause. »Darlene. Oder anders geschrieben: Darlyn.« Pause. »Dasha. Heißt sie Dasha?«

Pudel steht mit einem Notizbuch am Fuß der großen Treppe. Sie erforscht Max' Gesicht wie eine Dermatologin mit schwerwiegenden Abgrenzungsproblemen.

»Warum sollte ich ein Mädchen daten, das nach einem Rentier benannt ist?«

»Liebe geht oft verschlungene Wege.« Hope streicht den Namen von ihrer Liste. »Davina.« Sie blickt ihn unverwandt an, wartet auf eine Reaktion. »Dawn. Dayana?«

»Ich habe keine heimliche Freundin«, sagt Max seufzend. »Pudel, würdest du *bitte* mit dem Kreuzverhör aufhören?«

»Das ist *genau* das, was jemand sagen würde, der heimlich

eine Freundin hat!«, ruft Hope triumphierend. »Ich bin also ganz nah dran!«

Ich kneife die Augen zusammen, und mein Herz verkrampft sich.

Irgendetwas ist anders, aber es dauert ein paar Sekunden, bis ich herausgefunden habe, was es ist. Hopes Outfit und ihr Make-up sind normalerweise wahllos kombiniert – grell und nicht zueinanderpassend, ein kunterbunter niedlicher Clown –, aber jetzt sieht sie … *schön* aus. Ihre Locken sind zurückgekämmt, ihr Make-up ist dezent, ihre Absätze sind hoch, und sie trägt ein langes schwarzes Kleid. Meine Kehle schnürt sich zusammen: Meine kleine Schwester sieht so *erwachsen* aus.

Dann fällt mein Blick wieder auf das Kleid.

»Mer, du bist da!« Hope deutet, wenn auch nur scheinbar bescheiden, eine leichte Drehung an. »Sehe ich nicht *phantastisch* aus? Ben geht mit mir in ein schickes Restaurant, damit wir unseren Monatstag feiern können, und ich habe *viele Stunden* damit verbracht, mich schön zu machen. Zum Glück wurde ich mit natürlichem Stil und Anmut geboren, also war es ganz einfach.«

»Es ist drei Uhr nachmittags«, sagt Max liebevoll, als einer ihrer Absätze wackelt und er sie gerade noch rechtzeitig auffängt. »Wenn du nicht in Russland zu Abend essen willst, habt ihr noch ein paar Stunden Zeit.«

Ich starre immer noch auf das Kleid.

Tu's nicht.

Bitte, Mer, schau einfach in ihr glückliches kleines Gesicht und –

»Ist das mein Kleid?« Ich trete vor, die Kiefermuskeln angespannt. »Hope Valentine, ist das mein Kleid?«

»Was?« Meine Schwester blickt an sich herab. »Nein.«

»LÜGNERIN!« Ich mache ein paar Schritte auf sie zu, denn *natürlich* ist das mein Kleid, es ist von Louis Vuitton, und ich habe es gekauft in der Hoffnung, dass ich dieses Jahr endlich eine BAFTA-Einladung bekomme. »Das ist *mein* Kleid. Ich habe dir *immer wieder* gesagt, dass du die Finger von meinen Sachen lassen sollst!«

Die Gefühllosigkeit ist weg, und an ihre Stelle ist die vertraute Wut getreten: Sie kocht in meinem Magen, steigt in meiner Brust auf und bohrt sich mit ausgefahrenen Krallen und gefletschten Zähnen in meine Kehle.

»Das ist nicht dein Kleid!« Hope sieht panisch aus. »Ich verspreche, es ist nicht deins, Mercy! Ich schwöre es!«

Ich drehe sie grob herum und greife in den Rückenausschnitt des Kleides.

»Du hast das Etikett rausgeschnitten! O mein Gott, du hast das Etikett aus einem Couture-Kleid von Louis Vuitton rausgeschnitten!«

»Habe ich nicht!« Hope quietscht vor Verzweiflung. »Das würde ich nie tun! Du hast gesagt, ich soll es nicht nehmen, also habe ich –«

»Als ob du *jemals* zuhören würdest! Warum kann ich nichts haben, das ganz allein mir gehört? Warum hört keiner von euch auf das, was ich sage? Wenn du gefragt hättest, Hope, hätte ich wahrscheinlich ja gesagt! Aber du kannst nicht einfach hingehen und meine Sachen nehmen!«

»Aber –«

»Alles, worum ich diese Familie bitte, ist die Einhaltung von *Grenzen*! Warum ist das *so schwer* zu verstehen?«

»Was ist los?« Ben taucht hinter mir auf, gut aussehend und süß, in einem etwas zu großen Smoking. »Was soll das Geschrei? Wow, Pudel. Du siehst wie ein echter Filmstar aus.«

»Ich …« Hopes verzweifelter Blick huscht zu ihrem Freund und dann wieder zu mir zurück. »Also, wenn ich gefragt hätte, ob ich mir ein Kleid leihen könnte, hättest du ja gesagt?«

»JA! DAS KLEID IST MIR EGAL! MIR IST WICHTIG, GEFRAGT ZU WERDEN!«

»Mercy«, sagt Max mit leiser warnender Stimme.

»Darf ich das Kleid anbehalten?«, flüstert Hope. »Bitte.«

»NEIN!«, kreische ich wutentbrannt. »ZIEH ES SOFORT AUS!«

Das Gesicht meiner sonnigen Schwester verzerrt sich, sie kämpft sekundenlang um Fassung, dann bricht sie in Tränen aus.

»Ben, ich will nicht mehr weggehen!«, schluchzt sie und rennt nach oben in ihr Zimmer. »Ich möchte lieber hierbleiben, wenn das für dich in Ordnung ist!«

»Hope!« Ben wirft mir einen angewiderten Blick zu und rennt ihr hinterher. »Mach dir keine Gedanken wegen des Kleids! Es ist mir egal, was du anhast! Selbst wenn du deinen Pyjama anziehst, siehst du umwerfend aus!«

Hopes Schlafzimmertür fällt krachend ins Schloss.

Dann herrscht Stille.

»Weißt du«, sagt Max schließlich und sieht mich an, »wir geben uns alle die größte Mühe zu verstehen, was du durchmachst, Mercy. Aber manchmal tust du Dinge, die einfach unverzeihlich sind.«

Ich öffne den Mund und will etwas sagen, aber er wendet sich von mir ab.

»Vielleicht«, sagt er mit flacher, ausdrucksloser Stimme, »müssen wir einfach akzeptieren, dass wir auch dich verloren haben.«

23

Mit offenem Mund stehe ich in der leeren Eingangshalle.

Alle sind weg.

Ich bin ganz allein.

Langsam steige ich die Treppe hinauf. Ich kann mich nicht erinnern, dass ich mich jemals so schwer gefühlt habe: als würde ich mich durch dicken Schlamm bewegen, und alle Glieder sind voller Sand. Sogar vom Gang aus kann ich Hope schluchzen hören. Zweifellos liegt sie auf ihrem großen Himmelbett, ihr vom Weinen geschwollenes herzförmiges Gesicht unter einem Kissen versteckt, so dass nur ihre Nasenspitze herausschaut, so wie sie es immer gemacht hat, als sie klein war.

Wann habe ich meine kleine Schwester das letzte Mal weinen sehen?

Du weißt genau, wann das war.

Ein paar Sekunden lang lehne ich meine Stirn gegen Hopes Tür. Ich schließe die Augen und hebe meine Hand, um zu klopfen. Tränen prickeln hinter meinen Augenlidern, und ich blinzle, bis sie verschwinden. Im Zimmer höre ich Bens sanfte, tröstende Stimme – voller Unterstützung und Verständnis für Hope –, und etwas in mir krampft sich zusammen und verhärtet sich.

Ich schlucke heftig und lasse die Hand sinken.

»Behalte das Kleid«, sage ich schroff durch die Tür. »Bestimmt ist es zerknittert und zu nichts mehr zu gebrauchen.«

Dann gehe ich in mein Schlafzimmer, schließe die Tür ab, lehne mich dagegen und starre an die Decke.

Bei der Beerdigung trug ich Schwarz.

Und danach – als die andere Hälfte von mir begraben war – behielt ich es bei. Es hatte keinen Sinn, so zu tun, als hätte mein Leben sich nicht für immer verändert und als wäre ich ohne meine Schwester noch derselbe Mensch wie zuvor.

Sie hat alle meine Farben mitgenommen.

Abgrundtiefe Trauer erfasst mich, der schwarze Diamant kann dem Druck nicht länger standhalten, er wird gleich explodieren und mich und alle anderen in Stücke reißen. Ich weiß nicht, ob ich das noch länger ertragen kann. Alles, was ich will, ist schreien, verletzen, ruinieren, zerstören, demütigen.

Alles, um diesen Schmerz an jemand anderen weiterzugeben.

Mein Handy macht *Pling*.

Amethyst
Wir machen uns jetzt auf den Weg! Treffen 19 Uhr?

Ein paar Sekunden lang bin ich unschlüssig. Noch eine durchgetanzte Nacht, wieder die Hoffnung, mich zu verlieren, wieder der Versuch, mich durch das sinnlose Anschreien von Fremden für kurze Zeit gehört zu fühlen.

Doch dann überwältigt mich die Erschöpfung, und ich schreibe:

Mercy

Langweiliger Familienkram heute Abend.:(

Viel Spaß.

Ehrlich gesagt bin ich mir nicht sicher, wer überraschter ist: sie oder ich.

Müde bis ins Mark, schlüpfe ich aus meinem schmuddeligen Nachtclubkleid und taumle in meine Dusche. Ich schrubbe und schrubbe, bis ich mich wie eine Schlange fühle, die aus ihrer verschrumpelten Haut kriecht. Schließlich brause ich mich noch einmal ab, trage eine Pflegespülung auf und lasse die Haare feucht und lockig. Dann schlüpfe ich in meinen Lieblingspyjama, den ich in der untersten Schublade meiner Kommode verberge.

Mit brennenden Augen krabbele ich ins Bett und rolle mich ein.

Es ist erst achtzehn Uhr, aber mir tut alles weh, als hätte ich Grippe. Meine Augenlider sind bleiern, meine Wangen heiß. Die Schwere hat noch zugenommen, der Sand steigt bis in meine Brust und füllt meine Lunge. Ich greife unter die Matratze und ziehe meinen alten Teddybär Butter hervor, klemme ihn an seinen angestammten Platz an meiner Halsbeuge und schließe die Augen.

Der Tag fühlt sich kaputt an, wie etwas, das ich an eine Wand geworfen habe.

Mein Handy vibriert.

Benommen greife ich danach und öffne ein Auge.

Von: Finneas O'Connor
An: Mercy Valentine

Hurra! Wieder eine von uns einfachen Plebejern, die du zu deiner Liste hinzufügen kannst. Geht es dir gut?

Meine Augen springen auf. Er redet also noch mit mir?

Langsam schreibe ich:

Von: Mercy Valentine

ICH BIN OK. Was zur Hölle bringt dich auf die Idee, es könnte anders sein …

Delete.

Von: Mercy Valentine

Oh, RICHTIG, weil ich heute Morgen ein bisschen zerzaust war, meinst du

Delete.

Weißt du, was? Niemand scheint zu verstehen, wie viel Energie diese Art von Feindseligkeit kostet.

Bevor ich es mir anders überlege, schreibe ich:

Von: Mercy Valentine

Nicht wirklich. Aber daran ist niemand schuld außer ich selbst:)

SENDEN.

Blinzelnd rolle ich mich ganz fest ein und werde zu einer Kugel. Ich fühle mich plötzlich roh und gefährlich weich, schutzlos wie ein gepelltes Ei.

Pling.

Von: Finneas O'Connor

Oh, ich bin sicher, du findest einen Schuldigen. Soll ich mich freiwillig melden?

Ich lächle matt.

Von: Mercy Valentine

Perfekt. Du wirst angeschrien, herablassend behandelt, beleidigt, ignoriert, angegriffen, gedemütigt, hintergangen und schikaniert. Unerbittlich und mit voller Absicht. Also, bist du dabei?

Pling.

Von: Finneas O'Connor

Auf keinen Fall. Wann soll ich anfangen?

Mein Gesicht ist plötzlich sehr warm.

Von: Mercy Valentine

Das hast du bereits.

PS: Woher wusstest du, dass es mir nicht gut geht?

Ich warte ein paar Minuten.

Von: Finneas O'Connor

Sagen wir einfach, ich erkenne die Symptome. Ich bin dran mit Postskriptum – warum bist du nicht hier?

Mein Lächeln ist mit einem Mal wie weggewischt.

Wie bitte? So läuft das also? Ein paar beiläufig geschriebene Nachrichten, und plötzlich hat man das Recht, *Ansprüche* zu stellen? Ich bin verdammt nochmal keine *Eroberung*. Ich bin kein Eigentum und schon gar nicht jemand, den man herumkommandieren kann. Dieser Finn ist ein Typ, mit dem ich zufällig flirte, um mir die Zeit zu vertreiben. Wie kann er es wagen, so zu tun, als würde ich ihm *gehören*?

Wütend haue ich die Antwort raus:

Von: Mercy Valentine

WARUM BIN ICH NICHT WO

Pling.

Von: Finneas O'Connor

Bowling

Ähm?

Von: Mercy Valentine

Warum sollte ich Bowling spielen? Warum sollte überhaupt jemand Bowling spielen?

Von: Finneas O'Connor

Es ist Freitagabend! Alle sind beim Bowling, Piper hat heute Geburtstag. Du kennst sie wahrscheinlich als Hero;) Warum kommst du nicht auch?

Ich starre auf mein Handy, meine Augen kribbeln.

Meine vehemente Weigerung, mich auf die anderen Schauspieler des Ensembles einzulassen, wurde offensichtlich laut und deutlich vernommen. Warum tut es dann so weh, dass sie mich nicht eingeladen haben?

Was soll's, mein Schlafmangel macht mich wohl empfindlich.

Ich setze zu einer ruppigen Antwort an:

Von: Mercy Valentine

Tja, Bowling ist nur was für Verlierer.

Willst du das wirklich abschicken?

Ja.

Du willst also heute Abend nicht zum Bowling gehen?

So ist es.

Willst du Finn denn nicht sehen?

Nö.

Wenn du mit dem Ensemble etwas unternimmst, nimmst du Grandma den Wind aus den Segeln.

Und?

Und es bedeutet, dass du nicht hier herumliegen musst.

Die ganze Nacht.

In der Dunkelheit.

Allein.

Meine Schultern gestehen meine Niederlage ein und sacken herab.

Von: Mercy Valentine

Welche Bowlingbahn war es gleich noch mal?

SENDEN.

24

Welcher *Idiot* nennt eine Bowlingbahn *All Stars*?

Das hier ist nicht die Oscar-Verleihung oder ein Tisch in dem Nobelrestaurant *The Ivy*: Es ist in einem Keller irgendwo mitten in Soho.

Widerwillig rücke ich meine große Gucci-Sonnenbrille zurecht und lasse den Blick durch den pink beleuchteten Raum schweifen. Ich hatte keine Zeit, mich fertig zu machen – die *Party* hat früh angefangen, und diese Leute gehen wahrscheinlich gegen einundzwanzig Uhr ins Bett –, also habe ich mir einen langen schwarzen Mantel, einen schwarzen Filzhut und kniehohe spitze Stiefel übergestreift und mir dann in der Limousine auf dem Weg in die Stadt die Augen mit Kajal umrandet.

Hinter meinen dunklen Brillengläsern sondiere ich die Lage. Vor einer Stunde war ich fast eingeschlafen, jetzt umgibt mich lautes Gepolter, gefolgt von irrationalen Jubelrufen. Nachdem ich Diors Privatbowlingbahn so scharf verurteilt habe, komme ich mir vor wie eine Heuchlerin.

Ich fühle mich … seltsam. Ein wenig aus dem Gleichgewicht geraten.

Okay, ich fühle mich irgendwie *ängstlich*. Anscheinend kann ich mit Paparazzi, einem Filmset oder Hunderten von Zuschauern umgehen, aber ein Dutzend Arbeitskollegen und ein paar Bowlingkugeln machen aus mir ein hibbeliges Nervenbündel? Mann, ich brauche *dringend* etwas Schlaf.

Zögernd mache ich einen Schritt nach vorne. Warum ist jeder so versessen darauf, Bowling zu einem Hype zu machen? Im Grunde sind es nur freiliegende Industrierohre und eine alte Neonbeleuchtung, schlecht gestrichene Holzwände und rote Ledersessel. Als könnte man das Werfen von Kugeln auf Flaschen cool machen kann, indem man falsche Rohrgestänge einzieht.

Ich finde, es sieht lustig aus.

Natürlich findest du das. Deine Ansprüche an halbwegs passable Vergnügungen sind beklagenswert niedrig.

Ich räuspere mich und schaue mich erneut um. Eli zeigt dem Boten und dem Ersten Wächter, wie man der Kugel einen Spin verpasst, obwohl er – wie ein Blick auf die Anzeigetafel nahelegt – selbst nicht weiß, wie man es macht. Margarethe lauert in der Nähe und versucht wieder einmal, seine Aufmerksamkeit zu erlangen – viel Glück dabei. Die Jungs, die Antonio und Don Pedro spielen, amüsieren sich an der Quizmaschine, Holzapfel und Balthasar futtern Unmengen von Pommes und Hotdogs, als wären sie bei einem Vielfraßwettbewerb. Daisy ist in ein Gespräch mit Verity vertieft und säubert dabei ihre Bowlingkugel mit einem Feuchttuch.

Ganz unerwartet werde ich von heftigen Gewissensbissen gepackt, und ich drehe mich schnell weg, bevor meine Regisseurin mich entdeckt. Seit meiner verpassten Probe habe ich sie nicht gesehen, aber eine Geburtstagsparty ist nicht der richtige Ort, um darüber zu sprechen.

Ich schlucke und halte weiter Ausschau nach Finn.

Wo ist er? Ist er schon weg? Hat er mich *ausgetrickst*, oder ist ihm etwas anderes dazwischengekommen? Ein anderes Mädchen vielleicht? Puh. Genau aus diesem Grund sollte man süße Typen mit Grübchen besser meiden: Sie bringen dich dazu, dumme impulsive Dinge zu tun, wie zum Beispiel *bowlen* zu gehen.

In der Ecke hat sich eine große Gruppe des Ensembles versammelt und bejubelt Hero, die gerade ein Geschenk auspackt und beim Anblick der billigen Wollmütze aus dem Supermarkt vor Begeisterung quietscht.

Mit angehaltenem Atem gehe ich auf sie zu.

Ein paar Sekunden stehe ich in peinlicher Stille da und nehme das Licht und die Freude um mich herum auf. Angst schleicht sich ein, also huste ich leise und krame in meiner Tasche nach dem hastig verpackten Geschenk. Es ist eine zierliche goldene Tiffany-Kette, die ich nicht mehr trage und die mir jetzt völlig unpassend erscheint für eine Fremde.

»Mercy!« Hero blinzelt erstaunt und hört auf zu lachen. »Du bist gekommen!«

Die anderen wirken plötzlich unnatürlich steif, und ich merke, wie sie sich zusammenschließen und eine Mauer bilden, um mich auszusperren.

Ich verspüre ein schmerzhaftes Ziehen in der Brust.

»Oh! Sorry, wir waren uns nicht sicher, ob Bowling dein *Ding* ist.« Die junge Frau, die Heros Begleiterin Ursula spielt, grinst spöttisch. »Wir dachten, du würdest etwas *Aufregenderes* machen.«

Ich werde rot. Fairerweise muss ich zugeben, dass ich diese Bemerkung geradezu herausgefordert habe. »Wie du siehst, nicht. Alles Gute zum Geburtstag, Piper.«

Hero springt auf, sichtlich überrascht, dass ich ihren richtigen Namen kenne, und ich entscheide mich spontan dagegen, ihr die teure Designerhalskette zu schenken. Sonst bin ich womöglich schuld, wenn das Geburtstagskind der Schlag trifft.

»Danke«, sagt sie lächelnd und sieht plötzlich verlegen aus.

Es herrscht angespanntes Schweigen, und das flaue Gefühl in meinem Magen verrät mir, dass der Spaß erst dann weitergeht, wenn ich weg bin. Das Lachen, das Kichern, das Herumalbern – es endet, sobald ich auftauche. Ich bin Gift, und der winzigste Tropfen von mir führt dazu, dass alles zum Erliegen kommt.

Es ist wirklich ein Rätsel, warum mich niemand hier haben will.

»Größe sieben?«

Jemand drückt mir ein müffelndes Paar schwarz-weiße Schuhe mit aufgemalten Zahlen an der Ferse in die Hand, und ich bin schlagartig froh, als meine Traurigkeit in Wut umschlägt.

»Nimm diese Ungetüme weg«, knurre ich und lasse die Schuhe einfach fallen. »Lieber reiße ich mir das Gesicht ab und stopfe es in das Loch, das mal mein Mund war, als so etwas anzuziehen, danke.«

Hinter mir ist ein heiseres Lachen zu hören; ich schiebe meine Sonnenbrille hoch und drehe mich um.

»Das nenn ich ein starkes Bild«, sagt Finn trocken. Er hebt die Bowlingschuhe auf und nimmt sie übertrieben genau in Augenschein. »Was meinst du, wie viele Füße sind da wohl im Laufe der Jahre drin gewesen? Fünfzig? Hundert? Stell dir nur mal diese einzigartige Mischung aus Bakterien vor, die ich dir als kostenlose Dreingabe anbiete.«

Erleichterung durchfährt mich wie ein warmer Blitz.

Finn! Er ist noch hier! Er hat dich nicht ausgetrickst!

»Weniger Bakterien, als sich derzeit in *deinen* Turnschuhen befinden.« Ich merke, wie ich lächle und meine Augenbrauen hochziehe. »Jede Wette.«

»Wie kannst du es wagen?« Finn grinst breit. »Zu deiner Information, ich züchte eine Bakterienkolonie. Eine Turnschuhkolonie, sozusagen.«

»Über die du herrschst?«

»Wie ein grausamer Tyrann«, bestätigt er. »Bereit, sie auf die Welt loszulassen. Eines Tages, Mercy Valentine, wirst du dir wünschen, du hättest höflicher über den Inhalt meiner Schuhe gesprochen.«

Ich lache laut auf und spüre, wie hinter mir die Gruppe überrascht innehält und zu uns herüberstarrt. Schnell bringe ich meinen Gesichtsausdruck unter Kontrolle und suche nach etwas, über das ich herziehen kann.

»Nette Partykleidung, Finneas. Willst du renovieren, während du hier bist?«

Alle anderen haben sich aufgetakelt, aber Finn trägt immer noch dasselbe schmuddelige Outfit wie bei unserem letzten Treffen: staubige Jeans, zerrissenes blaues T-Shirt unter dem löchrigen Pullover, überall Farbkleckse, ungekämmte Haare.

Aber immer noch umwerfend.

Vorausgesetzt, es macht dir nichts aus, jedes Mal eine Kleiderbürste mitzubringen, wenn du in seine Nähe kommst.

»Ich bin immer bereit für kleine Schönheitsreparaturen. Das Kompliment geht an dich zurück, Valentine.« Er mustert meinen viel zu großen Mantel und die Mütze. »Tut mir leid, dass meine E-Mail dich auf deiner Reise zum Nordpol erreicht hat.«

Wir grinsen uns an, und mein flatternder Magen dreht sich wie ein Pfannkuchen in der Luft.

Du magst ihn.

Tue ich nicht: Ich bin nur froh, dass hier jemand mit mir redet, das ist alles.

Ein lautes *Klonk* ist zu hören, gefolgt von Jubel. Finn blickt stirnrunzelnd auf das Anzeigedisplay.

»Du bowlst also, hm?«, sage ich und brauche plötzlich ganz dringend seine Aufmerksamkeit.

»Professionell.« Er nickt, schaut aber immer noch mit zusammengezogenen Augenbrauen auf den Spielstand. »Weltmeister. Aber verrate es niemandem.«

»Keine Sorge.« Ich schaue ebenfalls auf das Display, auch wenn die Zahlen für mich keinen Sinn ergeben. »Es wäre mir lieber, wenn niemand davon erfährt, dass ich mich freiwillig mit einem Menschen unterhalte, der diese Art von Aktivität zum Spaß betreibt.«

»Oh, beim Bowling geht es nicht um Spaß.« Finn sieht

mich ernst an. »Ich fürchte, meine fragile Männlichkeit hängt davon ab, ob ich möglichst schnell Gegenstände aus der Ferne umwerfen kann, bevor ich einen Hotdog in einer viel zu kleinen Serviette esse.«

Ich lache wieder – laut, bellend –, und diesmal spüre ich, wie ausnahmslos alle innehalten, um zu sehen, wie Finneas O'Connor es fertigbringt, dass Mercy Valentine sich wie ein Mensch verhält.

»Ist dir nicht heiß?«, fragt Finn. »Also im engeren Sinn, nicht im übertragenen.«

»Ich kann es mir nicht leisten, von Paparazzi erkannt zu werden.« Ich zupfe an meinem großen schwarzen Mantel und ziehe meine Sonnenbrille wieder herunter. »Bowling passt nicht zu mir als Marke.«

»Du bist eine Marke?«

»Anscheinend schon.«

»FIIINNNNNN!«, ruft Daisy durch die Halle und dehnt dabei fast jedes Wort. »Du bist draaannnnnn. Hi, Meeerrr-cccyyy! Sooo cool, dass du hiiieeer bist!«

»Schade, Mercy.« Finns Bedauern klingt echt, und mein Magen schlägt wieder einen Salto. Finn grinst und nimmt eine blaue Kugel in die Hand. »Ich fürchte, ich muss jetzt ran, sonst respektiert mich keiner mehr. Kommst du mit?«

Er geht, und ich zögere kurz.

Finns Team scheint aus Daiiisssyyy zu bestehen, die mir entzückt in Slow Motion zuwinkt, sowie einem Don Pedro im Jumpsuit und Bruder Franziskus, einem schmächtigen, altersschwachen Mann, der seine ganze Körperkraft braucht, um eine Bowlingkugel zu heben. Mir fallen viele Gangs ein, denen ich lieber angehören würde: die Mafia, zum Beispiel.

Andererseits …

Finn dreht sich um und lacht mich an. Meine Wangen kribbeln.

»Na schön.« Seufzend hebe ich die nummerierten Schuhe vom Boden auf, auch wenn ich dabei gegen einen Würgereiz ankämpfen muss. »Was soll's. Warte, ich komme.«

25

Das war ein furchtbarer Fehler.

»Wir nennen uns *Alle in der Gosse*«, erklärt Daisy unendlich langsam und reicht mir ehrfürchtig eine gelbe Kugel, die nach antiseptischer Zitrone riecht. »Es ist eine Anspieeelllung an –«

Wie lange sitze ich schon hier?

»Oscar Wilde.« Ich würde gern das Ende des Satzes erleben, bevor ich in Ruhestand gehe. »Ich hab's kapiert.«

»Ja!« Daisy strahlt vor echter Freude. »Beim Bowling gibt es ja diese Rinnen, und das hier ist die Allllll-Stars-Bowlingbahn, daher lautet unser Spruch: Wir lieeegen alllllleee in der Gosse, aber einige von uns schauen auf die –«

»Sterne«, sage ich seufzend und nehme ihr die Kugel aus der Hand. »Wie gesagt, ich hab's kapiert.«

Mittlerweile habe ich fünf Millionen Jahre mit Dumpfbacken-Daisy und fast gar keine Zeit mit Finn verbracht. Langsam zweifle ich an meinen Hormonen: Da kommt ein heißer Typ mit grünen Augen und staubigen Händen daher, und schon verzichtet mein Verstand auf einen Fallschirm und stürzt als Flammenball ungebremst Richtung Erde.

»Du bist so schlau!« Daisy lächelt unbedarft und ignoriert meinen Todesblick. »Und dein Haar ist sooo schön und lockig und wild, Mercy. Du solltest es öfter ganz natürlich tragen!«

»SAG MIR NICHT, WIE ICH MEINE HAARE TRAGEN SOLL!«

»Oooh, natürlich nicht!« Sie strahlt mich unbeeindruckt an. »Ich Dummchen! Es tut mir soooooo leid!«

Ich kneife mir in den Nasenrücken. »Sag mir einfach, wann ich bowlen soll.«

Wieder macht es *Klonk*, und wir drehen uns gleichzeitig zur Bowlingbahn um. Finn führt jetzt die Bestenliste an und legt mitten auf der Bahn einen subtilen Siegestanz hin: leichter Hüftschwung, angedeuteter Punch mit den Fäusten, geschlossene Augen und das selbstgefällige Lächeln eines Katers in der warmen Sonne.

Er ist so verdammt süß.

Ähm, völlig ohne Stil oder Rhythmus, das ist er.

Da ist eine sexy kleine Vertiefung am unteren Teil seiner Wirbelsäule.

Gruselig, wo du überall hinschaust.

Du schaust auch hin, sonst hätte ich es nicht gesehen, hahaha.

»Jetzt bist du an der Reihe«, sagt Finn und grinst, als ich knallrot werde.

Schnell schaue ich weg – seine Arme sind sommersprossig und muskulös, und ich weiß plötzlich nicht mehr, wohin ich meinen Blick richten soll. Ich stehe auf und versuche, mich auf meine Bowlingkugel zu konzentrieren. Ich bin mir nicht sicher, wie das alles funktioniert, aber ich denke, wenn ich das Ding aggressiv anstarre, mache ich nichts verkehrt.

»Schuhe«, sagt Finn über meine Schulter hinweg.

Er ist nicht allzu nah, aber als sein Atem meinen Nacken

streift, läuft ein Kribbeln meinen Arm hinunter bis in meine Hand. Es fühlt sich an wie ein kleiner, wenn auch kein ganz unangenehmer Herzanfall.

»Bleib zurück«, schnauze ich ihn an und trete zur Seite. »Lenk mich nicht ab.«

Widerwillig bücke ich mich und rolle meine unter dem weiten Mantel verborgene Pyjamahose bis über die Knie, so dass sie nicht mehr zu sehen ist. Dann ziehe ich meine kniehohen Stiefel aus, steige in die ekligen Bowlingschuhe, drehe mich, einen Würganfall andeutend, wieder um und mache versuchsweise ein paar Schritte mit der Kugel. Ich blinzle gegen die dunkle Sonnenbrille an und bleibe zögernd stehen.

»Kannst du mit dem Ding überhaupt etwas sehen?«, fragt Finn. Lachend legt er seine Hand ganz leicht auf meine Schulter und stupst mich weiter in Richtung Bowlingbahn.

Ein knisternder Stromstoß jagt durch mich hindurch.

Was zum Teufel war das?

»Nein«, sage ich schroff und weiche ihm aus. »Im Interesse der Anonymität habe ich mich gegen das Sehen entschieden.«

Dann überdenke ich meine Optionen – ich sehe wirklich kaum die Hand vor Augen –, schüttle den Kopf und nehme die Sonnenbrille ab. Bowling ist ein Spiel für Loser und trübe Tassen, aber das heißt nicht, dass ich gegen sie verlieren will.

»Viel Glück, Mercy!«, rufen die anderen Teamkollegen, und ich zucke zusammen, denn ich hatte total vergessen, dass sie noch da sind.

»Brauchst du Seitenschutz?«, fragt Finn frech.

»Klar!« erwidere ich. »Wo soll ich ihn dir hinstecken?«

Finn lacht, und ich senke rasch den Kopf, damit er mein zufriedenes Grinsen nicht sieht.

Ich schwinge meinen Arm zurück, kneife die Augen zusammen und ziele mit der Kugel in die Mitte der polierten Bahn. Dann lasse ich die Kugel los und halte den Atem an, während sie in einer sanften Kurve von rechts nach links rollt und schließlich die mittlere Flasche – oder wie auch immer das heißt – mit einem befriedigenden *Klonk* trifft.

Nacheinander geraten alle Kegel ins Taumeln und fallen um.

»JAAA!« Ich stoße ein Triumphgeheul aus, hüpfe wie verrückt herum und boxe in die Luft. »Ich hab's geschafft! Bingo, ihr dummen kleinen Kegel! Ich habe GEWONNEN, ich bin die SIEGERIN, und ihr seid –«

Rot vor Verlegenheit breche ich ab.

Wieder starrt die Schauspieltruppe mich an, nur dass diesmal alle dabei zusehen, wie ich mich zu etwas hinreißen lasse, das verdächtig nach Jubeltanz mit Luftboxen und Hüftschwung aussieht.

»Juhu«, ende ich mit einem lahmen Schulterzucken, bevor ich schnell die Arme verschränke und mich auf das Kunstledersofa setze. »Oder was auch immer.«

»Spitze!«, ruft der Typ, der Don Pedro spielt.

»Ja!« Der alte Bruder Franziskus hört offenbar schlecht. Mit einem lauten »Uff« hebt er eine Bowlingkugel hoch und sagt: »Hier drin herrscht wirklich eine Hitze. Gut gemacht, Mercy!«

»Das war *uuunglauuublich*!« Daisy klatscht in die Hände

und hüpft vor Begeisterung auf und ab. »Ein Volltreffer, obwohl du noch nieee beim Bowlen warst, Mer! Aber ich wusste, dass du natüüürlich gut in aaallem bist!«

Zu meiner eigenen Überraschung merke ich, wie ich bei ihrem Lob rot werde. Rasch verstecke ich mich hinter meiner Sonnenbrille und warte darauf, dass sich die anderen wieder um ihre eigenen Angelegenheiten kümmern. Mit ein paar langen Schritten durchquert Finn den Raum, holt zwei Hotdogs und kehrt zurück. Dann setzt er sich neben mich und hält mir einen hin.

Wahnsinn, wie gut er riecht! Irgendwie holzig und intensiv und süß und scharf wie –

Lagerfeuer. Er riecht nach Lagerfeuer.

»Für dich«, sagt er und deutet mit einem Nicken auf den billigen, schlaffen Hotdog. »Männliche, durch den Fleischwolf gedrehte röhrenförmige Schweineinnereien zur Feier deines großen Erfolgs.«

Ich beäuge den Hotdog skeptisch. »Ist das … bio?«

»Glaub mir, da steckt jede Menge Biologie drin«, bestätigt Finn, und das Grübchen in seiner Wange vertieft sich. »Ich würde also sagen … ja?«

Zögernd nehme ich einen kleinen Bissen, dann einen größeren. Der Hotdog schmeckt überraschend gut, und ich bin am Verhungern. Vom Schlafen mal abgesehen – wann habe ich eigentlich das letzte Mal etwas gegessen? Kein Wunder, dass ich kurz vor dem Zusammenbruch stehe.

»Ähm, Mercy?« Finn schiebt sich auf dem Sofa näher an mich heran. »Kann ich dich etwas fragen?«

»Mmm-hmm.« Ich schlucke und rutsche instinktiv weg von ihm.

Er rutscht hinterher. »Ich hoffe, es ist dir nicht unangenehm.«

Ich rutsche noch ein paar Zentimeter zurück, bis ich fast auf der Sofakante hocke und beinahe zur Seite wegkippe. Ich schiebe meine Sonnenbrille über die Stirn. Auf Finns Nase sind goldene Sommersprossen, seine Augen haben goldene Tigerstreifen, auf seiner Unterlippe sind kleine Zahndellen – und wenn ich alle diese Details bemerke, ist er eindeutig *zu nah.*

»Mmm«, murmle ich und halte den Atem an.

Mein Magen hat sich verknotet. Bestimmt geht es um Charity. Du denkst, du bist in Sicherheit und hast Spaß, und dann *wumm*: *Lass uns über deine tote Zwillingsschwester reden.*

Finn holt tief Luft. »Trägst du einen Pinguinpyjama?«

Ich starre ihn an. »Was?«

»Trägst du einen roten Flauschpyjama mit Pinguinen unter deinem Mantel? Fahren die Pinguine zufällig Ski, und tragen einige von ihnen kleine Pudelmützen?«

Verwirrt schaue ich nach unten. Eines meiner Pyjamahosenbeine hat sich beim Hüpfen und Tanzen abgerollt und lugt nun unter meinem langen schwarzen Mantel hervor.

»Nein! Natürlich nicht!« Verlegen und zugleich erleichtert ziehe ich das Pyjamabein hoch.

»Nein, es sind keine Pinguine, nein, es ist kein Pyjama, nein, sie fahren nicht Ski, oder *nein, sie tragen keine Pudelmützen?«*

Mein Gesicht brennt lichterloh. »Eigentlich ist es Designer-*Casualwear*.«

»Weil die Pinguine ihren Casual Friday haben?«

Ich schnaube vor Lachen, und etwas völlig Neues schießt durch mich hindurch, warm und ruhig. Aber auch aufgeregt. Und durstig. Jede Faser meines Körpers reckt sich Finn entgegen, als wäre er Wasser.

Ich atme tief ein und gleite ein paar unmerkliche Zentimeter auf ihn zu.

Machst du es?

Finns Grübchen vertiefen sich, und mein Magen klappt in sich zusammen.

Hast du vor, ihn zu küssen?

Ich gleite näher heran und atme so langsam, wie ich kann. Es ist nur ein Kuss, keine große Sache. Siebzehnjährige machen das die ganze Zeit. Ich mache es auch ständig. Leute küssen, die ich kaum kenne, ist ein Mercy-Valentine-Zeitvertreib.

Finn lächelt, und ich rutsche noch etwas näher an ihn heran.

Es ist nichts falsch daran, ein bisschen Spaß zu haben. Es ist Wochenende. Ein bisschen Rumknutschen mit einem echt heißen Typen könnte mir guttun. Zwei Paar Lippen, die sich berühren, weil es sich gut anfühlt. Eine angenehme Ablenkung, die nichts bedeutet; eine von vielen Möglichkeiten, einen Abend zu beenden.

Meine Augen schließen sich, und mein Herz klopft.

»Lääächeln!« Ich spüre, wie Daisy sich schwerfällig neben mich plumpsen lässt. »Teamfoto! Jack? Ed? Kommt alle heeer! Wir müssen den Erfolg von AAALLLE IN DER GOSSSEEE verewigen!«

Ich öffne die Augen, springe auf, und im selben Moment – *flash* – blendet mich ein Blitzlicht.

»Ähm, verdammt, nein.« Mit hochroten Wangen trete ich die Bowlingschuhe von den Füßen und setze Sonnenbrille und Mütze auf. »Daisy, du wirst dieses Foto *löschen*. Hörst du mich? *Sofort*.«

»Oh.« Sie schaut es sich kurz an, ihre Miene erhellt sich, aber sie löscht die Aufnahme. »Okaaaaaay, aber Rosie – Margarethe – hat den ganzen Abend über Fotos gemacht.«

Ich blicke erschrocken zu Margarethe: Tatsächlich, sie macht gerade ein Selfie und hat kichernd ihren Arm um Charlotte und denjenigen, der den Leonato spielt, gelegt. Ungeheuerlich! Ein tiefer Eingriff in meine Prominentenrechte! Warum wurde ich nicht gewarnt? Ich war so damit beschäftigt, nach Paparazzi Ausschau zu halten – dass auch normale Leute ständig alles fotografieren, habe ich völlig vergessen.

»Ich gehe«, sage ich schnell und greife nach meinen Stiefeln.

Finn nickt und hebt eine Bowlingkugel auf. »Bis später, Valentine«, sagt er, und plötzlich bin ich mir sicher, dass wir uns heute Abend wieder E-Mails schreiben werden, auch wenn ich nicht genau weiß, warum.

Ein seltsames helles Glühen breitet sich in mir aus.

Du magst ihn!

Du magst ihn, du magst ihn, du magst ihn –

»KEINER STELLT IRGENDWELCHE FOTOS VON MIR ONLINE«, schreie ich in den Raum. »SONST MACHE ICH EUCH PLATT.«

Dann stapfe ich in die Nacht hinaus, leuchtend wie ein Weihnachtsbaum.

26

Mercy
Hey, Leute! Wo seid ihr? Wollt ihr feiern?

Amethyst
Ich dachte, bei dir ist »Familienkram« angesagt?

Nova
Wo wir sind, kommt man nur rein, wenn einer geht. Buh!:(

Mercy
Gut, ich suche mir meine eigene Unterhaltung.

Das Glühen breitet sich immer weiter aus.

Es trägt mich über den Gehsteig wie ein glitzernder gewundener Fluss: Es packt mich und reißt mich mit. Verwundert ertappe ich mich dabei, wie ich einen völlig Fremden grundlos anlächle, einen schmuddeligen kleinen Hund, ein Paar, Arm in Arm, einen Baum, einen Wegweiser. Sanfte Musik weht zu mir herüber, aber ich fange nicht automatisch an zu knurren. Die ganze Welt wirkt plötzlich heller und klarer. Ein bisschen so, als hätte ich Kontaktlinsen eingesetzt.

Du magst Finn.

Ähm, ich habe mir offensichtlich einen üblen Virus eingefangen.

»Oh, hi, John.« Als ich auf die Limousine zugehe, steigt mein Fahrer aus und öffnet höflich die hintere Tür für mich. »Sie können nach Hause fahren, wenn Sie wollen. Ich möchte noch ein bisschen durch die Gegend laufen.«

Er hebt die Augenbrauen. »Es ist schon nach zehn, Mercy. Ich kann gerne auf dich warten.«

»Das müssen Sie wirklich nicht.« Ich lächle, seltsam gerührt. »Ich weiß nicht, wie lange ich unterwegs sein werde.«

»In Ordnung.« John lächelt zurück. »Wie wäre es, wenn ich dir um Mitternacht eine Nachricht schreibe? Dann kannst du immer noch entscheiden, ob du mich brauchst.«

»Danke«, sage ich und verspüre ein warmes Gefühl ihm gegenüber.

Dann schwebe ich davon. Ich habe nicht die geringste Ahnung, wohin ich gehe oder was ich tun werde, wenn ich dort ankomme. Ich weiß nur, dass ich mich locker und heiter, müde, aber auch irgendwie schwindlig fühle.

Du magst Finn, du dumme Gans.

Okay, gut, vielleicht mag ich Finn ein bisschen. Zufrieden?

Ja.

Er ist heiß und lustig und interessant. Vielleicht ist er *genau das*, was ich im Moment brauche.

Ja!

Wir wissen beide, dass mein Leben in eine Art Trott geraten ist. Es besteht nur noch daraus, dieselben Dinge mit denselben Leuten zu tun, immer und immer wieder: Party,

Nachtclub, unter die Dusche gehen und dann alles wieder von vorn. Vielleicht ist es an der Zeit, die Dinge zu ändern. Sich etwas ungezwungenen Spaß mit einem süßen grünäugigen Holzwurm zu gönnen. Finn als neue und angenehme Freizeitbeschäftigung. Eine, die zufällig eine kleine Delle im Rücken und ein Grübchen auf der Wange hat, bei dessen Anblick mein Magen flattert.

JAAA!

Ich meine, jeder braucht ein Hobby.

In bester Laune hole ich mein Handy hervor:

Von: Mercy Valentine
An: Finneas O'Connor

Magst du eventuell Kaffee?

Elfenduell.

Ich grinse – ach, Hope –, doch im selben Moment versetzt mir der Gedanke an sie einen Stich. Ich werde mich morgen noch einmal bei ihr entschuldigen, diesmal richtig, und ihr klarmachen, dass ich nicht mehr wütend auf sie bin.

Jetzt muss ich mich erst einmal darauf konzentrieren, ein Alibi für heute Abend zu finden, bevor irgendwelche Fotos von mir online auftauchen, mit flauschigem Pinguinpyjama, krausen Haaren und *Bowlingschuhen*. Wenn die Spatzenhirne diese Fotos sehen, sprechen sie nie wieder ein Wort mit mir, daran ändert auch der völlig unnütze Land Rover nichts.

Schnell taxiere ich meine Umgebung.

Eine lange Warteschlange windet sich die Straße hinunter, auf der ich mich befinde. Und alle in der Schlange tun so, als hätten sie nicht Stunden damit verbracht, sich zu stylen, nur damit sie sich im Schneckentempo auf den Eingang des Nachtclubs zubewegen können. Jetzt muss ich nur *zufällig* von Paparazzi geknipst werden, dann steht es morgen in allen Zeitungen.

Alibi: erledigt.

Ich versuche, meine Locken zu einem Pferdeschwanz zu bändigen, und hebe kurz meine Sonnenbrille, um sicherzugehen, dass die Pinguine gut versteckt sind. Jetzt rasch noch eine Nachricht an Genevieve, damit in zwanzig Minuten mindestens ein bezahlter Journalist vor dem Nachtclub wartet. Das wird ihr zwar nicht gefallen, aber zu unverhoffter Publicity kann sie nicht nein sagen.

Dann stolziere ich aggressiv an der Hipsterschlange vorbei.

»HE!« Ein Mädchen in hässlichen weißen Leggins in Lederoptik stellt sich auf die Zehenspitzen, um mich anzuschreien. »Warteschlangenspringerin! Stell dich hinten an!«

Mit versteinerter Miene senke ich meine Sonnenbrille und starre das Mädchen an.

»Oh!« Sie blinzelt. »Sind Sie nicht …?«

»Du kannst deinen billig glänzenden Hintern darauf verwetten, dass ich es bin.« Ich wende mich einem Türsteher zu, den ich kenne, und sage arrogant: »Mercy Valentine.«

Er nickt – ich habe kein Hausverbot! – und hebt das orangefarbene Seil.

Ich klatsche zwanzig Pfund auf den Tresen und zische durch die bunten Glasperlenketten einer offenen Tür in einen abgedunkelten Raum, der aussieht wie das knallige Innere eines Discoraumschiffs.

An der Decke hängt eine Glitzerkugel, und die schwarz gepolsterten Lederwände sind mit Neonzeichen dekoriert: grellpinke Blitze, rote Lippen, orangefarbene Herzen und ein blinkendes gelbes Schild mit der nicht gerade geistreichen Aufschrift *PARTY TIME!!!*. Die schlecht abgestimmte Beleuchtung lässt alle entweder kränklich, gelblich oder sonnenverbrannt aussehen. Jungs in kitschigen pastellfarbenen Nylonshirts beobachten Mädchen mit billigen Haarverlängerungen, die sich gegenseitig fotografieren und Duck-Faces machen, in der Hoffnung, die Hyaluronsäure in ihren unterspritzten Lippen zu verteilen.

Igitt. Was tue ich nicht alles, um meinen Ruf zu wahren.

Zähneknirschend steuere ich den Hauptraum an, der sich, soweit ich mich erinnere, hinter einer schweren silberlackierten Tür mit eingravierten Sternzeichen befindet. Die Musik ist geradezu kriminell, und jeglicher Drang zu tanzen verflüchtigt sich sofort. Bring es einfach hinter dich, Mercy, und lass dich so schnell wie möglich fotografieren.

Mit einem tiefen Atemzug stoße ich die Tür mit meiner Schulter auf.

Und erstarre.

»… Hashtag *vom Glück begünstigt*«, tönt eine vertraute Stimme in voller Lautstärke. »Es ist so wichtig, *bescheiden* zu bleiben. Deshalb feiere ich jede Woche mit meinen Fans. Sie müssen wissen, dass ich im Grunde genommen *genau wie sie* bin!«

In Zeitlupe drehe ich mich um und sehe, wie hinter mir eine Filmcrew ausschwärmt.

»Allerdings ist es nicht immer einfach, sich unter die Menschen zu mischen! Überall, wo ich hingehe, bin ich umgeben von Fans, die mich *lieben*. Das ist anstrengend! Ruhm hat auch seine Nachteile, das kann ich Ihnen sagen.«

Verdattert beobachte ich, wie mein Bruder die Arme ausstreckt wie ein durchgestylter Messias.

»Es ist *schwer*, die richtige Partnerin zu finden, wenn man einen so bekannten Namen hat wie ich!« Er strahlt sein Publikum an. »Ich schätze, deshalb bin ich noch Single, obwohl ich ein echt guter Fang bin! Natürlich wäre es kein Problem, eine Normalo zu daten, weil –«

»CUT!« Eine irritierte Stimme ertönt aus der Mitte des kompakten Pulks. »Max, wir haben darüber gesprochen. Bitte nennen Sie Nichtpromis nicht *Normalos*.«

»Mein Fehler!« Das selbstgefällige, attraktive Gesicht meines Bruders blinkt in grellem Neonpink. »Wie lautet das korrekte Wort? Normalmenschen? Durchschnittsleute? Dieses Skript verwirrt mich. Als ob ich jemals mit einer Normalo ausgehen würde. Wir hätten *keinerlei* Gemeinsamkeiten.«

»Na schön.« Der Regisseur seufzt müde und vermutlich nicht zum ersten Mal. »Lass uns erst einmal weiterdrehen und später entscheiden, wie wir es zusammenschneiden, okay?«

»Von wegen *bescheiden*! Dass ich nicht lache«, murmelt ein Kameramann hinter ihm.

Stirnrunzelnd dränge ich mich in die Mitte der wachsenden Schar von Mädchen, die sich aufgeregt um meinen Bruder, diesen monumentalen Angeber, und die Kameras scharen.

»Max?«

»Wie sehen meine Wangenknochen aus?« Er präsentiert sie einer aufgeregten Blondine. »Die könnten Stahl schneiden, ohne zu schwitzen.«

»Max.«

»Hast du mein letztes Video gesehen? Ich habe mir extra die Zähne bleichen lassen.«

»MAX VALENTINE.«

»Mercy?« Max sieht mich endlich an, und seine Gesichtszüge entgleisen. Seine Mundwinkel werden lang wie die Henkel einer vollgestopften Handtasche. »Wa… Ah. Wo … Hm. Meine Fresse, ich dachte, du wolltest heute Abend zu Hause bleiben?«

»Ja«, sage ich und schaue demonstrativ auf das professionelle Kamerateam. »Ich bin die *Riesenüberraschung*.«

Ich beobachte, wie das dumme Gehirn meines großen Bruders stottert, zum Stillstand kommt und schließlich in Flammen aufgeht wie ein defekter Roboter.

Besiegt zuckt er mit den Schultern und legt einen Arm um mich.

»Leute!« Max dreht mich in Richtung Crew. »Natürlich kennt ihr alle meine berühmte Schwester Mercy! Sie ist mit

Abstand die beste Schauspielerin der Valentine-Familie. Sagt es ihr nicht, aber sie ist saukomisch, auf eine brutale, erschreckende Art. Hey, willst du einen Gastauftritt in meiner neuen Fernsehserie, Mer?«

Ich schiebe absichtlich seinen Arm von meiner Schulter.

»Lieber würde ich meine eigenen Nasenhaare essen. Das ist es also, was du –« Ich wirble herum, als ich aus den Augenwinkeln ein blinkendes grünes Licht entdecke. »FILMEN SIE? SCHALTEN SIE SOFORT DIE KAMERAS AUS, ES SEI DENN, SIE SIND SCHARF DARAUF, IHRE HÄNDE ZU VERLIEREN.«

»Hab ich zu viel versprochen?«, sagt Max stolz, als die Crew tut, was ihr gesagt wird.

Irritiert packe ich seine Handgelenke und ziehe ihn in eine relativ ruhige Ecke, in der ein psychotisch neongelbes Smiley-Gesicht ein gruseliges Licht wirft. Dann lasse ich ihn los.

»Es gibt also keine geheime Freundin«, stelle ich fest.

Er zieht seine Ärmel glatt. »Ähm, nein.«

»Klar«, sage ich schnaubend, als er versucht, sein Spiegelbild in dem silbernen Türrahmen zu betrachten. »Die einzige Person, in die du dich verlieben kannst, bist du selbst.«

»Hey!«, protestiert mein Bruder entrüstet. »Unerlaubter Tiefschlag! An Selbstverliebtheit ist nichts auszusetzen, gnadenlose Mercy.«

»Grandma wird dich umbringen.« Seufzend stelle ich mir das Drama vor, das sich zu Hause abspielen wird. »Reality-TV? In *Richmond.* Echt jetzt??? Was zur Hölle *denkst* du dir dabei?«

Max blickt vorsichtig auf die wartende Filmcrew, die so tut, als würde sie uns nicht beim Streiten beobachten.

Dann zieht er mich ein wenig weiter in die Ecke und dreht uns zur Wand.

»Ich *denke*«, flüstert er, »du hast keine Ahnung, wie es ist, *ich* zu sein, Mer. Ich habe kein *Talent*. Ich habe keinen *Traum*. Und ich kann mich nicht mit der Normalität begnügen.«

Ich öffne den Mund, aber Max hebt seine Hand, um mich zu stoppen.

»Ich bin ein *Valentine*.« Seine Wangen flackern gelb, als wolle das grinsende Smiley-Gesicht über seiner Schulter ihn verspotten. »Ich wurde in Geld, Ruhm und Privilegien hineingeboren. Nur … was zum Teufel soll ich damit *machen*? Einfach nur rumsitzen und meinen Eltern für den Rest meines Lebens auf der Tasche liegen? Geld ausgeben, das ich nicht verdient habe? Oder alles *aufgeben* und mit nichts dastehen, obwohl ich doch weiß, wie es ist, alles zu *haben*?«

Geschockt starre ich meinen großen Bruder an. Es ist mir nie in den Sinn gekommen, dass Max Skrupel haben könnte, sein gesamtes Erbe auszugeben und dann – seien wir ehrlich – meines heranzuziehen.

»Daran habe ich nicht gedacht«, gebe ich leise zu.

»Das ist *meine* große Chance.« Max zieht eine Grimasse, seine Verlegenheit ist offensichtlich. »Du hast deine Karriere, aber ich habe nur Werbeverträge, Sponsoring, Merchandising. Meine eigene Unabhängigkeit. Bitte, Mer. Ich brauche nur noch ein paar Wochen, dann geht der Trailer raus. Ich würde die Familie lieber um Vergebung bitten als um Erlaubnis.«

Ich blicke meinen Bruder forschend an und wundere mich. Sein hübsches Gesicht ist fast nicht mehr wiederzuerkennen. Sein eigenwilliger Charme ist verschwunden, seine Augen sind groß und verletzlich, seine Wangen gerötet, sein Kiefer angespannt. Er will diesen TV-Film mehr als alles andere. Ehrlich gesagt, habe ich noch nie erlebt, dass Max sich *ernsthaft* für etwas interessiert.

Der harte Kern in meiner Brust wird bei seinen Worten weicher.

»Ich werde nichts sagen«, versichere ich ihm und nicke. »Versprochen.«

»Echt jetzt? Du hältst dicht?« Mit einem dankbaren Jaulen wirft er sich auf mich, umarmt mich und drückt mir einen Kuss auf den Kopf, bevor ihm einfällt, dass ich es hasse, und er mich rasch wieder loslässt. »Das werde ich dir nicht vergessen, kleiner Stinkstiefel. Ich bin dir was schuldig.«

Lächelnd scheuche ich ihn weg, als mein Handy *Pling* macht.

Ich klicke auf meinen Posteingang.

Von: Finneas O'Connor
Die zweitmeistgehandelte Ware der Welt? Ich liebe Kaffee. Morgen?

Ich spüre, wie sehr ich plötzlich strahle.

»Du willst mir also einen Gefallen tun, Bruderherz?« Impulsiv ziehe ich Max zu mir her und halte mein Handy über unsere Köpfe. »Dann lächle.«

Ich poste das Foto: Alibi abgeliefert.

»Willst du mit auf die Party?«, sagt Max freundlich und deutet Richtung Kamerateam. »Du und ich, Bruder und Schwester, die Zeit miteinander verbringen? Natürlich wird alles gefilmt, damit die ganze Welt es später sehen kann.«

Ich lache und werfe schnell einen Blick auf meine Uhr. John wartet vermutlich immer noch draußen wie ein bärtiger Schutzengel.

»Ich gehe nach Hause«, erkläre ich meinem Bruder. »Wenigstens einmal im Leben will ich früh schlafen gehen.«

Dann tippe ich fröhlich grinsend:

Von: Mercy Valentine

Toll. Morgen, 9 Uhr. St. Pancras International.

PS: Bring deinen Reisepass mit.

27

Endlich, eine *echte* Flucht.

»Ist das deine übliche Uhrzeit für *ein Date*?«

Am nächsten Morgen kommt Finn durch den Bahnhof St. Pancras International auf mich zugeschlendert und reibt sich die Augen. Mein Magen schlägt einen so heftigen Purzelbaum, dass er beinahe mit ausgetreckten Armen und Beinen wieder auf den Füßen landet wie ein übereifriger Turner im vorpubertären Sportunterricht.

Finn sieht unfassbar gut aus, selbst für meine zu dieser frühen Stunde überstrapazierten trüben Augen. Er trägt ein neues Outfit: verblichene schwarze Jeans und einen weiten grauen Pullover unter einer offenen marineblauen Jacke, die uralt und schwer aussieht, als sei sie durch mehrere Weltkriege weitergereicht worden. Sein rostbraunes lockiges Haar scheint frisch gewaschen zu sein, und an seinen Händen sind weder Farbe noch Sägemehl. Sein Gesicht ist sauber und voller Sommersprossen, sein Kiefer atemberaubend kantig.

Der Typ hat sich offensichtlich Mühe mit seinem Aussehen gegeben – aber seien wir ehrlich, ich trage eines meiner schwarzen Lieblingskleider, meine Haare sind sorgfältig gestylt, und mein roter Lippenstift ist perfekt konturiert.

Könnte sein, dass sich mein Plan als die beste Idee seit Jahren herausstellt.

»Es ist kein Date«, stelle ich sofort klar.

»Okay.« Finn gähnt und streckt sich schläfrig. »Also ist das deine übliche Uhrzeit für *kein Date*?«

Ich lache und amüsiere mich bereits bestens.

»Eigentlich«, gebe ich zu, als wir durch die Haupthalle mit der hohen geschwungenen Decke gehen, »sind mir die frühen Morgenstunden ein Rätsel. Normalerweise krieche ich um diese Zeit gerade erst ins Bett.«

Beinahe bestürzt beobachte ich Dutzende von Menschen, die sich in der Halle tummeln. Vernünftig gekleidete Männer und Frauen mit Aktentaschen und Kaffee zum Mitnehmen, die entschlossenen Schrittes ankommen, innehalten und auf die Abfahrtstafeln blicken, bevor sie weitereilen.

»Wer hätte gedacht, dass die Welt so tageszeitabhängig ist?«, überlege ich stirnrunzelnd.

»Wahnsinn, oder? Fast so, als hätten sie Jobs und Orte, an denen sie sein müssen.« Finns Blick ist auf einen Sandwich-Shop gerichtet. »Ich hab da mal gearbeitet. Morgens um fünf Chicken-Mayonnaise-Sandwiches abzuwiegen, ist nicht gerade ein Traum.«

»Ekelhaft.« Ein Schauder überläuft mich. »Es ist noch so viel vom *Tag* übrig. Ich bin erschöpft, wenn ich nur daran denke.«

Das Gute daran – es ist weniger von der Nacht übrig.

»Also.« Finn sieht mich fragend an und zieht seinen Ausweis aus der Tasche. »Wir sind am Bahnhof St. Pancras International, und ich habe meinen Pass dabei, wie gewünscht.«

»Herrisch und unhöflich«, sage ich lächelnd.

»Natürlich.« Er hält ihn mir hin. »Angesichts sämtlicher Indizien bin ich zu dem Schluss gekommen, dass du meine Identität stehlen und nach Costa Rica fliehen willst, um dort eine Bananenfarm zu eröffnen.«

»Ertappt.« Wie zum Beweis versuche ich, ihm den Pass zu entreißen.

»O nein, Valentine.« Finn verstaut ihn wieder in seiner großen Jackentasche. »Wenn du herausfinden willst, dass mein zweiter Vorname *Gordon* ist und ich auf meinem Foto ein Batman-T-Shirt trage, dann musst du dich schon etwas mehr anstrengen. So gut kennen wir uns noch nicht.«

Ich lache laut auf, weil er ständig eine Überraschung für mich bereithält.

»Finneas Gordon O'Connor«, sage ich und nicke. »Heiß.«

»Finneas Gordon *Batman* O'Connor«, korrigiert er mich. »Nimm bitte meinen vollen Titel zur Kenntnis, vielen Dank. Schlimm genug, dass die Regierung ihn nicht anerkennt.«

Mit einem schiefen Grinsen ziehe ich meinen eigenen Reisepass hervor. »Mercy Nina Cordelia Valentine. Glaub mir, ich fühle mit dir.«

Gemeinsam gehen wir an einer Reihe von schicken und überraschend belebten Geschäften vorbei, hell erleuchtet und gemütlich, in denen es Kerzen, Schals, Handtaschen und Koffer zu kaufen gibt.

»Warum sollte jemand in einem Bahnhof einen *Koffer* kaufen wollen?«, frage ich verwundert. »Was erwarten die denn von den Leuten? Dass sie ihr ganzes Urlaubszeug zuerst in einen Müllsack stopfen und es dann in einen neuen

Koffer packen, während sie durch die Sicherheitskontrolle gehen?«

Ich biege nach links zu den Bahnsteigen für den Eurostar.

»Aha!« Finn zieht die Augenbrauen hoch. »Du gibst es also zu – wir fahren in den *Urlaub*? Wenn ich gewusst hätte, dass ein bisschen Ermutigung zum Bowling prompt zu einer Auslandsreise führt, hätte ich das schon öfter ausprobiert.«

»Es ist kein Urlaub.« Ich lotse uns an der normalen Warteschlange vorbei zur leeren Spur für die erste Klasse. »Es ist ein *Tagesausflug*.«

»Genau wie in der Schule. Wie romantisch.«

»Es ist nicht *romantisch*«, widerspreche ich entschieden und reiche zwei Karten an den Kontrolleur. »Ich bin einfach nur extrem gelangweilt von London und möchte unbedingt für ein paar Stunden raus aus dieser Stadt. Egal mit wem. Du warst nur zufällig zur richtigen Zeit am richtigen Ort.«

Schnell schaue ich über meine Schulter, um zu sehen, ob ich ihn beleidigt habe.

Sein Gesichtsausdruck ist weiterhin gelassen und amüsiert.

»Verstehe.« Finn grinst, als wir zügig durch die Sicherheitskontrolle gehen: ein Vorteil, wenn man weder Koffer noch Waffen dabeihat. »Kein Date, nicht romantisch, kein Urlaub, ich fahre lediglich mit einem Mädchen namens *Valentine* nach Paris.«

Ich werde rot. »Halt die Klappe.«

»Die Stadt der Liebe.«

Ich runzle die Stirn. »Amsterdam ist zu weit für einen Tagesausflug. Ich habe nachgesehen.«

Wieder ein Lachen. »Weißt du, als du Kaffee vorgeschlagen hast, hatte ich keine Ahnung, dass es so dramatisch werden würde.«

»Wirklich?« Ich blicke ihn mit hochgezogenen Augenbrauen an, während wir uns in die Schlange vor dem Zug einreihen. »Ich bin die schlagzeilenhungrige Tochter eines Filmstars und eines preisgekrönten Regisseurs, Enkelin einer Bühnendiva und Urenkelin einer Hollywoodikone. Und du wunderst dich über meinen Hang zum *Drama*?«

»Ein berechtigter Einwand.« Finn nickt belustigt. »So gesehen kann ich es kaum fassen, wie zurückhaltend du bisher warst. Da ist noch ziemlich viel Luft nach oben, Mercy.«

Ich versuche, nicht zu grinsen, und kämpfe mich im Zug durch den Gang.

Ehrlich gesagt, war ich noch nie allein in Paris. Hätte ich gewusst, wie einfach es ist, hätte ich jede Woche einen Trip dorthin gemacht. Allmählich ahne ich, warum es sowohl Hope als auch Faith vor kurzem ins Ausland gezogen hat. Erwartungsvolle Spannung macht sich breit.

»Wenigstens habe ich nicht den Privatjet angefordert«, sage ich trocken zu Finn.

»Hast du denn einen?«

»Nö«, antworte ich lachend. »Aber ich könnte wahrscheinlich einen organisieren, wenn ich wollte. Mein Dad würde mir allerdings für den Rest meines Lebens Hausarrest aufbrummen. Er hatte eine *normale* Erziehung – was auch immer man darunter verstehen mag –, daher stellt er sich für uns das Gleiche vor.«

»Wollen wir die Väter tauschen? Meinem wird es nicht mal auffallen, dass ich weg bin.«

Ich schaue Finn kurz an – er hat mich neugierig gemacht –, beschließe dann jedoch, nicht weiter nachzufragen. Das leichte Zucken seines Kiefers verrät mir, dass er im Moment nicht mehr preisgeben möchte, und das respektiere ich. Wahrheiten vom Rampenlicht fernzuhalten, damit kenne ich mich aus.

Schweigend, aber mit einer seltsamen Leichtigkeit nehmen wir unsere Plätze ein. Ich mag es wirklich sehr, wie Finn alles akzeptiert. Nichts scheint ihn aus der Bahn zu werfen oder zu schockieren oder aus der Fassung zu bringen. Last-Minute-Reise ins Ausland? Klar. Ich habe das Gefühl, ich könnte alles sagen, alles tun, und er würde mit den Schultern zucken und antworten: *Warum nicht?*

Zum ersten Mal seit langer Zeit spüre ich, wie meine Wachsamkeit nachlässt. Vielleicht brauche ich gar nicht auf der Hut zu sein, wenn keiner da ist, der meinen Schutzschirm durchbrechen will.

Wir sitzen im Abteil und schauen nach draußen auf die Leute, die vorbeilaufen.

Ich korrigiere: Finn schaut mich an.

»Was?«, sage ich schroff und spüre, wie meine Wangen anfangen zu glühen.

»Du bist nicht die Einzige, die zu Überraschungen fähig ist«, sagt er und schiebt seine Hand in die Jackentasche, während der Zug sanft anfährt. »Ich habe etwas furchtbar Unromantisches mitgebracht, wie es sich gehört für ein erstes Nichtdate mit einem Mädchen, das ich weder attraktiv noch irgendwie interessant finde.«

Errötend halte ich den Atem an und warte darauf, dass er alles mit einer kitschigen Geste ruiniert.

Er holt ein altes abgenutztes Spielkartenset heraus.

»Du bist so ein Nerd.« Ich seufze erleichtert, als Finn die Karten zufrieden auf den Tisch zwischen uns legt. »Ich habe einen schrecklichen Fehler gemacht, und du musst an der nächsten Haltestelle aussteigen.«

Finn grinst mich an. »Schnipp-Schnapp.«

28

Wir spielen auf dem ganzen Weg bis nach Frankreich, knallen Karten auf den Tisch und schreien uns gegenseitig an wie aufgeregte kleine Kinder. Aber sooft wir den Kartenstapel berühren, landen unsere Hände übereinander – nur für einen Moment –, und jedes Mal durchfährt mich ein Blitz. Ein Kribbeln, das meinen Arm hinaufschießt bis zu meinem Hals und der Spitze meiner Wirbelsäule.

»Hör auf, meine Hand halten zu wollen«, sagt Finn und dreht eine Pik-Zwei um. »Du machst niemandem etwas vor, Valentine.«

»Aber meine Hand liegt immer unten.« Ich drehe meine Karte um: Karo-Vier. »Weil ich schneller bin.«

»Du bist nicht schneller.« Ein Bube. »Du bist nur schießwütig.«

Blitzschnell drehe ich meine Karte um: Herz-Acht. »Ich bin am Gewinnen.«

»Zähl nicht deine Karten.« Finn schenkt mir ein breites Schneidezähne-mit-Abstand-Lächeln, und diesmal kribbelt es am unteren Ende meiner Wirbelsäule, als würde ein Warmknopf gedrückt und – »Schnapp! Haha! Wow, Mercy, du bist *so* leicht abzulenken.«

»Schummler«, sage ich grummelnd, als er alle Karten einheimst.

»*Bienvenue en France*«, verkündet eine temperamentvolle Stimme durch den Lautsprecher, als der Zug langsamer wird. »*Maintenant nous approchons Paris. Veuillez-vous assurer que vous avez vos bagages lorsque vous quittez le train. Merci d'avoir voyagé avec Eurostar.*«

Es kann nicht sein, dass wir schon am Ziel angekommen sind. Wir haben doch nur drei Minuten gespielt.

»Was hat sie gesagt?« Finn blickt stirnrunzelnd zum Lautsprecher hoch und steckt die Karten in seine Tasche.

»Sie hat gesagt, Finneas O'Connor ist ein Betrüger«, lüge ich glatt und ziehe meine Handtasche unter dem Sitz hervor. »Sie hat gesagt: *Wir haben ihn beobachtet, und sein albernes Konkurrenzdenken ist abstoßend. Wir wollen ihn nicht in Frankreich haben, nein danke.*«

Er lacht laut auf. »Bin ich froh, dass ich die Sprache nie gelernt habe.«

»Ja.« Ich nicke und versuche zu verbergen, wie zufrieden ich mit mir bin. Finns Lachen ist wie ein Preis, den ich verliehen bekomme habe. »Die ganze Nation hat darüber diskutiert und beschlossen, dass auch sie froh darüber ist.«

Wir strecken uns gegenseitig die Zunge raus, als der Zug anhält, stellen uns in der Schlange im Gang an und treten beschwingt auf den Bahnsteig hinaus. Ich atme tief ein, nehme die helle, kalte Luft in mich auf. Der Gare du Nord ist immer wieder beeindruckend. Er hat eine über viele Jahre gealterte grün-elfenbeinfarbene zarte Eleganz, bei der man sich sofort an einen anderen Ort versetzt fühlt. Plötzlich drängt sich eine Erinnerung auf: wie wir zu fünft bis zu den Schranken um die Wette rennen, gefolgt von unseren lachenden Eltern.

»Na gut.« Ich blinzle heftig und räuspere mich. »Frankreich, hier sind wir.«

»Also, wo fangen wir an, Mercy Valentine?«, fragt Finn und betrachtet aufmerksam mein verschlossenes Gesicht. »Beim Eiffelturm? Oder ist etwas, das aussieht wie ein riesiger Telefonmast, zu *romantisch* für deinen Geschmack?«

Ich blicke ihn vielsagend an und kehre in die Gegenwart zurück. »Ich habe dich zum Kaffee eingeladen, Finneas O'Connor.«

»Ja, das hast du.«

»Also.« Ich hole tief Luft und zwänge mich an den Geistern vorbei, die mich ständig verfolgen. »Wir gehen in ein Café, Dummkopf.«

Shakespeare & Co. thront an der Seine: ein winziger dunkelgrüner Vintage-Buchladen, vollgestopft mit einem Sammelsurium von Romanen und Theaterstücken und dazwischen Tafeln, auf denen mit weißer Kreide in verschnörkelter Schrift Zitate geschrieben stehen. Vor dem Laden glitzert der Fluss im Sonnenschein, und auf der anderen Seite erhebt sich Notre-Dame, beschädigt, aber unbesiegt. Die Gehwege sind hübsch gepflastert, und um uns herum erheben sich Gebäude: blass und elegant, mit hohen Fenstern, schmalen Balkonen und grauen Turmdächern. Dazu rote Überdachungen und grüne Straßenlampen, die aussehen, als stammten sie direkt aus Narnia.

Es ist noch genau so, wie ich es von damals in Erinnerung habe.

»Wie passend«, sagt Finn, als wir vor dem Eingang stehen. »Wenn man bedenkt, dass wir zusammen an einem Shakespeare-Stück arbeiten, in dem Theater, das einst Shakespeare gehörte, kann man fast schon von einer Dienstreise sprechen.«

»Was soll ich sagen?«, erwidere ich grinsend. »Ich bin eben eine engagierte Arbeitskollegin.«

Ich nicke einem Kellner zu und sichere mir einen Platz im Freien bei einem hübschen kleinen Café direkt neben dem Buchladen. *»Pouvons-nous avoir deux cafés et croissants s'il vous plaît?«*

Meine verhärteten Schultern lockern sich. London zu entfliehen, und sei es auch nur für kurze Zeit, hat mir schlagartig eine Last von der Brust genommen. Wie sich herausstellt, war dies eine Idee von geradezu epischem Ausmaß.

»Hey«, sagt Finn und setzt sich mir gegenüber, als ich ihn von meinem Platz aus anlächle. »Weißt du, dass dein Name auf Französisch *danke* bedeutet?«

»Jep.« Ich verziehe das Gesicht. »Und *Mitgefühl* und *Weichherzigkeit* auf Englisch. Offensichtlich hatten meine Eltern bei meiner Geburt keine Ahnung von meinem Charakter.«

Als ich zum Buchladen hinüberschaue, sehe ich im Geiste meine Familie. Dad, der in Romanen blättert; Mum, die nach exklusiven Erstausgaben sucht; Hope und Max, die hinter den Regalen Verstecken spielen, Effie, in Gedichte vertieft,

Charity, die kichernd versucht, ein Kreidezitat abzuändern, ohne dass jemand es merkt.

»Wir können sie uns nicht aussuchen, was?«, sagt Finn, als die Croissants mit beeindruckender Schnelligkeit eintreffen. »Eltern, meine ich.«

»Nö.« Ich ziehe die Augenbrauen hoch und zupfe an dem Gebäck herum, plötzlich bin ich kein bisschen hungrig. »Umgekehrt gilt das auch.«

Einen Herzschlag lang lächeln wir uns nur an.

»Also.« Er deutet auf den Buchladen. »Du hast dieses Geschäft so zielstrebig angesteuert wie eine gedopte Brieftaube, daher nehme ich an, dass du schon mal hier gewesen bist?«

»Als Kind«, sage ich und nicke. »Meine Mutter hat mir dort ihre Lieblingspassage aus Tschechow vorgelesen, und ich …«

Verlegen halte ich inne und starre auf die Tischdecke.

Dumme Erinnerungen. Dumme, tote und verrottende Erinnerungen. Was spielen sie für eine Rolle? Sie sind weg, irrelevant, vorbei. Aber als ich dreißig Sekunden später den Blick hebe, wartet Finn geduldig darauf, dass ich weiterspreche.

»Und du …?«, fragt er sanft.

Der Ausdruck auf seinem Gesicht lässt einen Damm bei mir brechen, und plötzlich sprudelt es wie ein Wasserfall aus mir heraus.

»Da wurde mir klar, dass ich auch Schauspielerin werden will. Ich begriff, dass man in jede beliebige Rolle schlüpfen kann. Wir haben nur ein Leben, manchmal nicht mal das.

Aber wenn man Schauspielerin ist, kann man … zwischen den Leben wechseln. Zwischen Menschen wechseln. Man kann immer wieder neu leben, weil jede Rolle dich zu jemand Neuem und anderem macht. Jeder Auftritt ist eine Chance, sich zu verändern. Du kannst sein, wer du willst. Du kannst dir *aussuchen*, wie die Welt dich sehen soll.«

Die Kaffees werden auf den Tisch gestellt, und ich werde plötzlich knallrot. Wie zum Teufel ist es zu dieser kleinen Rede gekommen?

Danke, Grandma – jetzt fange ich auch noch an zu monologisieren.

»Außerdem: Ruhm und Reichtum.« Ich lache kurz, nehme mit beiden Händen meine Tasse und fange an zu pusten. »Ich bin süchtig nach Aufmerksamkeit von Fremden.«

»Klar.« Finn lächelt nachdenklich und taucht seinen Finger in den Milchschaum. »Obwohl, wenn ich du wäre, würde ich mich jeden einzelnen Tag freuen, dass ich Mercy Valentine sein darf. Niemand sonst kann das.«

Meine Kehle wird plötzlich ganz eng.

Schweigend lasse ich meine Gefühle an dem armen Croissant aus, dann räuspere ich mich verlegen.

»Und, was ist mit dir?« Ich schiebe das zerrupfte Gebäckstück auf dem Teller hin und her. »Magst du deinen Job, Finn? Bist du besessen davon, Dinge zu sägen?«

»Und Dinge zu kleben.« Er hebt eine Augenbraue. »Vergiss bitte nicht das Kleben.«

»Entschuldigung. Das habe ich nicht so gemeint.«

»Ich weiß.« Finn lächelt, dann kräuselt er die Nase. »Ich

brauche das Geld, aber ich mag es auch … *Dinge zu machen*. Aus nichts etwas *entstehen* zu lassen, das man anfassen kann, etwas, das nicht weggeht. Etwas Stabiles, das Geborgenheit schafft, weißt du? Eine Freude an Dauerhaftem.«

»Wir sind das absolute Gegenteil voneinander.« Ich ertappe mich bei einem spöttischen Grinsen. »Ich versuche, mich aufzulösen, und du verwirklichst dich dreidimensional.«

Finn grinst zurück, seine grünen Augen leuchten. »Ja, das sehe ich.«

Mein Magen schlägt wieder Purzelbäume, und ich senke den Blick. Nervös greife ich nach meinem Handy. Es ist kaum Mittag, aber die Spatzenhirne sind schon in heller Aufregung: fünf verpasste Anrufe.

Amethyst
MERCY, GEH AN DEIN HANDY,
WIR SIND AUF DEM WEG ZU HARRODS.
KOMMST DU MIT ODER WAS

Schnell schreibe ich zurück:

Mercy
Tut mir leid, Leute! Ich bin wirklich krank.
Kann nicht aus dem Bett. Geht ohne mich!

Es macht sofort *Pling*.

Nova
»Krank«, ja klar, ich habe das Foto gesehen – du und Max beim Clubbing letzte Nacht.

Oh, dafür werde ich noch bezahlen müssen.

»Also«, sagt Finn und nippt an seinem Kaffee, während ich mein Handy zurück in meine Handtasche stecke. »Was genau ist dein Problem bei Dates, Mercy?«

»Was?« Ich schaue auf. »Es gibt keines.«

Er grinst. »Dann ist also nur ein Date mit *mir* das Problem?«

»Nein!« Ich versuche, der Frage auszuweichen. »Es geht um *Dates* im Allgemeinen. Das ist doch alles ziemlich dumm, oder? Man kann mit jemandem abhängen und Spaß haben, ohne, du weißt schon, ein *Etikett* haben zu müssen.«

»Ein Etikett.« Finn verzieht ganz leicht das Gesicht. »Bekanntermaßen sehr gefährlich. Wie eine Flasche Bleiche, auf der nichts steht.«

Ich lache und entspanne mich ein wenig. Er scheint nicht beleidigt zu sein.

»Romantik ist ein Köder, mehr nicht.« Beinahe automatisch forme ich mit meinen Händen einen Becher. »Sie ist wie der rote Nektar in einer Venusfalle. Der Nektar dient dazu, dich zu täuschen und anzulocken. Du bist so damit beschäftigt, ihn aufzusaugen, dass du gar nicht merkst, wie die Pflanze dich erwischt.« Ich klatsche in die Hände. »*Schnapp!* Und plötzlich zankst du dich über Besteck bei Ikea und heulst im Bad.«

»*Schnapp*, in der Tat.« Ein kleines Schnauben. »Also ist Liebe, wie lebendig gefressen zu werden?«

»Klar.« Ich schaue Finn angriffslustig an und zupfe an der rauen Stelle meines Fingerknöchels. »Warum nicht? In der einen Minute bist du eine Fliege und denkst: Hey, das sieht ziemlich süß aus, und in der nächsten Minute wirst du verdaut und absorbiert, bis du komplett … *was*? Was zum Teufel gibt es da zu *lachen*?«

»Deine Widersprüchlichkeit«, sagt Finn schmunzelnd. »Du *liebst* die Schauspielerei, weil du verschwinden darfst, und du *hasst* die Liebe, weil dito.«

Ich öffne den Mund und schließe ihn wieder.

Unsere Hände liegen auf dem Tisch, und mit einem Mal bin ich mir des Abstands zwischen ihnen sehr bewusst. Etwas entnervt schiebe ich meine unter meinen Hintern und setze mich darauf.

»Hey, ich widerspreche dir ja gar nicht.« Finn zieht seine Hände ebenfalls zurück. »Zu viele Menschen sind in Beziehungen, weil sie gelangweilt oder ausgelaugt oder einsam sind. Ich finde nur, dass deine Ideologie etwas geradliniger sein könnte.«

Mein lautes Lachen vertreibt meine eigene Irritation.

Wie macht er das nur? Wie schafft er es, eine Art Schalter in mir umzulegen, so dass ich mir vorkomme, als würde er das Licht anknipsen?

Impulsiv nehme ich eine Serviette und werfe sie nach ihm.

In der Sonne sehe ich die goldenen Flecken in Finns Haar und – wie ich überrascht feststelle – auch ein paar weiße

Strähnen. Mein Magen flattert wieder, und mit einem plötzlichen Anflug von Sehnsucht möchte ich nur noch über den Tisch greifen, Finn am Kragen packen und ihn küssen.

Nur kann ich das jetzt nicht.

Ich habe mich selbst in eine Ecke manövriert.

Man kann nicht davon reden, wie sehr man *Liebe und Romantik* hasst, und dann jemanden küssen, und das auch noch in Paris. Das ist die falsche Botschaft, auch wenn man zuvor ausdrücklich gesagt hat, was man fühlt.

»Das geht auf mich.« Hastig ziehe ich meine Kreditkarte hervor.

»Es ist kein Date«, sagt er lachend und greift nach seiner Brieftasche. »Schon vergessen? Außerdem hast du die Zugtickets bezahlt.«

»Der Ausflug war meine Idee.« Plötzlich ist es mir wichtig, die Kontrolle zu behalten, nichts schuldig zu sein, keine Erwartungen erfüllen zu müssen. »Und ich bin sehr, sehr reich.«

»Ja, danke, dass du mich daran erinnerst.« Finn knallt seine Bankkarte auf den Tisch. »Aber ich bin ein erwachsener Mann mit einem festen Job, also kann ich wohl noch zwei Kaffee und … Willst du das noch essen, oder hast du es jetzt genug massakriert?«

Wir schauen gleichzeitig auf mein zerkrümeltes Croissant.

»Ja«, gebe ich verlegen zu. »Ich bin fertig.«

»Sehr gut.« Finn hebt die Reste auf, schiebt sie sich in seinen schönen Mund und grinst. »Spare in der Zeit, so hast du in der Not. Fürs Protokoll, Mercy, es ist noch genauso wunderbar, auch wenn es in Stücken ist.«

29

Ich bereue alles an diesem Tagesausflug. Finn und ich streiten uns auf dem ganzen Weg, erst zum Gare du Nord, dann durch die Sicherheitskontrolle hindurch, in den Zug hinein und auf der Rückfahrt, während draußen die Landschaft vorbeirauscht. Spötteleien, Nörgeleien, Beleidigungen – wir werfen sie uns gegenseitig zu wie Miniaturgranaten. Aber als ich einmal eine abfällige Bemerkung über den Billigfummel einer Pendlerin mache, sagt er, ich solle mich lieber woandershin setzen, wenn ich mich ohne ersichtlichen Grund wie eine hochnäsige Kuh aufführen wolle. Ich schmolle ein paar Minuten lang draußen im Gang, dann kehre ich zu ihm zurück und murmle: »Tut mir leid.«

Und wenn ich in mich hineinhorche, merke ich, dass ich es auch so meine.

Ja, ich bereue diesen Tagesausflug, denn er hätte länger dauern und früher beginnen sollen. Warum kann er nicht erst in vier oder fünf Wochen enden? Oder in ein paar Monaten? Ehrlich gesagt, kann ich mir keinen Tag vorstellen, an dem ich nicht mit diesem lustigen grünäugigen Typen abhängen möchte. Viel zu schnell erreichen wir London. Ich führe mich auf wie eine totale Versagerin: Ich krame in meiner Handtasche, zeige auf belanglose Dinge, mache vage Andeutungen, dass ich irgendeine Art von Abendessen brauche.

Da sehe ich, wie Finn unauffällig zur riesigen St.-Pancras-Uhr hochschaut, und der schwarze Diamant in meiner Brust verhärtet sich. Er will gehen. Er hat nicht so viel Spaß wie ich. Er hat eindeutig andere, bessere Pläne, und das ist auch der Grund, warum es kein Date ist: Bei Dates ist es genau andersrum.

»Also«, sage ich schroff, bevor er mir eine fadenscheinige Ausrede auftischt, weshalb er jetzt ganz dringend gehen müsse und so weiter. »Ich fürchte, ich muss zu einer Promiparty, deshalb …«

»Hör auf.« Finn schaut auf mich herab.

Ich halte sofort inne. »Womit soll ich aufhören?«

»Hör auf, mich abweisen zu wollen, bevor ich dich abweisen kann.« Er grinst. »Du kannst nicht alles kontrollieren, weißt du?«

»Wollen wir wetten?«, erwidere ich patzig, und meine Nasenflügel blähen sich.

Finn lächelt. Nach kurzem Zögern sagt er: »Ich hatte heute viel Spaß, Mercy. Es war ein völlig unerwartet lustiger Samstag.«

Seine Worte klingen ehrlich, und ich bin sofort besänftigt. »Ich hatte auch Spaß.«

Und da ist er wieder: dieser verzweifelte, überwältigende Drang, mich auf die Zehenspitzen zu stellen, ihn zu packen und zu küssen. Oder ihn nicht zu küssen, sondern einfach nur … näher bei ihm zu sein.

Ach, wem mache ich was vor?

Es ist ein Bedürfnis, das mich in den letzten acht Stunden begleitet hat: Mittlerweile sehne ich mich so verzweifelt nach körperlichem Kontakt mit ihm, dass ich mich mit Ohrenreiben oder Daumendrücken begnügen würde.

»Ich muss jetzt wirklich los«, sagt Finn widerstrebend nach einem weiteren Blick auf die Uhr. »Ich muss noch wo hin, bevor es schließt.«

»Mysteriös«, sage ich, ohne zu drängeln. »Ich natürlich auch. Viel zu tun, viel zu tun.«

Er lacht. »Aber ich sehe dich am Montag? Im Theater?«

»Jep.« Ich räuspere mich. »Montag.«

Finn lächelt und wendet sich zum Gehen, und es ist kein Date, ich glaube nicht an Romantik, ich glaube nicht an Liebe, aber jetzt stehen wir unter einer Uhr in einem Bahnhof, und er geht weg, und ich muss ihn küssen, aber ich *kann* ihn nicht küssen – ihn einfach weggehen lassen, kann ich allerdings auch nicht.

Impulsiv strecke ich die Hand aus und ergreife seinen Arm. »Danke«, flüstere ich, als Finn sich umdreht, und bevor ich weiß, was passiert, sind meine ganzen Vorsätze dahin, und ich packe ihn am Kragen und küsse ihn mit einer Kraft und Leidenschaft, die selbst mich überrascht. Der Geruch des Lagerfeuers ist immer noch da, süß und intensiv, vermischt mit kalter Luft, und meine Wangen sind plötzlich rosig.

»Mercy«, sagt Finn zögernd.

Erstaunt über mich selbst, eile ich davon, bevor er seinen Satz beenden kann.

Bevor er das Lächeln auf meinem Gesicht sehen kann.

Eine Stunde später ziehe ich meine Stiefel aus und falle auf mein Bett, mit immer noch leuchtenden Augen.

Also … wie war's? Erzähl mir ALLES.

Warst du nicht dabei?

Sei nicht albern, Dummkopf. Warum sollte ich dich zu einem Date begleiten?

Es war kein Date.

Und ob es ein Date war.

Es waren nur zwei Freunde, die sich bemüht haben, nicht miteinander zu knutschen.

Das ist ein Date.

Die sich näher kennenlernen wollen.

Buchstäblich die Definition eines Dates.

Vielleicht war auch ein Kuss dabei.

Das gibt's doch nicht! Erzähl mir ALLES.

Auf gar keinen Fall. Wie auch immer, es war eine gelungene Ablenkung: Ich habe den ganzen Tag kaum an dich gedacht.

Wie reizend.

Grinsend hole ich mein Handy hervor.

Amethyst

Mercy, Dinner im Sketch.

Nova

Bist du immer noch »krank«?

Dior
Lust, uns in deiner heißen Kiste zu fahren?;)

Nova
Dior, so nennt man ein Auto, das gestohlen wurde, du Vollidiotin.

Mein Entschluss gerät ins Wanken.

Die Bestie wartet draußen.

Ja, ich weiß. Auf dem Weg ins Haus musste ich an dieser aufdringlichen, überdimensionierten Karre vorbeigehen. Man sollte doch meinen, Dad hätte inzwischen bemerkt, dass sie keinen Millimeter wegbewegt wurde, seit er sie dort abgestellt hat, und die Botschaft längst verstanden.

Du hast das Auto nicht einmal angeschaut.

»Ich muss es mir nicht ansehen«, sage ich scharf. »Es ist so groß wie ein Traktor.«

Spontan antworte ich den Spatzenhirnen.

Mercy
Immer noch krank. Geht ohne mich.

Ich will nicht, dass sie mir die gute Laune verderben. Dann schreibe ich eine E-Mail.

Von: Mercy Valentine
An: Finneas O'Connor

Kann es sein, dass ich deine Handynummer nicht habe?

Es macht sofort *Pling*.

Von: Finneas O'Connor

Einen Schritt nach dem anderen, Valentine. Als Nächstes tauschen wir Faxe aus.

Nachdem er mich wieder zum Lachen gebracht hat, werfe ich mein Handy aufs Bett.

Es ist erst neunzehn Uhr, aber die Nacht steht unweigerlich bevor, schwer und dunkel. Schnell stehe ich auf und mache mich im Haus auf die Suche, ehe meine Laune in den Keller rauscht.

»Hallo?«, rufe ich in den Flur: nichts.

»Hey, Diebin.« Ich klopfe energisch an Hopes Schlafzimmertür. »Ich vergebe dir. Willst du einen Film gucken?«

Nichts.

»Ist hier jemand?«, versuche ich es mit zunehmender Frustration bei Max, dann bei Faith: nichts, nichts. »Ach, kommt schon, Leute. Seit wann habt ihr Loser an einem Samstagabend etwas Interessantes vor?«

Einen Moment lang verharre ich vor Mums Zimmer. Der kleine Spalt unter der Tür ist dunkel, und dahinter ist es still, aber das hat nichts zu bedeuten: Sie könnte schlafen, sie könnte wie ein Gespenst am Fenster schweben, sie könnte in ihrem Nachthemd wieder in der Öffentlichkeit herumgeistern wie eine verwirrte Ophelia.

Ganz unerwartet überkommt mich eine Welle des Mitgefühls für meine Mutter.

Ich schätze, wir zerbrechen alle auf unterschiedliche Weise.

Ich gebe meine Suche auf, gehe die schrecklich leere, dunkle Treppe hinunter und betrete leise den Kinoraum. Er ist rot, samtig, warm, vollgestellt mit Tausenden von alten Filmen. Was einst das pulsierende Herz meiner Familie war, ist jetzt still und ruhig, als hätte es schon viel zu lange geduldig gewartet. Ich hole tief Luft, atme den vertrauten ledrigen, staubigen Geruch ein.

Wann waren wir das letzte Mal hier drinnen?

»An unserem Geburtstag«, flüstere ich und schließe die Tür fest hinter mir. Ohne mich umzusehen, gehe ich direkt zu einem bestimmten Regal und hole Mums bahnbrechenden Film heraus, *Anker unserer Herzen*.

Ich kuschle mich auf das gemütlichste Sofa im Haus.

Und schaue den Film.

30

Gut zwei Jahre zuvor

»Hereinspaziert! Hereinspaziert! Kommt und feiert die große Eins-Fünf!«

Dads schwarzen Zylinder auf ihren wilden Locken, steht Tee lachend vor dem Kinoraum und benutzt Grandmas geliebten Gehstock mit der goldenen Spitze, um damit wie ein Zirkusdirektor herumzufuchteln.

Sie zeigt mit dem Ende des Stocks auf Max, der an ihr vorbeischlendert.

»Heute dreht sich alles um die Fünfzehn!« Charity winkt ihn herein. »Willkommen, Bruder! Nur herein! Werde Zeuge, wie die Valentine-Zwillinge die Mitte ihrer Teenagerzeit erreichen – mit Stil, Glanz und Komödien-Gloria!«

Max verdreht gutmütig die Augen. »Deine Party ist erst in anderthalb Stunden, Dumbo. Und du weißt schon, dass man mit *dreizehn* ins Teenageralter kommt, nicht mit zehn?«

»Unwichtige Details!«, sagt Tee und wischt seinen Einwand mit einem Lachen beiseite. »Und es ist eine *ganztägige* Party, stimmt's, Mer?«

Ich blicke von der Mitte des Kinoraums auf, wo ich einen Stapel DVDs durchsuche, um zu entscheiden, mit welchem Film wir die Veranstaltung beginnen sollen. Es ist unser Geburtstag, und das war mein einziger Wunsch: ein unvergessliches Filmfest, bei dem ich allein – und das ist Teil von

Charitys Geschenk für mich – über die Auswahl bestimmen kann.

»Ähm?« Ich widme mich wieder dem Stapel. »Ja. Ich denke schon. Das ist mir nicht so wichtig.«

»Dann werde ich es eben für dich wichtig nehmen.« Meine Schwester hüpft im Gang auf und ab und schwingt den Gehstock wie einen Regenschirm in *Singin' in the Rain*. »Klopf, klopf.«

Max zuckt mit den Schultern und fragt gehorsam: »Wer ist da?«

Tee wirbelt herum, den Stock hoch erhoben. »Kontrollfreak.«

»Kont…«

»Jetzt sagst du: *Kontrollfreak wer?*«, unterbricht ihn meine Schwester lachend und landet mit einem Sprung vor dem großen Spiegel im Flur. »Verstanden?«

»Charity Valentine!« Grandmas Stimme schallt durch die Eingangshalle. »Junges Fräulein, ich habe schon *überall* nach meiner Gehhilfe gesucht. Wie soll ich meinen Worten ausreichend Nachdruck verleihen, wenn ich nicht auf den Fußboden klopfen kann?«

Charity gibt Grandma den Gehstock zurück. »Ups.«

»Max?« Grandma lächelt und zieht vielsagend die Augenbrauen hoch. »Auf ein kurzes Wort. Küche. Wenn du so freundlich wärst.«

Wie zwei geheime Verschwörer ziehen sie sich in die Küche zurück.

»Sie reden über unser Geburtstagsgeschenk«, sagt Tee. Sie

nimmt Dads Hut ab und wirft ihn wie eine Frisbeescheibe in den Kinoraum. »Was meinst du, was wir dieses Jahr von ihr bekommen, Cee?«

Ich stöbere weiter nach dem richtigen Geburtstagsfilm. Komödie? Horror? Etwas Tolles mit Mum darin? Nein: Alle werden mich auslachen und behaupten, ich wolle mich bei ihr einschleimen.

»Ist mir egal«, sage ich geistesabwesend und ziehe einen Schwarz-Weiß-Film mit einer Nahaufnahme von Urgroßmutters markantem Gesicht aus dem Regal.

»Ich wünsche mir einen Stimmenverzerrer.« Tee lässt sich auf einen der roten Samtsitze fallen. »Einen von diesen schicken, die jede Stimme unkenntlich machen. Das würde meine Streiche auf ein ganz neues Level heben.«

»Ich fürchte um die gesamte Menschheit«, erwidere ich trocken.

Charity gluckst, höchst zufrieden mit sich selbst. Nach einer Weile fragt sie: »Mer, denkst du, wir bekommen verschiedene Geschenke?« Sie kaut auf ihrer Lippe und stupst mit ihrem Zeh scheinbar beiläufig den DVD-Stapel an. »Grandma ist supergroßzügig, das weiß ich, aber sie neigt dazu, uns in einen Topf zu werfen.«

»Mmm.« Jetzt blicke ich doch noch hoch. »Stört dich das?«

»Manchmal«, gesteht sie und verzieht schuldbewusst das Gesicht. »Stört es dich?«

»Ja«, gebe ich zu. »Manchmal. Aber was auch immer es diesmal ist, wir bringen es zurück und besorgen dir stattdessen dieses Stimmengerät, okay? Wobei ich jetzt schon weiß, dass ich es bereuen werde, wenn ich das Opfer deines Streichs bin.«

Charitys Gesicht hellt sich wieder auf, und mein Herz schmilzt.

»Wirklich?« Sie springt auf die Füße, durchquert den Raum, lässt sich neben mich auf den Boden plumpsen und stupst mich mit einem Finger an, was unsere Version einer Umarmung ist. »Das würdest du für mich tun?«

Grinsend stupse ich zurück. »Klar würde ich das.«

»Weißt du«, sagt meine Schwester gut gelaunt und angelt sich eine der Valentine-DVDs, die ich ausgesucht habe, diesmal unter der Regie von Dad, »Zwillinge sind irgendwie magisch, findest du nicht? Wir beide haben wirklich Glück gehabt.«

Sanft nehme ich ihr die DVD aus der Hand. »Das haben wir.«

»Ich bin froh, dass ich den heutigen Tag mit dir verbringen darf«, sagt Charity unbekümmert. Sie legt sich auf den Boden und starrt zur Decke. »Nein, das ist nicht ganz richtig. Ich bin froh, dass ich *alle* Tage mit dir verbringen darf.«

Ich räuspere mich, denn ich habe plötzlich einen Kloß im Hals. »Wie ätzend.«

»Du weißt genau, was ich meine«, sagt Tee und lacht, ehe sie wieder aufspringt und in die Hände klatscht. »Ich bin eine Minute älter als du, also weiß ich, wo's langgeht. Welchen langweiligen alten Film von Mum müssen wir uns diesmal ansehen?«

31

Den Rest des Wochenendes schaue ich Filme.

Mit dem Gefühlsüberschwang von Paris arbeite ich mich durch Mums größte Werke: *Die Unerbittlichen* (sie hat tatsächlich Unterricht im Schwertkampf genommen!); die herzzerreißenden, kürzlich preisgekrönten *Gipfelhöhen*; die atemberaubend ungeschönten *Tausend Jahre* (sie war monatelang weg für die Dreharbeiten). Mein Favorit ist die Verfilmung von Thomas Hardys *Blaue Augen:* Sie war damals erst achtzehn, kaum älter als ich jetzt, und überstrahlte alle.

Gebannt ziehe ich vierundzwanzig Stunden lang Filme in mich rein, unterbreche nur für Toilettenpausen und um etwas zu essen. Draußen vor der verschlossenen Tür höre ich den Rest meiner Familie herumwuseln, plappern, streiten – nicht ahnend, dass ich hier bin. Alle werden annehmen, ich sei anderswo unterwegs, um Unruhe zu stiften.

Aber jeder Film gibt mir neue Inspiration, lässt mich Hoffnung schöpfen, neuen Mut fassen.

Mit jedem Film öffnet sich meine Zukunft ein wenig mehr.

Wach auf.

Gähnend drehe ich mich um.

Wach auf.

Ich ziehe ein Kissen über meinen Kopf.

Wach auf und schau!

Ich öffne ein Auge und setze mich mit einem Anflug von Panik auf.

Wo bin ich? Das Zimmer hat eine andere Farbe. Draußen sind ungewohnte Geräusche zu hören. Warum bin ich nicht vollständig angezogen und habe keine Schuhe an? Warum habe ich keine Kopfschmerzen? Warum kann ich die Augen öffnen, ohne dass meine Lider zusammenkleben? Wo ist Faith?

Es ist Morgen! Du hast fest geschlafen! In deinem eigenen Schlafzimmer!

Das ist das MORGENDLICHE KONZERT!

»Ich weiß, wie sich ein *morgendliches Konzert* anhört«, lüge ich und blicke erstaunt zum Fenster. Ha. Mit einer schnellen Handbewegung öffne ich den Vorhang und blinzle verwirrt gegen die pralle, hellscheinende Sonne an. Warum steht sie in dieser seltsamen Position am Himmel? Warum spüre ich einen Hauch von Zuversicht und … *Vorfreude*?

Es ist MONTAG! DU WIRST FINN WIEDERSEHEN!

Mit einem Satz bin ich bei meinem Handy am Nachttisch.

Da ist eine E-Mail von gestern Abend:

Von: Finneas O'Connor
An: Mercy Valentine

Ehrlich, ich bin schon richtig aufgeregt wegen morgen.

Mit tanzendem Herzen schreibe ich:

Von: Mercy Valentine

Kein Grund, aus dem Häuschen zu sein.

Wieder überflutet mich ein helles Gefühl, es ist warm und leicht wie …

Das nennt man Glücklichsein.

Ich tippe eher auf Endorphine als Nachwirkung von ungewohntem Schlaf.

Ich schwinge meine Beine aus dem Bett und strecke mich, überrascht, dass mein Körper sich anfühlt, als wäre alles an der richtigen Stelle. Mein Mund ist nicht verklebt, meine Zunge ist nicht mit beigem Filz überzogen wie ein Hase der Sylvanian Families.

Igitt, *summe* ich etwa?

Nach einem Blick auf die Uhr – es ist noch nicht mal sieben Uhr morgens – hüpfe ich unter die Dusche und singe dabei irgendeine lahme Schnulze vor mich hin. Ich habe tatsächlich Lust, mir heute besondere Mühe zu geben. Ich benutze mein Lieblingskokosnussduschgel, wähle einen Lippenstift, der mir wirklich gefällt, und nicht einen, der mich aussehen lässt, als hätte ich einer Fledermaus den Kopf abgebissen. Mein Gehirn fühlt sich komisch an, schwindlig, wach.

Was Finn jetzt wohl gerade macht?

Wahrscheinlich schläft er immer noch tief und fest, die rostbraunen Locken zerzaust, die grünen Augen geschlossen, die dunklen Augenbrauen gerunzelt, vielleicht schnarcht er leise, hat die Arme ausgebreitet …

Pfff. Okay, kann sein, dass ich ein bisschen verknallt bin.

Ähm, was du nicht sagst.

Mit einem vielsagenden Augenrollen schnappe ich mir mein Skript und eile die Treppe hinunter wie eine hochnervöse Gazelle. Ich werde extra früh ins Theater gehen, um noch ein bisschen zu üben, bevor ich ihn wiedersehe.

In der Eingangshalle werfe ich spontan einen Blick in den Spiegel über der Kommode. Klare Haut, helle Augen, keine finstere Linie zwischen den Augenbrauen. Wahnsinn, was Schlaf alles bewirken kann.

»Ben!«, ruft eine piepsige Stimme. »Bist du das? Was glaubst du, wie viel Geld ein altes Gemälde kostet? Ich dachte, wir könnten unser Taschengeld zusammenlegen und …«

Hopes Gesicht taucht an der Bibliothekstür auf.

»Oh!« Sie weicht unbeholfen zurück, und statt mich direkt anzuschauen, blickt sie auf mein linkes Ohr. »Tut mir leid, Mercy, normalerweise bist du nicht so früh wach.«

Ich lächle meine kleine Schwester an, doch gleich darauf runzle ich die Stirn. Warum verhält sie sich so seltsam …?

Das geklaute Kleid.

Das hatte ich total vergessen. Der Gedanke daran versetzt mir einen Stich, und ich beschließe, diesmal Größe zu zeigen. »Hey«, fange ich an, aber da ist sie bereits wieder in der Bibliothek verschwunden.

Was zum …?

»Hallo?« Ich klopfe an die Tür. »Hope?«

Die Tür geht auf, und Hope späht nervös durch den Spalt. »Hi.«

»Ich wollte dir gerade sagen«, versuche ich es noch einmal und breite die Hände in einer großzügigen, verständnisvollen und gütigen Geste aus, »dass ich beschlossen habe, deine Entschuldigung anzunehmen. Für den Diebstahl meiner Sachen.« Und bevor ich mich stoppen kann, füge ich hinzu: »*Zum wiederholten Mal.*«

»Okay.« Pudel blickt zu Boden. »Danke. Ich wollte dir wirklich keine Unannehmlichkeiten bereiten oder dich beleidigen.«

Dann macht sie leise die Tür vor meiner Nase zu.

Hm, wie soll ich Größe zeigen, wenn meine Schwester nicht akzeptiert, dass ich ihre Entschuldigung annehme? Sie war im Unrecht. Ich versuche hier nur, das Richtige zu tun.

»Hope?« Ich klopfe an die Tür, diesmal fester, und warte ungeduldig, bis sie wieder aufgeht. »Ich *vergebe* dir. Das versuche ich, dir die ganz Zeit zu sagen. Ich weiß, ich war ein bisschen …«

Plötzlich flammt die Szene in meinem Kopf auf, in vollem Technicolor: ich, nur Zentimeter von ihrem entsetzten Gesicht entfernt, kreischend wie eine Todesfee, weil sie sich an meinen Kleiderschrank gewagt hat. Dunkelrot vor Zorn, mit vor Wut pulsierenden Adern.

»Dramatisch«, beende ich etwas lahm den Satz.

Hope nickt schweigend.

»*Okay*«, sage ich und verspüre erneut einen Anflug von Gewissensbissen, diesmal sogar noch heftiger als zuvor. »Ich bin wegen eines schwarzen Kleids total ausgerastet, obwohl ich zwanzig andere besitze, und ich verstehe, dass das vielleicht ein *bisschen* extrem war, aber vielleicht hörst du jetzt auf, meine Sachen zu klauen?«

Das ist keine Entschuldigung.

»Ich werde nie wieder deine Sachen klauen«, sagt unser Nesthäkchen mit tonloser Stimme, sieht mich aber immer noch nicht an. Sie tritt von einem Fuß auf den anderen, die Situation ist ihr sichtlich unangenehm. »Kann ich jetzt gehen?«

Wieder versetzt mir ihre Antwort einen Stich. Ich nicke. »Natürlich.«

»Tut mir leid«, flüstert sie und verschwindet in der Bibliothek. Ich bleibe ein paar Sekunden lang stehen und starre auf die geschlossene Tür. Ich schreie Hope sehr oft an. Ich bin manchmal furchtbar gemein zu ihr, eigentlich sogar ständig. Warum benimmt sie sich jetzt so seltsam? Normalerweise springt sie gleich wieder fröhlich herum. Sie ist Hope Valentine, das menschliche Äquivalent eines Gummiballs.

Entschuldige dich einfach!

»Es tut mir *leid*, dass ich so wütend geworden bin«, rufe ich schnell durch die Tür. »Lass es uns vergessen, okay?« Dann die zündende Idee. »Du kannst dir ein anderes Outfit ausleihen, wenn du willst, es macht mir nichts aus.«

»Nein danke«, sagt ein dünnes Stimmchen von der anderen Seite.

Ich verziehe das Gesicht – was soll ich denn noch alles tun? –, wende mich zum Gehen und zucke zusammen: Wie lange steht Ben schon da?

»Also wirklich«, sage ich rasch und gehe auf die andere Seite der Eingangshalle, um meine Verlegenheit zu überspielen. »Dir ist aber schon klar, dass du hier nicht wohnst oder? Wann gehst du eigentlich wieder zurück nach Schottland? Oder bist du schon am College gescheitert?«

Ben sieht mich durch seine dunkelgerahmte Brille unverwandt an – er hatte noch nie Angst vor mir, nicht einmal als wir Kinder waren –, und es fällt mir wieder auf, wie sehr er sich im letzten Jahr verändert hat. Der mickrige Schnauzbart ist verschwunden, seine Schultern sind breiter geworden, seine Haare sind nicht mehr störrisch, und die ausgeprägten Wangenknochen scheinen wie aus dem Nichts aufgetaucht zu sein.

Okay, ich gebe es zu: Der Sohn der Haushälterin hat sich zu einem Hottie gemausert.

»Sie betet dich an, weißt du das?« Ben sieht mich stirnrunzelnd an und verschränkt seine (alarmierend durchtrainierten) Arme. »Deine Schwester hält dich für den coolsten, glamourösesten Menschen auf dem ganzen Planeten.«

Ich spüre, wie meine Wangen heiß werden. »Pfff, also –«

»Alles, was sie will, ist, so zu sein wie du«, unterbricht er mich mit sanfter Stimme. »Sie wünscht sich nur ein bisschen von deiner Wildheit und Stärke, Mercy. Aber du lässt sie nicht mehr an dich ran. Vielleicht kommt sie dir nur nahe, wenn sie sich wie du kleidet.«

Meine Wangen glühen inzwischen. »Ha –«

»Also denk daran«, sagt Ben brüsk, »wenn du Hope das nächste Mal anschreist, sie beschimpfst oder auslachst, denk daran, dass deine kleine Schwester dich bedingungslos liebt. Das hat sie immer getan.«

Beim Anblick der verschlossenen Bibliothekstür schießen mir Tränen in die Augen, und ich verspüre einen Messerstich aus Schuldgefühlen. Mein Pariser Glück gerät ins Wanken und droht auseinanderzufallen.

»Ben –«, beginne ich, aber unser Freund aus Kindertagen geht schnurstracks an mir vorbei. Dann dreht er sich um und sieht mich mit einem wehmütigen Lächeln an.

»Es tut mir nur leid, dass du es nicht sehen kannst.«

32

Jetzt muss ich wirklich zu jemand anderem werden.

Als ich South Bank erreiche, ist es fast acht Uhr. Ein kurzer Blick auf die abgedunkelten Fenster des Globe zeigt mir, dass noch niemand zu den Proben gekommen ist, und das bedeutet, ich habe ungefähr eine Stunde Zeit.

Eine Stunde, in der ich vollständig verschwinden kann.

Mit vorgetäuschter Selbstverständlichkeit und dem betont lässigen Vorzeigen meines offiziellen Ausweises gelingt es mir, die Reinigungskräfte, die bereits am frühen Morgen im Einsatz sind, davon zu überzeugen, mich durch eine Seitentür einzulassen, und von dort schlage ich mich bis zur Hauptbühne durch.

Egal, wie oft ich hier gewesen bin, das Theater beeindruckt mich jedes Mal aufs Neue. Shakespeare selbst hat es 1599 mitfinanziert, damit seine Schauspieler einen anständigen Ort für ihre Auftritte hatten. Kurz darauf brannte es nieder, wurde neu errichtet, dann geschlossen, aber im letzten Jahrhundert wurde es wiederaufgebaut, fast so wie der ursprüngliche Bau, mit dem gleichen Grundriss und den gleichen Materialien.

Mit klopfendem Herzen stoße ich eine schwere Tür auf.

Es ist so schön.

Das riesige Rund aus Eichenholz besitzt einen weitläufigen Zuschauerraum, der auf zwei Etagen von strohgedeckten Holzbalkonen gesäumt wird. Alles ist auf eine schlichte überdachte Bühne ausgerichtet. Der Zuschauerraum selbst ist jedoch nicht überdacht, über meinem Kopf erstreckt sich der von kleinen weißen Wolken bedeckte hellblaue Morgenhimmel. Das Theater wurde bewusst so entworfen, um die Atmosphäre auf Marktplätzen nachzuahmen, wo sich einst Menschenmengen um die Schauspieler scharten, und die Galerien erinnern daran, wie die Leute sich aus den Fenstern lehnten, um die Bärenhatz oder Hahnenkämpfe zu beobachten. Aber mehr als alles andere steht dieses Theater für das Eintauchen in andere Welten und die schiere *Freude* an Geschichten.

Mit angehaltenem Atem mache ich ein paar zaghafte Schritte nach vorne und dränge Hope in den Hintergrund meiner Gedanken. Meine Kehle wird eng, aber mein Herz quillt über.

Bisher habe ich noch nie auf dieser Bühne gestanden.

All die Jahre habe ich von der Galerie aus zugeschaut, mich über die Brüstung gebeugt, mit fiebrigem Blick, fasziniert von den Geschichten der vielen Charaktere, in deren Haut ich so gerne schlüpfen wollte.

Ich saß dort drüben und sah zu, wie Grandma zu Lady Macbeth wurde und für alle Zeiten das Blut der Schuld von ihren Händen wusch.

Ich sah meine Mutter als gewitzte Viola lachen.

Und ich sehnte mich mit jeder Faser danach, genau wie sie zu sein: über die Bretter dieser Bühne zu schreiten, verwandelt in jemand anderen und von allen bewundert.

Ich atme noch einmal tief durch und wische meine Hände an meiner schwarzen Jeans ab.

Endlich bin ich an der Reihe.

Leise gehe ich die Treppe hinauf und bleibe im Sonnenschein stehen, der mich wie Scheinwerfer blendet und die ganze Welt auslöscht. Ich weiß, wer ich heute sein will. Es gibt nur eine Rolle, die ich wirklich spielen möchte.

»*Ich bin eine Möwe*«, sage ich in die Stille hinein.

Das leere Theater lauscht, wartet darauf, dass ich weiterspreche.

»*Nein*«, fahre ich etwas lauter fort. »*Ich bin Schauspielerin.*«

Ich gehe über die Bühne und werde zu Tschechows Nina: ein junges Mädchen auf einem Bauernhof in der russischen Provinz mit dem sehnsüchtigen Wunsch, Schauspielerin zu werden, voller Zuversicht und Träume. Innerlich zerrissen und kaputt, weil sie sich in die falsche Person verliebt hat.

Nein. Weil sie sich überhaupt verliebt hat.

»*Er hat nicht geglaubt ans Theater*«, flüstere ich, während mir die Tränen in die Augen steigen. »*Hat nur gelacht über meine Träume, und allmählich habe ich auch aufgehört, daran zu glauben.*«

Während ich rede, lösen der Zuschauerraum und das hölzerne Rund sich auf.

Dröhnend brechen riesige knorrige Bäume aus den Bühnenbrettern hervor und schießen in die Höhe, öffnen sich mit einem erderschütternden Krachen zu einem Blätterbaldachin im dunklen Grün des Waldes. Als ich an mir herabblicke, sind meine Füße nackt und feucht, bedeckt mit abgebrochenen, nassen Grashalmen. Kleine weiße und blaue Blumen schieben sich durch die nasse Erde wie verstreutes Konfetti; Vögel, die ich nicht kenne, singen über mir.

In der Ferne sehe ich den großen schimmernden See, an dem ich mich verliebt habe, an dem sich alles verändert hat; gleich hinter mir das elegante Haus, zu dem ich nicht gehöre und auch nie gehören werde.

Ein russischer Junge taucht vor mir auf, blass und liebeskrank.

»*Erinnern Sie sich, Sie haben eine Möwe geschossen?*«, frage ich Kostja mit brechender Stimme. »*Und zufällig taucht ein Mann auf, sieht sie, und aus Langeweile richtet er sie zugrunde.*«

Jetzt höre ich, wie das Gewitter einsetzt: ein Donnergrollen, ein sich verdunkelnder Himmel, der Regen, der durch das Blätterwerk prasselt, ein lautes Krachen.

Ich spüre, wie ich plötzlich nass, kalt und verzweifelt werde. Ich sehe den Geist meines vergangenen Ichs, und er überwältigt mich: die Naivität meiner Hoffnungen, der Verlust meiner Träume.

»*Jetzt bin ich nicht mehr so*«, sage ich zu dem Jungen und hebe trotzig mein Kinn. »*Jetzt bin ich eine richtige Schauspielerin. Ich spiele mit Freude, mit Begeisterung, ich bin wie berauscht auf der Bühne und fühle mich wundervoll.*«

Es gießt in Strömen, und meine Stimme bebt: Ich bin verloren.

»*Und jetzt, seit ich hier bin, laufe ich die ganze Zeit draußen herum*«, flüstere ich und wandere ziellos durch den Wald.

»Laufe und denke und spüre, wie meine innere Kraft mit jedem Tag wächst.«

Meine Wangen röten sich, und meine Augen füllen sich mit Tränen.

»Jetzt weiß ich, Kostja«, flüstere ich, *»dass für unseren Beruf, egal, ob wir spielen oder schreiben, die Hauptsache nicht der Ruhm ist, nicht der Glanz, sondern die Fähigkeit zu leiden.«*

Etwas in Ninas Worten trifft mich wie ein heranbrausender Zug, zerrt mich aus ihr heraus, reißt mich in zwei Hälften.

Die Fähigkeit zu leiden.

Eine warme Träne rinnt über meine Wange.

Kann jemand wirklich *bedingungslos* lieben? Wie soll das gehen, wenn der andere nicht weiß, was wir alles in uns verbergen?

Ich bin so müde, Charity.

Ich bin es leid, mich die ganze Zeit schuldig zu fühlen. Ich bin es leid, wütend zu sein und nach flüchtigen Momenten des Glücks zu greifen, die nie andauern. Ich bin es leid, jeden Tag ohne die einzige Person aufzuwachen, die mich wirklich gekannt hat.

Denn Nina hat recht. Alles, was jetzt, wo du weg bist, noch bleibt, ist das *Leiden.*

Aber ich glaube, ich habe nicht mehr die Kraft dazu.

»Und wenn ich an meine Berufung denke«, stoße ich mit berstender Stimme hervor, weil etwas in mir zersprungen ist, *»habe ich keine Angst vor dem Leben.«*

Aber, mein Schatz … genau das hast du.

Ich spüre, wie ich schwanke, eingeklemmt in dem Raum zwischen mir und jemand anderem: unfähig zurückzukehren, unwillig zu gehen. Gefangen als ein Niemand, ein Nichts, im Nirgendwo.

Schluchzend breche ich auf dem Boden zusammen.

»Ich will das nicht mehr.« Ich weine in meine Hände und streife schließlich die Rolle ab, während Nina langsam wegdriftet. »Bitte, komm zurück.«

In diesem Moment setzt der Applaus ein.

33

Für eine Sekunde denke ich, dass ich es mir nur einbilde.

Das Klatschen eines imaginären Publikums, einer begeisterten Menge, die von meiner Darbietung überwältigt ist.

Verwirrt hebe ich den Kopf und blinzle.

Die Bäume sind verschwunden, der Regen hat aufgehört, der Sturm hat sich gelegt, der Himmel ist wieder blau. Unter meinen Füßen spüre ich die massiven Holzdielen. Schwindel erfasst mich, ich habe das Gefühl zu kippen, und für einen Moment bin ich orientierungslos wie ein Schlafwandler, der abrupt geweckt wird.

Das Klatschen hört immer noch nicht auf.

Mit zitternden Händen wische ich mir über die Augen und folge dem Geräusch zur oberen linken Galerie.

»Bravo!«, ruft eine Stimme. »Großartig! Zugabe!«

Ich versuche aufzustehen, aber der Boden scheint unter mir wegzurutschen. »Wer … wer ist da?«, stottere ich.

Begleitet von lautem Applaus sehe ich mit einem mulmigen Gefühl, wie Finns Kopf über der Brüstung auftaucht: seine wirren, in alle Richtungen abstehenden Haare.

»Das war *phantastisch*«, ruft er und scheint mit dem Klatschen gar nicht aufhören zu wollen. »Es stimmt, Mercy Valentine. Du hast wirklich ein echtes und sehr seltenes Talent. Das ist deine wahre Berufung.«

Ich bestehe nur noch aus einem Scherbenhaufen.

»Mein einziger Kritikpunkt«, fährt Finn grinsend fort und stützt sich mit den Ellbogen auf die Brüstung, »du sagst, du seist eine Möwe, aber ich habe nur sehr wenig gesehen, was diese Behauptung stützt.«

Ich versteife mich, mein Blut wird kalt.

»Vielleicht kannst du ja mal versuchen, mit den Armen zu wackeln?« Er deutet auf seine Ellbogen und bewegt sie auf und ab. »Oder du rennst ein paarmal auf der Bühne hin und her und stößt Möwenschreie aus? Du könntest natürlich auch versuchen, jemandem die Chips zu klauen, und dann auf seinen Kopf kacken.«

Entsetzt taumle ich einen Schritt zurück.

Finn hat alles gesehen.

Er hat gesehen, wie ich zu Nina geworden bin, wie ich schluchzend auf dem Boden zusammengebrochen bin, er hat mich in meinem dunkelsten, verletzlichsten Zustand gesehen.

Es ist, als hätte er mich ohne meine Haut gesehen.

Und jetzt … *lacht er*?

In meinem Kopf schwirrt und brodelt es. Warum hat er sich nicht zu erkennen gegeben? Warum hat er mich nicht *gestoppt*? Wie konnte er einfach dasitzen und zusehen, wie ich mein Innerstes nach außen kehre? Das war *privat*. Warum ist er überhaupt hier? Folgt er mir etwa? Das Theater sollte eigentlich *geschlossen* sein.

»Aber fünf Sterne«, fährt er lobend fort, während ich ihn nur stumm anstarre. »Die Rolle der Möwe gehört dir. Wir müssen nur noch ein hübsches gefiedertes Kostüm für dich finden und –«

Das Brodeln schießt über und entweicht als heißer Dampf.

Ich möchte ihn *umbringen*.

»Mercy?«, ruft Finn, als ich nach meiner Handtasche greife, mit einem Satz von der Bühne springe und zum Ausgang renne. »Warte, wo willst du denn hin?«

Trotz des Schleiers vor meinen Augen schaffe ich es bis zur Tür.

Ich habe Mühe, sie aufzustoßen, aber dann renne ich immer weiter bis zu dem dunklen verschlossenen Haupteingang. Hilflos trete ich ein paarmal dagegen und wende mich dann einer anderen Tür zu, um es dort zu versuchen.

»Mercy!« Finn erscheint an der Galerietreppe, als ich verzweifelt an der nächsten Tür rüttle. »Warte! Was ist denn los? Was ist passiert?«

Panisch eile ich zu einer weiteren Tür, da packt Finn meine Hand.

»Fass mich nicht an«, knurre ich und reiße mich von ihm los. »*Wage* es nicht, mich anzufassen.«

»Bist du …?« Er weicht zurück und blickt in mein geschwollenes, tränenüberströmtes Gesicht. »Mercy, du bist ja ganz durcheinander! O mein Gott, ich dachte, du würdest nur spielen.«

Wütend renne ich zur nächsten, ebenfalls verschlossenen Tür und werfe mich dagegen.

»Mercy!« Er folgt mir. »Es tut mir leid! Es war doch nur ein Scherz.«

Schwer atmend trete ich gegen die Tür, als im selben Moment eine Reinigungskraft mit einem quietschenden Putzmittelkarren am Eingang erscheint und mich mit offenem Mund anstarrt.

»MACHEN SIE AUF!«, schreie ich ihn an. »MACHEN SIE SOFORT DIE TÜR AUF!«

Verdattert kramt der Mann nach einem Schlüssel und schließt schnell die Tür auf. Ich stürme hinaus in den Sonnenschein, Finn dicht hinter mir. In meinem ganzen Leben war ich noch nie so wütend. Ich will ihn beißen, kratzen, zerreißen, schlagen, zerquetschen.

Er hat *alles* kaputt gemacht.

»Lass mich in *Ruhe*«, fauche ich ihn an und suche verzweifelt die Straße nach John ab.

»Aber, Mercy –«

»Ich sagte, LASS MICH IN RUHE.«

»Ich …« Finn will nach meinem Arm greifen, aber ich drehe mich weg. Ein paar Passanten sind bereits neugierig stehen geblieben. »Ich verstehe das nicht, Mer. Du warst unglaublich. Ich habe dich nur geneckt mit der Möwe, ich weiß doch, dass es eine Metapher ist. Ich dachte, du würdest mich verspotten, und ich würde dich wieder necken, und du würdest mich wieder verspotten. Das tun wir beide doch, oder?«

Mit einem lauten splitternden Geräusch, das nur ich hören kann, zerbirst der schwarze Diamant in mir.

Ich wirble herum und sehe Finn an. »Wir tun *gar nichts*, denn es gibt kein *Wir*. Du kennst mich nicht. Ich kenne dich nicht. Wir sind *Fremde*.«

»Das sind wir nicht.« Sein Gesicht ist blass, angespannt. »Ich meine, vielleicht sind wir es, im Moment, aber es gibt eine Verbindung, das weißt du, und ich dachte, vielleicht sind wir am Anfang von … etwas.«

»DANN HAST DU NICHT ZUGEHÖRT«, schreie ich und ringe gar nicht erst um Fassung. »ICH HABE DIR GESAGT, DASS ICH NICHT FÜR DIE LIEBE BIN, NICHT FÜR BEZIEHUNGEN ODER ROMANTIK UND GANZ SICHER NICHT FÜR … WOFÜR AUCH IMMER DU DAS HIER HÄLTST.«

Die Leute von South Bank bleiben stehen, um mich anzustarren – sie erkennen mich, fangen an zu tuscheln, machen Fotos –, aber ich höre immer noch nicht auf, ich kann nicht.

Finn blinzelt. »Aber ich mag –«

»DAS IST MIR SO WAS VON EGAL. ES IST MIR EGAL, WIE DU DICH FÜHLST, FINN. DAS HIER WIRD NICHT PASSIEREN, KAPIERT? ICH STEHE NICHT AUF DICH. ICH WERDE NIE MIT DIR AUSGEHEN. ICH HABE DICH NUR ALS ZEITVERTREIB BENUTZT. DU BIST SCHMUDDELIGES BÜHNENPERSONAL, UND ICH BIN MERCY VALENTINE, ALSO VERSCHWINDE WIEDER IN DEINER KISTE, DENN ES WIRD NIE, NIE, NIE ETWAS ZWISCHEN UNS SEIN!«

Meine Atemzüge sind schwer, abgehackt, keuchend. Rechts von mir sehe ich ein dünnes Mädchen mit blonden Extensions. Sie hält ihr Handy hoch und verfolgt meinen Amoklauf mit dem Ausdruck reinsten Vergnügens.

Scharlachrot vor Wut, drehe ich mich zu ihr um und lasse meinen Zorn an ihr aus.

»DU WILLST WAS? KOMM UND HOL'S DIR, DU WIDERLICHE SCHMAROTZERIN, BEVOR ICH DIR DIESES SECONDHANDHANDY IN DEINEN HÄSSLICHEN, KÜNSTLICH GEBRÄUNTEN HALS RAMME! MAL SEHEN, WAS ES DANN FILMT!«

Entsetzt steckt sie ihr Handy weg und eilt davon.

Ich drehe mich wieder zu Finn um.

Er schaut mich an, sucht in meinem Gesicht nach etwas, das er offensichtlich nicht findet.

Dann verschließt sich seine Miene wie eine zuschlagende Tür.

»Okay«, sagt er brüsk. »Ich hab's kapiert. Es war ja laut und deutlich genug. Vielen Dank für die Klarstellung. Das hat uns beiden eine Menge Zeit erspart.«

Er strafft die Schultern, macht kehrt und geht zurück ins Theater.

Ich blicke ihm nach Luft ringend hinterher.

Mercy –

»Oh, halt die Klappe«, zische ich. »Du bist tot, Charity. Niemand schert sich mehr darum, was du denkst.«

34

Noch immer blind vor Wut laufe ich durch South Bank.

So kann ich nicht ins Theater zurückkehren, also stapfe ich eine halbe Stunde lang auf und ab, schlage gegen Bäume, trete gegen Mülltonnen, blaffe Passanten an. Ich werfe wahllos Dinge aus meiner Handtasche in die Themse: einen Chanel-Lippenstift, Clubflyer, ein paar Münzen, was immer ich so weit wie möglich von mir schleudern kann.

Irgendwann kommt ein flauschiger schwarz-weißer Hund schwanzwedelnd auf mich zu, und ich knurre ihn sofort an: »HAU AB, DU DUMME TÖLE!«

Der Besitzer zerrt ihn eilig weg und murmelt etwas von *verrückten Mädchen*.

Ich stapfe weiter, trete und schlage, das Feuer in mir brennt immer weiter, als würde es nie wieder erlöschen. Ich *wusste*, dieses Wochenende war zu schön, um wahr zu sein. Ich wusste, dass die Dinge nicht besser werden würden. Ich wusste, dass ich nicht anders sein konnte. Ich wusste, dass es da draußen nichts – niemanden – gab, der mich wieder heil machen konnte.

Mercy, bitte –

»Ich *sagte* doch«, zische ich gepresst, »dass ich kein Wort mehr hören will!«

Langsam kommt mein Gehirn wieder zur Ruhe.

Die Wut ist immer noch da, aber je mehr Minuten vergehen, desto mehr spüre ich, wie sie sich verdunkelt und zusammenballt, sich wieder zu einem harten schwarzen Klumpen in meiner Brust verdichtet.

Erschöpft hole ich mein Handy hervor:

Mercy
Ich muss heute Abend unbedingt Party machen – wer ist dabei?

Sofort macht es *Pling*.

Nova
Ach ja, wenn du Zoff mit deinem geheimen LOVER-BOY hast, bist du plötzlich nicht mehr krank?

Dior
Ich dachte, wir wären FREUNDINNEN. Du erzählst uns GAR NICHTS.:(

Mercy
Wovon redest du?

Es macht wieder *Pling*.

Diesmal ist es ein Link, und selbst ich hätte nicht gedacht, dass es so schnell geht. Es ist weniger als eine Stunde her, aber inzwischen wurde ein Video, in dem ich Finn anschreie, Tausende Male online geteilt. Es ist noch schlimmer, als ich dachte. Meine kreischende Stimme ist deutlich zu hören, mein Gesicht ist rot, meine Hände sind zu Fäusten geballt, kleine Spuckeflocken schießen aus meinem Mund und landen auf Finns entsetztem Gesicht.

Und dann – um dem Ganzen die Krone aufzusetzen – zeigt das Video, wie ich mich gegen das blonde Mädchen wende und ihr mit körperlicher Gewalt drohe.

Den Kommentaren nach zu urteilen, war die Öffentlichkeit noch nie so glücklich:

Sie ist echt PSYCHO. LOL

Wer ist er? Heiß. Er hat was viiieeel Besseres als sie verdient.

OMG, geh nie mit Mercy Valentine aus, sie ist noch schlimmer als Faith #zuallemfähig #völligdurchgeknallt #diva

Mein Handy macht wieder *Pling*.

Mercy, was habe ich dir über das Ausflippen in der Öffentlichkeit gesagt? Ich komme heute Abend nach Hause, dann werden wir ein langes Gespräch darüber führen, wie du dein Verhalten in Zukunft verbessern wirst. Alles Liebe Dad x

Ich beiße die Zähne zusammen, als mein Handy bereits die nächste Nachricht meldet: Diesmal ist es Faith.

Mer, habe gerade das Video gesehen – bist du okay? Wer ist der Typ? Ich komme heute Abend, dann können wir reden. Eff xxx

Dann Max:

Sis, hör auf, von meinem Megastart abzulenken. Du bist nicht die Einzige in dieser Familie, die nach Aufmerksamkeit giert, weißt du;)

Und noch mal: Grandma

Mercy Valentine, das ist NICHT die Art von »Sozialkontakt«, von der ich gesprochen habe.

Genervt trete ich gegen einen weiteren Mülleimer, so fest ich kann. Eine schmuddelige Taube flattert aufgescheucht daraus hervor, was mich daran erinnert –

Schnell schreibe ich den Spatzenhirnen eine Nachricht:

Mercy
Er ist niemand. Nur ein Typ von der Arbeit, der in mich verknallt ist. Erbärmlich. WIR GEHEN HEUTE ABEND AUS, BASTA.

Ich werde *verdammt nochmal* heute Abend nicht zu Hause herumhocken.

Soll ich etwa darauf warten, dass meine Familie über mich

herfällt, um mit mir zu *reden* und mich zu *bemitleiden* und mich zu *verstehen* und mir zu sagen, wie ich mein Leben in Ordnung bringen und ein netterer, freundlicherer, besserer Mensch werden kann?

Dafür ist es viel, viel zu spät.

Mit zusammengepressten Zähnen schaue ich auf die Uhr. Meine Probe hat vor fünf Minuten begonnen, und ich werde sie nicht verpassen.

Nicht wegen *verschlossener Türen*.

Nicht wegen Finn.

Von jetzt an ist die Schauspielerei alles, was ich noch habe.

Immer noch in Aufruhr, stecke ich mein Handy zurück in die Tasche und gehe zum Globe.

35

»Was glotzt ihr denn alle so?«

Ich lasse meine Tasche auf den Boden und mich auf einen freien Stuhl fallen, verschränke die Arme und starre die Ensemblemitglieder finster an. Beschämt senken sie sofort den Kopf und blicken auf ihre Füße.

Natürlich haben sie das Video gesehen.

»Mercy ist hier?« Verity runzelt verwirrt die Stirn und lächelt angespannt. »Dabei habe ich meine Ankündigung wahrgemacht und die Türen verriegelt. Es ist mir ein Rätsel, wie sie reingekommen ist!«

Es ist kein Rätsel: Die Putzfrau hat Angst vor mir.

»Nichterscheinen und Verspätung.« Die Regisseurin macht einen kleinen Vermerk auf ihrem Skript. »Das zieht leider eine mündliche Verwarnung nach sich. Die Premiere steht bevor, wir brauchen *jede Minute*.«

Mit einem übertriebenen Augenrollen schaue ich mich im Theater um. Kurz verweilt mein Blick auf der Galerie. Der ganze Zauber ist verflogen. Es gibt keine Verwandlung, keine Offenbarung, keine Verbindung mit der Geschichte oder der Kunst: Es ist nur ein Haufen altes Holz, kreisförmig erbaut.

Wenigstens beobachtet mich Finn diesmal nicht wie irgendein widerlicher Unsympath.

»Elijah scheint ebenfalls unsere Einlasszeit verpasst zu haben«, fährt die Regisseurin fort. Der Muskel an ihrem Kiefer zuckt. »Also, möchte jemand heute einspringen?«

Ich schnaube: also bitte. Als ob jemand …

»Kein Problem, das übernehme iiich!« Daisy kommt in Zeitlupe herangeschlendert, als würde sie gerade gemütlich durch ein Kornfeld spazieren. »*Viel Lärm* ist die romaaantischste Geschichte, die jeee erzählt wurde. Es ist mein aaabsolutes Lieblingsstück. Ich kenne es in- und auswendig, von vorne bis hinten!«

Natürlich tut sie das. Was für ein Muppet.

»Wunderbar!« Verity strahlt sie an, ihr Gesicht ist völlig verwandelt. »Eben ein echter Star! Vierter Akt, bitte alle auf die Plätze!«

Es ist die große Hochzeitsszene, praktisch die gesamte Besetzung ist auf der Bühne, um die passende Atmosphäre für den festlichen Anlass zu schaffen. Der dämliche Claudio wird die fade Hero fälschlicherweise beschuldigen, ihn zu betrügen, bevor er sie am Altar abserviert, und sie wird vor Schreck in Ohnmacht fallen und für tot gehalten werden.

Es gibt nichts *Romantischeres* als öffentliche Grausamkeit und Intrige, was?

Missmutig klettere ich auf die Bühne. Ursula grinst mich an, als sie ihre Position im hinteren Bereich einnimmt. Ich reagiere mit einem leichten Kräuseln der Oberlippe, woraufhin sie errötet und wieder wegschaut. Der alte Bruder Franziskus schlurft an mir vorbei, um vorne die Trauung zu vollziehen.

Im Vorbeigehen nickt er mir zu. »Feierst du noch, Darcy?«

Ich starre ihn an. »Wie bitte?«

»Feierst du noch deinen tollen Bowlingsieg von Freitag?« Der Mönch rückt seinen kleinen weißen Kragen zurecht. »Aber ich verstehe schon. Ich bowle jetzt seit sechzig Jahren und habe noch nie einen Strike erzielt!«

Offensichtlich ist dieser Mann nicht nur zu alt für soziale Medien, er hat auch keine Ahnung, wie ich heiße.

»*Mercy*«, sage ich kurz angebunden.

»Vielen Dank«, sagt er kichernd und schüttelt den Kopf. »Keine Sorge, ich werde es weiter versuchen.«

Hero oder Piper oder wie auch immer sie heißt nimmt ihren Platz an meiner Seite ein und lächelt zaghaft. »Hey. Geht's dir gut?«

»Jep«, antworte ich knapp.

»Es ist nur, wir, ähm, haben das Video gesehen. Ursula hatte es auf ihrem Handy, und einige von uns, ähm, haben es sich angesehen, kurz bevor du gekommen bist.«

Ich presse die Zähne zusammen. »Klar habt ihr das.«

»Also, ich wollte nur sagen …« Sie runzelt die Stirn und sucht nach den richtigen Worten. »Das ist wirklich nicht sehr fair. Ich meine … niemand weiß genau, was in einer Beziehung vor sich geht, oder? Ich streite mich die *ganze* Zeit mit meinem Freund, aber ich würde *sterben*, wenn ein Fremder das ins Internet stellt, damit jeder es sieht. So was … ist scheiße. Das ist alles. Wir urteilen nicht über dich.«

Sie wirft einen Seitenblick auf Ursula.

»Okay, Candice verurteilt dich, aber nur, weil sie in Finn verknallt ist, also nimm es nicht persönlich.«

Mit unendlicher Präzision mustere ich Candice von oben bis unten, dann drehe ich mich um und schaue Hero direkt an.

»Ich nehme es nicht persönlich«, sage ich ruhig, aber laut. »Denn es ist mir so was von scheißegal, was ihr talentlosen Loser von mir denkt. Dieses Stück ist nur ein Sprungbrett. Und ihr seid ein Haufen matschiger kleiner Frösche, die sich mir in den Weg stellen.«

Hero zuckt zusammen, als hätte ich sie geschlagen. »Okay.«

»Und Finn«, sage ich noch etwas lauter, »ist nicht mein Freund. *Candy* kann ihn gerne haben.«

»Okay!«, ruft Verity von vorne, während die Augen der anderen immer größer werden. »Beatrice? Hero? Können wir das Gespräch jetzt beenden? Es ist Zeit anzufangen.«

Mürrisch beobachte ich, wie sich die Szene entwickelt: viel Amateurgeschrei, Rufe, Ohnmachtsanfälle und Theatralik. Piper stürzt mit solchem Eifer zu Boden, dass sie buchstäblich auf meinem Fuß landet. Als ihre beste Freundin und Verwandte sollte ich eigentlich irgendeine Reaktion zeigen, aber ich kann mich nicht dazu aufraffen. Man muss doch noch etwas für die Premiere in Reserve haben, oder?

Endlich leert sich die Bühne, und Daisy kommt als Benedikt auf mich zu. Sie sieht so begeistert von ihrer neuen Rolle aus, dass ich ihr sofort meinen Ellbogen in den Magen rammen möchte.

»*Fräulein Beatrice*«, sagt sie sanft und greift nach mir. »*Haben Sie die ganze Zeit geweint?*«

Mein Gesicht ist ausdruckslos, keine einzige Träne ist zu sehen.

»*Jep*«, deklamiere ich. »*Und ich werde noch eine ganze Zeit lang weiterweinen.*«

»Hm.« Verity lehnt sich vor. »Mercy, könnten wir bitte ein *bisschen* mehr Emotionen von dir bekommen? Beatrice ist empört über die ungerechte Behandlung von Hero, aber ich sehe bei dir noch nicht die nötige *Empathie.* Außerdem heißt es *yea*, nicht *jep*. Das ist ein anderer Laut.«

»*Jo*«, sage ich, obwohl ich genau weiß, wie man es ausspricht.

»Nicht ganz. *Yea*. Man hört sowohl das *e* als auch das *a*.«

»*Yay.*«

»*Yea.*« Die Regisseurin sieht aus, als wolle sie etwas nach mir werfen. »Hör zu, Daisy ist für dich eingesprungen, als du an deinem ersten Probentag nicht aufgetaucht bist. Erinnerst du dich? Day, könntest du Mercy zeigen, wie *du* es machst?«

Daisy strahlt mich an. »Es wäre mir eine Ehre!«

Mit neu erwachtem Zorn drehe ich mich zu Little Miss Lahm mit ihrer Toffee-Fresse und spüre, wie etwas in meiner Brust entfesselt wird.

»Oh, *sorry*, aber wer von uns beiden hat bei einer bejubelten Fernsehserie mitgewirkt?«

»Duuu!«, antwortet Daisy prompt.

»Und *wer* von uns entstammt einer Linie international berühmter Schauspielerinnen, die bis in die vierte Generation zurückreicht und die in ihrem Haus so viele Oscars stehen hat, dass einer dazu benutzt wird, das Badezimmerfenster offen zu halten?«

»Du«, sagt Daisy, die meinen Tonfall endlich richtig deutet, mit dünner Stimme.

»Genau«, sage ich schneidend. »Ich. Und ich brauche keine Tipps von jemandem aus einer drittklassigen Schauspielklitsche, also plustere dich hier nicht auf und sei froh, dass du überhaupt auf der gleichen Bühne stehen darfst wie eine Valentine.«

Sie wollen Emotionen? Die können sie haben. Ich schließe die Augen und setze die Wut, die nie richtig weicht, ganz bewusst frei: Ich lasse sie raus wie ein brüllender Löwe.

Mit ein paar Schritten bin ich bei Daisy und baue mich vor ihr auf.

»Töte Claudio«, knurre ich.

»Was?« Sie erkennt sofort, zu welcher Zeile ich gesprungen bin. *»Nieee im Leben.«*

»Sie töten mich mit Ihrer Weigerung«, zische ich. *»Leben Sie wohl.«*

Sie greift nach mir. *»Aber so warten Sie doch.«*

»Ich bin noch hier, aber ich bin schon weg.« Mit einem Fauchen reiße ich mich los und mustere sie mit Abscheu und Enttäuschung. *»Sie wissen nicht, was Liebe heißt. Lassen Sie mich los.«*

Ihre Augen weiten sich. *»Beeeatrice –«*

»Also ich geh jetzt«, sage ich aufgebracht.

Sie versucht, mich zu beschwichtigen. *»Erst wieder Freunde sein.«*

Ich lache höhnisch. »*Auf meine Freundschaft sind Sie wilder als auf die Degen meiner Feinde.*«

Daisy sieht mich verwundert an. »*Ist Claudio Ihr Feind?*«

Ich werfe einen Blick hinauf zur oberen rechten Galerie, und meine Wut erreicht rot glühend den Siedepunkt. Es ist nicht mehr meine und auch nicht die von Beatrice – es ist ein brodelndes Gift, das endlich irgendwohin muss.

»*Hat er sich nicht eindeutig als Schwein ausgewiesen? Hat er nicht meine Cousine verleumdet, verspottet und entehrt?*« Ohne zu überlegen, laufe ich auf sie zu. »*Oh, wenn ich Mann wäre!*«

Ich versetze ihr einen heftigen Stoß, und sie reißt erschrocken die Augen auf.

»*O ja, erst auf Händen tragen bis zum Händereichen?*« In einem Gefühlstumult stoße ich sie erneut, diesmal noch fester. Daisy taumelt zurück. »*Und dann öffentliche Beschuldigung*« – ein weiterer Stoß –, »*heimtückische Beleidigung*« – Stoß –, »*schamlose Beschimpfung …*«

Mercy! Was tust du da? Hör auf!

Ein letzter harter Stoß bringt Daisy zu Fall.

Sie landet mit einem dumpfen Geräusch auf dem Boden.

»*O GOTT, ICH WILL EIN MANN SEIN!*«, schreie ich aus voller Kehle und beuge mich mit geballten Fäusten über sie. »*ICH WÜRDE IHN ÖFFENTLICH IN SCHEIBEN SCHNEIDEN!*«

Dann stehe ich da, zitternd, atemlos und mit verschwommenem Blick.

Niemand sagt ein Wort.

Die Stille dehnt sich endlos, dringt unter meine Haut,

während meine Umgebung langsam wieder in den Fokus rückt: verblüffte Schauspieler, eine Regisseurin, die mich mit offenem Mund ansieht, Daisys große braune Augen.

Ich richte mich auf und taumle rückwärts, weg von allen.

Nein, nein, nein, nein – *was habe ich getan?*

»Daisy«, flüstere ich. »Ich –«

»Wow«, sagt sie vom Boden aus. Ihre Augen weiten sich noch ein wenig mehr. »Einfach nur … *wow*. Das war uuunglaublich. Du hast so recht, Mercy. Es gibt *nichts*, was ich dir beibringen könnte.«

Blinzelnd schaue ich sie an.

»Beeindruckend«, bestätigt Verity mit einem Nicken und stellt sich zwischen uns. »Endlich bekommen wir etwas von dem ungezügelten Talent zu sehen, für das wir bezahlen! Jetzt müssen wir nur noch die physische Aggression kanalisieren – Verstöße gegen die Gesundheits- und Sicherheitsvorschriften sind nicht erlaubt. Wiederholen wir die Szene noch einmal von Anfang an?«

Nach und nach nehmen alle wieder ihre Positionen ein. An der Art, wie sie vorsichtig einen Bogen um mich machen und meinem Blick ausweichen, merke ich, dass sie offensichtlich nicht davon überzeugt sind, dass ich nur gespielt habe.

Mit einem Knall fliegt die Theatertür auf.

»Alles klar, Leutchen! Ich bin da!« Eli schlendert den Gang hinunter. »Was habe ich verpasst? Danke, dass du wieder die Stellung gehalten hast, Day!«

Als ich mich umdrehe, sehe ich gerade noch, wie Daisys Schultern nach unten sacken.

»Klaaar.« Langsam steht sie auf und streicht ihre Kleidung glatt. »Kein Problem. Jederzeit wieder.«

Sie trottet von der Bühne, und bei ihrem Anblick zieht sich mein Magen vor Mitgefühl zusammen.

»Himmel nochmal!« Unsere Regisseurin dreht sich wieder zu den Schwingtüren um. »Eli, wie bist du reingekommen? Gibt es hier überhaupt irgendwelche Sicherheitsvorkehrungen?«

»Wenn du das nötige Geld hast, Babe«, sagt Eli grinsend, »steht dir *alles* offen.«

»Was für ein schrecklicher Gedanke.« Verity blickt zu den Balkonen hinauf, schirmt ihre Augen ab und runzelt die Stirn. »Übrigens, hat jemand heute Finneas gesehen?«

Alle Blicke richten sich auf mich.

»Ich bin enttäuscht«, sagt die Regisseurin seufzend. »Er wollte früher kommen, um einen quietschenden Galeriesitz zu reparieren. Der Junge ist doch sonst so zuverlässig.«

Das ganze Blut scheint aus meinem Körper entweichen zu wollen.

»Finn ist gar nicht da?«, fragt Ursula bedeutungsvoll. »Tja, vielleicht solltest du *Mercy* fragen.«

36

Mercy
Die Probe ist vorbei, ich muss unbedingt RAUS.

Mercy
Hallo?

Mercy
HÖRT MICH JEMAND?

Meine Gedanken drehen sich in einer Spirale.

Auf dem Rücksitz unserer Limousine spiele ich das Video immer wieder ab und zupfe an meinem Knöchelschorf.

Und mit jeder Zeile dreht sich die innere Spirale ein bisschen weiter.

Es gibt kein Wir.

Ich stehe nicht auf dich. Ich werde nie mit dir ausgehen.

Du bist schmuddeliges Bühnenpersonal, und ich bin Mercy Valentine, also verschwinde wieder in deiner Kiste, denn es wird nie

nie

nie

etwas zwischen uns sein.

Leise wimmernd stütze ich meinen Kopf in die Hände. In meinem ganzen Leben habe ich mich noch nie so geschämt.

Finn hat seinen *Job* gemacht.

Er hat das getan, wofür er *bezahlt* wird, was man ihm *aufgetragen* hat, und *ich* habe mich unerlaubt an seinen Arbeitsplatz geschlichen, die Bühne in Beschlag genommen und ihn zur Schnecke gemacht, weil er zufällig Zeuge davon geworden ist. Denn genau das tue ich – ich zerstöre jeden, der in meine Nähe kommt.

»Wohin soll's denn gehen?«, fragt John vorsichtig und sieht mich im Rückspiegel an. »Nach Hause oder …?«

Verzweifelt sende ich eine weitere Nachricht:

Mercy
Bitte, Leute, ich werde euch alles erzählen, aber ANTWORTET mir.

Es macht *Pling*.

Nova
Übernachtung bei mir. Komm, wenn du willst.

Eine unfassbare Erleichterung überflutet mein Gehirn: Ich werde überallhin gehen, alles tun, solange ich nicht alleine bin.

»St. John's Wood«, sage ich zu unserem Chauffeur. »Novas Haus. Bitte.«

Dann lehne ich mich zurück und schließe erschöpft die Augen. Ich bin völlig ausgebrannt, kaum mehr als eine leere Hülle.

Ich habe dich nur als Zeitvertreib benutzt.

O Gott.

Von: Mercy Valentine
An: Finneas O'Connor

Ich muss dir sagen

Delete.

Von: Mercy Valentine
Es tut mir so leid, dass

Delete.

Von: Mercy Valentine
Es gibt keine Worte, die ich

Delete.

Es gibt *tatsächlich* keine Worte. Ich kann nicht ungeschehen machen, was ich zu Finn gesagt habe oder wie ich es gesagt habe. Egal, wie sehr ich mich entschuldige, es wird im Internet bleiben: eine ewige Erinnerung daran, wer ich wirklich bin.

Ich stecke mein Handy in die Tasche und starre stumm aus dem Fenster, während wir langsam durch die von Bäumen gesäumten Straßen in das hübsche Primrose Hill fahren. Jahrelang war es eine unsere Lieblingsbeschäftigungen, bei Nova zu übernachten, und als die Limousine jetzt in die Einfahrt einbiegt, spüre ich, wie etwas in mir weich wird.

Die Valentine-Villa besteht aus rotem Backstein, Steinsäulen, polierten Mahagonitreppen und antiken Standuhren. Diors in seiner Stillosigkeit unübertroffenes Haus liegt – wie wir gesehen haben – überwiegend unter der Erde, eine Art Kriegsbunker für Neurotiker. Amethysts Eltern haben sich für den Pseudo-Tudorstil entschieden und versuchen, mit teurem Porzellan und aufwendigen Vorhängen *Tradition* zu kaufen. Aber Vees Mutter ist eine preisgekrönte Architektin, und ihr Haus ist unglaublich.

Es ist ein großer Block aus Glas und Stahl, und als sich die Tore hinter uns schließen, fühle ich mich plötzlich wie zwölf und komme gar nicht aus dem Staunen heraus. Die untergehende Sonne färbt die wandhohen Fenster violett und rosa, und auf dem Glas spiegeln sich helle Marshmallow-Wölkchen.

Schade, dass ihr Vater gerne zehn Fuß hohe Porträts von sich selbst an die Wände hängt: Man kann ihn buchstäblich meilenweit sehen.

Ich steige aus der Limousine und gehe auf das Haus zu.

»Hey.« Novas kantiges Gesicht erscheint an einem offenen Fenster. »Sieht aus, als ginge es dir wieder *gut*.«

Ich schaue weg. »Jep.«

»Da haben wir ja Glück.« Sie verdreht vielsagend die Augen und trägt etwas Lipgloss auf. »Mee und Dee sind im Garten und richten das Zelt ein. Ich komme gleich nach.«

Ich traue meinen Ohren kaum: Wir schlafen in einem

Zelt? Wir sind keine kleinen Kinder mehr, und das ist nicht das Festival von Glastonbury. Wenn die denken, ich krieche wieder in einen Schlafsack wie ein …

Ich kann mich gerade noch zügeln. Vielleicht sollte ich etwas mehr Dankbarkeit an den Tag legen. Irgendetwas sagt mir, dass es jetzt zu Hause viel ungemütlicher sein würde, als auf dem Boden zu schlafen.

Ich zwinge mich zu einem Lächeln und winke Novas unfassbar cooler Mutter zu, die ein marineblaues Strukturkleid trägt und im Erdgeschoss auf einem eckigen weißen Sofa liegt und *Architectural Digest* liest, danach winke ich, wenn auch widerstrebend, Novas Vater zu, der wieder einmal ein veganes Pfannengericht zubereitet und seine eigene Musik voll aufgedreht hat.

Vee ist mit ihrer jüngeren Schwester im Arbeitszimmer und hilft ihr bei den Hausaufgaben. Der Anblick versetzt mir einen Stich in der Brust.

Ich schlucke und gehe um das Haus herum in den Garten.

Er ist nicht minder beeindruckend: ordentlich und gepflegt, mit raschelnden Gräsern in Zementkübeln, großen skulpturalen Blumen und gut platzierten Bäumen. Von hier aus kann man das ganze Haus in seiner vollen Pracht sehen, jeder Raum frei einsehbar wie ein Puppenhaus, bei dem die Front entfernt wurde.

Ah, erinnerst du dich noch an die Zeit, als wir …

Nein.

O doch, du weißt es noch ganz genau! Da drüben haben wir

geschlafen, dann hatte ich diese geniale Idee und habe dich aufgeweckt, und wir …

»Dior!«, rufe ich und jogge über den Rasen. »Amethyst!«

Schimmernde Haarschöpfe tauchen aus dem auf, was definitiv und hundertprozentig kein Zelt ist. Es ist eine *Jurte*, ausgestattet mit Quastenteppichen, Kletterefeu, Lichterketten, Kunstfellsitzsäcken und vier Matratzen mit blütenweißem Bettzeug, die in einem Kreis angeordnet sind. Pastellfarbene Wimpel hängen von der Decke, über den Betten baumeln Traumfänger, und rosa und weiße Rosen sind in farblich passenden Vasen arrangiert. Es gibt einen Nagelmaniküretisch, ein blubberndes Schokoladenfondue-Set, eine Beamer-Leinwand und eine Art Pop-up-Bibliothek, obwohl ich noch nie eines dieser Mädchen lesen gesehen habe.

Ah, MANN. Sie haben aufgerüstet! Das ist so UNFAIR.

Es sieht aus, als hätte eine Fee ihr Traumhaus entworfen, und dann kam ein Einhorn und hat es vollgekotzt.

»Cee!« Dior fuchtelt mit den Händen, als wollte sie gleich abheben. »Ist das nicht toll? Es nennt sich *Glamping*. Ich glaube, das ist die Abkürzung für *Glitzer-Camping* oder so! Ich werde Daddy fragen, ob wir auch so etwas aufstellen, aber bei uns wird es drinnen sein müssen, weil der Garten total in den Keller abgerutscht ist.«

»Mami findet es kitschig«, sagt Nova stolz und taucht hinter mir auf. »Aber Dad sagt, was seine Prinzessin will, bekommt seine Prinzessin auch, also: Check. It. Ouuut!«

Zwischen der glitzernden Jurte und dem Haus steht eine große Hecke, die offensichtlich gerade erst gepflanzt worden ist. Mein Respekt vor Novas stylisher Mutter wächst exponentiell.

Als ich in die Jurte spähe, schlägt mir dichter Weihrauchdunst entgegen. Ich bin keine Wissenschaftlerin, aber es scheint mir keine besonders schlaue Idee zu sein, schlafende Mädchen und brennbaren Stoff mit *offenem Feuer* zu kombinieren.

»Ich würde lieber …«, *an einem Busfenster lecken,* denke ich, doch laut sage ich: »das Bett am Eingang haben, wenn das okay ist?«

»Klar! Ist das nicht *toll*?« Nova macht Selfies, tänzelt unerträglich selbstgefällig herum und verteilt kleine Päckchen mit Schleifen auf den Betten. Grün für Amethyst. Rot für Dior. Blau für Nova. Jede hat ihre eigene Farbe bekommen, als wären sie die Feen in *Dornröschen*. »Neue Pyjamas für uns! Natürlich sind sie aus *reiner* Seide mit französischer Spitze. Wir haben sie extra aus Amerika liefern lassen.«

Sie macht noch ein Foto und postet es auf Instagram.

»Wie zum Teufel sind sie dann franz–« Ich beiße auf die Innenseite meiner Wange. »Phantastisch, Vee! Und so fürsorglich!« Dann blicke ich verwirrt die Kreation in Babyrosa an, die mir gerade gereicht wurde. »Ich … trage eigentlich kein Rosa, Leute.«

»Wirklich nicht?« Nova runzelt die Stirn. »Bist du sicher?«

»Ähm.« Ich schaue auf mein schwarzes T-Shirt, die schwarze Jeans und die schwarzen Stiefel und verspüre den starken Drang, ihr das Gesicht zu zerkratzen. »Ja.«

»Aber manchmal trägst du Pink«, wendet Amethyst ein.

»Ich bin sicher, ich habe dich schon mal in Pink gesehen, Cee.«

»Ich habe noch nie Pink getragen«, widerspreche ich. »Niemals.«

»Huh.« Die Mädchen, die ich seit meinem fünften Lebensjahr kenne, zucken erstaunt mit den Schultern. »Verrückt!«

»Ja, Wahnsinn.« Ich räuspere mich und versuche zu lächeln. »Aber es ist in Ordnung. Ich werde einfach in meinen Klamotten schlafen. Also … was machen wir als Erstes?«

Bitte lass es eine echte Ablenkung sein. Etwas, das es mir nicht erlaubt, auch nur eine einzige einsame Sekunde an den heutigen Tag zu denken.

Irgendetwas sagt mir, dass ich die Frage noch bereuen werde.

»Wir reden über *Jungs*«, sagt Nova und deutet auf die flauschigen Sitzsäcke. »Welche Jungs wir mögen, welche wir nicht mögen, welche Jungs wir *heimlich* daten und – Mercy, wo gehst du hin?«

37

Fünf Jahre zuvor

»Affenpopo.« Stups. »Hühnerhirn.« Stups. »Kohlstinker.« Stups. »Pupsprinzessin.« Stups. »Riesennashorn.«

Ich öffne die Augen. Charity schwebt nur Zentimeter von mir entfernt, ihr Gesicht ist so nah an meinem, dass ich den Geruch von Erdbeergeleebonbons riechen kann und ihre Ponyfransen an meiner Stirn kitzeln.

Sie stupst mich wieder an, obwohl ich eindeutig wach bin.

»Was ist los?« Schlaftrunken setze ich mich auf und versuche herauszufinden, wo wir sind. Es ist dunkel, die Luft ist feucht und muffig, meine Beine sind eingeklemmt, und es riecht nach Käsechips und Mädchenfürzen, also sind wir vermutlich in einem Zelt in Novas Garten. »Außerdem, wenn ich ein Riesennashorn bin, dann bist du auch eines, denn wir haben die gleiche Nase.«

»Ich weiß.« Charity beugt sich vor und küsst meine Nasenspitze. »Wir sind so süß. Ich liebe uns so sehr.«

»Igitt.« Lächelnd schiebe ich sie weg. »Tut mir leid, fandest du meinen Schlaf langweilig? Sind dir die Snacks ausgegangen?«

»Ja und ja. Dee ist ein gieriges kleines Äffchen, und ich glaube, sie ist auf einer Geheimration Kekse eingeschlafen, denn jedes Mal wenn sie schnarcht, verrät sie das Rascheln der Tüte.«

Wie auf ein Kommando hin schauen wir in die gleiche Richtung.

Im schummrigen Licht kann man nur Umrisse erkennen, wo die drei Mädchen auf der anderen Seite des Zeltes gemeinsam eingeschlafen sind. Und es stimmt, Dior schnarcht und raschelt. Amethyst gibt Kusslaute von sich, sie übt sogar im Schlaf. In diesem Moment dreht sich Nova um, seufzt und furzt so laut, dass das ganze Zelt wie eine Waschmaschine im Schleudergang vibriert.

Charity und ich prusten los.

»*Nein*«, flüstere ich, während wir abwechselnd immer wieder loskichern und unser Gesicht an der Schulter der anderen vergraben. »Ich lasse mich nicht wie ein eingelegter Hering von Vees Arschgas räuchern.«

»Einverstanden«, sagt Tee glucksend. »Wir müssen hier raus, bevor wir von den Ausdünstungen dampfgegart werden. Los, los, *los*.«

Übereinanderkrabbelnd schaffen wir es, uns aus den kokonartigen Schlafsäcken zu befreien und durch das Vorderzelt nach draußen zu purzeln. Wir fallen auf das Gras und lachen so sehr, dass ich meine Füße überkreuzen muss, damit ich nicht lospinkle.

»Schhhhhh.« Tee stupst mich wieder, diesmal in die Blase. »Ich habe eine lustige Idee.«

Natürlich hat sie das. Ich drehe mich um und betrachte sie im Mondlicht. Ihre lebhaften Gesichtszüge schimmern geisterhaft. Es nieselt ganz leicht, aber Charitys Streiche kennen kein richtiges oder falsches Wetter.

»Es ist *drei Uhr nachts*«, sage ich und wische mir gähnend den Regen von der Stirn. »Können wir uns den Spaß nicht für tagsüber aufheben?«

»*Piep*, *piep*.« Grinsend hält sie eine Hand wie ein Walkie-Talkie vor ihr Gesicht. »Einsatzleitung an Meerhexe Valentine. Spaßmission ist unter allen Umständen durchzuführen. Over.«

»Du bist so lahm«, sage ich lachend.

»*Piep, piep*, du bist so lahm, *over*«, korrigiert sie. »Und jetzt du.«

Ich gebe auf. »Roger, Wilco.«

»Wer ist Roger Wilco? Klingt heiß. Wir werden später darauf zurückkommen.« Charity beginnt, auf allen vieren am Rand des Gartens entlangzukriechen. »Bleib geduckt!«

Ich verdrehe kurz die Augen, allerdings so, dass sie es nicht sieht, und krieche ihr mit zunehmender Verwirrung und immer mehr Grasflecken auf dem Schlafanzug hinterher.

Da steht sie plötzlich auf. »Bereit?«

»Nein«, flüstere ich. »Denn wie so oft hast du mir noch nicht gesagt, was du vorhast.«

»Du wirst es herausfinden«, sagt sie grinsend. »Du bist hier die Schlaue.«

Meine Wangen glühen immer noch vor Freude, als meine Schwester in die Tasche ihres Hoodies greift und einen Bluetooth-Lautsprecher herauszieht. Sie muss ihn heimlich aus dem Zelt mitgenommen haben. Nachdem sie ihn mit ihrem Handy verbunden hat, stellt sie ihn auf einen Baumstumpf und lässt geradezu lächerlich laute Popmusik laufen.

Sie zwinkert mir zu und rennt in die Mitte des Gartens.

Sofort schaltet sich die Außenbeleuchtung ein.

Charity fängt an zu tanzen. Sie schwingt die Arme über dem Kopf und wackelt albern mit dem Po. Plötzlich bleibt sie wie erstarrt stehen. Nach einigen Sekunden gehen die Sicherheitslichter aus. Tee fängt wieder an zu tanzen, und der Garten wird in helles Licht getaucht.

Dunkelheit. Licht.

Dunkelheit. Licht.

Dunkelheit. Licht.

Dunkelheit. Licht.

Und jedes Mal erstarrt sie in immer verrückteren Posen: eine Treppe hinaufsteigend, wie ein Hai schwimmend, ihren Bizeps präsentierend, bis ich es schließlich nicht länger aushalte und lachend zu ihr laufe und mitmache.

Dunkelheit. Licht.

Ein paar Sekunden später strecken drei gähnende, müde Mädchen ihre Köpfe aus dem Zelt. Dann fängt die Bande an zu kichern, und alle rennen in ihren Kuschelpyjamas ins Freie, um sich uns anzuschließen. Während der Regen immer heftiger wird, wird der Tanz lockerer, willkürlicher, chaotischer. Wir drehen uns und springen und fuchteln und kichern, bis wir glücklich im Schlamm herumrutschen.

Die Lichter im Haus gehen an.

»Mädchen!« Novas Mutter taucht an der Hintertür auf. Sie trägt einen seidenen Morgenmantel und versucht, verärgert auszusehen, muss jedoch schmunzeln. »Was, im Namen meines kostbaren Schönheitsschlafs, treibt ihr da?«

Ohne zu zögern, drehen sich unsere Freundinnen um und deuten auf meine Schwester. »Charity!«

»Es war Charity!«

»Charity hat angefangen!«

»Hab ich nicht!« Völlig durchnässt ergreift Charity meine Hand, drückt sie und streckt triumphierend unsere Arme hoch. »*Wir* waren es.«

Und mit einem Mal empfinde ich einen unbändigen Stolz. Er brüllt so heftig und laut in mir wie ein Drache, weil mir plötzlich klarwird, dass ich meine Schwester mehr liebe, als ich je etwas oder jemanden lieben werde.

Mehr als ich mich selbst jemals lieben könnte.

»Schlafenszeit, Mädchen.« Novas Mum lacht. »Geht zurück ins Zelt, bevor ich eure Eltern anrufe.«

38

»AAAAAAAAAAAARGGGGGHHHHHH.«

Ich schlage, so fest ich kann, gegen den Baum.

»OH, VERDAMMT!«, schreie ich, als mein Knöchel aufplatzt und wieder zu bluten anfängt. »AUTSCH!«

Hör auf, die Blätter zu massakrieren!

Völlig außer Atem schüttle ich meine verletzte Hand und lasse den Blick durch die Dämmerung des Gartens schweifen. Die Vergangenheit steht plötzlich so lebendig vor mir, als hätte sie die ganze Zeit auf mich gewartet. Dort drüben ist die Stelle, an der das alte Zelt stand, dort ist der Weg, den wir entlanggeschlichen sind, dort der Busch, hinter den Charity immer pinkelte, wenn sie zu faul war, ins Haus zu gehen.

Ich fasse es nicht, dass du dieses Geheimnis gerade preisgegeben hast.

Nichts hat sich verändert, und doch ist alles anders.

Es ist immer noch eine der besten Nächte, die ich je hatte, weißt du?

Ja, ich weiß.

Mer … es ist so unfair.

Ja, ich weiß.

Ich war richtig gut darin, ein Teenager zu sein, oder? Ich war so eine tolle Dreizehnjährige. Eine legendäre Vierzehnjährige.

Du warst die Beste.

Aber mit fünfzehn ging es erst richtig los. Sechzehn. Siebzehn.

Mir tut die Brust weh.

Ich schätze, ich hätte das Erwachsensein super hingekriegt. Wir hätten ausziehen können, uns eine Wohnung suchen und viele Streiche aushecken können …

Ja, ich weiß.

Ich hätte dich immer geweckt, damit wir Spaß haben können.

Ja, ich weiß.

Das will ich immer noch tun.

»Ich weiß«, flüstere ich. »Es tut mir so leid.«

Von Schuldgefühlen geplagt, wende ich mich ab und gehe widerwillig zurück in die Jurte.

»Ich bin hier«, sage ich tonlos und setze mich an das Fußende meines vorgesehenen Betts. »Ich war nur so … äh, aufgeregt … Ich musste nach draußen gehen und schreien.«

Dior nickt – die Erklärung klingt vernünftig – und reicht mir einen in Schokolade getauchten Marshmallow. »Ich habe den Mädels gerade erzählt, dass ich einen potenziellen neuen Freund habe. Da war dieser Typ auf meiner Hausparty – er wusste so ziemlich *alles* über mich. *So* sexy, oder?«

Ich schiebe meine blutende Hand unter die Bettdecke und versuche, meine Gefühle wieder in den Griff zu bekommen.

»Oder er ist ein Psycho mit Internetzugang«, wage ich mich vor.

»Neeeiiin.« Dior kichert und scrollt durch ihr Handy. »Er ist reich und berühmt, genau wie wir! Guck mal!« Sie zeigt mir seine Social-Media-Seite. »Er ist im Fernsehen, sein Name ist –«

Ich beuge mich vor und starre auf das Handy.

»Dylan Harris«, beende ich den Satz für sie. »Dee, er hat schon Hope, Faith und mich angebaggert. Er ist ein giftiger, aufstiegsgeiler Trottel, und ich denke nicht, dass du ...«

»Ich bitte dich *nicht* um Erlaubnis«, faucht sie und entreißt mir das Handy. »Aber *danke*, Queen Cee.«

Ich blinzle, erstaunt über ihre Empörung. »Ich wollte dir wirklich keine ...«

»Wie auch immer«, unterbricht mich Dior. Sie wendet sich von mir ab und schenkt den anderen ein strahlendes Lächeln. »Es ist *sooo* romantisch. Er schickt mir alle fünf Minuten eine Rose mit *bezaubernden* kleinen Kärtchen.«

»O-M-G!«, sagt Amethyst seufzend. »Er muss dich *wirklich* mögen.«

»Na klar.« Dee zieht geschmeichelt die Schultern hoch. »Ich meine, wenn ein Typ dir gleich am Anfang so sehr hinterherläuft, nachdem er dich nur ein einziges Mal getroffen hat, dann *weißt* du einfach, dass er gut ist, oder?«

Ich öffne den Mund und schließe ihn wieder. Wenn ich Dior sage, dass bei diesem Liebesbombardement alle Alarmglocken schrillen sollten, ist die Pyjamaparty für mich gelaufen.

»Total«, stimme ich zu und versuche, möglichst aufrichtig dreinzuschauen. »Bei dir ist es offensichtlich das Wahre. Du hast so ein Glück!«

Die drei lächeln mich zufrieden an: Hurra, ich habe bestanden.

»Und was ist mit *dir*, Mercy?« Nova tätschelt das Bett

neben sich. »Wer war der Junge in dem Video? Du weißt schon, der, von dem du uns nichts erzählt hast? Mit dem du *vermutlich* das ganze Wochenende verbracht hast, während du uns angelogen hast?«

Ich werde sofort rot und ignoriere die Einladung, mich zu ihr zu setzen. »Ich habe nicht das *ganze* Wochenende mit ihm verbracht.«

»Er ist ziemlich süß«, springt Dior mir hilfsbereit bei. »Ich konnte sein Gesicht nicht so gut sehen, weil du bei deinem Tobsuchtsanfall direkt vor ihm gestanden hast, aber er ist nett und groß. Ich mag seine Haare.«

»Und wer ist er?«, fragt Amethyst stirnrunzelnd, während sie ein Gelnagel-Set auswählt. »Der Regisseur?«

Ich räuspere mich und balle meine schmerzende Faust unter der Bettdecke. »Ein Niemand. Wie gesagt, er ist nur ein Bühnenarbeiter, der mir, ähm, ständig nachläuft. Ich habe ihm erklärt, dass er mich in Ruhe lassen soll.«

Diesmal treffen mich die Schuldgefühle mit voller Wucht: *Es tut mir leid, Finn. Schon wieder.*

»Oh.« Nova akzeptiert sofort meine Erklärung. »Natürlich würdest du niemals mit einem *Bühnenarbeiter* ausgehen. Da wären die Gemeinsamkeiten ja gleich null. Haha! Kannst du dir das vorstellen? Das Essen holt er sich wahrscheinlich bei *Nando's* oder so.«

»Na ja, er *könnte* uns abholen, wenn wir ausgehen«, schlägt Amethyst vor. »Kann er fahren?«

»Im Gegensatz zu *dir*.« Dior macht einen Schmollmund und trägt hellrosa Lipgloss auf. »Seit Tagen hast du nun schon diesen nagelneuen Land Rover, bist aber mit uns noch nirgendwohin gefahren. Manchmal kannst du ganz schön egoistisch sein, Cee.«

»Wie ich schon sagte«, erwidere ich und hasse sowohl sie als auch mich. »Er gehört zum Bühnenpersonal. Er sägt Holz und klebt Dinge mit Leim zusammen.«

Außerdem ist er wirklich sehr nett – und ich bin jetzt unheimlich traurig.

»Also, was ist mit diesem Eli?« Nova will sich den Optimismus nicht nehmen lassen. »Er ist sexy *und* reich. Seine Haare sind sehr blond. Ist das die natürliche Farbe? Wenn du mit ihm ausgehst, kannst du dann herausfinden, wer ihm die Strähnchen macht?«

»Ich gehe nicht mit Eli aus.« Ich lache gekünstelt. »Du kennst meine Regel bei Schauspielern. Beziehungen vertragen nur einen Ego-Maniac, und im Idealfall bin das *ich*.«

Ich ringe mir ein Lächeln ab, das niemand erwidert.

»Du gehst nie mit jemandem aus«, sagt Amethyst vorwurfsvoll und lackiert sich die Nägel in einem ungesund blassen Grün. »Eli Bickford-Boggins passt *total* gut zu dir, Cee.«

»Ja.« Dior nickt, dann lacht sie. »Ich sag dir was. Wenn Tee hier wäre, hätte sie sich schon *längst* an ihn rangemacht.«

Wie bitte? Ich wäre nie auf Mr. Micky Maus reingefallen.

»Sie hätte ihn innerhalb von dreißig Sekunden für sich gewonnen!« Nova kichert. »Sie war so charmant und lustig und süß. Ach du meine Güte, wie hieß doch gleich der Junge, den sie mochte …«

»Benson.«

»Nein, Jake.«

»Blake«, sage ich gepresst. »Sein Name war Blake.«

»Blake!« Alle drei fangen an zu kichern. »Was ist mit ihm passiert, als die Fernsehserie abgesetzt wurde?«

Hey, nun sag schon, was ist passiert?

Ich weiß es nicht, Charity, ich war zu sehr damit beschäftigt, den plötzlichen Tod meiner eineiigen Zwillingsschwester zu betrauern, um auf IMBD Blakes Karriere zu verfolgen.

»Kann ich nicht genau sagen«, murmle ich und versuche verzweifelt, das Thema zu wechseln. »Hey! Wie wär's, wenn wir uns … äh …« Ich überlege fieberhaft, womit ich sie ablenken kann. »Uns gegenseitig die Haare flechten?«

Die drei Mädchen ignorieren mich.

»Ich vermisse sie, wisst ihr?« Amethyst pustet auf ihre Nägel. »Manchmal denke ich: Das war lustig, das muss ich Tee sofort schreiben. Dann denke ich: Oh, ich kann nicht. Und das ist *so* traurig. Versteht ihr?«

»Genau.« Nova taucht ein weiteres Marshmallow in die geschmolzene Schokolade und knabbert daran. »Manchmal, wenn wir alle zusammen abhängen, schaue ich mich um und denke, da fehlt was, aber ich weiß nicht genau, was, und dann fällt es mir ein, und es ist total *tragisch*.«

Wow. Bitte sag mir, dass sie auf meiner Beerdigung keine Abschiedsrede gehalten haben.

»Tee war die Beste«, stimmt Dior zu und schürzt die Lippen. »Manchmal wünschte ich, sie wäre nicht gestorben.«

Ich schlucke und hole mein Handy hervor.

»Ooooooh, erinnerst du dich an die Nachrichten, die Tee diesem Typen geschickt hat – von Kätzchen und Kaninchen? Das war so …«

Von: Mercy Valentine
An: Finneas O'Connor

Es tut mir so leid.
Ich weiß, es ist nicht genug. Ich weiß, ich kann nichts von dem, was ich dir angetan oder gesagt habe, ungeschehen machen. Aber die Wahrheit ist, ich bin so traurig, dass es körperlich weh tut. Es ist, als würde mir jemand einen Knochen nach dem anderen brechen. Ich bin so einsam und so voller Zorn und Schmerz, dass ich meine Gefühle nicht unterdrücken kann. Sie schießen aus mir heraus wie Wasser aus einem Wasserhahn, wenn man einen Finger an die Öffnung hält. Sie treffen jeden und zerstören alles. Sie sind anstrengend und unkontrollierbar, und manchmal gibt es nur einen Weg, um für einen kurzen Moment Erleichterung zu finden: indem man jemand anderem weh tut.
Aber es tut mir leid. Du hast es nicht verdient, so behandelt zu werden.

Du verdienst etwas Besseres als mich.

Mercy

SENDEN.

Amethyst versucht unauffällig, sich über meine Schulter zu lehnen, ohne dabei ihre Nägel zu verschmieren, damit sie meine E-Mail lesen kann. Hektisch sperre ich den Bildschirm und schiebe mein Handy in die Hosentasche.

»Arbeit«, sage ich schnell. »Die neuesten Skriptänderungen.«

»Wisst ihr, ich vermisse Charity wirklich sehr.« Nova seufzt und legt sich anmutig zurück auf ihr Bett. »Sie war immer so *lustig*.«

Der Bemerkung folgt ein vielsagender Blick in meine Richtung.

»OO-EM-GE«, kreischt Amethyst und reißt begeistert die Augen auf, »wir sollten ihr zu Ehren ein Throwback posten!«

Mit einem Kloß im Hals beobachte ich, wie sie die Fotos auf ihrem Handy herunterscrollt, bis sie eine Aufnahme von uns findet, wie wir als Zwölfjährige, high von einer Überdosis Zucker, in unseren Schlafsäcken kuscheln. Eine fröhlich lachende Amethyst mit Metallzahnspange hat ihren Arm um eine noch nicht erblondete Dior gelegt und ihre sonnenverbrannte Wange an Novas magere kleine Schulter geschmiegt. Charity liegt auf dem Boden, grinsend und mit einem Doppelkinn. Ihr Kopf ruht in meinem Schoß, und ich kauere ganz am Rand und gebe mir Mühe, zu lächeln und locker auszusehen.

»Oh, ich *liebe* das!« Dior ist bereits dabei, magnetische Wimpern aufzutragen. »Wir sollten ein *Damals* und ein *Heute* posten. Unseren Glow-up zeigen!«

Nach einer halben Stunde intensiver Vorbereitung drängen sich die Mädchen zu einer Gruppe zusammen. Sie halten die Kamera hoch und nehmen Posen ein, die in den letzten Jahren unser Leben erobert haben: Schmolllippen, Hand auf der Hüfte, vortretende Schlüsselbeine, große Augen.

Okay, ich muss dich das fragen: Magst du es eigentlich noch, mit ihnen abzuhängen?

Das spielt keine Rolle. Sie sind alles, was ich habe.

»Mercy!« Finger schnippen in meine Richtung. »Komm schon!«

Widerwillig krabble ich zu ihnen hinüber und starre ausdruckslos vor mich hin, während sie eine Billion Fotos machen.

»In Erinnerung an Charity Valentine«, ruft Dior überschwänglich, während sie die Gesichter bearbeitet, ihre Taille verschmälert, das Foto mit Valencia filtert und zu tippen beginnt. »*Von uns gegangen, aber nicht vergessen. Wir lieben dich, meine Schöne. Immer bei uns. xxxx PS: Französische Seide und Schoko-Marshmallows! Living our best lives!* Und drei, zwei, eins … posten!«

»Und … teilen!«

»Und … teilen!«

Ich schwöre, ich kann Charity lachen hören.

»Okay«, sagt Nova. Sie streicht sich die Haare glatt und klickt auf LIVE STORIES. »Kissenschlacht!«

39

Um Mitternacht schlafen meine Freundinnen tief und fest.

Ich starre blicklos an die glitzernde Jurtendecke und höre den Mädchen zu, wie sie schniefen und murmeln, ausgestreckt unter Satinbettdecken, die Haarverlängerungen neben sich auf Nachttischchen abgelegt. Sie verstecken keine Kekse mehr, furzen und kichern nicht und versuchen gar nicht erst, bis zum Morgengrauen aufzubleiben. Charity hat recht: Wir haben uns alle sehr verändert. Wann haben wir uns selbst verloren? Wann sind wir so nüchtern und erwachsen und *freudlos* geworden?

Mein Magen verkrampft sich; vielleicht geschah es, als auch sie Charity verloren haben.

Impulsiv springe ich auf, öffne den Reißverschluss der Jurtenklappe und schlüpfe nach draußen.

Oooh, was haben wir jetzt vor?

»Es ist noch nicht zu spät«, flüstere ich. »Lass es uns tun.«

Leise schließe ich den Reißverschluss des Zelts wieder, schleiche durch den Garten, suche einen mitreißenden Song auf meinem Handy und drehe die Musik so laut wie möglich auf. Mein Blick verharrt auf dem Rasen … Irgendetwas fehlt … Es regnet nicht. In einem Anfall von Genialität renne ich zur Gartenmauer und drücke den Schalter für den Rasensprenger.

Dann spanne ich die Schultern an.

Auf die Plätze. Fertig.

Los.

Ungeschickt schleiche ich in die Mitte des Gartens, während die Sicherheitsbeleuchtung blinkt wie schon zuvor.

Hell, dunkel.

Hell, dunkel.

Mit einem Zischen springt die Sprinkleranlage an und wässert den Rasen mit künstlichem Regen. Ich werfe die Arme hoch in die Luft, strecke den Hintern raus, atme tief ein und *wuuuuuu-wuuuuuu-wuuuuuuuu-wuuuuuu-wuuuuuuu-wuuuuuuuuu-wuuuuuu-wuuuuuu-wuuuuuuuuuu-wuuuuuu-wuuuuuu.*

»WAS ZUM TEUFEL!« Empörte Schreie kommen aus dem Inneren der Jurte. »WAS IST LOS?!«

»DA IST ÜBERALL WASSER!«

»MEINE FRANZÖSISCHE SEIDE DARF NUR CHEMISCH GEREINIGT WERDEN!!!! NEEEIIIN!«

Mit lautem Gezeter zerren die drei am Reißverschluss der Zeltklappe. Sie schlagen gegen die Wände der Jurte und fallen in ihrer Eile, möglichst schnell rauszukommen, übereinander ins Freie. Entsetzt sehe ich, wie meine durchnässten Freundinnen kreischend über den Rasen auf mich zustürmen. Sie rutschen und schlittern übers nasse Gras. Das Wasser läuft mir übers Gesicht, schießt hoch in die Luft, spritzt auf die Jurte, schwappt aus ihr *heraus.*

Und die Sirenen heulen immer weiter: *wuuuuuu-wuuuuuu-wuuuuuuuuu-wuuuuuu-wuuuuuuu.*

O Gott, das wollte ich nicht …

»Tut mir leid!« Bei dem schrillen Alarm kann mich niemand hören. »Es tut mir so leid, ich wollte nicht …«

»WAS HAST DU GETAN, MERCY?!«, ruft Amethyst heulend. Wasser tropft von ihrer Nase. »Warum hast du die verdammte Sprinkleranlage eingeschaltet?«

Wuuuuuu-wuuuuuu-wuuuuuuuuu-wuuuuuu.

»Der Garten ist alarmgesichert!« Nova rennt los, um die Sprinkleranlage abzuschalten, ihr Gesicht ist dunkelrot. »Daddy hat einen Stalker! Das weiß doch jeder!«

»Ich –«

Wuuuuuu-wuuuuuu-wuuuuuuuuu-wuuuuuu.

»Hilft mir vielleicht jemand?« Dior ist im Schlamm ausgerutscht und versucht vergeblich aufzustehen. »Ich kann nicht …«

Amethyst greift nach ihr und will ihr aufhelfen, geht aber ebenfalls zu Boden. Während sie im Dreck herumkrabbeln, höre ich, wie Dior zu schluchzen beginnt.

Selbst Charity scheinen momentan die Worte zu fehlen.

Fassungslos öffne ich den Mund und stammle: »Aber das ist nicht … Das war nicht …«

Mir verschlägt es die Sprache, und ich schnappe nach Luft: In dem großen Glasfenster neben mir spiegelt sich ein Mädchen mit dunklen, ernsten Augen.

Vielleicht hättest du das erst mit mir besprechen sollen.

Heftig blinzelnd wende ich mich meinen sogenannten Freundinnen zu.

»Leute, ich –«

»Was ist *los* mit dir?!«, schreit Dior mich an, als nacheinander alle Lichter im Haus angehen und die Sirenen endlich verstummen. »Meine Eltern haben recht, was dich angeht, Mercy! Du bist einfach nur *böse*.«

40

Ich bin böse.

Allein in Novas Gästezimmer, in der Dunkelheit und der Stille, höre ich die ganze Nacht dieses Wort: böse, böse, böse, böse.

Genau das bin ich, und ich habe es immer gewusst.

Meine Zwillingsschwester hat mich ausgeglichen, hat meine Finsternis überdeckt, aber ohne Charity tritt sie nun klar zutage.

Ich bin ein schwarzes Loch, ich verschlucke alles Licht um mich herum, selbst wenn ich es gar nicht will. *Besonders*, wenn ich es nicht will. Ich besitze nicht diese spezielle Eigenschaft, die andere Menschen dazu bringt, zu lächeln, sich für mich zu erwärmen, zu mir gezogen zu werden. Ich bin das Gegenteil, und ich spüre, wie die Menschen um mich herum kalt werden und sich von mir entfernen.

Also hasse ich sie dafür.

Ich hasse sie dafür, dass sie mich verlassen, noch bevor sie es tatsächlich tun.

Ich hasse sie im Voraus, um mir Zeit zu sparen, damit ich bereit bin, wenn sie gehen.

Endlich wird es hell.

In fröstle in meinen feuchten Klamotten, als ich John schreibe:

> Amethyst wird mich nicht nach Hause bringen, können Sie mich bei Nova abholen?

Dann schleiche ich mich leise die Treppe hinunter.

Alle schlafen noch, aber überall ist Schlamm und Wasser: verschmierte Fußabdrücke auf den glänzenden Böden, schmutzige Handabdrücke auf dem weißen Sofa. Ich habe es geschafft, innerhalb einer Woche gleich zwei Häuser meiner Freundinnen zu ruinieren – irgendetwas sagt mir, dass ich nicht mit einer dritten Einladung rechnen kann.

Pling.

> Max braucht heute Morgen das Auto. Ich kann in eineinhalb Stunden bei dir sein. John.

In einem Anfall von Panik blicke ich auf meine Uhr. Die Probe ist heute besonders früh angesetzt, und ich habe bereits eine mündliche Verwarnung wegen Unpünktlichkeit. Veritys Geduldsfaden ist hauchdünn, es ist nur eine Frage der Zeit, bis ihre passiv-aggressiven Fingerspitzen ihn zerreißen.

Schnell schreibe ich:

Eineinhalb Stunden – das ist zu spät!

Pling.

Hey, ich habe deine Nachricht gelesen, du freches kleines Äffchen, wir sind gerade auf der Autobahn – nimm ein Taxi

Pling.

PS: Immer noch sehr dankbar, Meerhexe, bitte nicht böse sein xxx

Ein weiterer Anflug von Panik, diesmal noch heftiger.

Allmählich bereue ich es, so einen Wirbel um die Bestie gemacht haben. Ein eigenes Transportmittel wäre jetzt ziemlich praktisch.

GUT, WIE KOMMT MAN AN EIN »TAXI«?

Pling.

Es gibt keinen Grund, Taxi in Anführungszeichen zu setzen, Mercy. Es ist eine legale Art der Beförderung. Ich rufe an und schicke dir eines. Xx

Erleichtert schreibe ich:

OK, danke xxx

Ich lasse mich auf die Eingangsstufen fallen und versuche, meine Fassung zurückzugewinnen.

Irgendwann werden sie dir verzeihen.

Ich weiß. Das tun sie immer. Um der alten Zeiten willen, um deinetwillen, weil ich ihnen das Schlangestehen erspare und wegen meiner Beziehungen. Es wird alles gut werden. Jetzt geht es darum, so schnell wie möglich zum Theater zu kommen, und, ja, meine Sachen sind feucht und verdreckt, aber wenigstens werde ich nicht angeschrien von …

Mein Magen krampft sich abrupt zusammen.

Finn.

Mit angehaltenem Atem öffne ich meinen Posteingang.

Nichts.

Vorsichtshalber aktualisiere ich die Eingänge: nichts.

Und noch einmal.

Nichts.

Gedemütigt schlinge ich die Arme um meine Knie und ziehe den Kopf ein, falte mich zusammen wie ein menschliches Origami. Finn wird mir nicht verzeihen, das weiß ich. Er wird nie wieder ein Wort mit mir reden. Aber er könnte wenigstens meine Entschuldigung annehmen, oder? Eine Empfangsbestätigung, mehr verlange ich nicht. Damit ich sicher sein kann, dass er meine Mail gelesen hat.

Die vertraute Wut flackert auf.

Weißt du, was? Mit dieser Bitte um Verzeihung habe ich Großmut bewiesen. Allein schon deshalb verdiene ich eine Antwort.

Das Flackern wird stärker.

Weißt du, was? Finn ist ein hartherziger, sturer, selbstgerechter Typ mit null Empathie, und mit so jemandem will ich keine Zeit verbringen …

Mer, du tust es schon wieder.

Schlagartig verraucht meine Wut. Jemanden anzugreifen, weil ich mich durch ihn verletzlich gefühlt habe, und ihn dann erneut zu attackieren, weil er nicht auf meine Entschuldigung eingegangen ist und ich mich dadurch ein zweites Mal verletzlich gefühlt habe – das grenzt selbst für meine Verhältnisse an Ironie.

»Mercy Valentine?«

Mehr als eine halbe Stunde später blicke ich hoch und sehe ein schwarzes Taxi mit schnurrendem Motor vor mir stehen. Mühsam komme ich auf die Beine und versuche, mein sich kräuselndes Haar zu glätten. Der Fahrer blickt aus dem Fenster, mustert mich von oben bis unten und reißt sichtlich überrascht die Augen auf.

»Ja«, stoße ich müde hervor. »Ich bin *die* Mercy Valentine. Ja, Sie haben alles über mich gelesen. Ja, ich bin genau so schrecklich, wie Sie es zweifellos online gesehen haben. Bitte, ich zahle Ihnen mehr Geld, wenn wir auf jede Art von Smalltalk verzichten.«

»Aha.« Er runzelt die Stirn. »Und verzichten Sie auch

auf Ihre schlammigen Schuhe? Denn es kostet extra, wenn meine Sitze schmutzig werden.«

Ich schaue an mir herab. Bei meinem Anblick überläuft mich ein Schauder, denn ich starre buchstäblich vor Dreck. Überall sind Schlamm- und Grasflecken. Okay, vielleicht hat der Taxifahrer keine Stielaugen gemacht, weil ich berühmt bin.

»Ich bezahle alles«, sage ich kleinlaut.

»Gut.« Ein knappes Nicken. »Steigen Sie ein.«

Ich steige folgsam ein und schaue noch einmal auf die Uhr. Es ist zu spät, um nach Hause zu fahren und mich umzuziehen, aber je nach Verkehr könnte ich es noch zur Probe schaffen. Mit etwas Glück kann ich mich auf der Toilette notdürftig sauber machen. Und wer weiß? Vielleicht ist Finn gar nicht da. Gestern hat er sich nach unserem Streit nicht mehr blickenlassen, vielleicht taucht er auch heute nicht auf.

O Gott, ich hoffe, er taucht heute auf. Wenn alles nichts hilft, kann ich mich immer noch vor ihm in den Staub werfen: auf die Knie gehen und in seine Turnschuhe schluchzen.

Damit würde ich in seinen Augen sicher sehr viel vernünftiger und begehrenswerter wirken.

Ich schließe die Augen und lehne mich erschöpft zurück.

Pling.

Mit klopfendem Herzen krame ich mein Handy aus der Tasche. Es fällt herunter, und ich muss erst den Sicherheitsgurt lösen, um es unter dem Fahrersitz hervorzuziehen.

Finn! Er hat dir verziehen! Ich wusste es!

Ich schlucke nervös – und dann starre ich auf das Display.

KOMM HER. FAITH

Dazu noch ein Notfall-Running-Girl-Emoji.

Diesmal rutscht mein Herz bis in meine Füße.

»Planänderung.« Ich beuge mich vor und klopfe gegen die Glasscheibe. »Nach Brixton. So schnell wie möglich.«

41

Effie, was ist los?

Ich *wusste*, dass etwas mit ihr nicht stimmt.

EFFIE, REDE MIT MIR

Ich hätte auf meinen Instinkt hören sollen.

FAITH, HALT DURCH, KEINE SORGE,
ICH BIN AUF DEM WEG xxx

Das ist meine Schuld.

Nach allem, was ich Faith vor einem Monat angetan habe, wäre es ja wohl das mindeste, dass ich jetzt für sie da bin. Aber nein, ich war viel zu selbstgerecht. Ich war immer nur mit mir selbst beschäftigt. Was für ein egoistisches, gefühlloses Monster ich doch bin!

Ich beiße mir auf die Lippe und schreibe weiter:

EFF, ICH LIEBE DICH SEI NICHT TRAURIG
ICH BIN GLEICH BEI DIR

Soll Verity mich doch rausschmeißen, das ist mir egal.

Diesmal bin ich für meine Schwester da.

»Bitte«, sage ich flehentlich und beuge mich vor. »Können Sie schneller fahren? Ich fürchte, meine Schwester hatte wieder einen Zusammenbruch.«

Als der Fahrer die wilde Panik in meinen Augen sieht, nickt er und erhöht zunehmend das Tempo. Trotzdem dauert es ewig, bis wir ankommen. Als wir mit quietschenden Reifen vor dem Hochhaus halten, bin ich überzeugt, dass Faith ihre schäbige Atelierwohnung bereits kurz und klein geschlagen hat.

Ich hole mein gesamtes Bargeld aus der Handtasche und reiche es dem Taxifahrer mit einem knappen *Danke*. Dann renne ich zur Haustür, drücke auf alle Knöpfe, bis mich jemand ins Haus lässt, und stürme entschlossen die Treppe hinauf.

»Faith!« Ich hämmere mit den Fäusten an die abblätternde Tür. »FAITH!«

Panisch schaue ich mich um, entdecke einen Feuerlöscher an der Wand, reiße ihn ächzend aus der Halterung und nehme ihn in die Arme wie ein unartiges Kleinkind. Dann trete ich ein paar Schritte zurück, um Schwung zu holen.

»FAITH!« *Drei … zwei …* »FAITH, ICH KOMME! RÜHR DICH NICHT VOM FLECK!«

Eins … Ich nehme Anlauf.

»Was zum …?«, sagt Faith, als die Tür aufschwingt und ich direkt an ihr vorbei in die Wohnung stolpere. »Meine Güte, Mercy! Musst du unbedingt die Tür einschlagen?«

Laut fluchend plumpse ich gegen ein Sofa.

»Bist du okay?« Völlig außer Atem lasse ich den Feuerlöscher fallen und rolle mich zur Seite ab. »Eff, was ist passiert?«

Ich rapple mich auf und mustere Effie eine panische Mikrosekunde lang. Formlose graue Jogginghose, ein weites schwarzes *LES-MISÉRABLES*-T-Shirt, seltsame Socken in Grün und Gelb. Ihre Haare wachsen nach, auf ihrem Kopf ist ein schwarzer Flaum. Außerdem hat sie Zahnpasta auf ihrer linken Brust. Trotzdem ist Faith Valentine immer noch das schönste menschliche Wesen, das ich je gesehen habe.

Außerdem scheint es ihr zumindest körperlich gut zu gehen.

Unfassbare Erleichterung durchfährt mich wie ein Blitz.

»Wie siehst du denn aus?« Eff beißt ein Stück von ihrem Toast ab und sieht mich stirnrunzelnd an. Fett tropft auf ihr Kinn; sie wischt es mit dem Handrücken weg. »Ich muss sagen, ich bin beeindruckt. Kommst du von einem geheimen Rave in den Wäldern?«

Etwas misstrauisch schaue ich mich in der kleinen schmuddeligen Wohnung um. Alles ist noch heil (zum Glück), aber ihre selbstgewählte Bleibe ist ungefähr so groß wie unsere Speisekammer und deutlich weniger gut ausgestattet. Die Dusche grenzt praktisch an die Mikrowelle, der Fernseher steht auf einem Pappkarton, und auf der Kiste, die als Couchtisch dient, stapeln sich mehrere leere Pizzaschachteln. Wenn das hier kein Hilferuf ist, weiß ich es auch nicht.

»Ich habe dir mehrmals geschrieben! Du hast nie geantwortet!«

»Oh!« Faith sieht verwirrt aus. »Sorry, mein Handy war auf lautlos gestellt. Ich hab es nicht gesehen.«

»Geht es um Noah?« Ich durchquere das Zimmer, was keine drei Sekunden dauert. »Hat er dich geärgert? Du musst das nicht noch einmal alleine durchmachen. Lass mich dir helfen.«

»Noah?« Effie sieht mich neugierig an. »Wovon redest du? Er hat eine neue Freundin, glaube ich. Sie scheint nett zu sein. Warum bist du so *verdreckt*? Willst du dir ein paar Klamotten leihen?«

Ich halte inne und starre meine Schwester an. Nein, diesmal lasse ich mich nicht abwimmeln: Mit ihr stimmt definitiv etwas nicht. Ich kann es an ihren geröteten Wangen sehen, an ihrer ungewöhnlich laschen Körperhaltung, an dem Schimmer in ihren Augen.

»Faith«, sage ich scharf und werfe einen Blick auf meine Uhr. Jep. Wenn ich Verity das nächste Mal sehe, wird sie mich an meinen eigenen Eingeweiden aufhängen. »Ich bin in dem Glauben hierhergekommen, dass du in einer akuten Krise steckst. Wenn dieses Gespräch bis heute Abend Zeit gehabt hätte, wäre ich für einen entsprechenden Hinweis dankbar gewesen.«

»Oh!« Sie kichert. »Nein, wir können auch jetzt gleich miteinander reden.«

»DANN SCHICK MIR KEINE NOTFALLNACHRICHT! WAS IST LOS MIT DIR? ICH HATTE FAST EINEN VERDAMMTEN HERZINFARKT!«

»Ich habe dir keine Notfallnachricht geschickt!« Verwundert greift Eff nach ihrem Handy. »Schau! Da steht nur: *Komm her!*«

»Nein, das steht *nicht* da!« Ich schnappe mir ihr Handy. »Da steht *KOMM HER* in Großbuchstaben, Faith! Das bedeutet *schreien*! Und da ist ein Emoji mit einem *rennenden* Mädchen! Das bedeutet Notfall, das weiß doch jeder!«

»Nein, nein!«, widerspricht Eff entsetzt. »Das bin ich! *Ich* bin das rennende Mädchen!«

Noch ein Wort, und ich schnappe nach ihr. »Wer außer dir kommt auf die schwachsinnige Idee, ans Ende dieser Nachricht ein Emoji von sich selbst beim Sport anzuhängen?«

Hinter mir ertönt leises blechernes Lachen.

»Was war das?« Mit erhobenen Fäusten wirble ich herum. »Wer ist noch hier?«

»Na ja«, sagt Faith, und ihr Gesicht nimmt ein noch dunkleres Pink an. »Deswegen habe ich dich ja eingeladen, Mer. Es gibt jemanden, den ich dir offiziell vorstellen möchte.«

Stirnrunzelnd folge ich dem Lachen zu einem Laptop, der offen auf der Fensterbank steht. Vom Bildschirm grinst mich ein hübsches Mädchen an: blond, sommersprossig, grüne Augen, elfenhaft. Sie kommt mir irgendwie bekannt vor. Ich habe das vage Gefühl, ihr irgendwann in der Vergangenheit mit körperlicher Gewalt gedroht zu haben, was den potenziellen Personenkreis nicht besonders einschränkt.

»Mercy Valentine!« Das Elfenmädchen winkt mir zu. »Es ist mir eine Ehre! Ich bin ein *großer* Fan. Ich habe als Kind ständig *Mein Boo* gesehen. Du bist so etwas wie die Juliet Valentine unserer Generation, und, ja, ich bin mir der Ironie durchaus bewusst.«

Ich drehe mich wieder zu Faith um. »Wer zum Teufel ist das?«

»Letty« – Faith lächelt das Mädchen an, ihr Blick wird weicher –, »das ist meine große Schwester Mercy. Mercy, das ist meine … ähm, Scarlett.«

Mit hochgezogenen Augenbrauen blicke ich das Mädchen an, dann meine strahlende Schwester.

Meine Schwester, dann *Meine-ähm-Scarlett.*

Scarlett. Meine Schwester.

Ist das der Grund, warum Faith so zurückgezogen und beschäftigt gewesen ist? Ist das der Grund, warum sie in letzter Zeit nicht mit mir redet? Ist das der Grund, warum sie ihre Tage in einer ekelhaften Bruchbude verbringt?

Hope hatte recht: Effie ist *verliebt.*

»Ich kann es kaum erwarten, dich richtig kennenzulernen«, sagt Scarlett herzlich, während ich die Neuigkeit sacken lasse. »Ich bin ebenfalls Schauspielerin und derzeit in New York, aber ich komme in zwei Wochen wieder nach Hause, hoffentlich für immer. Ich vermisse deine Schwester zu sehr, und, hey – wer würde nicht gerne eine Katze spielen? Pelzbällchen, ich komme.«

»Nein!« Faith hüpft auf und ab und klatscht in die Hände. »Hast du etwa schon eine Antwort erhalten?«

»Ja«, bestätigt das Mädchen lachend. »Ich habe den Job bekommen.«

»Aaaghh!«, quietscht Eff. »Warum hast du mir das nicht gesagt?«

»Ich habe mir die Nachricht als Höhepunkt für den Schluss aufgehoben«, sagt Scarlett kichernd. »Faith Rivers, schalte den Toaster ein und hol die Erdnussbutter hervor, ich komme nach Hause!«

Fasziniert beobachte ich in dem anmutigen Gesicht meiner Schwester die unterschiedlichen Emotionen – sie ist gleichzeitig den Tränen nahe, glücklich und von Gefühlen überwältigt –, und etwas in meiner Brust hebt sich, nur um dann nach unten zu plumpsen, warm und kalt zugleich, wie ein Flugzeug, das über einer Küstenlinie in den Sturzflug geht.

Ich schlucke und schaue wieder auf meine Uhr. Wie es aussieht, wird Daiiisssyyy heute die Beatrice spielen, und ich kann nichts dagegen tun.

»Cool.« Ich ringe mir ein schiefes Lächeln ab. »Ich freue mich sehr für euch beide.«

Ich hebe meine Handtasche auf, werfe noch einen Blick auf das überglückliche Paar und wende mich zum Gehen. Erstaunt murmelt Faith schnell: »Ich ruf dich zurück, Letty«, dann klappt sie den Laptop zu und stellt sich mit ausgestreckten Händen vor mich hin.

»Mercy?« Ihre haselnussbraunen Augen weiten sich. »Geht es dir gut? Ich weiß, das ist eine Überraschung für dich, aber …«

»Eigentlich nicht«, gebe ich ehrlich zu. »Es liegt doch auf der Hand. Wenn überhaupt, dann bin ich überrascht, dass ich so lange gebraucht habe, um es zu kapieren.«

Kein Wunder, dass der schöne langweilige Noah ihr immer schon schnurzegal war.

»Was ist es dann?«, fragt Eff sanft.

»Ich bin nur …«

Besorgt, dass du dein Glück von jemandem abhängig machst, der dich eines Tages verlassen könnte. Voller Angst, wie sehr sie dich verletzen könnte. Überwältigt von der Stärke und dem Mut, den man braucht, um sich jemand anderem hinzugeben. So eifersüchtig, dass ich mir das Herz aus dem Leib schreien könnte.

»Gestresst, weil ich zu spät bin. Ich sollte bei einer Probe sein und habe bereits eine mündliche Verwarnung erhalten.«

»Oh, Mer, es tut mir so leid.« Meine liebe Schwester will instinktiv meine Hand ergreifen, zögert dann und zieht sich wieder zurück. »Es bedeutet mir so viel, dass du alles stehen und liegen lassen hast, um hier zu sein, weil du dachtest, ich sei in Schwierigkeiten. Du hast das größte, wildeste und treueste Herz der Welt, und dafür liebe ich dich.«

Ich schnaube leicht – »na klar« – und gehe Richtung Tür.

»Und ich bin wirklich glücklich«, platzt Faith hinter mir heraus. »Ich meine es ernst, Mercy. Du brauchst dir um mich keine Sorgen mehr zu machen. Wenn überhaupt, dann bin ich an der Reihe, mich um dich zu sorgen. Du bist diejenige, die scheinbar immer noch … verloren ist. Und ich weiß, wie schwer das ist. Ich habe lange gebraucht, aber ich habe endlich gefunden, wonach ich gesucht habe.«

Diesmal ist mein Schnauben lauter. Ich drehe mich zu ihr. »Liebe?«

Meine Schwester strahlt und neigt den Kopf zur Seite, ihre schönen Augen sind weich und voller Licht.

»Nein, Mer. Die Freiheit, *ich* zu sein.«

42

So, da hast du es.

Jeder in meinem Leben ist offiziell geheilt und hat sich weiterentwickelt. Dad hat die amerikanische Khaki-Hexe und seinen neuen Film; Max hat sein narzisstisches Reality-TV-Liebesfest. Hope hat Mr. Glow-Up; Grandma erteilt mit neuem Eifer Befehle von ihrem Grande-Dame-Podest; Faith lebt unabhängig und ist bis über beide Ohren in die elfische Schauspielerin verknallt; und sogar Mum ist aus ihrem Versteck aufgetaucht und fasst langsam wieder Fuß, wenn auch mit wechselndem Erfolg.

Die Valentines lassen die Vergangenheit hinter sich, und ich sollte mich für sie freuen.

Aber das tue ich nicht.

Denn ich fühle mich einfach nur zurückgelassen. Schon wieder.

Kurz kommt mir in den Sinn, dass ich in die heutige Probe platzen könnte, viel zu spät, und das schon zum zweiten Mal, aber in diesem Zustand dort aufzutauchen – in verdreckten, feuchten Klamotten und völlig deprimiert nach einer schlaflosen Nacht –, wäre so, als wollte ich auch noch Salz in die Wunde streuen. Es ist besser, mit dem Taxi direkt nach Hause zu fahren. Soll Daisy doch den ganzen Tag die Bühne für sich haben: Sie hat es verdient.

Während ich die Auffahrt entlanghumple, checke ich erneut meinen Posteingang.

Immer noch nichts von Finn (natürlich nicht), stattdessen erwartet mich eine wütende E-Mail der Agentin unserer Familie:

Mercy,

ich habe gerade einen Anruf von der Personalabteilung des Globe erhalten. Du hast mittlerweile schon zwei Proben verpasst. Wie du sehr wohl weißt, hast du hier eine großartige Chance, dich zu profilieren, noch dazu mit einer beträchtlichen Entlohnung. Rollen wie diese gibt es nicht oft, und sie werden sich auch nicht wieder ergeben, wenn du dich weiterhin so verhältst. Du hast in den letzten zwei Jahren kein Engagement wahrgenommen – aus verständlichen Gründen –, aber so wie du dich benimmst, wirst du es schwer haben, wieder in die Branche einzusteigen.
Du hast zwar unbestreitbar ein großes Talent, aber das wiegt nicht den Ruf auf, unzuverlässig, arrogant oder eine »Diva« zu sein.
Ich rate dir, ernsthaft darüber nachzudenken, wie du dir deine Zukunft vorstellst.
Persephone

Mein Magen zieht sich zu einer harten Kugel zusammen. Ich will mich verteidigen, aber sie hat völlig recht: Da bietet sich mir die große Chance, genau das zu tun, was ich am meisten liebe, und ich vermassle alles.

Ich muss es besser machen, mich mehr anstrengen.

Mit einem Gefühl der inneren Leere mache ich vorsichtig einen Bogen um das Biest – das immer noch in der Einfahrt steht – und überlege, ob ich Persephone die Wahrheit sagen soll: dass ich die Probe verpasst habe, weil ich dachte, meine Schwester sei in Schwierigkeiten.

Dann wird mir klar, dass ich diese Ausrede schon einmal benutzt habe.

Verdammte Kacke.

Hi Persephone,

ich war die ganze Nacht wach und habe gekotzt. Ich glaube, ich bin allergisch gegen Krabben.
Ich werde mich zusammenreißen, versprochen.
Mercy

SENDEN.

Mit einem *Klick* geht die Haustür auf. Ich zucke zusammen, denn direkt neben der Security-Sprechanlage lauert Mum und hält schon wieder mein Skript in der Hand. Mit einem Anflug von Ärger – woher hat sie es denn diesmal? – eile ich zu ihr und reiße es ihr aus den blassen Händen.

»Mum«, sage ich müde. »Wenn du mir so dringend bei einer Szene helfen willst, musst du –«

Oh, Moment mal. Das ist doch gar nicht meins.

»Man hat mir gerade eine neue Rolle angeboten«, erklärt Mum mit funkelnden Augen. »Irina in Tschechows *Möwe*. Die ältere Schauspielerin, deren Glanz verblasst – ich habe auch schon mal Nina gespielt, falls du dich daran erinnerst. Es ist mein Lieblingsstück … und ich dachte … vielleicht ist es Zeit für mich, einen Neustart zu wagen …«

»Nach vorne zu schauen«, flüstere ich tonlos. »Ja. Ich habe es begriffen.«

Staunend betrachte ich ihr strahlendes Gesicht. Ihre Haut ist rein und hat einen bezaubernden Schimmer. Sie trägt wieder Make-up. Ihr Haar ist dezent blond gefärbt, ihre Nägel in einem zarten Pfirsichton lackiert. Als ich an ihr herunterschaue, stelle ich überwältigt fest, dass sie ihren wunderschönen eisblauen Givenchy-Anzug und ein Paar süße Prada-Flats trägt. Der Ausdruck in ihrem Gesicht ist lebendig, und sie wirkt viel präsenter als sonst. Sie hat einen weiteren kleinen Schritt in Richtung Realität gemacht.

»Meine Mutter«, zitiere ich mit einem traurigen Lächeln und reiche ihr das Skript, *»ein psychologisches Kuriosum.«*

»Du erinnerst dich!«, ruft sie erfreut. »Tschechow! Ich habe es dir vorgelesen, damals in –«

»Paris.« Ich nicke. »Ich weiß.«

Meine Mutter schaut mich mit ihren grauen Augen aufmerksam an, studiert meine Gesichtszüge, und ich schaue schnell weg. Es ist, als würde sie mich zum ersten Mal seit zwei Jahren wieder wahrnehmen.

»Du siehst erschöpft aus, mein Schatz.« Sie hebt die Hand, um mir den Schmutz von der Wange zu wischen, doch dann hält sie inne und lässt sie fahrig wieder sinken. »Die Stylistin ist gerade erst gegangen – soll ich sie zurückholen?«

»Nein danke«, sage ich steif. »Das ist genau der Look, den ich wollte. Ich habe mich von dir inspirieren lassen.«

Mer, lass gut sein.

Ich weiß nicht, wie ich aufhören soll.

»Mum!« Hope kommt hüpfend die Treppe herunter, mit ihrem knalligen Kleid und dem rosa Lippenstift sieht sie aus wie ein ungestümes kleines Spielzeugpony. »Jetzt, wo wir uns beide hübsch gemacht haben, sollten wir unbedingt dieses neue Day Spa ausprobieren. Wir genehmigen uns einen Nachmittagstee mit Törtchen und –«

Als sie mich entdeckt, hört sie abrupt auf zu hüpfen.

»Oh.« Sie streicht sich eine kunstvoll gelockte und mit Haarspray gestärkte Strähne hinters Ohr und richtet ihren Blick irgendwo unter meinen rechten Ellbogen. »Hallo, Mercy. Ich habe dich gar nicht gesehen.«

Meine kleine Schwester kann nicht einmal mehr Augenkontakt mit mir aufnehmen, so sehr jage ich ihr Angst ein.

Ich spüre ein schmerzhaftes Ziehen in meiner Brust.

»Du siehst sehr hübsch aus, Pudel«, sage ich behutsam. Ich habe plötzlich das Bedürfnis, auf sie zuzugehen, um alles besser zu machen. »Absolut umwerfend.«

»Danke.« Hope stupst ihren Zeh gegen die Treppe. »Nichts davon ist von dir, Ehrenwort. Schau, *kein bisschen* Schwarz.«

»Das sehe ich«, sage ich sanft und fühle mich schlecht.

Vasen und Tassen zu zertrümmern, ist die eine Sache, aber *das hier* kaputt gemacht zu haben, ist etwas ganz anderes.

Ich öffne den Mund, um mich zu entschuldigen, aber es kommt nichts heraus.

»Also.« Mum räuspert sich und schaut zwischen uns hin und her. »Wir könnten doch alle gemeinsam ins Spa gehen? Einen Mädelsausflug machen. Ich könnte Faith anrufen und fragen, ob sie zu uns stoßen möchte.«

Geh mit, Mer. Das wird lustig. Ich hatte nie die Gelegenheit dazu.

Sofort fangen meine Augen an zu brennen. Warum sind alle so schnell bereit zu vergessen, dass eine von uns fehlt?

Es klopft an der Eingangstür.

»Ich komme!«, rufe ich erleichtert und setze mich sofort in Bewegung. »Einen Augenblick! Bin sofort da!«

Hoffentlich ist es Max: Er kann eine Prise dringend benötigter Dummheit zu dieser unvorhergesehenen Entwicklung beisteuern und mir einen plausiblen Ausstieg verschaffen. Niemand will meinen Bruder in einem Handtuch sehen. Nein, eigentlich wollen das sogar ziemlich viele Leute, aber nehmen wir einfach an, sie hätten alle den Verstand verloren.

Entschlossen reiße ich die Tür auf.

Und schließe sie sofort wieder.

»Wer war das?« Hope neigt den Kopf zur Seite. »Mercy? Warum bist du knallrot geworden, und warum versteckst du dich hinter der großen Vase?«

Panisch drücke ich meinen Zeigefinger an den Mund.

»Und warum machst du *pssst*?«

Verflixt, wenn sie nicht sofort die Klappe hält, wird es in dieser Familie gleich *zwei* tote Schwestern geben.

»Ich habe dich gesehen, Mercy«, sagt Finn ruhig durch den Briefkastenschlitz, während mein Herz so heftig bis zum Hals schlägt, dass es sich anfühlt, als würde gleich mein Gesicht wegschmelzen. »Ich glaube, der Unsichtbarkeitszauber hat noch nicht gewirkt.«

Mit brennenden Wangen versuche ich, meine Fassung zurückzugewinnen.

Finn.

Finneas O'Connor ist bei mir zu Hause.

Warum ist Finn bei mir zu Hause?

Okay.

Zeit, sich wie eine Erwachsene zu verhalten.

Mit wild pochendem Herzen streiche ich mir die Haare aus dem Gesicht, hebe das Kinn und komme hinter der Ming-Vase hervor. Offensichtlich ist Finn noch reifer, sensibler und mitfühlender, als ich es ihm zugetraut hätte. Er hat Zeit gehabt, über meine Entschuldigung nachzudenken, und erkannt, dass sie ehrlich gemeint war. Jetzt verzeiht er mir, denn ich bin, entgegen aller Anzeichen, durchaus in der Lage, verletzlich, offen, gefühlvoll und –

»Was?«, knurre ich und reiße die Tür erneut weit auf. »Was willst du?«

Ehrlich, am liebsten würde *ich* mir jetzt selbst eine reinhauen.

»Du hast schon wieder eine Probe verpasst«, sagt Finn unfreundlich von der Türschwelle aus. »Man hat mich hierhergeschickt, um dir das zu geben.«

Ich starre ihn an. »Äh?«

»Das ist eine schriftliche Abmahnung.« Er hält mir ein Blatt Papier hin. »Verity möchte, dass du es unterschreibst und mir zurückgibst, damit sie weiß, dass die Botschaft definitiv bei dir angekommen ist.«

Ich schaue auf das Papier in seiner Hand. »Äh?«

»Das ist eigentlich nicht meine Aufgabe«, fährt er fort. »Ich gehöre zur Bühnencrew. Aber ich habe einen fahrbaren Untersatz, also ist der Job an mir hängengeblieben.« Seine Stimme ist so sachlich und ohne jede Wärme, dass ich mich schnell abwenden muss, damit er die aufsteigenden Tränen nicht bemerkt.

Finn ist nicht wegen mir hier. Er ist wegen Verity hier.

Er verzeiht mir nicht.

Ich habe alles ruiniert.

»Nein«, sage ich mit belegter Stimme. Ich lasse das Blatt Papier fallen und renne die Treppe hinauf, bevor er sieht, dass ich weine. »Das ist völlig ausgeschlossen. Meine Agentin hätte ihr sagen müssen, dass ich krank bin.«

»Eine schriftliche Abmahnung?« Meine Mutter wendet sich an Finn. »Es muss sich um ein Missverständnis handeln. Mercy ist eine äußerst pflichtbewusste Schauspielerin. Da ist eindeutig ein Fehler unterlaufen.«

»Ist es nicht«, widerspricht Finn sanft. »Wenn Sie nichts dagegen haben, Mrs. Valentine, werde ich warten. Ich denke, es ist in Mercys Interesse, heute noch zu unterschreiben, dann kann ich persönlich bestätigen, dass es ihr … nicht gut geht.«

»Ich unterschreibe nicht!«, schreie ich noch viel lauter.

»Okay«, sagt Finn ruhig und nimmt auf dem kleinen Zweiersofa in der Eingangshalle Platz. »Ich warte hier, bis du es dir überlegt hast. Mach dir keine Sorgen wegen der Probe – sie haben sich schon daran gewöhnt, dich ersetzen zu müssen.«

Schwer atmend schaffe ich es bis in mein Schlafzimmer. Dort schlage ich die Tür hinter mir zu und lehne mich mit geschlossenen Augen dagegen: Ich atme langsam und versuche, die Tränen so weit wie möglich zu unterdrücken.

Aber es klappt nicht. Die Tränen lassen sich nicht verdrängen, sie steigen in mir hoch und brennen in meinen Augen. Die Panik verschlingt mich wie heißer Treibsand. Alles bricht auf einmal über mir zusammen.

Ich versaue mir meine heißersehnte Karriere.

Finn hasst mich.

Hope hat Angst vor mir.

Faith macht sich Sorgen um mich.

Die Spatzenhirne haben genug von mir.

Grandma ist wütend auf mich.

Dad ist frustriert wegen mir.

Mum hat keine Ahnung von mir.

Meine Familie macht ohne mich weiter.

Mercy.

Meine tote Zwillingsschwester hält nie die Klappe.

Mercy.

Um Himmels willen, Charity, habe ich im Moment nicht schon genug um die Ohren?

Mercy, dreh dich um.

43

Acht Jahre zuvor

»Wie sehe ich aus?«

Mit einem dramatischen *Wusch* schlingt Hope einen roten Seidenschal um ihren Hals und lehnt sich lässig an das Bücherregal.

»Sehr glamourös«, sage ich und versuche, nicht loszulachen.

»Eines Tages«, erklärt Pudel mit einem weiteren kleinen *Wusch*, »werde ich wild, ikonisch und undominoabel sein.«

»Jep.« Mit zuckenden Nasenflügeln nehme ich einen Schluck Wasser. »Ich ahne, dass du dominant meinst.«

»Bist du sicher?« Meine siebenjährige Schwester hält inne und denkt über diese Information nach. »Ich dachte immer, es ist wie beim Dominospiel. Wenn du undominoabel bist, bedeutet das, dass dich niemand umstoßen kann.«

»Ich stoße dich gleich höchstpersönlich um«, sage ich lachend zu ihr. »Setz dich, kleine Trödlerin, wir sind mitten in einer Unterrichtsstunde.«

Enttäuscht setzt sich Hope wieder hin und seufzt übertrieben.

»Aber es ist alles so *langweilig*«, beschwert sie sich. »Muss ich wirklich wissen, wie Regenbögen entstehen? Warum beschäftigen wir uns nicht mit Gedichten wie Mr. Gilbert und die anderen?«

»Weil«, erkläre ich geduldig zum x-ten Mal an diesem Morgen, »du in Erdkunde im Rückstand und ich weit voraus bin. Daher gebe ich dir eine Extrastunde, damit du aufholen kannst.«

»*Uggghhh.*« Meine kleine Schwester plumpst auf den Bibliothekstisch, ihr wuscheliges Haar fällt über die Schultern herab bis auf die Arme. »Mein Leben rast an mir vorbei.«

Schmunzelnd verdrehe ich die Augen, dann werfe ich einen Radiergummi nach ihr und tippe mit dem Fingernagel auf das Lehrbuch.

»Hope Valentine, *konzentrier dich.*«

»Hey – Kamera, Action!«, ruft sie plötzlich und springt auf. Mit den Fingern formt sie ein Objektiv und richtet es auf mich. »Wie wär's, wenn wir stattdessen etwas *Lustiges* machen? Wir hängen *nie* nur zu zweit ab, Mer. Eff ist immer alleine unterwegs, Max sagt, er will nicht mit einem *kleinen Mädchen* spielen, und du bist immer mit Charity zusammen.«

Ich öffne den Mund, aber sie stupst mich einschmeichelnd an.

»Komm schon, Mer. Spielst du mit mir? Bitte!«

Ihr Gesicht ist so süß und anbetungswürdig, ihre braunen Augen so groß und hoffnungsvoll, dass ich plötzlich eine flauschige Wärme in meinem Magen spüre, die sich dort einkuschelt wie ein kleines schnurrendes Kätzchen.

»*Also gut*«, sage ich widerwilliger, als ich es tatsächlich empfinde. »Dann mal los, Chefin.«

Hope klatscht vor Freude in die Hände und trippelt aufgeregt hinter mir her, als ich mit ihr eine Expedition zum großen Dachboden unseres Hauses unternehme. Es ist ein staubiger, warmer Ort voller Geheimnisse, Durcheinander und Magie. Wo man hinsieht, stehen längst vergessene Kisten mit alten Kerzenleuchtern und ungelesenen Büchern; angeschlagene antike Vasen; gruselige Puppen in Rüschenkleidchen, mit denen seit fünfzig Jahren niemand mehr gespielt hat. An den Dachbalken lehnen große gerahmte Filmplakate von den Valentines, nicht sehr schmeichelhaft und unmodern, als unschöne Peinlichkeit in die Rumpelkammer verbannt.

Hope und ich sehen uns begeistert an und nehmen uns beide vor, sie später heimlich mit nach unten zu nehmen. Wir sind die einzigen Valentine-Sprösslinge, die sich für das Filmimperium interessieren, in das wir hineingeboren wurden.

»So«, sagt Pudel, während sie herumwandert und hübsche, aber auch sehr staubige Dinge aufhebt und damit herumwedelt, »was machen wir jetzt?«

Mein Blick gleitet erneut zu einem Filmposter. Es zeigt Mum in *Die Unerbittlichen*. Da kommt mir eine Idee.

»Wir machen ein Theaterstück«, verkünde ich spontan. Ich nehme einen angelaufenen Kerzenständer in die Hand und betrachte ihn genauer. »Wir führen es nächste Woche auf Mums und Dads Hochzeitstagsparty auf.«

Hopes Augen blitzen unternehmungslustig.

»*Perfektomania!*« Sie runzelt die Stirn und neigt den Kopf leicht zur Seite. »Kann Ben auch mitmachen?«

»Natürlich«, sage ich lächelnd. »Krimis sind mit sechs Leuten sowieso besser.«

»Coooool!« Pudel nimmt eine Pfauenfeder und steckt sie

in ihr Haar. »Wer, denkst du, wird sterben? Und wer übernimmt das Morden? Das ist so aufregend! Aber zuerst brauchen wir noch *Kostüme.*«

Fröhlich summend wühlen wir uns durch Kisten und Kartons mit Weihnachtsschmuck und alten Fotos, bis wir auf eine massive Eichentruhe voller Kleider stoßen: verblichene Designerklamotten, Grandmas alter mottenzerfressener Samt, billige Accessoires, die meine Eltern für Partys gekauft und nur einmal benutzt haben. Mit Feuereifer verteilen wir sie auf Stapel und ordnen sie den Figuren unseres Stücks zu.

In nehme eine alte unbeschriebene Geburtstagskarte und fange an, erste Ideen aufzuschreiben.

»Denk daran«, sagt Hope, die mit einer azurblauen Federboa in der Hand auf und ab paradiert, »du musst dir selbst die größte Rolle geben, Mercy, weil du die beste Schauspielerin bist.«

»*Pfff*«, schnaube ich, aber meine Wangen laufen rot an.

»Doch, das bist du«, versichert meine kleine Schwester mir und wedelt nachdrücklich mit der Federboa. »Wie der Zufall es will, bist du wahrscheinlich der talentierteste Mensch, den ich kenne. Ich werde nie so gut sein wie du. Was das angeht, habe ich kapitulisiert.«

Grinsend stehe ich auf, greife nach einer magentafarbenen Boa und drapiere sie um meinen Hals. »Kapitulisiert, hm?«

»Ja.« Sie nickt. »Wir haben alle unsere besonderen Gaben, weißt du. Faith ist freundlich, Max ist unbekümmert, Charity ist lustig, und ich bin wahrscheinlich die süßeste und liebenswerteste Person auf der Welt.«

Jetzt lache ich. »Das versteht sich von selbst.«

»Aber du bist *einzigartig*.« Hope strahlt mich an. »Du bist wie ein Magnet, Mer. Man kann nur staunen. Die Leute werden entweder zu dir hingezogen oder weggestoßen, aber das ist egal, weil du dieses *Etwas* hast.«

Meine Kehle fühlt sich plötzlich ganz eng an, so als wäre gar kein Platz mehr darin. »Welches Etwas?«

Schwungvoll wickelt meine kleine Schwester ihre Boa um den Hals, genau auf die Art, wie ich meine geschlungen habe.

»Das Etwas«, sagt sie, »das dich zu einem *Star* macht.«

Und ich bin mir nicht sicher, was überwältigender ist: die Liebe, die ich plötzlich für meine kleine Schwester empfinde, oder die Dankbarkeit.

»Hey!«, ruft Max und klopft an die Dachbodentür. Schnell drehe ich mich weg und wische mir mit einem rotbehandschuhten Finger über die Augen. »Seid ihr Loser dadrin? Wir haben schon das ganze Haus durchsucht, nur hier waren wir noch nicht.«

»Ich hasse diesen verstaubten alten Dachboden«, beschwert Charity sich lautstark. »Er ist so gruselig. Wahrscheinlich spukt es dort.«

Mit einem leicht enttäuschten Blick zu mir bahnt Hope sich einen Weg zur Tür, schließt auf und lässt unsere ungeduldigen Geschwister herein.

»Ich habe dir doch *gesagt*, dass sie hier oben nicht lernen«, brummt Max und beäugt unsere farbenfrohen Kostüme. »Sieht aus, als würden sie sich auf ein Sportfest vorbereiten, das unter einem verrückten Motto steht.«

»Wir bringen einen Krimi auf die Bühne«, sage ich grinsend, als sie sich automatisch auf die Stapel stürzen und Accessoires anprobieren. »Für die Party am Wochenende. Ich schreibe das Stück und spiele den Anführer und den Bösewicht.«

Charity lacht rau und setzt sich einen wagenradgroßen lavendelblauen Hut auf. »Das war ja klar.«

»Und Hope führt Regie.« Zärtlich schaue ich auf die Kleinste in unserer Gruppe, deren Gesicht bei meinen Worten stolz aufleuchtet. »Es gibt niemanden, auf den ich lieber hören würde.«

44

»Nein.«

Zwei lange schwarze Kleider hängen an der Rückseite meiner Tür.

»Bitte, nein.«

Ich reiße die Plastikhüllen aus der Reinigung ab.

»Nein, nein, nein, nein …«

Das eine ist Louis Vuitton, Couture, bodenlang, perfekt geschnitten, Tausende wert und eindeutig meines; das andere ist eine Billigkopie, bei der das Etikett herausgeschnitten wurde.

Mit einem beschämten Aufstöhnen schlage ich die Hände vors Gesicht.

Ich habe meine kleine Schwester angeschrien, obwohl sie ihr *eigenes Kleid* anhatte.

Ich habe sie als Lügnerin und Diebin beschimpft und sie vor ihrem Freund gedemütigt.

Ich habe von ihr verlangt, das Kleid auszuziehen.

Ich habe ihr allererstes Jubiläum mit einem Jungen ruiniert, den sie seit über einem halben Jahrzehnt liebt.

Ich habe Hope Valentine zum Weinen gebracht. Und als wäre das noch nicht genug, habe ich *sie* gezwungen, sich bei *mir* zu entschuldigen.

Nur warum hat sie dann gefragt, ob sie das Kleid ausleihen darf?

Erneut packt mich die Scham: weil es dem niedlichen Kopf meiner Schwester einfacher erschien, die Erlaubnis für etwas zu bekommen, was sie nicht getan hatte, als mich davon zu überzeugen, dass sie nie etwas falsch gemacht hatte. So sehr fürchtet sie sich vor mir.

So brutal und unversöhnlich bin ich geworden.

Ich ächze laut in meine Hände hinein.

Plötzlich muss ich daran denken, wie Ben mich vor der Bibliothek stirnrunzelnd angesehen hat und mir erklärte, dass meine kleine Schwester mich bedingungslos liebe, und zwar schon immer, auch wenn ich das offenbar nicht sehen könne.

Aber ich *kann* es sehen, ich weiß nur nicht, wie ich damit umgehen soll.

Weil Hopes Liebe nicht wie meine ist. Sie ist nicht hart und zäh; sie ist nichts, was geizig verteilt und blitzschnell wieder zurückgenommen werden kann. Sie ist nicht wild, kratzbürstig und rebellisch wie ein inneres Biest. Sie ist der helle Sonnenschein und leuchtet wie Hope selbst. Sie scheint auf jeden herab, ohne Einschränkung, ohne Forderungen, ohne Erwartung einer Gegenleistung.

Sie ist hell und grenzenlos, großzügig und glanzvoll.

Als ich meine Schwester in dem Kleid sah – *meinem* Kleid –, konnte ich nur eines denken: *Ich will nicht, dass sie so ist wie ich.*

Mit einem leisen Schluchzen hebe ich mein Kinn und wische mir energisch über die Augen.

Genug.

Ich muss verdammt nochmal erwachsen werden und anfangen, Verantwortung für mein Handeln zu übernehmen. Ich muss aufhören, allen anderen die Schuld zu geben, aufhören, alles kaputt zu machen – weil in Wahrheit ich diejenige bin, die alles durcheinanderbringt.

Ich weiß nicht, wie ich mich bessern kann, aber vielleicht kann ich anfangen, den Schaden zu beheben, den ich geliebten Menschen zugefügt habe.

Blinzelnd öffne ich meine Tür.

»Finn!«, rufe ich die Treppe hinunter. »Könntest du noch zehn Minuten auf mich warten … bitte?«

Ein kurzes Zögern, dann ruft er zurück: »Okay!«

Bevor ich wieder in einen Strudel aus Zorn und Selbstmitleid gerate, ziehe ich mein Handy heraus und schreibe Genevieve eine kurze Nachricht:

Kannst du eine Adresse für mich herausfinden?

Ich gebe ihr alle Details, an die ich mich erinnern kann, und warte auf ihre Antwort.

Dann leite ich die Adresse sofort an John weiter.

Ich wische mir über die Augen und gehe direkt in mein Badezimmer: schnell duschen, mich abschrubben, einen schwarzen Kaschmirpullover und Leggins anziehen. Ich binde mein Haar zu einem straffen Dutt und bleibe zögernd vor dem Spiegel stehen. Er ist zur Decke gedreht: Ich bin noch nicht ganz bereit, mich darin zu betrachten.

Stattdessen eile ich wieder die Treppe hinunter.

Hope und Mum sind bereits zu ihrem Ausflug ins Spa aufgebrochen. Die Eingangshalle ist leer bis auf Finn, der es sich auf dem Zweisitzer aus rotem Samt bequem gemacht hat und in der neuesten Ausgabe der *Vogue* blättert, die auf einem riesigen Stapel auf dem Beistelltisch liegt.

»Hey«, sagt Finn, ohne aufzublicken. »Wusstest du, dass Curtain Bangs diese Saison absolut in sind? Ich wünschte, jemand hätte mir das gesagt. Jetzt komme ich mir einfach nur dumm vor.«

Ich lächle unwillkürlich. Wenigstens redet er noch mit mir.

»Hast du den Wisch, den ich unterschreiben muss?« Ich schnappe mir einen Stift aus einem Becher neben der Tür. »Dann wollen wir das mal erledigen.«

Er reicht mir das Blatt Papier, und ich kritzle meinen Namen darauf.

»Danke«, sagt er, als ich es ihm reiche. »Das dürfte vorerst reichen, um die pulsierende Ader auf Veritys Stirn wieder unter Kontrolle zu bringen. Sie hat inzwischen ein Eigenleben entwickelt.«

»Wie sauer ist sie?«, frage ich und greife nach den Schlüsseln auf dem Beistelltisch.

»Wahnsinnig sauer«, sagt Finn und nimmt seine dicke Jacke vom Sessel. »Ihre passive Aggression ist auf dem besten Weg, in aktive Aggression umzuschlagen, und niemand will dabei sein, wenn das passiert.«

Bei seinen Worten verspüre ich ein heftiges Ziehen in der Brust. Ich bin froh, dass er mir so höflich antwortet, als hätte ich ihm bei unserem letzten Gespräch nicht aus nächster

Nähe übelste Beleidigungen ins Gesicht geschrien. Ich bin nicht so dumm zu glauben, dass er mir auch vergeben hat, nur weil er mich nicht völlig ignoriert. Er handelt professionell, und er ist ein guter Mensch. Trotzdem weiß ich seine Freundlichkeit zu schätzen.

»Kannst du fahren?«, frage ich und öffne die Haustür.

»Hm.« Finn schlüpft in die Ärmel seiner marineblauen Jacke, zieht sie hoch auf die Schultern und zeigt auf ein klappriges rotes Fahrzeug in der Einfahrt. »Ja. Wie du siehst. Ich bin hergefahren.«

Ich blinzle, lache spontan laut auf. »Ist das etwa –«

»Ein ausrangiertes Postauto?« Er sieht mich stirnrunzelnd an. »Wie kannst du es wagen, Mercy? Nur weil es rot und ein Lieferwagen ist und auf der Seite die verblassten Worte *Post Office* stehen? Was für eine unglaublich herrische und unhöfliche Unterstellung.«

Ich lache wieder, aber meine Brust krampft sich zusammen. Ich habe mich immer für einen Snob gehalten – war sogar stolz darauf –, aber wie sich herausstellt, ist ein rostiges altes Postauto das sexyeste Fahrzeug der Welt, wenn es einem Finn O'Connor gehört. Mir ist plötzlich heiß, und ich versuche, den Gedanken zu verdrängen. Es ist viel zu spät für solche Erkenntnisse.

»Aber«, sagt er und steuert darauf zu. »Wenn du eine Mitfahrgelegenheit brauchst, dann –«

»Nein«, unterbreche ich ihn schnell. »Ich brauche dich, um …«

Ich schaffe es fast nicht. Es ist zu ungewohnt, zu schwer.

Als würde man einen unter der Haut sitzenden Splitter aus dem Daumen ziehen. Ich kriege es nicht hin. Es ist kaum auszuhalten.

»Du musst mir helfen«, beende ich den Satz, ohne Finn anzusehen. »Bitte.«

Dann wende ich mich dem Biest zu.

Meine Reaktion ist instinktiv und unmittelbar: Mein Magen verknotet sich, meine Hände fangen an zu schwitzen, meine Kehle schwillt an. Ich weiß, dass ich mir das alles nur einbilde, es ist nur ein dummer Koloss aus Stahl und Gummi, aber –

»Ich möchte, dass du mir zeigst, wie ich mein neues Auto fahren kann.« Ich beiße die Zähne zusammen und reiße die große Schleife von der glänzenden Motorhaube. Wenigstens ist es schwarz: Dad hat die richtige Farbe gewählt, im Gegensatz zu meinen Freundinnen.

»Wie du es fahren kannst?«, wiederholt Finn erstaunt. »Du hast einen nagelneuen Land Rover frisch vom Band und kannst nicht fahren?«

»Eine der Freuden, wenn man eine Valentine ist«, bringe ich heiser hervor. Ich schließe die Vordertür auf und lasse mich auf den cremefarbenen Ledersitz gleiten. »Bei der Probe braucht man mich heute nicht mehr, oder? Sie haben mich durch Daisy ersetzt. Und du? Kannst du dir noch eine Stunde freinehmen?«

Finn zuckt mit den Schultern und setzt sich neben mich ins Auto. »Ich denke schon. Aber bist du nicht *krank*?«

Er sieht mich mit hochgezogener Augenbraue an.

»Wir wissen doch beide, dass ich gelogen habe.« Mit einem dicken Kloß im Hals starre ich auf all die dämlichen Gadgets und Knüppel und Pedale. Verdammt, ist das ein *Raumschiff*, oder was? »Mir ist … etwas anderes dazwischengekommen. Meine Schwester war in Schwierigkeiten. Zumindest dachte ich das.«

Einen Moment herrscht Stille, und aus den Augenwinkeln sehe ich, wie Finn mein noch feuchtes Gesicht mustert, meine vor Anspannung zusammengekniffenen Lippen, meine bebenden Finger. Dann wird sein Gesicht weicher, weil –

Er weiß von Charity – er weiß es, er weiß es.

»Das hättest du einfach sagen sollen«, höre ich seine sanfte Stimme.

Schlagartig lockert sich die Enge in meiner Brust, und ein Gefühl der Ruhe überkommt mich.

Da lehnt er sich zu mir herüber. Ich erstarre.

»Nicht …«

»Dein Sitz ist falsch eingestellt.« Er drückt einen Hebel, ich rutsche zurück und beginne wieder zu atmen. »Als Erstes musst du den Motor anmachen.«

In mir regt sich ein Anflug von Verlegenheit, gepaart mit Ärger.

»Für wie blöd hältst du mich?« Frustriert suche ich das Armaturenbrett ab. »Ich kann die Schlüssel nirgendwo reinstecken. Das Auto ist *defekt*.«

Finn lacht. »Alternativ könntest du versuchen, den Knopf zu drücken, auf dem START steht.«

»Oh.« Ich drücke den Knopf und spüre, wie meine Wangen sich röten. »Wie blöd ist das denn?«

Das Auto erwacht brummend zum Leben. In meinem Magen rumort es, heftiges Unbehagen macht sich breit, zäh und heiß. Ich fahre mir mit der Zunge über die Lippen. Aus den Augenwinkeln sehe ich, wie Finn eine winzige Bewegung macht – ein Zucken seiner Hand in Richtung meiner – und dann seine Meinung ändert.

»Der Wagen hat Automatik«, sagt er nach einer Pause und räuspert sich. »Das heißt, die Kiste macht ihr eigenes Ding.« Ein unendlich kleines ironisches Heben seiner dunklen Augenbrauen – wie kann er es wagen? »*P* steht für *Parken*. *R* für *Rückwärts*. *N* für *Neutral*. Und *D* steht für …«

»Dummbeutel«, blaffe ich ihn an.

»Düsenantrieb.« Er runzelt die Stirn. »Das drückt man, wenn man besonders rücksichtslos, hitzköpfig und selbstzerstörerisch ist.«

Ich spüre, wie ich anfange zu grinsen. »Also immer.«

»Genau.«

Wir sehen uns an, und mein Magen schlägt einen Purzelbaum.

Moment mal! Hat er mir … *verziehen*?

»Also.« Ich schaue schnell nach unten und schalte auf D. »Was jetzt? Was soll ich als Nächstes tun?«

»Jetzt«, sagt Finn mit einem sanften Lächeln, »fährst du los.«

45

Ich schaffe das. Ich weiß, dass ich es kann.

Und was noch wichtiger ist: Es ist an der Zeit.

Ich schließe kurz die Augen, trete das Gaspedal durch und ruckle im Stakkato die Auffahrt hinunter.

»Hände auf zehn vor zwei«, sagt Finn ruhig, als ich die Augen wieder öffne: O nein, wir *fahren*. »Und lockere deinen Griff ein wenig. Du hältst dich am Lenkrad fest, als wäre dieses Auto ein wild gewordenes Pferd in einem viktorianischen Liebesroman.«

Ich lächle matt und lasse meine klebrigen, verkrampften Hände nach unten gleiten.

»Denk daran, normal zu atmen«, sagt er leise. Erst da merke ich, dass ich zu hyperventilieren beginne. »Du schaffst das, Mercy.«

Er sagt meinen Namen, und eine weitere weiche Schicht wohltuender Ruhe hüllt mich ein wie eine flauschige Decke. Langsamer atmend, schaffe ich es, das Auto bis zum Ende der Einfahrt zu lenken, wobei ich nur einen kleinen Topf mit rosa Blumen und eine Pan-Statue umstoße. Am elektrischen Tor halten wir kurz an, und ich steige aus, um den Code einzugeben und noch rasch einen Blick auf mein Handy zu werfen. Genevieve hat mir die Adresse geschickt, nach der ich sie gefragt habe, also gebe ich sie in Maps ein.

Dann steige ich wieder ins Auto, setze den Blinker und biege links in eine ruhige, leere und von Bäumen gesäumte Straße ein.

Und während ich fahre, passiert etwas ganz Seltsames.

Ein Gewicht hebt sich langsam von meiner Brust, als ob jemand jahrelang auf mir gesessen hätte und nun endlich aufgestanden wäre. Meine Lunge weitet sich, mein Herz entkrampft sich, mein Brustkorb fühlt sich frei und weich an.

Ich atme tief ein, spüre, wie meine Wangen heiß werden, mein Kopf schwerelos wird.

Ich tue es, ich *fahre*!

Ich erhöhe die Geschwindigkeit und merke, wie eine Kraft mich durchströmt: Endlich – *endlich* – mache ich einen winzigen Schritt in Richtung Freiheit …

»Hervorragend!« Finn grinst. »Obwohl du vielleicht etwas …«

Ich gebe Gas, öffne ein Fenster und spüre, wie das Biest nach vorne schießt und der Wind meine Haare aufwirbelt.

»… ähm«, sagt Finn mit höherer Stimme, »etwas langsamer fahren solltest?«

Grinsend fahre ich eine scharfe Linkskurve, und er rutscht gegen die Beifahrertür. Vor mir erstreckt sich eine breite, leere Straße. Ich trete das Gaspedal durch. Die Bestie und ich finden allmählich unseren eigenen privaten Groove.

Ich fühle mich ein bisschen flau und flattrig, aber vor allem *schwindlig* vor Erleichterung.

»Ähm.« Finn schluckt, als ich eine weitere Kurve in hohem Tempo nehme, und ich spüre die Berührung seiner Schulter, als er gegen mich geschleudert wird. »Als dein Fahrlehrer habe ich das Gefühl, ich sollte – BLINKEN!«

»Entspann dich, Granddad O'Connor«, sage ich und deute lachend nach rechts. »Bist du jetzt zufrieden?«

»Nicht wirklich, denn du bist schon abgebogen.«

Kichernd werfe ich einen Blick zur Seite. Finns strahlend grüne Augen sind ein bisschen größer als sonst, auf seiner Stirn hat sich eine tiefe Furche gebildet, und seine Finger umklammern seine Knie. Plötzlich überkommen mich Gewissensbisse. Ich trete auf die Bremse und verlangsame, bis wir das Tempolimit erreicht haben.

»Entschuldigung«, sage ich leise. »Ich hätte nie gedacht, dass ich …«

»BREMSEN!«

Hektisch trete ich aufs Bremspedal und kann gerade noch verhindern, dass die Kühlerhaube des Biests das Heck eines kleinen roten Minis rammt. Ein bisschen zittrig konzentriere ich mich darauf, schweigend eine Nebenstraße entlangzufahren, bis meine verkrampften Schultern sich wieder lockern.

Dann schlucke ich.

Also gut. Zeit, das Pflaster abzureißen.

»Ich nehme an, du hast die E-Mail erhalten, die ich dir gestern Abend geschickt habe«, sage ich entschlossen und trommle mit den Fingern auf dem Lenkrad wie ein unfähiger Manager in einem Online-Meeting.

Finn nickt. »Ja, habe ich. Hier rechts abbiegen.«

Stille.

Vor lauter Verlegenheit kriege ich kein Wort heraus, daher

konzentriere ich mich auf die schmale Vorstadtstraße und ihre kleinen roten Backsteinhäuser. Sie sind nett, wie Kinderzeichnungen. Vier Fenster, ein ordentlicher kleiner Schornstein auf dem Dach, ein Garten mit einem Weg, der genau in der Mitte verläuft.

Vor einem Haus mit dunkelgrüner Tür halte ich an.

Dann sitzen Finn und ich da und starren geradeaus.

Ich kann ihn neben mir leise atmen hören: jedes Heben und Senken seines Brustkorbs, das leise Geräusch, wenn die Luft über seine Lippen strömt. Er riecht immer noch nach Lagerfeuer, und er ist so groß, dass die Spitzen seiner Bronzelocken fast die Decke des Land Rovers streifen.

Ich verspüre ein schmerzhaftes Ziehen, und mir wird plötzlich klar, dass ich mir nichts sehnlicher wünsche, als dass Finn mir verzeiht. Ich glaube nur nicht, dass er das tun wird.

»Und?«, frage ich schroff. »Was denkst du?«

»Ich denke«, sagt er langsam, »dass du alles tun wirst, was nötig ist, um allein zu sein.«

Meine Wangen fangen an zu brennen. »Das habe ich nicht –«

»Denn wenn du allein bist, fühlst du dich sicher.«

Etwas bricht in mir zusammen.

Er hat ja recht.

Ich will verzweifelt allein sein und auch wieder nicht, ich stoße und ziehe und schreie und komme nicht weiter, ich bin wie eine Tür, an der von beiden Seiten gerüttelt wird. Und ich *weiß*, dass die Menschen um mich herum ihre eigenen Wunden haben. Ich weiß, dass meine Familie mich genauso braucht, wie ich sie brauche. Ich weiß, dass ich mich nicht für immer abkapseln kann, aber –

»Ich habe keinen Platz für den Schmerz anderer Leute«, flüstere ich. »Ich habe selbst zu viel davon.«

Wir sehen uns immer noch nicht an.

»Was irgendwie komisch ist«, sagt Finn sanft. »Denn der Schmerz anderer Leute könnte genau das sein, was du brauchst.«

Tränen schießen mir in die Augen.

Überwältigt senke ich den Kopf und fummle so lange am Schaltknüppel herum, bis ich die Tränen unterdrücken kann. Ich bin inzwischen so gut darin, dass ich meine Traurigkeit wie an einer Schnur wieder in mich hineinziehen kann.

Den Kopf zum Fenster gedreht, wische ich mir mit zwei Fingern über die Augen.

Dann wende ich mich zur anderen Seite und öffne das Handschuhfach.

»Cool«, sage ich rau. Ich greife in das Fach, nehme eine durchsichtige Plastikmappe mit Dokumenten heraus und öffne die Fahrertür. »Ich muss etwas erledigen. Warte im Auto auf mich. Es dauert nicht lange.«

»Nein«, sagt Finn und öffnet die Beifahrertür.

Zu mir sagt niemand *nein*. »Wie bitte?«

»Du hättest jeden bitten können, dir eine Fahrstunde zu geben«, sagt er ruhig und betrachtet das Haus, vor dem wir geparkt haben. »Aber du hast *mich* gefragt. Also komme ich mit, weil du mich offensichtlich hierhaben willst, ob du es dir nun eingestehen kannst oder nicht.«

Ich starre Finn an. Finn starrt zurück.

Er hat schon wieder recht.

»Okay«, sage ich mit einem kleinen Lächeln. »Aber halt den Mund.«

46

Eigentlich sollte es eine einfache Sache sein.

Aber als ich mit Finn an meiner Seite vor der Haustür stehe, spüre ich, wie meine Verteidigungsanlage automatisch wieder hochfährt: spitze Eisenstacheln, Torgitter und Wachen, alle Schilde hoch, Töpfe mit heißem Teer an den Turmzinnen, bereit zum Kippen, die hochgeklappte Zugbrücke fest an meiner uneinnehmbaren Festung verankert.

Die Tür geht auf, und ich räuspere mich vernehmlich.

»Hallo?« Ein alter weißhaariger Mann blickt uns durch eine metallumrandete Brille an. »Kann ich Ihnen helfen?«

»Sie haben mein Bild«, sage ich barsch und verschränke die Arme vor der Brust. »Ich will es zurück.«

Ich zucke bei meinen eigenen Worten zusammen: Nein, so war das nicht geplant.

»Natürlich wollen Sie das.« Er seufzt, scheint jedoch nicht überrascht zu sein. »Ich dachte mir schon, dass es nur eine Frage der Zeit ist.«

Ein wenig beschämt unternehme ich einen zweiten Versuch.

»Sie sind Clarence Williams?« Rasch checke ich noch einmal die Details, die ich von Genevieve zugeschickt bekommen habe. »Sie sind Kellner für die Catering-Firma *Aufwarten für Godot*?«

Clarence reibt sich die Nase. »Leider ja.«

»Ich bin Mercy Valentine«, erkläre ich ihm. Seinem unbewegten Gesichtsausdruck nach zu urteilen, kann er mit dieser Information nichts anfangen. »Sie haben vor einem Monat bei einer Promiauktion gearbeitet, und meine Schwester Faith hat aus Versehen ein Familienerbstück an Sie versteigert. Das muss ich zurückhaben.«

Finn räuspert sich laut. Ich beiße mir auf die Lippe.

»Das hätte ich sehr gern zurück«, korrigiere ich mich. »*Bitte.*«

»Nein danke«, erwidert Clarence prompt. »Aber ich weiß es zu schätzen, dass Sie den weiten Weg auf sich genommen haben. Schönen Tag noch.«

Als er Anstalten macht, die Tür vor meiner Nase zuzumachen, verspüre ich einen Anflug von Panik.

»Warten Sie!« Rasch halte ich mit der Hand die Tür auf. »Ich glaube, ich habe die Situation nicht richtig dargestellt. Das Gemälde gehört der Familie Valentine, und das schon seit über hundert Jahren. Es hat einen großen emotionalen Wert. Die ganze Sache ist ein bedauerlicher Irrtum.«

»So ein Pech«, sagt Clarence mit einem Lächeln. »Denn ich habe bereits einen Anwalt konsultiert, und der sagt, das Gemälde gehört mir. Ich mag es. Es ist ein echter Blickfang in meinem Wohnzimmer. Die Fahrt war leider umsonst.«

Mit einem Klicken fällt die Tür ins Schloss, und wieder packt mich die Panik. Das *darf* nicht passieren: Ich darf nicht schon wieder versagen. Ich muss etwas wiedergutmachen. Hope liebt dieses Bild, und ich werde es für sie zurückholen.

Ich hebe die Faust, um gegen die Tür zu hämmern.

»Wie lautet der Plan?«, fragt Finn gelassen. »Willst du dich vor ihm aufbauen und ihm die übelsten Beleidigungen an den Kopf werfen? Ich habe ein Handy dabei. Ich kann das Ganze filmen und ins Internet stellen. Die Leute *lieben* das, habe ich gehört.«

Ich werde rot. »Hör zu, ich habe mich entschuldigt.«

»Nein, Mercy.« Er grinst mich an. »Hast du nicht.«

»Also bitte«, sage ich verärgert und will immer noch an die Tür klopfen. »Ich habe ganz klar und deutlich –«

Meine Faust verharrt auf halbem Weg in der Luft.

Moment mal, hier geht es gar nicht mehr um Clarence, oder?

Obwohl ich Finn eine Entschuldigung *gemailt* habe – nun ja, tatsächlich waren es wohl eher ausgeklügelte Begründungen und eine seltsame Metapher mit Wasserhahn –, habe ich mich nicht wirklich bei ihm entschuldigt.

Uff, was zur Hölle ist *los* mit mir?

»Finn.« Ich drehe mich zu ihm und versuche, Augenkontakt herzustellen, aber es gelingt mir nicht ganz. »Es tut mir so unglaublich leid. Du hast nichts falsch gemacht, und ich war eine abscheuliche Albtraumhexe.«

»Schwamm drüber.« Er nickt.

Und einfach so, mit etwas Wärme, scheint plötzlich alles möglich zu sein.

Ich lache ihn an.

Mit neuem Elan und einem kurzen, leicht zweifelnden Blick auf das Biest klopfe ich erneut, diesmal ganz ruhig.

»Nehmen Sie mein Auto«, platze ich heraus, sobald die Tür aufgeht. »Es ist teuer, kaum gefahren, nagelneu. Ich tausche meinen Land Rover gegen das Bild.«

Clarence zögert.

»Ich brauche kein weiteres Auto«, sagt er langsam und deutet nach links auf einen rostigen grauen Fiat Uno. »Ich habe schon eines.«

Ich bin kurz davor, die Fassung zu verlieren, doch da gleitet mein Blick zu einer Reihe von gerahmten Fotos auf der Fensterbank, und mir kommt eine ziemlich verrückte Idee. »Bitte, hören Sie mir zu. Das ist, ähm ... ein ziemlich kleines Auto. Mit dem Land Rover könnten Sie mit allen Enkelkindern gemeinsam einen Ausflug machen. Wäre das nicht wunderbar? So könnten Sie ihnen ein paar schöne Stunden mit ihrem Großvater schenken. Bitte ...«

Sein Blick schweift unschlüssig zwischen den beiden Fahrzeugen hin und her, und mir wird plötzlich klar, was der alte Mann von mir will.

Ich erkenne, dass es genau das ist, was mir so schwerfällt.

»Ich will ehrlich zu Ihnen sein«, sprudelt es in einer schmerzhaften Aufwallung aus mir heraus. »Meine kleine Schwester braucht das Bild. Sie hat keine Freunde, hatte nie welche, und zum Teil ist das die Schuld meiner Eltern, aber auch meine. Ich habe keine Zeit mit ihr verbracht, als ich es hätte tun sollen, ich war zu beschäftigt mit meinem ... Wie auch immer, sie war lange Zeit allein, und dieses Bild wurde ... ein Freund für sie.«

Ich habe einen dicken Kloß im Hals.

»Ich bin eine schlechte Schwester, Clarence«, fahre ich fort und schließe kurz die Augen. »Ich bin egoistisch und gemein und aggressiv, meistens jedenfalls. Aber meine kleine Schwester Hope … Sie ist … einfach … wundervoll.«

Ihr süßes kleines Gesicht taucht im Geiste vor mir auf, ihre Augen, die mich bewundernd ansehen.

Ich zögere, dann spüre ich, wie Finns Hand sanft in meine gleitet.

»Bitte, Clarence«, stoße ich zittrig hervor, und diesmal schaffe ich es, meine Hand nicht wegzuziehen, »helfen Sie mir. Ich möchte einmal in meinem Leben jemanden, den ich liebe, glücklich machen, statt nur an mich zu denken.«

Plötzlich überkommt mich tiefe Erschöpfung: Die Zugbrücke ist unten.

Es ist … als hätte ich etwas freigesetzt.

Einen Moment herrscht Stille, dann dreht sich der alte Mann ohne ein weiteres Wort um, geht ins Haus und kommt Augenblicke später mit dem Bild unter dem Arm wieder heraus.

»Bitte sehr, Macy«, sagt er lächelnd, und ich höre, wie Finn neben mir leise gluckst. »Ich hoffe, sie freut sich darüber. Freunde sind zu wichtig, um sie kampflos herzugeben. Genauso wie Schwestern.«

Ich nicke, meine Augen füllen sich mit Tränen.

Dann blicke ich auf das unglaublich teure Kunstwerk. Es ist klein, braun, ölig und schmaler als ein A4-Blatt. Auf dem Bild ist eine blasse blonde Frau zu sehen, sie liegt mit geschlossenen Augen in einem Boot, umgeben von Blumen, und darunter steht in zierlicher schwungvoller Schrift: *Elaine, die Lady von Shalott*. Fast hätte ich laut aufgelacht. Ich erinnere mich, wie wir das Gedicht im Unterricht besprochen haben: Es handelt von einem jungen Mädchen, gefangen und einsam, das bereit ist, für die Liebe alles zu geben, was es hat.

Wer hätte gedacht, dass Hope einen so ausgeprägten Sinn für Ironie hat?

»Danke«, sage ich aufrichtig.

Dann übergebe ich Clarence die Papiere und die Autoschlüssel für das Biest und wende mich, das kleine Gemälde an meine Brust gedrückt, zum Gehen. Da sehe ich auch schon die silberne Valentine-Limousine langsam auf uns zurollen.

»Hey, Macy«, sagt Finn amüsiert und holt mich mit großen Schritten ein. »Du heißt doch Macy, oder?«

Er berührt sanft meine Schulter, und ich spüre, wie etwas, das die ganze Zeit in meiner Brust eingesperrt war, sich dehnt und zerspringt und wie mein Herz mit einem scharfen Knall aufbricht, fast so, als würde ein Tor mit Wucht aus den Angeln gehoben. Und plötzlich ist es zu viel, es ist zu schwer, und ich kann nicht, ich kann nicht, *ich kann nicht*.

Ich schlucke und schlage das Tor wieder zu.

»Danke für den heutigen Tag«, sage ich förmlich und schiebe Finns Hand weg. »Du bist ein *guter Freund*.«

Er runzelt die Stirn, verblüfft über meinen veränderten Tonfall.

»Gern geschehen«, sagt er langsam und sucht in meinem

Gesicht nach einer Erklärung, findet aber keine. »Ich, ähm, ich gehe jetzt wohl besser zurück ins Theater. Sie werden sich schon fragen, wo ich abgeblieben bin.«

John bringt die Limousine am Bordstein hinter uns zum Stehen.

Und wieder ist da ein Rütteln am Käfig, in dem etwas Wütendes gefangen ist, das verzweifelt versucht herauszukommen.

»Ja. Du solltest gehen«, sage ich brüsk. »Ich würde dich ja mitnehmen, aber Richmond und South Bank liegen in entgegengesetzten Richtungen. Also … da drüben ist eine Bushaltestelle.«

»Was?«, sagt Finn konsterniert, als ich die Tür der Limousine öffne. »Du willst mich hier *zurücklassen*?«

»Vielen Dank für deine Hilfe«, sage ich barsch. Unfähig, ihn anzusehen, lasse ich mich auf den Rücksitz gleiten. »Sehr großzügig von dir. Lass mich wissen, wie ich mich irgendwann revanchieren kann.«

Ich klinge wie meine Mutter, rezitiere den vage in Erinnerung gebliebenen Text eines Drehbuchs, das meinen Fingerspitzen zu entgleiten droht.

Ich schließe die Autotür und lehne mich zurück, als der Käfig wackelt und das Ding darin anfängt zu schreien, zu kratzen, nach den Stäben zu greifen, um sie auseinanderzureißen. Auf der anderen Seite des verdunkelten Fensters sehe ich Finn, der mich mit offenem Mund anstarrt.

Ich drehe mich weg, hole meinen Kopfhörer heraus und setze ihn auf.

Dann drücke ich die Tür des Käfigs zu und taste nach dem Riegel.

»Mercy?«

»John«, sage ich und schließe die Augen. »Bringen Sie mich nach Hause.«

47

MERCY!

Ich halte die Augen geschlossen.

Mercy, hör mir zu!

Ich beiße die Zähne zusammen, während mein Inneres klirrt und bebt.

Wage es nicht, mich auszuschließen.

Stirnrunzelnd drehe ich die Musik lauter.

Das klappt nicht, weißt du. Du kannst mich immer noch hören.

Ja, das stimmt. Was willst du, Charity?

Ich will, dass du damit aufhörst.

Ich will, dass du aufhörst, dich selbst zu zerstören.

Ich will, dass du zugibst, dass du dich in Finn verliebt hast.

Nein.

Gib zu, dass dein Herz jedes Mal hüpft, wenn du ihn siehst.

Gib zu, dass er dich zum Lachen bringt.

Gib zu, dass du Angst hast.

Heiße Wut steigt in mir auf.

Natürlich habe ich verdammt nochmal *Angst*, Charity. Schreckliche Angst. Ich bin wie gelähmt vor Angst. Es ist, als würde ich am Rande einer hohen Klippe stehen, auf die zerklüfteten Felsen hinunterschauen und dann aufgefordert werden zu springen.

Nein, es geht nicht ums Springen, sondern darum, sich fallen zu lassen.

Ich lache wild auf. Was ist so toll daran? Alle reden immer davon, sich Hals über Kopf in die Liebe zu stürzen. Aber wenn wir als Kinder stürzen und hinfallen, weinen wir. Wir stürzen, und es tut weh, und wir beschließen, es nicht wieder zu tun.

Wir lernen, aufrecht zu bleiben, uns nicht an etwas festzuhalten, das nachgeben könnte.

Oder jemandem?

Ich habe meine Lektion gelernt. Warum hat das sonst niemand? Warum fallen Menschen und weinen und tun sich weh? Und stehen dann *immer wieder* auf, nur um gleich darauf freiwillig wieder zu fallen?

Wie kommt es, dass die Liebe anderen *keine* Angst einjagt?

Aufgewühlt öffne ich die Augen und spähe durch das getönte Fenster. In der Glasscheibe spiegelt sich das Mädchen, das so aussieht wie ich: dunkle, engstehende Augen, spitzer Haaransatz. Ich spüre, wie ein dicker Kloß im Hals mir die Luft abdrückt, während ein weiteres Mal heftig an den Gitterstäben gerüttelt wird.

Vielleicht tut sie das ja.

»Ich zerstöre mich nicht selbst«, flüstere ich ihr verzweifelt zu. »Charity, ich versuche mein Äußerstes, es *nicht* zu tun.«

Aber plötzlich kann ich nicht mehr: Ich kann mich nicht mehr zurückziehen, ich kann nicht mehr kämpfen, ich kann nicht mehr meine ganze Energie darauf verwenden, alle auf Abstand zu halten.

Ich habe es satt, mein Herz zu verschließen.

»Drehen Sie um«, sage ich und rutsche bis an die Sitzkante. »Bitte, John, drehen Sie um und fahren Sie zurück, so schnell Sie können.«

Mein Chauffeur wendet geschickt in drei Zügen, und ich sitze ganz still da, während mein Atem immer unregelmäßiger geht und meine Wangen heiß werden.

Dann öffne ich die Tür der Limousine.

»Was zum *Teufel?*«, sagt Finn wütend und wirbelt herum, als ich aus dem Wagen steige. »Du hast nicht das Recht, mich so zu behandeln, Mercy. Das ist kein Spiel. Du kannst mich nicht einfach anschreien und mich benutzen, weil dir langweilig ist und du sonst nichts zu tun hast –«

Mit einer Hand greife ich nach seinem Kopf, und dann küsse ich Finn.

Ich küsse ihn und küsse ihn und küsse ihn, und die Käfigtür schwingt auf, und dieses Ding in mir fliegt raus, und es schreit nicht mehr, es ist nicht wütend, da ist kein Kampf mehr, und es ist auch gar nicht schwierig. Es ist wie eine Befreiung, wie ein Loslassen nach einer langen Ewigkeit.

Ich küsse Finn, und mit einem Mal habe ich keine Angst mehr: Ich bin gesprungen, und ich falle, und es ist okay.

Irgendwann löst er sich kurz von mir.

Wir schauen uns an, die Wangen brennen, die Lippen prickeln, jedes einzelne Atom in meinem Körper hat Feuer gefangen.

»Mercy«, sagt Finn schließlich, und sein Blick hält meinen fest. »Du machst mich wahnsinnig.«

Mit einem Nicken drehe ich mich wieder zur Limousine.

»Du mich auch. Also steig ein.«

Wir küssen uns den ganzen Weg ins Zentrum von London, zerren und ziehen einander, tauchen auf, ab, auf – wie Tiefseetaucher, die gar nicht genug vom Meer kriegen können. Wir küssen uns, bis ich genau weiß, wie Finn schmeckt und wie sich seine Zunge anfühlt und wie die Haut seiner Wangen beschaffen ist und wie die Wärme seines Atems mich liebkost.

Und es fühlt sich …

Es fühlt sich …

Es ist ganz egal, denn endlich *fühle* ich.

Irgendwann – nach einer Minute oder einer Stunde oder tausend Jahren – dämmert mir, dass sich die Limousine schon eine ganze Weile nicht mehr bewegt hat.

»Wir sind da«, bestätigt John, während ich mich von Finn löse und den fehlenden Sauerstoff in einem einzigen scharfen Zug einatme. Dann schaue ich durchs Fenster auf das Theater, während mein Gehirn noch immer Karussell fährt.

»Warte.« Mit einem leichten Stirnrunzeln blicke ich auf meine Uhr. »Es hat keinen Sinn, dich so spät hier abzusetzen, Finn. Alle werden inzwischen nach Hause gegangen sein.«

»Hier ist es gut«, sagt Finn mit einem niedlichen Lächeln. »Danke.«

Er gibt mir noch einen Kuss, verweilt, so lange es geht, auf meinen Lippen und steigt dann aus dem Auto.

»Warum bringen wir dich nicht gleich nach Hause?«, rufe

ich ihm hinterher und rutsche auf seine Seite der Rückbank. »Das ist in Ordnung. Gehört alles zum Knutschen-mit-Mercy-Valentine-Taxiservice.«

In Wahrheit will ich nur nicht, dass er jetzt schon geht.

Oder überhaupt jemals.

Ich will mit ihm durch ganz London fahren und alles über ihn herausfinden: wovor er Angst hat, was ihn zum Lachen bringt, ob er mittags müde oder morgens mürrisch ist. Ich will wissen, wie sein Zuhause aussieht und wer von seinen Eltern grüne Augen hat und was seine wiederkehrenden Albträume sind und welches Essen er mag, wenn es ihm schlecht geht. Ich will wissen, auf wie viele Arten er lachen kann, was seine Lieblingsfarbe ist und woher er die tolle marineblaue Jacke hat.

Ich will ihn nicht gehenlassen, bevor ich nicht *alles* über ihn weiß.

Finn lächelt, und mein Magen fängt an zu tanzen.

»Ich muss noch ein bisschen arbeiten.« Er blickt zum Theater und reibt sich sein schönes linkes Auge. »Ein bisschen sägen, kleben, Dinge zusammenfügen. Du weißt ja, meine Arbeit ist einfach der Hammer, Wortspiel beabsichtigt.«

»Klar«, sage ich und versuche, meine Enttäuschung zu verbergen. »Okay.«

Finn schaut mich durchdringend an, dann kommt er mit ein paar schnellen Schritten zum Auto zurück, beugt sich zu mir, presst seinen Mund auf meinen, noch fester und länger als zuvor, und, *wow*, mein Magen verwandelt sich in einen Kreisel.

Er löst sich von mir, aber nur so weit, dass unsere Nasen sich noch berühren, und flüstert: »Bist du morgen bei der Probe?«

»Kommt drauf an«, flüstere ich zurück und stupse seine Nase sanft mit meiner an. »Fragst du mich als Bühnenarbeiter, der mir gerade eine schriftliche Verwarnung ausgehändigt hat, oder als mein brandneuer Freund?«

Es ist ein bisschen riskant, aber was soll's: Ich bin Mercy Valentine.

Risiken einzugehen ist mein *Job*.

»Oh, Letzteres«, sagt Finn grinsend und küsst mich erneut. »Sehr, sehr das Letztere.«

Mein Herz ist plötzlich so groß und so laut, dass ich mir nicht sicher bin, ob es wieder in diesen Käfig passen würde, selbst wenn ich das wollte.

»Dann ja.« Ich schenke ihm ein strahlendes Lächeln. »Ich werde da sein.«

48

Leute, ich muss euch etwas sagen …
Es geht um den Bühnenarbeiter.;)

Schwungvoll steige ich aus der Limousine.

Das Gemälde von Elaine unter dem Arm, tänzle ich die Auffahrt der Valentine-Villa entlang. Mein Bruder sitzt auf der Eingangstreppe und balanciert seinen Laptop auf den Knien. Als er aufschaut, stelle ich mit leichtem Schrecken fest, dass zwischen seinem glückstrahlenden Gesicht und meinem eigenen nicht einmal ein Milliardstel Abstand auf der Grinse-Skala liegt.

»Max!«, rufe ich und versuche, die Stirn zu runzeln. »Was machst du denn hier draußen?«

»Schhhh!« Mein Bruder legt einen Finger an die Lippen und zeigt auf den Computer. »Mer, sie haben mir den fertigen Trailer für meine TV-Show geschickt! Er geht nächste Woche raus! Ich bin der totale Hammer. Ein wahres performatives Genie. Willst du mal sehen?«

»Später.« Lächelnd schaue ich an ihm vorbei. »Ist Hope da?«

»Schlafzimmer.« Max nickt geistesabwesend und starrt wieder auf den Bildschirm. »Gibt ihren Teddybären Regieanweisungen oder was auch immer. Meine Güte, hast du bemerkt, wie gut ich aussehe, Meerhexe? Ich bin eine *solide Elf.*«

Lachend tätschele ich ihm den Kopf. »Natürlich bist du das, Idiot.«

Pling.

Von: Finneas O'Connor
An: Mercy Valentine

Du hast etwas mit meinem Gehirn angestellt, neue Freundin. Ich habe gerade fast mein Handy an meine Finger geklebt.

Von: Mercy Valentine

Das trifft sich gut, neuer Freund. Jetzt gibt es keine Ausrede mehr, mich später nicht anzurufen.

Von: Finneas O'Connor

Abgesehen von der Tatsache, dass ich deine Nummer noch nicht habe.
PS: ICH BIN VERRÜCKT NACH DIR.

Von: Mercy Valentine

Schlimm. Lahm. Erbärmlich.
PS: ICH BIN AUCH VERRÜCKT NACH DIR.

»Raus mit der Sprache«, verlangt Max und zeigt anklagend auf mich, als ich aufschaue. »Sag mir *sofort*, wer der heiße Typ ist, dem du da textest.«

Grinsend eile ich Richtung Bibliothek. »Ich texte niemandem.«

»Dann ist es eben eine Mail. Haarspalterei. Sag es mir.«

»Nö.«

»Sag es, Meerhexe.«

»Nö-hö.«

Oh, ich werde es ihm sagen – irgendwann werde ich es jedem sagen –, aber im Moment muss er noch warten.

»Du bist echt gemein«, schmollt Max. »Ich erzähle dir *alle* meine Geheimnisse.«

»Nein, tust du nicht«, sage ich lachend, während mein Blick suchend über die Bibliothekswände gleitet und ich das Bild aus der Tasche hole. »Du wirst nur immer wieder erwischt. Das ist etwas ganz anderes, Max Valentine.«

Da ist ein Nagel über einem verblichenen Rechteck, das von der Größe her perfekt zu Elaine passt. Vorsichtig hänge ich das Bild auf und trete einen Schritt zurück, um es in Augenschein zu nehmen und meinen Triumph ein kleines bisschen auszukosten.

Elaine sieht aus, als wäre sie zu Hause angekommen. Als hätte man sie vermisst.

Unter den fragenden Blicken meines Bruders eile ich in die Küche, nehme Tischdecke, Porzellan und Kristallgläser, trage sie in die Bibliothek und verwandle den Schreibtisch in einen gedeckten kleinen Restauranttisch. Dann kehre ich in die Küche zurück, stibitze alles, was ich an Essen finden kann (kalte Lasagne, Sandwiches, eine Quiche, irgendein Sprudelgetränk), und arrangiere es hübsch. Heute Abend werde ich im *The Ivy* anrufen und eine richtige Monatsfeier ausrichten. Ich werde dafür sorgen, dass mein teuerstes Kleid gewaschen ist, damit Hope es tragen kann, und ihr die schwarze Gucci-Tasche leihen, die sie mit nach Los Angeles genommen hat.

Ach, zur Hölle, ich werde sie ihr einfach *schenken*.

»Ruf Pudel an«, befehle ich dem immer noch auf der Lauer liegenden Max. »Sag ihr, dass jemand in der Bibliothek auf sie wartet.«

Bevor er irgendwelche Fragen stellen kann, tauche ich hinter einem vollen Bücherregal ab.

Ein paar Minuten später höre ich sie:

»Es ist bestimmt dieser Typ von meiner neuen Schule. Ich weiß es einfach. Der geheimnisvolle, der mir letzten Monat die vielen Blumen und Luftballons geschickt hat? Er ist total verknallt in mich, der arme Kerl.«

»Klar«, sagt Ben lachend. »Und jetzt bricht er in eure Bibliothek ein, um dich auf die gruseligste Art und Weise zu umwerben, die ein Mann sich ausdenken kann.«

»Sei nicht so sexistisch«, sagt meine Schwester mit einem dramatischen Seufzer. »Die gruseligste Art und Weise, die ein Mann oder *eine Frau* sich ausdenken kann. Wie auch immer, du bist nur eifersüchtig, weil du *fünfzehn Jahre* gebraucht hast, um zu merken, dass du mich magst, Benjamin. Akzeptiere das einfach und katapultiere.«

Es gibt einen weiteren Lachanfall, und auch ich habe Mühe, nicht loszulachen.

»Wie bitte?«, sagt Ben. »Ich soll *was* tun?«

»Katapultieren. Du bist heute aber langsam von Begriff.« Die Bibliothekstür schwingt mit einem Klicken auf, und Hope schwebt äußerst würdevoll herein. »Es tut mir sehr leid, heimlicher Verehrer«, sagt sie mit gleichmütigem Ernst, »aber wie du siehst, habe ich bereits einen sehr hübschen Freund –«

Scharfes Einatmen.

»Elaine!!! Du bist wieder da! Wie bist du zurückgekommen? Geht es dir gut? Hat man sich gut um dich gekümmert?« Meine entzückende kleine Schwester rennt auf das Bild zu, versucht, es zu umarmen, scheitert und wirft sich dann vor lauter Freude Ben an den Hals. »Das ist der *schönste* Tag in meinem Leben!«

Überglücklich will ich mich aus der Bibliothek schleichen, aber Ben entdeckt mich über Hopes Schulter hinweg.

Danke, formt er lautlos mit den Lippen.

Ich neige leicht den Kopf – *gern geschehen* – und entschwinde mit einem breiten Lächeln in die Eingangshalle. Seit Jahren habe ich mich nicht mehr so gut gefühlt.

»Hey«, sagt Max, als ich die Treppe hinaufgehen will. »Sei vorsichtig, Mer. Wenn jemand gesehen hätte, was du gerade getan hast, könnte er denken, dass dort, wo angeblich ein großes dunkles Loch ist, ein fühlendes Herz schlägt.«

Ich zucke mit den Schultern. »Wie gut, dass du es niemandem erzählen wirst, hm?«

Mit einem breiten Grinsen gehe ich die Treppe hinauf und fühle mich mit jedem Schritt leichter und glücklicher.

»Mercy«, fängt Max zögernd an. Ich lehne mich über die Brüstung und blicke in sein zu mir hoch gewandtes Gesicht. »Es tut mir leid, was ich neulich gesagt habe. Dass du Dinge tust, die unverzeihlich sind, meine ich. Es ist nicht wahr.«

»Doch, ist es«, gebe ich ehrlich zu. »Jedenfalls meistens.«

»Vielleicht.« Er denkt ein paar Sekunden lang darüber nach. »Aber wenn du tatsächlich kein guter Mensch wärst, Mer, dann würdest du viel mehr Spaß daran finden, gemein zu sein.«

Ich nicke und spüre, wie ich rot werde. »Das hoffe ich.«

Dann wende ich mich ab und hole mein Handy heraus:

Von: Mercy Valentine

Sie ist überglücklich.:)

Von: Mercy Valentine

PS: Zeit, Nummern auszutauschen. Ich bin bereit für den nächsten Schritt;)

Von der Mädelsgang kam noch keine Rückmeldung – die drei sind vermutlich immer noch wütend auf mich wegen der missglückten Übernachtung –, aber das legt sich wieder, und wenn sie Finn kennenlernen, werden sie ihn lieben, genau wie ich.

Moment – das habe ich jetzt nicht gesagt.

Sie werden ihn *sehr mögen*, genau wie ich. Nein, hoffentlich *nicht genau* wie ich, sonst muss ich sie mir alle vorknöpfen.

Schmunzelnd will ich meine Zimmertür aufstoßen, halte jedoch inne. Aus Mums Zimmer kommt ein leises Geräusch, und als ich mich umdrehe, sehe ich, dass die Tür nur angelehnt ist. Auf Zehenspitzen gehe ich leise darauf zu, um endlich das Gespräch zu führen, das ich seit Jahren vermieden habe.

Es ist an der Zeit, einen weiteren Schritt in die richtige Richtung zu machen.

Ich bin es leid, so zu tun, als würde ich meine Mutter nicht brauchen.

»Hallo?«, flüstere ich. »Mum, bist du –«

Meine Mutter sitzt auf der Kante ihres Himmelbetts und hat ein dickes Familienfotoalbum auf dem Schoß liegen. Ihre Fingerspitzen berühren zärtlich die Seiten, als wären die Fotos Schmetterlinge und könnten jederzeit wegfliegen. Sie weint leise, aber heftig, ihr Gesicht ist eine starre Maske, ein Abbild ausufernder Trauer.

Denn der Schmerz anderer Leute könnte genau das sein, was du brauchst.

Ihr Anblick zerrt an meinem Herzen. Ich mache einen Schritt nach vorne. »Mum?«

Sie blickt auf, ihre Augen sind voll und leer zugleich.

»Charity?«

49

Zwei Jahre zuvor

»Charity?«, fragt Mum. »Weiß jemand, wo Charity ist?«

Max, in einem schwarzen Smoking, steht von seinem Platz auf.

»Warte, lass mich mal.« Er räuspert sich demonstrativ, dann schreit er: »TEEEEEE! TEE, DU STINKENDER KLEINER HÜHNERFURZ, KOMM SOFORT HIERHER, SONST FANGEN WIR OHNE DICH AN!«

Dad lacht laut auf. »Das dürfte reichen.«

»Danke, Max«, sagt Mum trocken, glamourös glitzernd in Silberpailletten. »Auf die Idee, die Ziegel vom Dach herunterzubrüllen, wäre ich nie gekommen.«

Frustriert blicke ich wieder auf meine Uhr: Tee lässt uns wirklich *sehr lange* warten.

Die Familie hat sich im Esszimmer versammelt, und es sieht alles sehr schön aus. Die Kerzen sind angezündet, das Kristall funkelt, das Besteck glänzt, Grandmas blau-seidene Vogeltapete schimmert und wirkt fast lebendig. Auf dem Mahagonitisch reihen sich Porzellan- und Goldteller, auf denen ein Festmahl angerichtet ist, das jetzt langsam kalt wird: gebratenes Knoblauchhuhn, Rindfleisch in Rotwein, Rosmarinkartoffeln, Butterspargel, Honigpastinaken. Wir tragen Gala-Outfits, wie es sich für einen so besonderen Anlass gehört, und die Luft vibriert in erwartungsvoller Spannung.

Seit Monaten fiebere ich diesem Ereignis entgegen.

Also, wo zum Teufel ist meine Zwillingsschwester?

»Oooh, darf ich auch mal?« Hope, in einem luftigen gelben Chiffonkleid, springt auf und legt die Hände an den Mund. »CHARITYYY! Hören wir hier drinnen die Dachziegel fallen, oder soll ich rausgehen und nachsehen?«

Diesmal lachen Mum und Dad gleichzeitig.

»Hope Valentine!«, sagt Grandma tadelnd, heute in blauem Samt – eindrucksvoll, wenn auch nicht ganz vorteilhaft, da exakt zur Tapete passend. »Manieren, bitte! Wir sind hier nicht in einem Fußballstadion!«

»Ich verstehe nicht, warum wir nicht ganz normal im Kinosaal die Teller auf dem Schoß abstellen können«, beschwert sich mein großer Bruder und blickt zum Overheadprojektor, während er mit seiner eng sitzenden Fliege kämpft. »Was soll dieser unnötige Aufwand?«

»Sei nicht so kleinlich, Max«, sagt Maggie in ihrem gut geschnittenen grauen Kleid mit einem scharfen Unterton in der Stimme. »Das ist ein wichtiger Tag, und er erfordert ein Gefühl für den Anlass. Du solltest dich für deine Schwestern freuen.«

Ich lächle sie dankbar an, und sie zwinkert zurück.

Plötzlich gibt es einen lauten *Knall*, und die Tür fliegt auf. Charity macht eine schwungvolle Armbewegung und verbeugt sich übertrieben tief. »Da bin ich!« Sie zieht die Alufolie von einem Tablett in ihrer Hand, stellt es vor uns auf den Esstisch und setzt sich auf den leeren Platz neben mich. »Entschuldigt bitte! Ich habe nur ein paar Brownies gemacht!«

Auf dem Tablett reihen sich braune Rechtecke aus Pappe, in die ein *E* geschnitten ist.

»Sehr witzig«, sagt Mum lapidar. »Aber es gibt eine Zeit und einen Ort für Streiche, Charity, und es ist wohl ziemlich eindeutig, dass dies weder hier noch jetzt ist. Du bist extrem spät dran.«

Meine Zwillingsschwester verdreht die Augen. »Sor-rEEE. Kapiert?«

Ich reagiere mit einem knappen Lächeln, immer noch leicht verärgert darüber, wie lange sie uns alle hat warten lassen. Faith, in funkelnder Eleganz, versetzt mir mit ihrem Fuß einen sanften Stups unter dem Tisch, und ich spüre, wie ich mich allmählich wieder entspanne.

»Ähem.« Grandma erhebt sich und klopft mit einer silbernen Gabel gegen ihr Sektglas. »Jetzt, wo wir endlich alle versammelt sind« – ein kurzer Seitenblick zu meiner Zwillingsschwester –, »ist es an der Zeit, einen Toast auszusprechen. Steht auf, Mercy und Charity.«

Ich strahle so sehr, dass ich kaum noch atmen kann, und springe sofort auf die Füße.

Charity richtet sich neben mir auf.

»Herzlichen Glückwunsch, meine Lieblinge.« Grandma lächelt uns an, ihre Augen haben einen feuchten Schimmer. »*Mein Boo* ist das meistgesehene Debüt unter den Teenager-Serien aller Zeiten.«

Ich grinse von einem Ohr zum anderen und könnte platzen vor Glück.

»Diese Familie ist mein Stolz und meine Freude«, fährt

sie mit leicht bebender Stimme fort und hebt dabei ihr Glas. »Aber ich war noch nie so stolz wie heute. Der Stab der Familie Valentine liegt in den richtigen Händen, und ich freue mich auf viele weitere Jahre, in denen ich den ruhmreichen Werdegang meiner talentierten Enkelinnen miterleben kann.«

»Hört, hört!«, ruft Dad und klatscht laut Beifall.

»Auf Mercy und Charity«, beendet Grandma ihre kleine Ansprache. »Möge euer Erfolg groß und euer Glück noch größer sein.«

»Cheers!« Mum hebt lächelnd ihr Glas und prostet uns zu.

»Cheers!«

»Cheers!«

»Cheers!«

»Cheers!«

»Hey, was soll das?«, beschwert sich Max. »Wer hat mir *Fanta* gegeben?«

»Jetzt«, sagt Dad gut gelaunt, »schauen wir uns den Trailer für die zweite Staffel an, ja? Ich muss wissen, was dieses freche Gespenst als Nächstes tut.«

Ein *Klick*, und der Overheadprojektor erwacht zum Leben.

Auf der ausziehbaren Leinwand erscheint das Bild mit der Titelsequenz von *Mein Boo*. Eine tiefe Stimme kündigt an: *»Dot ist schon seit hundert Jahren tot, als sie dem gut aussehenden George begegnet. Hat sie endlich etwas gefunden, für das es sich zu leben lohnt? Oder wird sie auch ihn töten müssen?«*

Gleich darauf ist mein Gesicht zu sehen: klar und deutlich und aus nächster Nähe.

»Das ist Mercy!«, ruft Max aufgeregt und zeigt auf die Leinwand.

»Mercy!«, konstatiert Hope, als ich in einer Aufnahme eine Straße entlanglaufe, um einem Feuer zu entkommen.

»Mercy«, sagt Maggie im Brustton der Überzeugung, als die Szene wechselt.

»Noch mal Mercy«, sagt Faith mit sanfter Stimme.

»Mercy?«, meldet sich nun auch Ben zaghaft zu Wort und blickt dabei zu Hope.

»Das ist auch Mercy«, sagt Max verwirrt, als die Einstellung wechselt, aber erneut mein Gesicht zu sehen ist. »Charity, du faule Socke, hast du dich *jemals* am Set blickenlassen?«

»Tja«, sagt Tee mürrisch und verschränkt die Arme. »Vielleicht hatte ich einfach Besseres zu tun, okay? Nicht *jeder* hält die Schauspielerei für das A und O.«

Verletzt sehe ich meine Schwester an, aber sie starrt schmollend auf den Tisch.

»Nun ja«, sagt Mum mit fester, friedensstiftender Stimme. »Ich finde es *wundervoll*, und du verdienst *alle* Auszeichnungen, die demnächst auf dich zukommen werden. Ehrlich gesagt, kann ich es kaum erwarten, bei den großen Preisverleihungen deine Begleitung sein zu dürfen. Ich habe mir sogar schon ein Kleid ausgesucht.«

Ich werde rot und spüre, wie die Tränen in meine Augen schießen. Sie lächelt mich direkt an.

»Und jetzt«, sagt Dad, als wir wieder Platz nehmen und jeder hungrig nach dem Essen greift. »Lasst uns Maggies wunderbares Festmahl genießen, bevor es hart wie Stein wird …«

PENG!

»*AAAGGGHHHHHH!!!!*«

»Ach du meine Güte –«

»Was zum –?«

FURZ.

Lautes Quietschen.

PLOPP.

Grelle Glitzerbomben und Luftschlangen explodieren in regenbogenfarbenen Sturzbächen quer durch den Raum; Kakerlaken und Spinnen aus Plastik fallen aus den schön arrangierten Gerichten; klappernde Gebisse wackeln auf und ab, und Grandmas Hintern macht mit einem Furzkissen Bekanntschaft.

In Sekundenschnelle wird aus dem liebevoll angerichteten Abendessen das reinste Chaos. Als das Knallen und Ploppen endlich aufhört, drehen wir uns langsam um und richten unsere Blicke auf eine jubelnde, feixende Charity. Mit dem Grinsen einer selbstgefälligen Katze macht meine Zwillingsschwester eine schwungvolle Verbeugung.

»Charity Valentine«, sagt Mum leise, »geh auf dein Zimmer.«

Meine Zwillingsschwester erstarrt, ihre Augen weiten sich. »Aber –«

»Sofort«, sagt unsere Mutter, nun gefährlich ruhig.

»*Na gut*«, brummt Charity verärgert. Sie wirft ihre Serviette auf den verwüsteten Tisch und stapft aus dem Zimmer. »Offensichtlich müssen einige von euch an ihrem Sinn für Humor arbeiten.«

Ich zucke zusammen, als sie die Tür zuschlägt.

»Herzlichen Glückwunsch, *Mercy*«, sagt Mum mit fester Stimme und hält ihr Glas in die Höhe. »Das ist *dein* Tag, mein talentierter Liebling. Ich möchte, dass du jede einzelne Sekunde davon genießt.«

Ich versuche, ihr Lächeln zu erwidern und mich glücklich zu fühlen.

Aber ich fühle nur eine Leere in mir.

50

Ich stolpere rückwärts.

Taumle den schummrigen Gang entlang, taste nach der Türklinke, stürze mit blinden, brennenden Augen in mein Schlafzimmer. Mehrere Sekunden lang bleibe ich schwer atmend stehen. Dann torkle ich zum Spiegel. Es macht *Knack*, als ich ihn mit einer groben Bewegung zu mir drehe.

Ein Mädchen mit feuchten dunklen Augen starrt mich an.

Ich bin da.

Bist du nicht, Charity.

Du bist nicht hier, und ich bin es auch nicht. Ich bin nur die Hälfte von einem Ganzen, das es nicht mehr gibt.

Das ist nicht wahr.

Doch, ist es. Wenn die Leute mich anschauen, wollen sie eigentlich dich sehen. Sie suchen nach all dem, was du für sie gewesen bist, und sehen all das, was ich nicht bin.

Nein.

Ohne dich ergebe ich keinen Sinn.

Ich allein bin nicht genug, Tee. Du warst das Licht, und ich bin die Dunkelheit, und ich brauchte dich, damit du mich heller machst.

Schluchzend strecke ich die Hand nach dem Gesicht des Mädchens aus. Auch sie greift nach mir.

Ich habe es nicht so gemeint, Mer. An dem Tag im Speisezim-

mer, als wir unsere Fernsehserie feiern wollten. Ich war eifersüchtig.

Ich weiß, wie sich das anfühlt.

Das ist nicht deine Schuld.

»Doch, ist es«, sage ich laut und zwinge mich, in ihr verschwommenes Gesicht zu schauen. »Das war es. Es tut mir so leid.«

Ich hätte sofort gehen sollen.

Entsetzt taumle ich einen kleinen Schritt zurück, als hätte ich gerade eine Ohrfeige bekommen.

»Charity.« Ich spüre, wie ich zischend einatme und mir plötzlich übel wird. »Was sagst du da?«

Das Mädchen im Spiegel starrt mich so liebevoll an, dass ich vor Schmerz aufschreie und meine Arme so fest um mich schlinge, als wollte ich mich in der Mitte zerteilen.

Du musst mich loslassen.

»Nein«, stoße ich hervor. »Lass mich nicht allein. Bitte.«

Stille, dann …

Cee, du bist nie allein gewesen.

Ich blinzle – und dann bin nur noch ich da: meine eigenen dunklen Augen, mein eigenes einsames Gesicht, verzerrt und tränennass.

»Charity?« Ich trete noch einen Schritt zurück. »CHARITY.«

Aber meine Schwester ist weg.

Sie ist weg, und es ist still, und da ist nichts, und da begreife ich, dass ich sie nie wieder hören, nie wieder sehen werde, denn Charity ist weg, sie ist weg, sie ist weg, sie ist –

»*AAAAAAHHHHHH!*«, schreie ich laut auf. Ich nehme ein schweres Glas und schleudere es gegen den Spiegel. »CHARITY! KOMM ZURÜCK!«

Nach Luft ringend, wische ich mit meinem Arm über die Kommode, fege die Make-up-Utensilien weg, zerbreche und verstreue alles, bis nur noch Splitter und dunkle Staubhaufen übrig sind.

»CHARITY!«, brülle ich aus Leibeskräften.

Stille.

Leere.

Also lege ich mich auf mein Bett und warte darauf, dass die Dunkelheit mich verschluckt wie ein Schatten, der an der Wand hochkriecht.

51

Mercy, hier ist deine Großmutter.

Wir warten draußen.

Komm jetzt runter.

Du wirst keine weitere Probe verpassen.

Zwing mich nicht, bis zehn zu zählen.

Langsam mühe ich mich aus dem Bett.

Stolpere die Treppe hinunter.

Steige in den silbernen Bentley.

»Mercy!« Grandma schiebt die Brille auf die Nase und mustert mich über den Rand hinweg. »Als ich sagte, *komm jetzt runter*, habe ich naiverweise angenommen, du würdest zuerst duschen.«

Benommen starre ich aus dem Fenster, während das Auto sich in Bewegung setzt.

»Ist das deine Kleidung von gestern?« Wir gleiten die Auffahrt hinunter, und Grandmas Stimme hebt sich um eine Oktave. »Das ist ein extrem unprofessionelles Verhalten, selbst für deine Verhältnisse.«

Der Wagen biegt rechts ab und fährt durch den grünen Richmond Park, in dem sich bereits die Jogger tummeln.

Ich beobachte sie, völlig unbeteiligt.

»Du kommst *schon wieder* zu spät zur Probe, Mercy.« Grandmas Stimme wird noch schriller. »Erst gestern hast du eine schriftliche Verwarnung erhalten. Was ist, wenn die Presse Wind davon bekommt? Hast du für den Ruf der Valentines nur noch Hohn übrig?«

Wir biegen links ab und fahren durch Putney.

»Nun«, fährt sie schließlich fort, »ich werde dich höchstpersönlich zum Theater bringen. Wenn du dich wie ein verwöhntes, bockiges Kind benehmen willst, Mercy, wirst du auch wie eines behandelt werden.«

Ich kratze mich an der Nase, während wir durch Wandsworth gleiten.

»Mercy.«

Vorbei an Battersea Park.

»Mercy Valentine! Sieh mich an, wenn ich mit dir rede!«

Langsam drehe ich mich zu Grandma um. Mein Gesicht ist so leer – so vollkommen leer –, dass sie scharf Luft holt.

Dann wird ihr Blick weicher.

»Mercy«, sagt sie und senkt ihre Stimme, als wir in Vauxhall einfahren und die Themse zu unserer Linken glitzert. »Liebes Kind, in den letzten zwei Jahren habe ich mich bemüht, dein unberechenbares Verhalten zu tolerieren. Ich habe es entschuldigt. Meine Güte, ich habe es sogar verstanden. Ein gebrochenes Herz kann die Stärksten zermürben.«

Ich schaue wieder weg, als wir Lambeth erreichen.

Sie stößt die Spitze ihres Gehstocks auf den Boden.

»Aber es gibt Grenzen! Du demütigst unsere Familie und verschwendest deine beträchtlichen Gaben!«

Grandmas Stimme ist auf dem Level fürs Freilichttheater angekommen: Sie spricht, als säße ich meilenweit entfernt.

Ich schaue nach unten, denn mein Handy macht *Pling*.

Wo ist dein Auto? Bist du endlich damit gefahren? Dad;)

Desinteressiert schreibe ich zurück:

Hab's weggegeben

ENTSCHULDIGE MAL, DU HAST *WAS* GETAN?

Das Handy landet wieder in meinem Schoß.

Während der Wagen sanft Richtung South Bank rollt, richten sich Dame Sylvia Valentines strahlend blaue Augen wie Laser auf mich, die verzweifelt nach Antworten suchen.

Die elegante Limousine gleitet nun langsamer.

Ich blicke aus dem Fenster auf den Borough Market, die Southwark Cathedral, die London Bridge und den Shard, der sich scharf und silbern abzeichnet. Ich hatte immer eine Verbindung zu London – die Stadt war der elektrisierende Mittelpunkt meiner Träume und all meiner Ziele –, aber jetzt ist davon nichts mehr übrig.

Es ist mir egal, wo ich mich befinde, was ich tue, mit wem ich zusammen bin.

»Liebling«, sagt Grandma und streckt sanft ihre blasse geäderte Hand aus, um meine zu berühren. »Sprich mit mir. Sag mir, was du brauchst, Mercy, ich kann dir helfen. Macht dir die Theaterarbeit keinen Spaß? Ich finde etwas anderes für dich. Willst du eine Hauptrolle in einem Film oder vielleicht wieder im Fernsehen? Sag es, und ich verschaffe sie dir. Du brauchst nur zu fragen.«

Mit unendlicher Kälte ziehe ich mich von ihr zurück.

Mein Handy macht unaufhörlich *Pling*.

Hahaha

Guter Witz

MERCY, BITTE SAG, DASS DAS EIN SCHERZ IST

Der Bentley hält vor dem Globe Theatre.

Reglos schaue ich auf den weißen strohgedeckten Rundbau in all seiner Majestät und fühle – was nicht weiter überrascht – absolut nichts.

Ich schreibe:

Das Biest ist weg.

KOMM HEUTE ABEND SOFORT ZURÜCK,
DU HAST HAUSARREST!

»Mercy –«

»Vielleicht bin ich mit der Schauspielerei fertig.« Meine Stimme klingt ausdruckslos, monoton. »Hast du das jemals in Betracht gezogen?«

Pling.

Von: Finneas O'Connor
An: Mercy Valentine

Kommst du zu spät?! Ich habe dafür gesorgt, dass eine Seitentür unverschlossen bleibt. Rechts von der Bühne. X

Delete.

Ein paar Sekunden sitzen wir schweigend da, dann greife ich nach der Autotür.

Grandma gibt einen gutturalen Laut von sich, der fast wie ein Schluchzen klingt.

»Denkst du, ich sehe nicht, was du tust, Mercy?« Sie packt mich an der Schulter. »Denkst du, ich sehe nicht, wie du dich selbst bestrafst? Ich habe bereits eine über alles geliebte Enkelin verloren – ich *weigere* mich, noch eine zu verlieren. Darling, du hast eine glänzende Zukunft vor dir, und ich will *verdammt* sein, wenn du glaubst, ich schaue tatenlos zu, wie du den Rest deines Lebens wegwirfst!«

Ich drehe mich zu ihr, blicke sie an – und endlich flackern Emotionen in mir auf.

Die legendäre eisige Zurückhaltung meiner Großmutter ist verschwunden. Ihr Gesicht ist rot und verrät ihre Gefühle, in ihren glasigen Augen schimmern Tränen. Ihr Kinn bebt, ihre Mundwinkel verziehen sich, während sie versucht, nicht zu weinen. Ich schaue hinunter auf ihre blassen, alten geliebten Hände, die sich ganz fest an mich klammern.

Und es ist fast genug, um mich zurückzuholen und mich von meinem Vorhaben abzuhalten.

Aber nur fast.

»Okay«, sage ich leise und steige aus dem Auto. »Dann schau eben nicht zu.«

52

»Mercy Valentine! Soll das ein *Witz* sein?«

Durch die unverschlossene Seitentür stürme ich in den Zuschauerraum – gerade als Verity von ihrem Skript aufschaut.

»Nein«, erwidere ich ungerührt. »Ich mache keine Witze.«

»Die Probe läuft schon seit *einer Stunde*!« Die Regisseurin steht hektisch auf, auf ihren Wangen bilden sich rote Flecken. »Gestern habe ich dir eine schriftliche Verwarnung gegeben, die du, nebenbei bemerkt, *unterschrieben* hast, und heute kommst du schon wieder zu spät! Möchtest du mir das nicht erklären?«

Ich zucke mit den Schultern. »Nicht unbedingt.«

Auf der anderen Seite der Bühne hält Finn beim Malen eines Baumes an einer Seitenkulisse inne und wendet mir sein neugieriges, liebevolles Gesicht zu. Er legt den Kopf schief – *alles okay?* –, aber ich schaue über ihn hinweg, als hätte ich ihn nicht gesehen.

Ich bin jetzt allein in der Dunkelheit. Wo ich hingehöre.

Sieh einfach zu, wie ich mein Leben in Schutt und Asche lege.

»Liebst du mich denn?«, frage ich laut und lasse meine Handtasche auf den Boden fallen. Ich steige auf die Bühne und schubse alle, die wie erstarrt dastehen, mit den Ellbogen

aus dem Weg. Anscheinend läuft hier gerade die Generalprobe: Rüschenhemden, hässliche Kleider und zugeknöpfte Jacken. Ich spüre, wie die in mir aufgestaute Wut darauf wartet, sich zu entladen.

»*Pardonnez-moi?*« Eli sieht mich mit seinen runden Opossum-Augen blinzelnd an, dann die anderen Darsteller, die ähnlich verwirrt aussehen wie er. »Wie bitte, altes Haus? Haben wir die Szene gewechselt? Auf welcher Seite sind wir jetzt?«

»Fünfter Akt, viiierte Szene«, flüstert Daisy hinter mir.

»Ich sagte –« Meine Wut beginnt sich zu regen. Ich ermuntere sie mit einem Stups und packe Eli an seinem steifen Kragen. »*Liebst. Du. Mich. Denn?*«

Er glotzt mich wieder mit seinem dummen Zebragesicht an.

Über seine Schulter hinweg sehe ich, wie Finn seinen Pinsel weglegt und mich beobachtet. Zwischen seinen dunklen Augenbrauen hat sich eine steile Falte gebildet. Mit beiden Händen zerre ich Eli zur Seite, damit Finn genau mitverfolgen kann, was ich jetzt vorhabe.

Dann umfasse ich Elis Gesicht und küsse ihn, ganz fest.

»Mercy!«, protestiert Verity entrüstet. »Was in aller Welt tust du da?«

Ich küsse ihn weiter.

»*Mercy!* Das steht nicht im Skript!«

Ich küsse und küsse.

»MERCY, LASS SOFORT UNSEREN HAUPTDARSTELLER LOS, DAS IST UNGEHEUERLICH!«

»Donnerwetter«, sagt Eli Bingo-Wings fröhlich, als ich mich zurückziehe und ihm den Mund abwische. »Ich hatte nicht den Hauch einer Ahnung, dass du so für mich empfindest, meine Beste! Wirklich keinen blassen Schimmer! Das hast du gut überspielt!«

Ich schaue hinüber zu den Kulissen. Finns Stirnfalte hat sich vertieft.

»Ist ja klar«, fährt Eli grinsend fort. »Du willst einen *Soupçon* vom alten Bicky. Eine kleine Kostprobe von Bicks, sozusagen. Kann ich dir nicht verübeln! Aber – ich sag's jetzt mal ganz direkt – du bist nicht mein Typ. Etwas zu aggressiv für meinen Geschmack.«

»Oh, Elijah«, leiere ich monoton herunter. »Ich kann dir nicht länger widerstehen. Bitte lass mich meine Identität verlieren, indem du mein Freund wirst. Erobere mich. Zerstöre mich. Du kannst die unglaubliche Chemie zwischen uns nicht leugnen.«

Eli tätschelt mich. »Ich glaube, sie ist eher einseitig, Babe.«

Finn wirft mir einen langen Blick zu, dann verhärten sich seine Gesichtszüge, und er geht abrupt weg.

Ich schließe die Augen: *zack, kaputt.*

»Richtig«, sagt Verity schnaubend. Sie nimmt erbost ihre Brille ab und reibt sie an ihrem Ärmel. »Vorausgesetzt, Eli verzichtet auf eine offizielle Beschwerde – wozu er durchaus das Recht hätte –, proben wir gerade den zweiten Akt, Mercy. Du hast heute Morgen erneut deine Unpünktlichkeit unter Beweis gestellt, also setz dich.«

Ich setze mich.

»Nicht hier auf der Bühne.«

Ich rutsche auf meinem Hintern nach vorn, bis ich an der Kante abrutsche.

»Auch da nicht.«

Auf allen vieren krieche ich zu einem der vorderen Sitze, lasse mich hineinplumpsen und glotze die Darsteller an, die in ihren dämlichen Rüschenkostümen stumm auf der Bühne stehen. Bruder Franziskus lächelt mich zaghaft an, und Piper hebt mitfühlend die Augenbrauen. Ich mache mich über sie lustig, indem ich ihren Gesichtsausdruck imitiere. Sie errötet vor Verlegenheit und schaut weg.

Dann fixiere ich Daisy, die mit offensichtlicher Vorfreude auf ihren Auftritt wartet.

Korrektur: *meinen* Auftritt.

»He, Diener!«, ruft Eli und winkt mit der Hand einen Statisten heran.

»Signor –«

»Was hat *die* denn an?«, unterbreche ich ihn laut und zeige auf Daisy. »Ist das *mein* Kostüm?«

»Ja«, antwortet Verity mir zähneknirschend. »Du warst nicht hier, Mercy. Erinnerst du dich? Mach weiter.«

Eli nickt. *»In meinem Zimmer am Fenster liegt ein Buch – bring mir's her in den Gar–«*

»Zieh es aus«, sage ich abrupt und stehe auf.

»Was?« Daisy blinzelt. »Jetzt gleich?«

»AUSZIEHEN!«, brülle ich. Meine Wut wird zu einem lodernden Inferno. »Zieh sofort das verdammte Kleid aus, du talentloser Trampel. Es wurde nicht für dich gemacht!«

Daisy schaut zu Boden, dann bricht sie in Tränen aus und rennt von der Bühne.

Zack.

»Mercy«, zischt die Regisseurin. »Wie kannst du es wagen? Ich werde es ganz sicher *nicht* zulassen, dass du –«

Ich setze mich hin und fordere das Ensemble mit einer verächtlichen Handbewegung zum Weitermachen auf.

»Äh.« Eli kratzt sich am Kopf. »Donnerwetter. Okay. Wo war ich?« Er räuspert sich. *»Ich wundere mich. Da sieht nun einer mit an, wie andere Leute zu Schwachköpfen werden, sobald sie sich auf die Liebe einlassen –«*

Ich schnaube laut.

»Und nachdem er lange genug über das idiotische Getue der anderen gelacht hat …«

»Hört, hört!«, rufe ich.

»… verliebt er sich und wird das Opfer seiner eigenen Verachtung.«

Ich klatsche betont langsam. *Klatsch, klatsch, klatsch.*

»Mercy«, zischt Verity. »Ich schwöre bei Gott, wenn du nicht –«

»Das ist ein grässliches Stück.« Ich springe auf und strecke die Arme aus. »Romantische Liebe ist ein Trick, ein vorübergehender Wahnsinn, damit wir uns weniger allein *fühlen*. Aber weißt du, was – sie ist nur ein Placebo. Wir *sind* allein. Selbst wenn wir nicht alleine geboren werden, sterben wir alleine. Also *komm verdammt nochmal damit klar* und hör auf, diese schwachsinnigen, erfundenen *Geschichten* unter die Leute zu bringen.«

Mit einem boshaften Lachen wende ich mich an das völlig irritierte Ensemble.

»Und ihr glaubt, ihr seid *Schauspieler*? Ich habe schon bessere Darstellungen in meinem eigenen Wohnzimmer gesehen, noch dazu von Kindern.«

Alle starren mich mit offenen Mündern an. Verity macht ein paar schnelle Schritte auf mich zu, als wollte sie sich auf mich stürzen wie auf einen Rugbyball.

»Meine kleine Schwester ist fünfzehn«, sage ich zu ihr und schieße blitzschnell meinen nächsten Giftpfeil ab. »Aber selbst *sie* könnte ein Stück mit mehr Phantasie inszenieren als alles, was ich bisher von dir gesehen habe, Verity Ramirez.«

Ein merkwürdiger Schwindel erfasst mich, in mir löst sich etwas aus den Angeln. Eine Finsternis, die sich aus ihren Banden befreit.

Alles in Schutt und Asche.

»Wie lange ist es noch bis zur Premiere?« Grinsend wie eine Katze, hole ich zum letzten Schlag aus. »Fünf Tage? Sechs? Das wird nicht reichen.«

Und … *ZACK!*

»Das war's!« Die Regisseurin schleudert ihr Skript auf den Boden. »Es ist mir egal, wer du bist, Mercy! Es ist mir egal, wer deine Großmutter ist oder wie oft sie den künstlerischen Leiter des Theaters anruft, um sich in deinem Namen zu entschuldigen! Dir die Rolle zu geben, war der größte Fehler meiner Karriere!«

Ich nicke und hebe meine Handtasche vom Bühnenrand auf.

»So bin ich eigentlich nicht!«, zetert Verity. »Ich bin kein Schreihals! Du bist *toxisch*. Du bist *Gift*. Du hast mich zu jemandem gemacht, den ich nicht mag!«

»Ja«, sage ich ungerührt und schultere die Tasche. »Das tue ich. Willkommen im Club.«

Es herrscht Schweigen, während ich zusehe, wie die Flammen an meiner Karriere lecken, wie meine Träume nacheinander zerplatzen, wie alles, was ich je wollte, schwarz und hohl wird und in sich zusammenfällt.

Dann wendet sich Verity an Eli. »Hol Daisy her. Sofort.«

Eli eilt davon, und innerhalb von Sekunden ist Daiiiiiisssssssyyy auf die Bühne zurückgekehrt, in Jeans, rotem Pullover und einer neuen, erstaunlichen Gelassenheit. Sie hat offensichtlich hinter der Bühne alles beobachtet und weiß genauso gut wie ich, was jetzt kommt.

Das große Finale.

»Glückwunsch«, sagt die Regisseurin mit ungewohnter Autorität. »Daisy, du spielst jetzt Beatrice.«

Sie nickt.

»Mercy Valentine.« Verity dreht sich wieder zu mir um. »Du bist gefeuert.«

53

Aber ich ja bin noch nicht fertig.

Ich nehme direkt ein Taxi nach Hause – ich muss noch zu einer *Dinnerparty*.

Mit einem Knall falle ich ins Haus ein.

»Da bist du ja«, zische ich Maggie an, als sie in ihrem grauen Kleid, das sie auch schon beim letzten Mal trug, durch die Halle eilt. »Schön, dass du *endlich* zur Arbeit erscheinst, Margaret, ich dachte, du würdest –«

Und schon ist sie ist weg.

»Mum?« Ben kommt aus der Küche, in einem Anzug, der ihm etwas zu klein ist, und mit Blumen in der Hand. »Warte, ich habe eine bessere Vase gefunden, lass mich die –«

»Na«, sage ich höhnisch, »wenn das nicht Mr. Zweite Wahl persönlich ist.«

Und schon ist auch er weg.

Mit einem frustrierten Knurren drehe ich mich im Kreis, auf der Suche nach jemandem, der das Pech hat, mir über den Weg zu laufen.

»Max!«, schreit Dad von oben. »Kannst du hochkommen und zusätzliche Stühle holen?!«

Eine Stimme aus dem Garten: »Bin beschäftigt!«

»JUNGE!«, brüllt mein Vater. »Es ist mir egal, ob du dich

auf die nächste Weltraumlandung vorbereitest, wenn du deinen Hintern auf einen Stuhl platzieren willst, kommst du sofort rein und hilfst mir mit den verdammten Stühlen!«

Die Kamera auf sich gerichtet, kommt Max aus dem Garten. Er trägt einen nagelneuen Smoking.

»Oh«, falle ich ihm ins Wort. »Da kommt *er*, der Unbegabteste von allen –«

»SOFORT, MAXIMUS!«

»Komme schon, Dad! Verflixt, man könnte meinen, wir hätten kein Personal«, brummt mein Bruder und joggt an mir vorbei. »Warte nur, bis ich ein Fernsehstar bin. Dann werden sie mich nicht mehr herumkommandieren.«

Drei Stufen auf einmal nehmend, eilt er mit großen Schritten die Treppe hinauf.

»Zieh dich an, Mercy«, sagt Grandma knapp und schwebt in einem langen fliederfarbenen Kleid durch die Halle. »Etwas mit ein wenig Farbe, bitte. Es reicht jetzt mit Schwarz. Das ist einfach morbide.«

Ich will sie anblaffen, komme aber nicht dazu.

»*Halt*, junger Mann«, sagt sie und stupst mit ihrem Stock einen vorbeigehenden Kellner an. »Was haben Sie mit den Brötchen vor? Was nützen frisch gebackene Brötchen, wenn sie auf den Tisch gestellt werden, bevor alle anwesend sind? Schieben Sie sie zurück in den Ofen.«

Mit einem indignierten Schnauben folgt sie ihm in die Küche.

»Eff!« Pudel kommt in einem orangefarbenen Kleid aus der Bibliothek gehüpft und zerrt an einem grünen Schuh.

»Effie, ich kann den anderen nicht finden. Was meinst du, kann ich zwei verschiedenfarbige Schuhe tragen?«

»Hier.« Faith steckt ihren Kopf aus dem Wäscheraum. »Fang!«

Sie schleudert einen grünen hochhackigen Schuh quer durch die Halle.

»Oh.« Ich seufze gehässig. »Wie *überaus* –«

Und schon sind beide verschwunden.

Himmel nochmal, könnte bitte *irgendjemand* in dieser Familie lange genug stehen bleiben, damit ich zum Vernichtungsschlag ausholen kann?

Es klopft an der Tür, und ich renne erleichtert darauf zu.

Ah, das passt ja *perfekt*.

»Tut mir leid, dass ich zu spät komme«, sagt Ruth lächelnd. Sie trägt ein grauenhaftes pinkfarbenes, ombriertes Etuikleid. In der einen Hand hält sie eine üppige Lasagne, in der anderen einen braunen Anorak. »Britische Rezepte sind so verwirrend, ich habe mich bei den Maßeinheiten vertan, und dann war ich mir nicht sicher, ob es Fahrenheit oder Celsius sind, also –«

Ich öffne den Mund …

»Oh, wie *reizend*«, sagt meine Mutter und schwebt in blauer Seide herbei. »Wir vergessen immer, das Personal zu verköstigen.«

Sie nimmt der Amerikanerin die Auflaufform ab.

»Bitte, kommen Sie doch herein«, fordert Mum sie mit einem förmlichen, distanzierten Lächeln auf. »Es ist mir eine Freude, Sie in meinem Haus zu empfangen, Roseanne. Sie heißen doch *Roseanne*, nicht wahr? Und machen Sie sich bitte keine Gedanken, dass Michael Ihnen nichts von der Kleiderordnung gesagt hat. Mein zukünftiger Exmann kann manchmal so vergesslich sein.«

»Eigentlich heiße ich Ruth, aber mein zweiter Vorname ist Rosaline«, sagt Ruth mit einem gedämpften Lächeln.

»Das ist nicht ganz ohne Ironie«, erwidere ich spöttisch. »Wie wir alle wissen, wird Rosaline sitzengelassen, weil –«

»Sei nicht unhöflich, Mercy«, unterbricht mich Mum scharf und wendet sich bereits zum Gehen. »Ruth, darf ich Ihnen Ihre Jacke abnehmen und zur Garderobe bringen – oder wie auch immer Sie das Ding nennen, das Sie da in der Hand halten.«

Mit einem gehässigen kleinen Hollywoodlächeln führt meine Mutter Ruth weg.

Sie hat mir gerade *meinen ganzen Text* geklaut.

»ARRRGGHHH!«, kreische ich los und knalle meine Handtasche auf den Fußboden. »SIEHT MICH ÜBERHAUPT NOCH JEMAND?!«

Mit glühenden Wangen renne ich die Treppe hinauf in mein Schlafzimmer. Meine Hände zittern, mein Herz rast, ich habe jegliche Kontrolle über mich verloren.

»Charity?«, sage ich heiser. »Wenn du zurückkommst, höre ich damit auf, das schwör ich dir. Dann versuche ich, wieder glücklich zu sein.«

Mein Kopf ist wie Watte, als ich benommen vor den Spiegel trete.

»Charity? Hör auf, so *egoistisch* zu sein!«

Aber da bin nur ich allein.

Mein Gesicht, meine Wut, meine Zerstörung, mein Schmerz, meine Dunkelheit.

Verzweifelt renne ich zu meinem Kleiderschrank. Ich ziehe alles heraus und werfe es mitten im Zimmer auf einen großen Haufen. Ich ziehe meine schwarzen Leggins und den Pullover aus und wühle mich durch die Sachen, bis ich finde, wonach ich suche. Dann ziehe ich das schmale graue Flapper-Kleid an. Es ist zu eng, viel zu kurz, es riecht nach Staub und Schminkresten und Erinnerungen.

Die meisten Knöpfe sind offen, als ich zum Spiegel zurückkehre.

»Tee«, flüstere ich. Das Zimmer scheint plötzlich zu kippen. *»Bitte.«*

»Yo, yo, yo«, höre ich Max von draußen rufen.

»Meerhexe? Also, das große Dinner ist in fünf Minuten, und Grandma will, dass ich nachschaue, ob du dich auch wirklich umziehst …«

Ich erstarre, dann drehe ich mich langsam um.

»Ähm, Sis.« Mein Bruder bleibt verblüfft an der offenen Tür stehen. »Mensch, Sis. Was hast du da an?«

Vor Entsetzen klappt mir die Kinnlade herunter.

»Hahahahahahaha!« Max prustet los und bricht dann in lautes Gelächter aus. »Das ist ein *scheußlicher* Fummel, Meerhexe. Wo hast du den her? Aus einem Gruselpuppenfachgeschäft?« Er lacht noch heftiger. »Nichts für ungut, aber du bist mittlerweile ein bisschen rausge–«

»VERSCHWINDE!«, brülle ich ihn an. Ich stürze mich

auf ihn und versetze ihm einen kräftigen Stoß. »RAUS! RAUS, RAUS, RAUS, RAUS!«

Mit einem *Uff* plumpst er im Gang auf den Teppich.

»Ich hab doch nur Spaß gemacht!« Max blinzelt und kratzt sich am Kopf. »Was soll der Mist? Da hat wohl jemand seine Tage.« Ich trete ihn mit dem Fuß, bis er die Hände hebt und sich aufrappelt. »Okay! Okay, okay! Ich gehe nach unten und sage ihnen, dass du fast fertig bist! Behalte deine Perücke auf.«

Mein Bruder verschwindet. Mit einem wahren Sirenengeheul im Kopf stürme ich hinaus in den Flur. Max' Schlafzimmer liegt am Ende des Gangs. Ohne innezuhalten, stürme ich in das unordentliche, muffige Chaos und schaue mich um.

Sein Laptop liegt aufgeklappt auf dem Schreibtisch.

Das Passwort zu knacken, dauert ganze vier Sekunden. Ich speichere die Datei *MEIN GROSSER DURCHBRUCH!!!* auf einem Stick und ziehe ihn heraus. Dann renne ich die Treppe hinunter und platze mit einem lautem Türschlagen ins Esszimmer.

Alles funkelt, warm, golden, so wie früher.

»Mercy!« Grandma blickt von ihrem Sektglas auf. »Das ist eine völlig unnötige –«

Sie verstummt, als sie meinen Gesichtsausdruck sieht.

»Verlassen Sie den Raum«, weist sie die Kellner an, die in der Ecke herumstehen. »Schnell, bitte.«

Das Catering-Personal verzieht sich, während meine Familie mich schockiert anstarrt.

»Was ist passiert?«, fragt Effie sanft. »Mer, was ist los? Warum trägst du das Geisterkleid?«

»Tja«, sage ich spöttisch und ignoriere ihre Frage. »Wie entzückend, dass wir uns wieder einmal hier versammelt haben. Eine idyllische kleine herzerwärmende Familienfeier, wie ich sehe! Ganz wie in alten Zeiten!«

Mein Blick gleitet durch den funkelnden Raum und verharrt nacheinander auf Grandma, Mum, Dad, Faith, Hope, Max, Maggie, Ben und Ruth.

»Nur dass sie das gerade *nicht* ist, oder?« Ich lache auf, laut und freudlos. »Weil jemand fehlt. Was man allerdings nicht auf Anhieb merkt, denn die Valentines sind wahre Meister darin, andern etwas vorzuspielen.«

Entschlossen gehe ich zum Tisch, nehme ein Kristallsektglas in die Hand und lasse es auf den massiven Eichenboden fallen.

Klirr.

»Wir täuschen es vor.«

Ein weiteres Glas: *klirr.*

»Wir täuschen Glück vor.« *Klirr.*

»Wir täuschen Perfektion vor.« *Klirr.*

»Wir täuschen Nähe vor.« *Klirr.*

»Wisst ihr, warum die Valentines die berühmteste Schauspielerfamilie auf diesem Planeten sind? Weil Vortäuschen *alles* ist, was wir können.«

Mit einem *Wusch!* fege ich den Rest der Gläser vom Beistelltisch.

KLIRRKLIRRKLIRRKLIRRKLIRRKLIRR.

»Mercy!«, ruft Grandma.

»Ach, fahr zur Hölle«, zische ich und drehe mich blitzschnell zu ihr um. »Ohne dich und deinen Stolz wären Charity und ich gar nicht erst in dieser Fernsehproduktion gelandet.«

Sie blinzelt verdattert, und ihre Kinnlade klappt zu.

»MERCY«, ruft Dad donnernd und lässt seine Faust auf den Tisch sausen. »Wage es nicht, so mit deiner Großmutter zu sprechen!«

»Und wo warst *du*?« Ich wirble herum und schnelle wie eine Schlange auf meinen Vater zu. »Als Charity im Krankenhaus lag, wo warst du da? In einem Schneideraum? Einen Film drehen? In Amerika? Irgendwo, nur nicht hier? Weil du dich wieder einmal selbst an die erste Stelle gesetzt hast?«

Seine Gesichtszüge sacken nach unten. Mit einem boshaften Lächeln nehme ich mir Mum vor.

»Was ist mit dir, liebste Mutter? Warum hast du dich nicht um uns gekümmert? Warum hast du nicht verhindert, dass wir so werden wie *du*? Du wusstest doch, wie es ist, wenn man so früh ins Rampenlicht gezerrt wird. Wir hätten in der Schule sein sollen, mit einem normalen Leben und normalen Freunden, nicht bei einem Filmset mit Anstandswauwaus und Chauffeuren. Wir waren Kinder. Wir hätten unsere *Eltern* gebraucht.«

Mum fällt buchstäblich in sich zusammen. Ich drehe mich zu meinen Schwestern.

»Lauf wieder weg, Hope«, fahre ich sie an. »Lauf wieder weg, Faith. Lasst mich einfach allein zurück.«

Meine Schwestern zucken zusammen, als hätte ich sie geschlagen. Ich werfe einen abschätzigen Blick auf Maggie, Ben und Ruth.

»Blutsauger, alle miteinander.«

Zuletzt kommt Max an die Reihe. Er hat mich nicht aus den Augen gelassen, sein sonst so hübsches Gesicht ist verkniffen und verrät, dass er Angst hat. Feixend ziehe ich den Speicherstick aus der Tasche meines Kleides und stecke ihn in den Overheadprojektor.

»Hey«, sage ich mit einem kleinen giftigen Lachen. »Diese Familie liebt eine gute Show, nicht wahr? Warum ausgerechnet jetzt mit der Tradition brechen?«

»Mercy«, haucht mein Bruder. »Bitte … nicht.«

Ich grinse ihn nur an.

Und drücke auf PLAY.

54

[Rhythmische Herzschlaggeräusche]

MAX

Kennen Sie die Valentines?

Eine Montage, bei der in schneller Abfolge Hochglanzmagazine mit den Valentines auf dem Cover übereinander auf einem Stapel landen.

MAX

Sie kennen sie nicht.

Bildcollage der Familienmitglieder:

Hope schluchzt auf ihrem Bett; Faith klettert mit rasiertem Kopf die Feuerleiter des Familienanwesens hinunter; Mercy schreit die Haushälterin an; Michael und Ruth küssen sich in einem Londoner Park; Dame Sylvia weigert sich, mit Paparazzi zu sprechen; die verwahrlost aussehende Juliet läuft einen Gang entlang, mit zotteligen Haaren und verlorenem Blick; Max ruft seinen Vater an, aber der Anruf wird weggedrückt.

MAX

Lügen. Geheimnisse. Trauer. Eine Familie in Scherben.

In Schwarz und Gold blinkt der Schriftzug *DIE VALENTINES*.

MAX (direkt in die Kamera, Nahaufnahme)

Ich bin Max Valentine, und ich zeige Ihnen... alles.

55

Totenstille.

Max steht so abrupt auf, dass sein Stuhl umkippt.

»Leute«, sagt er verzweifelt und streckt die Hände aus wie ein Selbsthilfe-Guru vor einer Schar von Skeptikern. »Schaut mich nicht so an, der Film ist noch in Arbeit. Ich bin gerne bereit, Korrekturvorschläge anzunehmen … Überlegt doch mal, vielleicht könnte es ganz heilsam sein, wenn wir zeigen, dass wir nicht –«

»Du Vollpfosten«, sagt Faith laut und deutlich.

Alle drehen sich um und starren jetzt sie an.

»Max, du bescheuerter, dämlicher Oberarsch.« Meine süße Schwester erhebt sich von ihrem Platz. Sie zittert sichtlich vor Wut. »Wie konntest du nur? Die ganze Zeit über hast du uns heimlich *gefilmt*? Es hat mich *alles* gekostet, aus dem Rampenlicht herauszukommen, und jetzt willst du mich wieder hineinstoßen?«

Mein Bruder scheint förmlich zu schrumpfen. »Eff, so war das nicht …«

»Du bringst meinen Liebeskummer ins Fernsehen?« Hope springt auf, mit hochroten Wangen und geballten Fäusten. »Aber die ganze Welt wird mich weinen sehen!«

»EHER GEFRIERT DIE HÖLLE!«, poltert Dad. Er steht auf und schlägt mit der Faust so fest auf den Tisch, dass das

Besteck klappert. »MAXIMUS LAURENCE VALENTINE, DU SAGST DIESES PROJEKT AB.«

»Ich ...«, wispert Mum und starrt auf die flimmernde Leinwand. »Ich wusste nicht, dass ... Ich hatte keine Ahnung ... Ich ...«

»Nur über meine Leiche!«, ruft Grandma erbost und stützt sich bei jedem Schritt schwer auf ihren Stock. »In meinem ganzen Leben war ich noch nie so entsetzt über ein Mitglied dieser Familie!«

»Hören Sie«, beginnt Ruth leise, »ich denke, es ist wichtig, dass wir –«

Grandma dreht sich zu ihr um. »Mund zu, Missy! Sie sind kein Teil dieser Familie, egal, wie sehr Sie sich bemühen, genau das zu sein!«

»SYLVIA!«, empört sich Dad. »SPRICH NICHT SO MIT RUTH!«

»Es sei denn ...« Hope runzelt gedankenverloren die Stirn. »Ich sehe wirklich süß aus, oder? Ich weine und bin dabei sehr hübsch, Hashtag *vom Glück gesegnet*. Das könnte meine Chance sein! Außerdem, wenn wir auch das Ende zeigen« – sie ergreift Bens Hand und lächelt ihn an –, »dann ist es wirklich eine sehr schöne Geschichte.«

Ben runzelt die Stirn. »Hope, ich fühle mich nicht wohl dabei, im Fernsehen zu sein.«

»Ich auch nicht«, unterbricht Maggie. »Nur damit das klar ist.«

»DU WIRST NICHT IM FERNSEHEN ZU SEHEN SEIN, HOPE, DU BIST ERST FÜNFZEHN.«

»Aber, *Dad*«, nörgelt Hope. »Charity und Mercy waren *vierzehn*, als sie in der Geisterserie mitgespielt haben, es ist total unfair, wenn –«

»WAS GLAUBST DU, WARUM WIR DIE REGELN AUFGESTELLT HABEN? HOPE VALENTINE, DU KOMMST NICHT INS FERNSEHEN, BASTA!«

»Das ist so *unfair*!« Hope knallt einen Teller hin. »Max! Lass mich drin!«

»NIMM SIE RAUS!«

»Lass mich drin!«

»Du nimmst mich sofort raus!«, brüllt Faith über den Aufruhr hinweg. Keiner von uns hat sie je zuvor so laut schreien hören. »Oder ich werde jeden Penny, den ich gespart habe, dafür verwenden, dich bis aufs letzte Hemd zu verklagen, Max!«

»Es tut mir so leid«, flüstert Mum über ihren Teller gebeugt. »Ich wusste nicht, was hier vor sich geht. Ich werde mich mehr anstrengen. Ich werde –«

»Du brauchst dich nicht zu entschuldigen, Juliet!« Grandma stößt ihren Gehstock auf den Boden. »Du kannst nichts dafür!«

»... ENTERBEN ...«, brüllt Dad wie von Sinnen. »... IN MEINEM GANZEN LEBEN NOCH NIE ...«

»Lass mich drin!«

»NIMM MICH RAUS!«

»Ich bin eine sehr –«

»Leute, könnten wir vielleicht alle –«

»... schäbig, alles zerstören, was wir über ein Jahrhundert hinweg aufgebaut haben ... kann nicht glauben, dass ...«

»… wirklich unangenehm –«

»REIN!«

»RAUS!«

»REIN, REIN, REIN!«

Alle stehen auf und schreien sich gegenseitig über den Esstisch hinweg an.

»Leute!«, fleht Max mit hochrotem Gesicht. »Hört mal, warum setzen wir uns nicht hin und reden in aller Ruhe darüber und –«

Leise schleiche ich zur Tür.

Alles, was ich wollte, war, meinen Bruder zu verletzen – als Ventil für meine Wut. Aber sie verselbständigt sich. Und das ist genau der Punkt. Ich habe keine Kontrolle darüber, was mein Zorn anrichtet.

Meine Augen brennen, als ich nach der Türklinke taste und zusehe, wie das Geschrei immer weiter eskaliert und meine Familie, die erst langsam wieder zu sich gefunden hat, erneut auseinanderbricht.

Blind vor Tränen husche ich in den dunklen Flur hinaus.

»Mercy.«

Ich muss gehen.

»Mercy.«

Ich muss so weit wie möglich weg von hier.

»Mercy, *stopp!*«

Ich wische mir schnell über die Augen und drehe mich zu Faith um. Sie schließt leise die Esszimmertür und macht ein paar Schritte auf mich zu.

»Sag es nicht«, fahre ich sie an. »Du hasst mich, ich weiß.«

»Das wird nicht funktionieren«, sagt meine Schwester sanft.

Ich zögere. »Was?«

»Du kannst uns wegstoßen, so viel du willst, wir kommen immer wieder zu dir zurück. Egal, was du tust, wir lieben dich. So ist das in einer *Familie.*«

Meine Kehle schnürt sich zu, wird immer enger.

»Ist das so?«, flüstere ich, weil sie mich vielleicht doch nicht immer lieben würden.

Nicht, wenn sie alles wüssten.

56

Zwei Jahre zuvor

»Charity? Hat jemand Charity Valentine gesehen?«

Zum dritten Mal in dieser Woche klopft es an die Garderobentür, und ein genervt aussehender Produktionsassistent steckt seinen Kopf herein.

»Charity?«, fragt er hoffnungsvoll.

»Mercy.«

»O Mann.« Er verzieht das Gesicht. »Deine Schwester sollte schon vor einer halben Stunde am Set sein. Alle warten auf sie. Wieder einmal.«

»Sie ist auf der Toilette.« Ich lächle entschuldigend. »Verdorbener Magen. Austern. Sie wird gleich rauskommen.«

»Aha.« Er glaubt mir nicht. »Gut, sag deiner Schwester, sie soll so schnell wie möglich am Set erscheinen.«

»Auf jeden Fall«, sage ich betont liebenswürdig und nicke.

Sobald die Tür hinter ihm zufällt, greife ich nach meinem Handy und schreibe:

TEE, WO ZUM TEUFEL STECKST DU? KOMM HER!

Ich habe ihr verdammt nochmal gesagt, dass das passieren würde.

Nachdem meine Zwillingsschwester ihren Schwarm Blake ein Jahr lang angeschmachtet hat, haben die beiden heute ein erstes Date. Sie wollen spazieren gehen, Eis essen, die Enten füttern, was auch immer. Charity hat mich in der vergangenen Nacht immer wieder aus dem Schlaf gerissen, um mich über ihre *romantischen* Pläne zu informieren, bis ich ihr schließlich gedroht habe, sie mit einem Kissen zu ersticken.

Es könnte so süß sein, wenn es nicht ihre Karriere zerstören würde.

Unsere Karriere.

Pling.

OMG Cee, wir haben einen wundervollen Tag! Ich bin so verliebt! Nicht so verliebt wie Blake natürlich. Hahahaha xxx

Gegen meinen Willen muss ich lächeln, als ich zurückschreibe:

Cool, aber du solltest längst am Set sein, du bist jetzt dran. Ich kann nicht ständig für dich einspringen. Irgendwann fliegen wir auf.

Pling.

Jaaaaaa, ich weiß. Aber Blake hat nie frei, und wir wollen uns besser kennenlernen. Man hat nur einmal ein erstes Date, oder? Xxxx

Pling.

PS: Habe ich dir jemals gesagt, wie hübsch und schön und phantastisch du bist? X

Pling.

PPS: Ernsthaft, sooooooooo hübsch. Xxx

Ich rolle mit den Augen.

Okay, Tee, ich springe für dich ein. Aber sei wenigstens rechtzeitig zurück, damit wir zusammen nach Hause gehen können und niemand Verdacht schöpft.

Pling.

ABGEMACHT. ICH LIEBE DICH. Xx

Jetzt lächle ich wirklich.

Ja, das solltest du. X

Hastig schlüpfe ich in das graue Flapper-Kleid und eile zur Maskenbildnerin für die übliche Prozedur: dunkle Augen, totenfahle Haut, kurze aschgraue Bobperücke. Auf dem Weg zum Filmset mache ich bewusst leichtere Schritte, entspanne mein verkrampftes Gesicht, lockere die Schultern.

»Hey, Tee!« Ein gut aussehender Statist grinst mich an, und ich grinse zurück. »Du siehst heute besonders süß aus.«

»Vielen Dank, Sweety-Boy.«

Mit einem lässigen Hüpfer springe ich über ein Kamerakabel und betrete das Set.

»Charity!« Der Regisseur schaut auf. »Na endlich! Wie fühlst du dich, Schatz?«

»Besser.« Ich tätschle meinen Bauch und schneide eine Grimasse. »Aber vielleicht sollten Sie den gesamten Backstagebereich abriegeln, wenn Sie wissen, was ich meine ...«

Er lacht, überprüft dabei aber schon die Beleuchtung.

»Was mich daran erinnert«, füge ich mit heiserer Stimme hinzu, »wie nennt man intelligente Toilettenbenutzer? Klugscheißer.«

Aus den Reihen der Crew höre ich leises Glucksen.

»Was trägt Brille und kann nicht sehen?« Ich fühle mich, als würde ich schweben, sorglos und leichtsinnig. »Die Toilette.«

Sie lachen wieder – es ist ein warmes, einhüllendes Geräusch, wie das wohlige Gefühl einer Umarmung, die ohne Berührung auskommt –, und mir wird schmerzlich klar, dass von allen Rollen, die ich je gespielt habe, die meiner Schwester mir die liebste ist.

»Noch ein letzter: Was ist rot und sitzt auf der Toilette? Eine *Klomate.*« Ich mache eine schwungvolle Verbeugung vor meinem Publikum. »Also, wo soll das geistreiche Genie denn stehen?«

»Hier drüben.« Der Regisseur schüttelt den Kopf. »Was

sollen wir nur mit dir machen, Charity? Du bist so unzuverlässig. Ganz und gar nicht wie deine Zwillingsschwester.«

Seine Antwort versetzt mir einen Stich, und ich kann mich nicht zurückhalten.

»Aber ich bin liebenswerter als sie, stimmt's?« Ich grinse verschwörerisch und lehne mich vor. »Na los, geben Sie es zu. Ich werde es auch niemandem weitersagen.«

»Zugegeben«, raunt der Regisseur. Dann zwinkert er. »Pst.«

Etwas in mir stürzt ein und zerbricht.

»O-kay«, sage ich und richte mich schnell wieder auf, bevor jemand auf unsere kleine Privatunterhaltung aufmerksam wird. »Fangen wir an.«

Die Kameras surren, und ich versuche, mich darauf zu konzentrieren, die Szene so zu vermasseln, dass niemand errät, dass ich *ich* bin.

»CUT!«, ruft der Regisseur begeistert. »So gut warst du noch nie, Tee.«

Ein kleiner Trost, nehme ich an.

»Was soll ich sagen?« Ich grinse frech und hauche dem Team einen Kuss zu, aber ich spüre, wie mir die Puste ausgeht, wie ich abschalte, dunkler werde, wie meine Maske fällt. »Eine Lebensmittelvergiftung wirkt wahre Wunder. Bis später!«

So schnell wie man überhaupt nur schlendern kann, kehre ich zurück in die Umkleidekabine, gerade noch rechtzeitig, bevor mein Lächeln wie ein Feuerwerk im Regen verpufft.

Mit einem langen Seufzer schließe ich die Tür hinter mir und lehne mich dagegen.

»Wie ist es gelaufen?«

Charity hat sich auf unserem gemütlichen Papasan-Sessel ausgestreckt und ihre schmutzigen Füße lässig auf den Schminktisch gestützt. Ich lümmle nie so herum, ich sitze steif auf dem Stuhl wie ein ungeliebtes Dekorationsstück.

»Gut«, sage ich mit dünner Stimme und fummle an den Knöpfen, um das Kleid auszuziehen.

»Mein erstes Date war *feuchtfröhlich*, vielen Dank auch.« Sie gluckst. »Damit meine ich, dass ich Blake in einen Teich geschubst habe. Nass sieht er *hinreißend* aus, und er hat einen tollen Sinn für Humor. Er hat fast gar nicht getobt.«

»Cool.« Ich schnappe mir ein Feuchttuch und wische damit grob über mein Gesicht.

»Er ist genial.« Charity schmiegt ihre Wange an die Stuhlseite und schließt die Augen. »Ich weiß, ich mache Witze darüber, aber ich mag ihn *wirklich* sehr, Cee. So *richtig*.«

»Großartig.« Ich ziehe meine Jeans an und greife nach meinem roten Pullover. »Ich freu mich für dich.«

Es gibt eine Pause. »Mercy, was ist los?«

»Nichts.«

»Sag's mir.«

»Es ist nichts.«

»Sag es einfach.«

»Mir geht's gut.«

»Bullshit.«

Aus einem Impuls heraus drehe ich mich um und blicke meine Schwester an.

»Hör mal, Tee, ich weiß, das klingt merkwürdig, aber

meinst du, ich könnte vielleicht … deine Sachen anziehen, bis wir zu Hause sind? Nur mal so? Wir könnten … den anderen wieder mal einen Streich spielen. Hättest du was dagegen?«

Charity runzelt die Stirn, forscht in meinem Gesicht und bricht dann in lautes Gelächter aus. »Du magst es auch, hm?«

Ich blinzle. »Was denn?«

»Ist schon okay, Mer.« Lächelnd schlüpft sie aus ihrem violetten Kapuzenpulli und wirft ihn mir zu. »Ich mag es auch manchmal, du zu sein.«

»Wirklich?« Fassungsloses Staunen. »Ist das wahr?«

»Ja klar.« Meine Schwester bindet ihr Haar straff zurück, streicht die kleine Lachfalte am Mundwinkel glatt. »Die ganze Welt scheint das Bedürfnis zu haben, uns in entgegengesetzte Richtungen zu drängen, nur damit man uns unterscheiden kann. Aber das ist für die anderen, nicht für uns. Manchmal möchte ich keine Witze machen und keine Streiche spielen. Manchmal möchte ich, dass die Leute mir zuhören und mich ernst nehmen. Ich will scharfsinnig sein und wild und stark und talentiert. Ich will sagen, was ich wirklich denke, so wie du.«

Und da ist wieder dieser Kloß im Hals. »Du willst … *ich* sein?«

»Natürlich will ich das.« Charity beugt sich vor und küsst mich auf die Stirn. »Du bist mein persönlicher Lieblingsmensch, Mercy.«

All die Dunkelheit in mir explodiert plötzlich als heller Lichtblitz wie ein sterbender Stern.

Mein Kinn fängt an zu beben, und im Überschwang werfe ich meine Arme um ihren Hals.

»Okay«, sagt meine eineiige Zwillingsschwester lachend, als ich ihr einen Kuss auf die Wange gebe. »So eine untypische Liebesbezeugung kenne ich gar nicht von dir, das ist ja zum Fürchten. Hör auf damit.«

Ich wische mir mit einem verlegenen Grinsen über die Augen und lasse sie wieder los.

»Also … tauschen wir?«, frage ich zögernd.

»Ja.« Charity grinst. »Wir tauschen.«

57

Das Haus leert sich.

Nachdem der Staub sich gelegt hat, gehen alle aus der Familie ihres Weges: Dad und Ruth zurück in ihr Hotel, Grandma in ihre protzige Wohnung in Kensington, Mutter in ihr Schlafzimmer, Faith in die kleine Studiowohnung in Brixton, Hope irgendwohin mit ihrem Ben, Maggie in ihre Wohnung in Putney.

Nur ich bleibe allein in der Stille zurück. Gestrandet in einem riesigen Haus, das sich ungewohnt und feindlich anfühlt, wie eine Person, von der ich nicht weiß, wie ich mit ihr umgehen soll.

Benommen wandere ich ziellos durch die Gänge.

Hinein und hinaus aus den großen verlassenen Räumen, auf der Suche nach etwas, das mich von ihrer Leere ablenkt. Ich schlendere in die kalte, dunkle Küche, plündere den Kühlschrank, stochere in den Resten des verschmähten Festmahls und stelle fest, dass ich nicht richtig schlucken kann und mir jeder Appetit vergangen ist. Meine Füße führen mich in den Kinoraum, ich versuche, einen Film anzuschauen, irgendeinen, aber ich kann mich nicht konzentrieren.

Wie betäubt wandere ich weiter. Ich gehe in Charitys hellgelbes Schlafzimmer, entferne die Witzezettel, die Faith im ganzen Zimmer verteilt hat, und werfe sie in den Müll.

Dann verkrieche ich mich in meinem marineblauen Schlafzimmer.

Ich liege im Dunkeln auf meinem Bett und verbringe Stunden damit, das Internet nach einem Streit, einer Auseinandersetzung, einer Demütigung zu durchforsten – nach etwas, das mich wieder ein Gefühl empfinden lässt, *egal was.*

Am zweiten Tag gibt es ein offizielles öffentliches Statement.

Aufgrund unvorhergesehener persönlicher Umstände müssen wir leider bekanntgeben, dass Mercy Valentine bei der kommenden Aufführung von *Viel Lärm um nichts* im Globe Theatre nicht mehr Teil des Ensembles sein wird. Wir sind jedoch stolz darauf, stattdessen eine vielversprechende Newcomerin begrüßen zu dürfen. Die Zweitbesetzung Daisy Morgan, die kürzlich ihren Abschluss an der renommierten Royal Academy of Dramatic Art gemacht hat, wird in die berühmte Rolle der Beatrice schlüpfen. Es sind noch Restkarten erhältlich.

Nichts.

Selbst die Entdeckung, dass Daisy auf meine Traumschauspielschule gegangen ist und somit technisch gesehen qualifizierter ist als ich, lässt mich kalt. Ich melde mich auf Twitter zu Wort.

Nur um das klarzustellen: Ich selbst habe den Job hingeschmissen. @The_Globe_Theatre

Macht euch nicht die Mühe, das Stück anzuschauen. Es ist TOTAL LAHM. @The_Globe_Theatre

Außerdem ist Shakespeare IRRELEVANT. @The_Globe_Theatre

Wie erwartet, kommen die virtuellen Ohrfeigen schnell und heftig:

Jeder weiß, dass @MercyValentine gefeuert wurde, weil sie eine Diva ist. LOL

Was bedeutet schon ein berühmter Name @MercyValentine? Nichts, wenn man IM JOB VERSAGT.

Immer noch nichts.

Also versuche ich es mit Instagram. Offenbar haben die Spatzenhirne das Foto von uns bei der Pyjamaparty gelöscht und neu hochgeladen, nur dass sie mich zuvor herausgeschnitten haben. Auch das Foto der Kissenschlacht wurde bearbeitet: Wo früher mein Gesicht war, sind jetzt viele Herzen eingefügt.

Ein schneller Blick in ihre Accounts bestätigt, dass ich komplett ausradiert wurde.

Fehlanzeige: Ich fühle *nada*, nicht das kleinste Flackern.

Ich eröffne einen anonymen Account auf YouTube und fange an, jeden Prominenten zu trollen, der mir in den Sinn kommt:

Dieser Haarschnitt ist hässlich.

Warum quälst du die Welt weiter mit deiner Musik?

DU HAST NULL QUALIFIKATIONEN IN SACHEN MAKE-UP, WER SOLL SICH DIESEN SCHROTT ANSCHAUEN?

Ich fühle mich innerlich immer noch tot.

Am dritten Tag sehne ich mich so verzweifelt nach Schmerz, dass ich Finn eine E-Mail schicke:

Von: Mercy Valentine
An: Finneas O'Connor

Hi

Ich warte ein paar Minuten und versuche es dann erneut:

Von: Mercy Valentine

Ich nehme an, du redest nicht mehr mit mir.

Ein *Pling*.

Von: Finneas O'Connor

Mercy, was willst du?

Endlich, ein winziges Zucken: Ich klammere mich daran wie an ein Rettungsfloß.

Von: Mercy Valentine

Ooooooh, da ist aber einer schnippisch;)

Pling.

Von: Finneas O'Connor
Mercy, ich frage dich noch einmal – was willst du?

Er hasst mich eindeutig, und es tut weh – aber der Schmerz stößt ein winziges Loch in meine Taubheit, durch das ich ein klein wenig Luft holen kann, daher bohre ich weiter:

Von: Mercy Valentine
OMG – ELI ZU KÜSSEN WAR EIN WITZ. MACH DICH LOCKER.

Pling.

Von: Finneas O'Connor

Das war es nicht, Mercy. Ich denke, wir wissen beide, was du im Sinn hattest. Ich mag dich, aber ich glaube wirklich nicht, dass es so schnell so brutal sein sollte.

Das ist keine gesunde Dynamik für uns beide.

Also lassen wir's einfach, okay?

Finn

Ich halte den Atem an und schließe die Augen.

Das Loch in mir öffnet sich noch ein wenig mehr, wie ein Riss, der sich im Boden auftut.

Unter Schmerzen rapple ich mich auf und ziehe einen schwarzen Mantel über meinen Pinguinpyjama, den ich jetzt schon seit drei Tagen anhabe. Er stinkt, aber es ist ja nicht so, als würde es jemandem hier auffallen. Ich laufe in den Gängen auf und ab, klopfe an Türen, aber niemand antwortet. Ich binde den Mantelgürtel fest zu, schreibe John eine Nachricht und setze mich vor die Haustür und warte, bis die Limousine sanft die Auffahrt entlangrollt.

»Hi«, sage ich tonlos, als er aussteigt und die Tür für mich öffnet.

»Hallo, Mercy«, sagt er vorsichtig. »Es ist schön, dich zu sehen. Wohin fahren wir heute?«

Ich lasse mich auf den Rücksitz gleiten und verharre ein paar Sekunden lang reglos, während ich abwesend auf die Kopfstütze vor mir starre.

»Ich weiß es nicht«, gebe ich schließlich zu. »Nirgendwohin. Irgendwohin.«

John nickt und startet den Motor.

Wir fahren langsam durch die ruhigen Straßen von Richmond. Ich nehme kaum etwas wahr, aber die Bewegung der Limousine und das gleichmäßige Schnurren des Motors trösten mich, und ich werde ruhiger wie ein Baby, das nicht in den Schlaf findet.

Nach einer halben Stunde spüre ich, wie ich zu treiben beginne. Ich starre auf Johns kahler werdenden Hinterkopf, der mir so vertraut ist – ein so alltäglicher Teil meines Lebens und doch so wenig zur Kenntnis genommen. Und da ist plötzlich etwas, das ich sagen muss.

»Ich möchte mich entschuldigen«, flüstere ich, als er rechts blinkt.

»Wofür?«, fragt John ruhig.

»Dafür, dass ich eine gemeine Kuh bin.« Ich schließe die Augen und spüre das sanfte Schaukeln des Wagens, als wir langsam und gleichmäßig um die Kurve biegen. »Weil ich so anspruchsvoll bin. Weil Sie mich zu jeder beliebigen Nachtzeit abholen und mich fahren, um Kebabs zu holen. Weil ich Sie zwinge, stundenlang auf mich zu warten, und von Ihnen erwarte, alles für mich stehen und liegen zu lassen, und das zu den unmöglichsten Zeiten. Weil ich so anspruchsvoll und unhöflich bin und nie frage, wie es Ihnen geht.«

Es herrscht Stille, während das Auto durch eine enge Straße rumpelt.

Ich bin jetzt so schläfrig, dass ich fast einnicke.

»Ich habe ein Kind, weißt du«, beendet John schließlich unser Schweigen. »Eine Tochter. Sie ist ein Jahr jünger als du.«

Ich öffne schuldbewusst die Augen. »Ich … Das wusste ich nicht.«

»Sie lebt bei ihrer Mutter.« Er reibt sich mit dem Finger die Nase. »Ich sehe sie nicht so oft, wie ich es gerne würde.«

Noch mehr Gewissensbisse. »Das liegt an mir, oder?«

»Das habe ich nicht gemeint«, erwidert er sanft. »Was ich sagen will, Mercy, ist, dass ich mir gar nicht vorstellen mag, wie es wäre, wenn sie da draußen ist, nachts, und nicht wüsste, wie sie nach Hause kommt. Dass niemand auf sie aufpasst oder weiß, wo sie ist.«

Bei seinen Worten spüre ich plötzlich wieder ein Kloß im Hals. »Oh.«

»Es ist okay, andere Menschen zu brauchen, Mercy«, sagt John und sieht mich durch den Rückspiegel an. »Das tun wir alle.«

Der Boden in mir öffnet sich noch etwas mehr, und ein bestimmtes Gefühl steigt in mir auf.

Meine Augen fangen an zu brennen, und ich beuge mich vor.

»Danke«, flüstere ich. »Das war es, was ich sagen wollte.«

Er lächelt mich an. »Gern geschehen.«

58

Es ist schon dunkel, als wir zurückkommen.

John wartet geduldig in der Auffahrt – vermutlich für den Fall, dass ich noch einmal wegmuss –, während ich zurück in ein leeres Haus schleiche und mich zerbrechlich und empfindlich fühle wie etwas, das ich ganz leicht kaputt schlagen könnte.

Ohne Licht zu machen, gehe ich leise ins Esszimmer. Das Mondlicht reicht aus, um das Nötige zu tun. Ich schalte den immer noch surrenden Filmprojektor aus, verstaue ihn ordentlich in dem großen Schrank, sammle die heile gebliebenen Gläser ein und lege sie zurück in einen Karton. Maggie hat gut aufgeräumt, aber hie und da knirscht es noch unter den Füßen, also fege ich noch einmal den Boden. Ich trage die wenigen verbliebenen Buffetteller in die Küche und schnappe mir ein Tuch, um den Tisch ein zweites Mal abzuwischen.

Ich hebe gerade einen silbernen Serviettenring auf, der in die Ecke gerollt ist, als ich eine dunkle Gestalt in der offenen Tür sehe.

Ich richte mich auf, halb zu Tode erschreckt.

»Mum?« Ich kneife die Augen zusammen. »Wie lange stehst du schon da?«

Sie macht einen Schritt nach vorne. Der Mond fängt ihre

funkelnden Silberpailletten ein, und sie leuchtet auf wie ein heller Blitz.

»Eine Weile«, sagt sie leise.

Mum räuspert sich, macht einen weiteren Schritt auf mich zu, und ich sehe mit Herzklopfen in der Brust ihren vollen Hollywoodglamour: das schimmernde bodenlange Lieblingskleid, das gewellte blonde Haar, den roten Lippenstift.

»Ich dachte, alle wären weg«, sage ich und blicke zu Boden.

»Nein.« Sie macht noch einen weiteren kleinen Schritt auf mich zu. »Ich war in meinem Schlafzimmer. Ich musste über vieles nachdenken.«

Ich nicke und tue so, als würde ich den Tisch abwischen, damit ich sie nicht direkt ansehen muss. Ich bin mir nicht ganz sicher, welches Gesicht ich ihr zeigen und was ich sagen soll. Zwischen uns ist immer noch eine Distanz, und ich weiß nicht, wie ich sie überbrücken kann. Ich habe nie gewusst, wie das geht.

»Tut mir leid, dass ich das Essen ruiniert habe«, murmle ich mit dünner Stimme.

»Du hast gar nichts ruiniert«, sagt meine Mutter und macht einen weiteren Schritt. »Liebling, dieser Trailer … Ich schäme mich so. Ihr hattet alle zu kämpfen, und ich war nicht für euch da. Ich habe mich in mich selbst verkrochen, und ich konnte nicht … Ich hatte keinen …«

»Platz für den Schmerz anderer Leute«, beende ich ruhig den Satz für sie.

»So ist es.« Ihr Gesicht verzerrt sich. »Aber es war meine *Aufgabe*, diesen Platz zu haben, Schatz. Ich bin deine *Mutter*.«

Meine Kehle schnürt sich zu, und mir wird auf schmerzliche Weise bewusst, wie ähnlich wir uns sind. Ich war so sehr damit beschäftigt, dem Erfolg meiner Mutter nachzueifern, ihrem Talent, ihrer Schönheit. Es ist mir nie in den Sinn gekommen, dass ich, indem ich mich vor der Welt abschottete, längst genau so war wie sie.

»Ist schon okay«, sage ich mit einem leichten Achselzucken, auch wenn es alles andere als meine Gefühle widerspiegelt.

»Es ist nicht okay.« Mum schüttelt den Kopf. »Es ist nicht okay, Mercy. Aber ich werde es bei euch allen wiedergutmachen, das verspreche ich.«

Ich schaue nach unten und wische den Tisch unnötigerweise ein weiteres Mal ab.

»Cool«, sage ich, mehr schaffe ich nicht.

Ich rechne damit, dass sie wieder geht, aber diesmal tut sie es nicht: Gedankenverloren bleibt sie einfach stehen.

»Wolltest du nicht irgendwohin?«, frage ich leicht spitz. »Oder tragen wir jetzt zu jedem Essen Abendkleidung?«

»Oh!« Mum kehrt unvermittelt in die Gegenwart zurück und schaut an sich herunter. »Ja. Zu einer Preisverleihung für *Gipfelhöhen*. Ich dachte mir … Es reicht nicht, das weiß ich, aber irgendwo muss ich ja anfangen.«

»Klar.« Ich zucke mit den Schultern, nehme den letzten Teller und gehe an ihr vorbei Richtung Küche. »Die Limousine wartet draußen.«

Mit einer fast aggressiven Heftigkeit knipse ich das Licht an.

»Mercy … möchtest du mitkommen?«

Ich erstarre.

»Wenn du noch nicht bereit dafür bist, dann verstehe ich das vollkommen«, fügt meine Mutter eilig und seltsam nervös hinzu. »Aber ich habe eine weitere Platzreservierung, wenn du sie willst.«

Ich bin mir nicht sicher, wer von uns beiden überraschter ist, als ich mich wieder zu ihr umdrehe und sage: »Ja, gern.«

59

Eine Stunde später steigen Mum und ich aus der Limousine.

»Juliet! Mercy!«

»Lächeln, meine Damen!«

»VALENTINES! HIERHER!«

Die Paparazzi umschwirren uns: schreiend, rufend, blitzend.

Wir sehen beide umwerfend aus – Mum hat mir eines ihrer Tom-Ford-Kleider geliehen, ich trage die höchsten Prada-High-Heels meines Lebens, mein Lippenstift ist makellos, mein Eyeliner perfekt –, aber zum ersten Mal, seit ich denken kann, will ich die Aufmerksamkeit nicht.

Sie ist wie raues Sandpapier, das man benutzt, um etwas abzuschleifen. Oder jemand.

Unwillkürlich weiche ich einen Schritt zurück.

»Guten Abend.« Mum stellt sich mit einer geschmeidigen Bewegung vor mich und lächelt. »Was für eine außergewöhnliche Ehre, heute Abend hier bei der Verleihung des Britischen Filmpreises zu sein. Dies ist die dreißigste Nominierung für ein Mitglied der Familie Valentine, und ich bin überglücklich.«

Mehr Schreie, mehr Rempeleien, mehr Blitze.

Leicht aufgeschreckt gehe ich noch etwas weiter hinter meiner Mutter in Deckung.

»Mercy!« Ein Fotograf beugt sich zur Seite und hält seine

Kamera direkt vor mein Gesicht. »Stimmt es, dass du gefeuert wurdest? Und was genau ist mit *persönlichen Umständen* gemeint?«

»Wieder einmal konnte man online hämische Kommentare von dir lesen«, fügt ein anderer hinzu und hält seine Kamera hoch in die Luft. »Was Dame Sylvia wohl davon hält?«

Ein anderer schaltet sich ein: »Sie haben den Ruf, unprofessionell und arrogant zu sein. Was sagen Sie dazu?«

Entsetzt und tief beschämt schaue ich Mum an.

»Ich … ich«, stottere ich. *Flash, flash.* »Ich –«

»Mercy ist eine leidenschaftliche Künstlerin«, antwortet Mum entschieden und nimmt meine Hand. »Manchmal kann diese Leidenschaft *überschwappen*, wie ihre Großmutter nur allzu gut weiß.«

Die Paparazzi lachen über den ungewohnten Seitenhieb, und ich starre Mum schockiert an. Hat sie gerade mit *ihrer* Mutter das gemacht, was ich normalerweise mit meiner mache?

So was nennt man dann wohl *den Stab der Valentines weiterreichen.*

»Wir wünschen der Theaterproduktion natürlich alles Gute«, fügt meine Mutter mit einem gelassenen Lächeln hinzu, »und freuen uns darauf, die Aufführung zu gegebener Zeit zu sehen. Wenn Sie mich jetzt entschuldigen würden, ich habe einen ganz besonderen Abend vor mir, den ich gerne mit meiner Tochter verbringen würde.«

Sie dreht sich zu mir um und schenkt mir ein umwerfendes Lächeln.

Und ich bin so verblüfft über meine berühmte Mutter, dass sie dreimal meinen Namen rufen muss, bevor ich ihr die mit rotem Teppich ausgelegten Stufen hinauf in den glanzvollen Bienenstock der Royal Albert Hall folge.

Die Türen schwingen weit auf, als wir uns ihnen nähern – Valentines brauchen keine Tickets –, und wir werden direkt durch das Foyer in die riesige Kuppelhalle geleitet.

Bei ihrem Anblick stockt mir der Atem.

Die Halle ist prächtig: Plüschiges Rot mit violetten Linien lassen sie aussehen wie das Innere eines schlagenden Herzens. Steinbögen und verschnörkelte Balkone, die elegant bis zur gewölbten Decke reichen, runde Lichtstreulampen, eine verschwenderisch mit Blumen dekorierte Bühne und dazu die größte Leinwand, die ich je gesehen habe.

Orchestermusik erklingt, aber sie ist nicht laut genug, um das Geschnatter der Tausenden von Menschen zu übertönen, die sich bereits versammelt haben, glitzernd und schön, in den vielen Reihen rot-goldener Samtsessel.

Mein Innerstes gerät in Bewegung, flackert wie eine Kerze.

Dieser riesige Raum ist voller Gesichter, die mir bekannt sind, denen ich begegnet bin, die ich wiedererkenne: Gesichter, die ich immer und immer wieder gesehen habe, in der Hoffnung, dass ich eines Tages neben ihnen spielen werde. Schauspieler, Produzenten, Regisseure, Drehbuchautoren. Die hellsten Sterne der Filmwelt, versammelt, um die wunderbare Magie des Geschichtenerzählens zu feiern.

Das ist alles, was ich mir erhofft habe, alles, wovon ich je geträumt habe, alles, was ich je wollte.

Alles, was ich weggeworfen habe.

»Mum«, sage ich mit erstickter Stimme. »Es ist wahr.«

Ohne ein Wort zu sagen, führt sie mich zur ersten Sitzreihe.

»Was die Paparazzi gerade über mich gesagt haben.« Ich versuche es noch einmal und schlucke schwer. »Ich wurde gefeuert, weil ich … böse war.«

Ich konzentriere mich auf meine Füße und möchte vor Scham im Boden versinken.

»Juliet Valentine!« Eine berühmte Schauspielerin, deren Filme ich schon als kleines Kind verehrt habe, greift nach Mums glitzernden Arm. »Oh, meine talentierte Schöne! Wir waren uns nicht sicher, ob Sie es schaffen würden! Was für eine Freude, Sie in so viel besserer Verfassung zu sehen. Wie ist es Ihnen ergangen?«

»Ich trauere«, sagt meine Mutter ruhig. »Ich war sehr unglücklich und ziemlich egoistisch. Danke der Nachfrage.«

Die Schauspielerin tätschelt ihr mitfühlend den Arm und zieht sich dann zurück.

Wir gehen weiter zu unseren Plätzen.

»Mercy«, sagt Mum leise und blickt über ihre Schulter. »Du bist nicht und warst auch nie böse. Du bist eine trauernde Siebzehnjährige, die Unterstützung und Liebe brauchte, und deine Eltern waren nicht da, um dir das zu geben. Das liegt an mir und deinem Vater, nicht an dir.«

Der Boden in mir knarrt und öffnet sich noch ein wenig mehr.

Ich nicke. Meine Augen prickeln, werden plötzlich feucht.

»Hier.« Wir erreichen das Ende der Sitzreihe, und meine schöne Mutter runzelt die Stirn. »Ich glaube, das sind unsere Plätze, Schatz. Haben wir alles, was wir brauchen, bevor die Show beginnt? Mir ist klargeworden, dass ich, wie Hope sagen würde, *zum Anschmachten durstig* bin. Soll ich einen Kellner rufen?«

»Lass mich«, sage ich schnell. »Ich kann uns einen Drink und Snacks holen.«

»Mineralwasser, Mercy.« Sie zieht die Augenbraue hoch. »Also gut, vielleicht ein Sparkling Orange, wenn du es etwas ausgefallener magst.«

Ich lächle mäßig begeistert. »Okayyy, Mum. Echt crazy.«

»Oh, keine Sorge«, sagt sie und lacht. »Für mich gilt das auch.«

Und ich muss mich umdrehen und so schnell wie möglich den Gang entlanglaufen, das Handgelenk an meinen Wangenknochen gepresst, damit ich nicht vor Glück zu weinen anfange und mein Make-up ruiniere. Ich habe es geliebt, niemandem Rechenschaft ablegen zu müssen, ich habe die Freiheit geliebt, ich habe die Partys geliebt.

Aber noch mehr liebe ich es, meine Mutter zurückzuhaben.

Ich versuche, das Grinsen zu verstecken, das langsam mein Gesicht erobert, stürme durch die Türen des Foyers und sehe mich am offenen Buffet nach einem Catering-Mitarbeiter um.

»Entschuldigen Sie«, sage ich und tippe einen Kellner im Smoking an. »Könnte ich vielleicht diese Gläser Orangensaft und etwas von diesem rosafarbenen klebrigen Zeug bekommen? Ich bin mit *Juliet Valentine* hier.«

Mein Inneres schwillt so stark an, dass ich es sicherheitshalber noch einmal sage.

»Juliet Valentine ist meine Mutter«, wiederhole ich stolz. »Sie ist für die beste Regie nominiert, und wir feiern ihren Erfolg.« Ich will die beiden Gläser nehmen, halte dann jedoch inne. »Was ist das eigentlich? Irgendwas mit Austern? Wissen Sie, was, warum geben Sie mir nicht einfach das ganze Tablett?«

Mit vollen Händen bahne ich mir einen Weg zurück.

In einiger Entfernung tauchen drei vertraute Köpfe auf, und ich spüre, wie meine gute Laune ins Wanken gerät.

»Hey, Leute!« Ich gehe auf das Trio zu. »Was macht ihr denn hier?«

Vee, Mee und Dee unterhalten sich weiter, als hätten sie mich nicht gehört.

»Hallo!« Mühsam kämpfe ich mich durch die Menge und bleibe mit dem Tablett in der Hand hinter ihnen stehen. »Ich wusste nicht, dass ihr heute Abend kommen würdet.«

Sie reden weiter.

»Hallo?«

Langsam drehen sich meine Freundinnen um und starren mich an. Sie sind so aufgestylt, als hätten sie die Schmuckabteilung von Harrods überfallen. Dior trägt sogar ein richtiges *Diadem*.

»Oh, seht mal«, sagt Nova kurz angebunden. »Da ist die Hauszerstörerin.«

»Offenbar ist sie *überrascht*, dass wir hier sind.« Amethyst hebt ihre perfekte kleine Nase und streicht ihr rosa Satinkleid glatt. »Weil wir nicht wichtig genug sind, um ohne ihre Hilfe zu einer schicken Preisverleihung eingeladen zu werden?«

»Genau«, sagt Dior gehässig und fummelt an einem fetten Diamantohrring herum. »Es ist einfach keine Party ohne Mercy Valentine.«

Indigniert drehen sie mir wieder den Rücken zu.

Mein Mund ist ganz trocken.

»Haha.« Ich räuspere mich. »Hört mal, ich kann mir denken, dass ihr immer noch sauer seid. Ich verstehe das total. Die Sprinkler waren ein Unfall. Ich dachte, es würde Spaß machen, aber es war … ein schlecht durchdachter Streich. Ich entschuldige mich dafür.«

Nova zuckt mit den Schultern, ohne mich anzuschauen. »Ist doch egal.«

»Ja«, stimmt Dior ihr eilfertig zu und rückt das funkelnde Krönchen zurecht. »Es ist so was von egal, aber es tut weh, weißt du?«

»Kommt schon«, sage ich stirnrunzelnd. »Können wir das nicht einfach hinter uns lassen? Ihr seid doch meine Freundinnen.«

Jetzt sieht Amethyst mich direkt an. »Sind wir das denn?«

»Wir *waren* es mal«, sagt Nova scharf. »Wir waren mal Freundinnen, als du noch jemand warst, den man kennen musste, um überall dabei zu sein. Jetzt bist du nur noch eine peinliche Chaotin, Mercy. Arbeitslos, psycho – eine *Kellnerin,* die sich für was Besseres hält.«

»Was?« Ich schaue überrascht auf das Tablett in meinen Händen. »Nein, das ist nicht –«

»Eine, die *Bühnenpersonal* datet.« Amethyst verdreht die Augen.

»Wir haben einen neuen Gruppenchat angefangen«, sagt Dior giftig und fügt unnötigerweise hinzu: *»Ohne dich.«*

Mir fällt das Atmen schwer, und ich trete unwillkürlich einen Schritt zurück.

Die Lichter im Raum blinken dreimal auf und werden dann abrupt gedimmt. Eine Lautsprecherdurchsage fordert alle Gäste höflich auf, ihre Plätze einzunehmen: Die Preisverleihung beginnt.

»Und jetzt, wo Charity nicht mehr da ist«, fügt Nova hinzu, »glauben wir, dass es nicht mehr viel Sinn hat, mit dir abzuhängen.«

»Wir mochten sie mehr«, erklärt Amethyst.

»Viel mehr«, echot Dior.

Sie halten meinen Blick fest, und ich weiche noch etwas weiter zurück: Sagt es nicht, bitte, sagt es nicht, sagt es nicht, sagt es nicht –

»Eine Schande, dass sie gestorben ist und wir uns mit dir begnügen mussten.«

60

Zwei Jahre zuvor

»Hör auf zu lächeln, Tee.«

»Ich lächle nicht.«

»Doch, tust du.« Lachend werfe ich ein Haargummi durchs Auto. »Du grinst von einem Ohr zum anderen, das ist *sehr* un-Mercy-Valentine-mäßig, und du musst damit aufhören, wenn du heute so tun willst, als wärst du ich.«

Charity lacht und stupst mich mit ihrem Fuß an.

»Du lächelst auch, Mer. Fremde mögen dir dein *Ich bin tough*-Theater abkaufen, aber ich weiß, dass du tief im Inneren ein weiches, zuckersüßes Kätzchen mit Sonnenschein, Pailletten und Regenbögen bist.«

»Bin ich nicht, verdammt.« Ich schneide eine Grimasse und beuge mich vor, um ihr einen Klaps auf den Kopf zu geben. »Ich bin wild und furchteinflößend, und wage es nicht, jemandem etwas anderes zu erzählen, okay?«

»Wird nicht nötig sein.« Tee lächelt und räkelt sich träge. »Die richtigen Leute werden das schon selbst herausfinden.«

Wir grinsen uns an.

»Hey«, sage ich plötzlich. »Wir sitzen auf der falschen Seite des Wagens. Ich sitze immer links, schon vergessen?«

»Uff.« Charity verdreht die Augen. »Wirklich? Das ist übertriebene Liebe zum Detail, Cee. Das merkt doch kein Mensch.«

»Wenn du etwas richtig machen willst, dann …« Ich wechsle den Platz, schiebe sie mit meinem Hintern auf die andere Seite und schnalle mich wieder an. »So. Viel besser.«

»Du bist die Schlimmste.«

»Ich bin die Beste.«

»Fraglich.«

»Nachweislich.«

Lachend – ich in Violett, sie in Rot – machen wir uns auf den Heimweg. Unser normaler Chauffeur hat an diesem Wochenende frei, daher werden wir in einem der viel kleineren Autos des Studios zurückgebracht, von einem sehr ruhigen Fahrer, der nicht annähernd so freundlich ist wie John.

Verstohlen betrachte ich das Gesicht meiner Zwillingsschwester, als wir um eine Kurve fahren.

Das breite Lächeln ist immer noch da: Es scheint auf, verschwindet und leuchtet erneut wie die Sonne zwischen Wolken. Und das fasziniert mich irgendwie. Wir haben immer so viele Emotionen geteilt, aber diese eine ist mir völlig fremd. Ich kann nicht einmal so tun, als wüsste ich, wie sich das anfühlt.

»Wie ist es denn so?«, frage ich abrupt.

»Hm?« Sie sieht mich mit diesem besonderen Glanz in den Augen an. »Wie ist *was*?«

»Ein erstes Date.« Ich werde rot. »Wie hat es sich … angefühlt?«

»Ist das dein Ernst?« Meine Zwillingsschwester lacht laut. »Die kleine Miss Liebe-nein-Danke interessiert sich plötzlich für Romantik?«

»Halt die Klappe.« Ich versetze ihr spielerisch einen Tritt. »Ich bin nur *neugierig*, das ist alles. Es scheint eine gefährliche Krankheit zu sein, und ich muss mich vergewissern, dass bei dir keine klinischen Symptome von Wahnsinn zutage treten.«

»Wie nett von dir.« Charity verdreht die Augen, denkt ein paar Sekunden nach und strahlt mich dann an. »Es hat sich gut angefühlt.«

»Gut?« Ich warte auf Details, dann frage ich kichernd: »Das war's? Wow. Du bist eine echte Poetin, Tee. Blake muss dich heute richtig vom Hocker gehauen haben.«

Tee lächelt dieses seltsame, geheimnisvolle Lächeln, und ich bin selbst überrascht, wie ausgeschlossen und einsam ich mich plötzlich fühle.

»Es war *gut*, das ist alles. Ich bin glücklich.«

Die Sonne brennt durch das Heckfenster und taucht sie in ein weiches Licht: ein Schleier aus Locken, der Umriss ihrer Wange, glühende Lippen, schimmernde Wimpern.

Ihr Glück ist ein Teil von mir.

Was bedeutet, dass ich jetzt auch glücklich bin.

»Treffend formuliert«, sage ich spöttisch, als das Auto an einer roten Ampel abbremst. »Erinnere mich daran, dass ich dir all die langweiligen romantischen Details entlocke, und damit meine ich nie.«

Charity lacht laut auf.

Und keiner von uns sieht das Auto, das sich der Kreuzung nähert.

Keiner von uns sieht den Fahrer, der auf seinem Handy schreibt.

Keiner von uns sieht, wie die Ampel umschaltet.

Und keiner von uns sieht, wie das Auto direkt in uns hineinpflügt, auf der Seite, auf der ich gesessen hätte, wenn ich einfach *ich* gewesen wäre.

61

Ich taumle rückwärts.

Als lauter Applaus aufbrandet, drücke ich das Tablett des Kellners einer zufällig vorbeikommenden Frau in die Hände und stolpere durch die Menge, remple Wände und Prominente an und torkle hinaus in einen leeren Korridor.

»Hallo?«, ruft mir eine Aufsicht aufgeschreckt hinterher. »Junge Frau? Sie können da nicht lang. Die Zeremonie hat begonnen, wir schließen die Türen, wenn Sie sich also bitte auf Ihren –«

Panisch fange ich an zu rennen. Ich stoße gegen die Seitentüren links und rechts, bis eine endlich nachgibt und ich in einen leeren Personalraum mit Plastikstühlen und einem großen flimmernden Fernsehbildschirm platze.

»Willkommen«, verkündet eine Frau, »zur zweiundsiebzigsten Verleihung der British Academy of …«

Ich schließe die Tür leise hinter mir.

Ich setze mich auf den Boden.

Ich kratze an dem Schorf auf meiner Hand, bis Blut kommt.

Wir mussten uns mit dir begnügen.

Wir mussten uns mit dir begnügen.

Wir mussten uns mit dir begnügen.

Wir mussten uns mit dir –

»Halt die Klappe!«, schreie ich und fange an zu weinen. »HALT DIE KLAPPE, HALT DIE KLAPPE, HALT DIE KLAPPE!«

Denn diesmal ist es *meine* Stimme.

62

Zwei Jahre zuvor

Ein Schnitt an meiner Hand.

Das ist die einzige Verletzung, die ich davongetragen habe. Eine kleine Risswunde an meiner rechten Faust vom Glas der Windschutzscheibe. Ich sitze allein in einem Krankenhauszimmer, das nach sauberen Toiletten riecht, umgeben von Postern über das Händewaschen und das Ertasten von Knoten.

Und alles, was ich tun kann, ist warten.

Darauf, dass jemand kommt. Darauf, dass es Neuigkeiten gibt. Ich starre auf die zwei Türen auf den gegenüberliegenden Seiten des Zimmers, ohne zu wissen, was eine davon bringen wird. Menschen kommen und gehen, aber sie gehören nie zu mir; sie sind nie für mich da.

Schließlich öffnet sich eine Tür. Meine Mutter sieht älter aus als je zuvor.

Schwankend stehe ich auf.

»Bist du verletzt?« Sie macht zwei kurze Schritte auf mich zu. »So sag doch, bist du verletzt?«

Ich schüttele den Kopf.

»Gibt es schon …?« Ein Zögern. »Wissen wir, ob …? Hat jemand …? Gibt es etwas Neues?«

Wieder schüttele ich den Kopf.

Mums Gesicht verzieht sich, und mit einer einzigen Bewegung stürzt sie auf mich zu, schließt die Lücke zwischen uns, reißt mich an sich.

Ich lehne mich wie betäubt an sie.

»Ach, mein Liebling«, flüstert sie und streicht mir übers Haar. »Ach, mein armer, armer Liebling.«

Dann erstarrt sie, löst sich von mir – erkennt, wer ich bin, begreift, dass ich in den falschen Kleidern stecke –, und alles in mir sackt ins Bodenlose, denn diese Umarmung ist nicht für mich bestimmt.

Diese Liebe ist nicht für mich.

Da öffnet sich die andere Tür.

63

Die Tränen kommen unaufhörlich.

Ich starre ausdruckslos auf den Fernsehbildschirm, malträtiere meinen nie verheilenden Fingerknöchel, schluchze in großen, hässlichen Zügen; die brutale Wahrheit kriecht in die leeren Räume in mir, so wie sie es jede Nacht tut.

Meine Schwester starb meinetwegen.

Sie starb, weil sie lustiger war, verspielter, leichter zu ertragen, weniger anstrengend. Sie starb, weil ich wollte, was sie hatte, und es mir einfach genommen habe. Es gibt keine einzige Person in meinem Leben, die sich nicht insgeheim wünscht, es wäre andersrum.

»Und die Gewinnerin ist ... Juliet Valentine!«

Ich wische mir über die Augen und schaue blinzelnd auf den großen Bildschirm. Die Kamera fährt den Saal ab, auf der Suche nach dem schönen Gesicht meiner Mutter, etwas, das ich schon seit Jahren tue.

»Mercy.«

Und die Kamera sucht weiter, zoomt einen leeren Sitz heran, während die applaudierenden Zuschauer die Köpfe drehen und ebenfalls nach ihr suchen.

»Mercy.«

Alle sind auf der Suche nach jemandem, der nicht da ist.

»Mercy, sieh mich an.«

Ich drehe mich um und schaue meine Mutter an. Leise schließt sie die Tür hinter sich.

»Du hast gewonnen«, sage ich tonlos.

»Das ist mir egal«, erwidert sie leise und kommt in ihrem glitzernden Kleid auf mich zu. »In meinem ganzen Leben ist mir noch nie etwas so egal gewesen.«

Langsam setzt sie sich neben mich auf den Boden.

Ich schließe die Augen.

»Ich war auf der falschen Seite des Wagens«, flüstere ich. Ich kann es nicht länger für mich behalten. »Es war meine Idee, an diesem Tag die Plätze zu tauschen, Mum. Ich hätte sterben sollen, nicht sie.«

Meine Mutter atmet scharf ein.

Ich öffne die Augen und blicke zum Fernseher, ohne etwas zu sehen.

»Und ich mache dir keine Vorwürfe.« Meine Stimme ist kaum noch zu hören. »Ich werfe dir nicht vor, dass du im Krankenhaus zurückgewichen bist, als du gemerkt hast, dass ich es bin und nicht sie.«

Im Saal rufen sie immer noch den Namen meiner Mutter.

»Aber ich brauche sie auch«, fahre ich mit wackliger Stimme fort. »Ich hab sie immer gebraucht. Charity hat mich … leichter gemacht. Sie hat mich zu einem besseren Menschen gemacht. Jetzt, wo sie weg ist, ist nur noch *das* übrig. Sie hat mir alles Gute genommen, ich fühle mich wie …«

Ich suche nach einem Wort, das wuchtig genug ist.

»*Umgestülpt*«, sage ich mit leiser Stimme. »Übrig geblieben ist nur die Wut. Wut auf mich, auf dich, auf sie, auf alle. Es ist so viel Wut in mir, dass nichts anderes mehr Platz hat. Alles ist verbrannt, verkohlt, schwarz.«

Mum sieht mich mit sanften Augen an.

»Ich hasse mich«, murmle ich und verreibe das Blutrinnsal auf meiner Hand, während um mich herum alles ertrinkt. »Ich glaube, das habe ich schon immer.«

Mit einem kleinen Aufschrei stütze ich die Stirn auf die Knie und schlinge die Arme um mich, innerlich leer und hohl.

Ich habe die Tore aufgestoßen, endlich, und meine Hässlichkeit liegt offen da.

Einen Moment herrscht Stille.

Mum zieht ihre Schuhe aus, stellt sie behutsam neben sich auf den Boden und zieht wie ich die Knie an die Brust.

»Juliet Valentine kann heute Abend offenbar nicht bei uns sein«, sagt eine Stimme über uns. *»Also, herzlichen Glückwunsch, Juliet. Und jetzt kommen wir zur Kategorie des besten Schauspielers …«*

Meine Mutter räuspert sich. »Weißt du, wie du als Kind warst?«

Ich schüttle den Kopf.

»Du warst so ein lustiges, intensives kleines Ding.« Sie lächelt wehmütig. »Immer am Schauen, immer am Beobachten. Du hast dich so angestrengt, bei allem, aber du wolltest nie, dass jemand sieht, wie du dich anstrengst. Du schienst das Gefühl zu haben, von Anfang an hart sein zu müssen.«

Mein Magen verkrampft sich. »Das trifft es auf den Punkt.«

»Und du warst auch *wild*«, sagt sie lachend. »Meine Güte, wenn jemand dir oder jemandem, den du geliebt hast, in die Quere kam, wurdest du zu einer kleinen Kriegerin mit Flammenschwert. Furchtlos. Ehrlich. Tapfer.«

Ich schlucke. »Man könnte auch sagen: schlecht gelaunt und psychotisch.«

»O nein. Bitte, sag so was nicht.« Mum sieht mich stirnrunzelnd an. »Das sind Worte, mit denen Leute nur allzu gern Mädchen und Frauen beschimpfen, die sie nicht kontrollieren können. Es ist nichts falsch daran, für sich selbst einzustehen, Mercy. Es ist nichts Falsches daran zu sagen, was man will und was man fühlt. Tatsächlich ist es ein seltenes Talent. Nicht dass du noch eines bräuchtest.«

Meine Augen füllen sich mit Tränen. »Aber Charity –«

»Charity war mein süßer Spaßvogel«, sagt sie, ihre Augen sind voller Wärme. »Alles, was sie wollte, war spielen, geliebt werden und die Leute zum Lachen bringen. Und sie brauchte Menschen. Wenn sie umfiel, hob sie instinktiv ihre Arme, um getröstet zu werden.«

Ich lächle traurig.

»Aber du warst anders«, fährt Mum fort. »Du wolltest nicht berührt werden, mein Schatz. Besonders wenn du Schmerzen hattest. Dann hast du dich eingerollt und dich zurückgezogen, um allein zu sein.«

Es entsteht eine Pause, und ich hebe den Kopf.

Mum schaut mich an – sieht mich, sieht mich wirklich –, und ich spüre, wie etwas in meiner Brust anschwillt. Etwas Hartes, das sich plötzlich lockert.

»Mercy«, sagt Mum mit sanfter Stimme, »nur deshalb habe ich mich zurückgezogen. Nicht weil ich dich mit deiner Schwester verwechselt habe. Das Gegenteil ist der Fall.«

Ich entwirre den Knoten in mir noch ein bisschen mehr.

»Warum in aller Welt sollte ich wollen, dass du anders bist?« Mum lächelt. »Du bist genau so, wie du sein solltest. Du bist leidenschaftlich und mutig und ehrlich, und ich liebe dich bedingungslos.«

Schluchzend lege ich mir die Hände über die Augen.

»Ich habe nur –«

»Bedingungslos«, wiederholt meine Mutter.

»Aber –«

»Bedingungslos«, sagt sie fest.

Und mit einem schwindelerregenden Gefühl – als wäre ich eine Sanduhr, die umgedreht wird – spüre ich plötzlich, wie mein ganzes Leben und alles darin auf den Kopf gestellt wird. All die Jahre, in denen ich dachte, ich sei nicht genug.

Ich habe so sehr versucht, wie andere Menschen zu sein.

In dem Glauben, dass ich nicht geliebt werden kann, wenn ich es *nicht* bin.

Zögernd beuge ich mich langsam vor und lege meinen Kopf zaghaft auf Mums Schulter, wie ein Schmetterling, der dort landet. Ich spüre, wie sie ein paar Sekunden wartet und dann ihre Hand auf meinen Kopf legt.

»Manchmal höre ich sie noch«, sagt Mum leise. »Ich höre sie *jetzt*.«

Ich schaue auf und blinzle mit tränennassen Wimpern. »Was sagt sie?«

»Sie sagt, dass sie dich liebt. Sie sagt, du bist immer noch ihre Allerliebste.« Ein kleines Lachen. »Und sie sagt, dass sie es kaum erwarten kann, zu sehen, was du als Nächstes machst, weil dein Leben so, so *gut* sein wird.«

Ich lächle. »Was für eine Dichterin.«

Dann schmiege ich mich an Mum und lasse zu, dass sie ihre Arme um mich schlingt.

64

Ich schlafe tagelang.

Ich gehe direkt nach Hause, ziehe die Vorhänge zu und lege mich flach auf den Rücken wie ein erschöpfter Vampir. Eine Stimme in mir flüstert *genug*, und diesmal höre ich auf sie, auch wenn es meine eigene ist.

Immerhin habe ich zwei Jahre Schlaf nachzuholen.

Ich wache in verschwommenen Etappen auf und nehme nur vage wahr, dass um mich herum leise Aktivitäten stattfinden. Hope, die wie ein Welpe am Fußende meines Bettes schläft; Faith, die mir Teller mit gebuttertem Toast bringt; Hope, die einen auf stumm geschalteten Film anschaut, während Eff mir fürsorglich in meinen Schlafanzug hilft, mich zurück ins Bett bringt und mir meinen Teddy unters Kinn steckt.

Ich füge mich schläfrig wie ein Kind und schlummere weiter.

Ich gleite in eine traumlose Dunkelheit, die sich nicht mehr wie ein Albtraum anfühlt, weil es keine Leere ist, gegen die ich ankämpfen muss. Diesmal lasse ich los, und sie hebt mich auf und trägt mich fort an einen Ort, an dem ich mich stärker, leichter, sicher fühle.

Irgendwann schalte ich kurz mein Handy ein.

Nova
OMG, Cee, deine Mum hat den Preis gewonnen! Glückwunsch!

Amethyst
Toller Erfolg! Wollen wir feiern?

Nova
Cee?

Amethyst
MERCY

Dior
Sie redet nicht mit uns:(

Nova
OMG manche Leute sind SO empfindlich

Meine Augenlider sind noch schwer, als ich auf das Display tippe:

Mercy hat die RIDE OR DIE GANG verlassen.

Ich meine, was sind das für Freundinnen, die sich so einen Gruppennamen ausdenken?

Dann schalte ich mein Handy aus und döse weiter.

Und meine Kraft wächst unaufhörlich, bis ich spüre, wie die Müdigkeit ganz von mir abfällt und ich hellwach bin.

Ich setze mich im Bett auf, reibe mir die Augen und schaue mich benommen in meinem dunklen Schlafzimmer um. Ich spüre einen schwachen Druck auf meinen Beinen, deshalb schalte ich automatisch meine Nachttischlampe ein und stelle fest – als das Zimmer plötzlich mit einem Klicken hell wird –, dass jemand in der Zwischenzeit alles ersetzt hat, was ich zerschlagen habe.

»Guten Abend«, lächelt Faith mich süß an, während ihr Kopf auf meinen Knöcheln ruht. »Keine Sorge, draußen ist es dunkel. Du wirst nicht spontan in Flammen aufgehen oder schmelzen.«

»Das war *unglaublich*«, zwitschert Hope fröhlich. Sie lehnt an der Wand und liest eine Ausgabe von *Variety*. »Ich wusste gar nicht, dass Menschen so lange ohnmächtig sein können. Ich dachte schon, du wärst in einem Korma.«

»Koma«, korrigiere ich gedankenverloren. »Ich bin nicht in Kokosnusscurry ertrunken.«

Dann schaue ich meine Schwestern an.

Auf meiner Bettdecke liegen Zeitschriften und Bücher, ein Laptop ist aufgeklappt, und auf dem Fernseher läuft leise ein alter Schwarz-Weiß-Film. Offensichtlich sind die beiden schon seit einer Ewigkeit hier. Etwas in meiner Brust zieht sich zusammen, dehnt sich dann wieder aus und öffnet sich wie eine Blume.

»Wie lange habe ich geschlafen?«, frage ich leise.

»Lange genug, dass Grandma Sorge hatte, du könntest dir

den Kopf angestoßen haben und medizinische Hilfe brauchen«, sagt Eff grinsend. »Wir konnten sie gerade noch davon abhalten, mit dem Rettungsdienst hier reinzumarschieren und dich an den Füßen aus dem Bett zu zerren.«

»Ich habe meine innere Mercy aktiviert«, fügt Pudel stolz hinzu. »Und sie angeknurrt wie ein Hund.«

Ich lache und betrachte meine wunderbaren, brillanten Schwestern.

Es gibt absolut nichts, das ich an den beiden nicht bewundern würde. Ihre Schmerzen tun mir weh, ihre Ängste sind die meinen, denn ich muss gegen sie ankämpfen; ihre Liebe ist die meine, denn ich muss sie hegen und pflegen, ihre Träume sind die meinen, denn ich muss versuchen, sie wahr werden zu lassen. Ihre Stärken sind die meinen, ihre Herzen und Verluste sind die meinen; und auch ihre Schwächen sind die meinen.

Meine Schwestern sind ich, und ich bin sie.

Vor allem – bei diesem Gedanken werden meine Augen feucht – empfinden sie dasselbe für mich, haben es schon immer getan.

Ich kann nicht glauben, dass ich jemals dachte, ich wäre allein.

»Ich liebe euch«, sage ich spontan und von meinen Gefühlen überwältigt. »Euch beide. Ich weiß, ich sage es nicht sehr oft oder … oft genug.«

»Oder überhaupt«, erwidert Faith und stupst mich lachend mit dem Fuß an. »Im Sinne von jemals.«

»Schon gut«, gebe ich lächelnd zu und verziehe reumütig

das Gesicht. »Aber ich tue es. Und es tut mir leid, ich war eine …«

»Miesepetrige Nervensäge?«, bietet Hope an.

»Aggressiver Albtraum?«, schlägt Eff vor.

»Schlecht gelaunte Diva, die herumschreit, dass es meilenweit zu hören ist?« Hope runzelt die Stirn. »Du musst mir beibringen, wie man so laut *artikuliert*, Mer. Ich fange in ein paar Wochen an meiner neuen Schule an, und ich muss wissen, wie ich mich gegen die anderen behaupten kann.«

»Einverstanden«, sage ich lachend und werde rot. »Danke, dass ihr zu mir gehalten habt, ihr dummen Muppets.«

»Als ob wir jemals eine Wahl gehabt hätten«, erwidert Faith trocken.

»Wir hängen aneinander«, sagt Hope fröhlich. »Wie bei diesem Witz, den Tee immer gemacht hat. Was ist braun und klebt an dir? Braune Wimperntusche. Genau so sind wir. Wie mit Tusche verklebte Wimpern – durch nichts auseinanderzubringen.«

Wir lachen, mit feucht glänzenden Augen, und in diesem Moment ist es, als wäre auch Charity hier bei uns: in den Mädchen, die wir waren, und den Frauen, die wir werden. Das bedeutet aber auch, dass sie nicht gehen wird, nicht wirklich, niemals. Wir alle tragen unseren speziellen Teil von ihr bei uns.

Mit überquellendem Herzen lasse ich mich zurück in mein Kissen sinken.

»Moment mal.« Ich richte mich wieder auf und schaue auf meine Uhr. »Welcher *Tag* ist heute?«

»Dienstag«, sagt Faith und nimmt sich ein Stück kalten Toast. »Kann ich das haben? Es ist ein bisschen matschig.«

»O mein Gott.« Ich schwinge meine wackeligen Beine aus dem Bett, und ein unangenehmes Druckgefühl zeigt mir unmissverständlich an, dass ich die Toilette dringender brauche als irgendetwas anderes. »Ich habe heute Abend einen wichtigen Termin. Ich werde ihn verpassen.«

Ächzend tapse ich zum Spiegel.

Jep. Ich sehe genauso aus wie jemand, der drei Tage lang nichts anderes getan hat als schlafen, schnarchen und furzen.

»Kann ich helfen?« Pudel springt vom Bett auf und klatscht in die Hände, während ich hektisch John schreibe, damit er mich fährt. »Ist es was Schickes? O mein Gott, ich bin eine *Expertin* darin, Leute glamourös und rätselhaft aussehen zu lassen.«

Ich tausche einen verschwörerisch amüsierten Blick mit Eff.

»Ja«, sage ich und lächle meine kleine Schwester an. »Hope, es wäre mir eine *Ehre*, wenn du mich so *rätselhaft* wie nur möglich aussehen lassen könntest. Ich kann wirklich jede Hilfe gebrauchen.«

Eilig und mit unfassbarer Erleichterung gehe ich pinkeln, dann hüpfe ich unter die Dusche. Während ich mich schminke, trocknet Effie mein Haar mit dem Diffusor, und Hope durchwühlt quietschend vor Glück meinem begehbaren Kleiderschrank.

»Das!« Sie zieht ein schwarzes Kleid heraus, legt es ehrfürchtig auf das Bett hinter sich und rennt wieder hinein.

»Oder das!« Ein schwarzes Etuikleid. »Oder das?« Ein schwarzer Hosenanzug. »Oder … ach nein, der geht nicht, ich glaube, ich habe in Los Angeles Eiscreme drauf gekleckert.«

Voller Liebe betrachte ich die Kleider, die meine süße kleine Schwester sorgfältig vor mir ausgebreitet hat.

»Ich habe nachgedacht«, sage ich langsam. »Vielleicht trage ich heute Abend Rot.«

Faith und Hope schauen sich wissend an und strahlen.

»Wir haben *gehofft*, dass du das sagst«, jubelt Hope. Sie zieht ein mittellanges rotes Chiffonkleid im Stil der fünfziger Jahre hervor und hält es mir mit dem Selbstbewusstsein einer professionellen Stylistin hin. »Ich finde, das hier ist perfekt.«

Mit klopfendem Herzen ziehe ich es an und stelle mich vor den Spiegel. Es ist wunderschön und altmodisch. Es hat einen quadratischen Ausschnitt, lange Ärmel und eine enge Taille mit einem roten Band um die Mitte. Der Rock breitet sich zu einem großen roten Kreis aus, wenn ich mich drehe.

Und das tue ich: Ich wirble um meine eigene Achse wie die Ballerina auf einer Spieldose.

Denn ich sehe wieder aus wie ich, ich *fühle* mich wieder wie ich.

»Rot wie Rosen«, sage ich zu meinem Spiegelbild, während weiches, warmes Glück von meinen Füßen aufsteigt.

»Wie Lippenstifte«, sagt Eff schmunzelnd.

»Wie Herzen«, stimmt Pudel zu.

Lachend küsse ich sie rasch auf die Wangen: so schnell

und so leicht, dass es nur ein Hauch ist. Beide zucken erschrocken zusammen, vermutlich denken sie, ich will sie beißen.

Ich greife nach meiner Tasche, schlüpfe in meine High Heels und renne die Treppe hinunter.

»Wartet auf mich!«, rufe ich meinen Schwestern zu. »Diesmal komme ich nicht zu spät!«

Aber da ist noch eine Sache, die ich erledigen muss.

65

Die Suche nach ihm dauert nicht lange.

Wie immer steht mein Bruder vor unserem riesigen Kühlschrank und inspiziert den Inhalt wie ein Archäologe eine besonders komplizierte, aber faszinierende Ausgrabung.

»Max«, sage ich und schalte das Deckenlicht an.

Er tut so, als würde er mich nicht hören.

»Max.« Ich fahre mir über die Lippen und versuche es erneut. »Ist dein Bauch jemals voll, oder bist du in Wahrheit ein menschlicher Labrador?«

Er holt einen großen Klumpen Cheddar aus dem Kühlschrank, wickelt ihn wie einen Burrito aus und schließt die Tür.

»Wuff«, sagt er tonlos, ohne mich anzuschauen.

Dann stapft er mürrisch an mir vorbei.

»Max.« Ich versperre ihm den Weg, indem ich meine Hände auf beide Seiten des Türrahmens lege. »Ich denke, ich muss mich bei dir entschuldigen.«

Er starrt mich an, zieht die Augenbrauen hoch – und beißt so herzhaft in den Käse wie in einen Apfel. »Du *denkst*?«

»Ja«, versichere ich ihm rasch und räuspere mich. »Ich bin es dir schuldig. Was ich getan habe … Es tut mir leid. Das mit dem Trailer … Das war falsch. Du hast mir ein großes Geheimnis anvertraut, und ich habe mein Versprechen gebrochen. Du hast jedes Recht, wütend zu sein.«

Er verzieht das Gesicht, dann sinken seine Schultern herab.

»Ich *war* wütend«, gibt er achselzuckend zu. »Danach war ich einfach nur traurig. Dann war ich wieder wütend, dann schuldbewusst. Hungrig. Ein bisschen schläfrig. Ich hatte wahnsinnige Kopfschmerzen. Ehrlich, ich habe eine ganze Achterbahn der Gefühle erlebt, während du bewusstlos dalagst wie eine ranzige Prinzessin aus dem Märchen, die auf ihren Prinzen und den Kuss der wahren Liebe wartet.«

Ich lächle ein wenig schief. »Aber der Prinz ist nicht gekommen.«

»Natürlich nicht.« Max grinst, er kann gar nicht anders. »Er hatte Angst, dass du das Zimmer verwüstest und sein Gesicht zerkratzt, wenn er es auch nur versucht.«

Ich lache erleichtert auf: Er hat mir verziehen. »Max, es tut mir so leid, dass ich deinen großen Durchbruch ruiniert habe.«

»Hast du nicht.« Er reißt ein weiteres Stück Käse ab, und sein Lächeln verwandelt sich in ein triumphierendes Grinsen. »Die Sendung wird es trotzdem geben. Grandma, Dad und Mum hatten gestern so eine Art Familientreffen der Mafiabosse, vermittelt von Ruth. Nur zu deiner Information, sie ist wirklich nett. Ich mag sie sehr.«

Ich mache den Mund auf, aber er hält warnend den Finger hoch.

»Hör mal drei Sekunden lang auf, schnippisch zu sein, Meerhexe. Echt jetzt, du Sturkopf. Wie auch immer, sie haben sich geeinigt. Der Fernsehsender hat zugestimmt, Effie rauszunehmen, Hope drin zu lassen, und Grandma darf jede Szene absegnen, bevor sie ausgestrahlt wird. Allerdings verlangen sie einen Preis dafür.«

»Wirklich?« Ich blinzle, ehrlich verblüfft. »Wie viel verlangen sie denn?«

»Eine gigantische Summe.« Mein Bruder hebt die Augenbrauen noch höher. »Um genau zu sein, einen regelmäßigen Cameo-Auftritt ihrer neuen Executive Producerin: der mehrfachen Oscar-Preisträgerin Dame Sylvia Valentine.«

Mir klappt die Kinnlade herunter. »Niemals.«

»Doch.«

»Grandma wird darin vorkommen?«

»Mehr als das«, sagt Max und schüttelt ebenfalls erstaunt den Kopf. »Sie wird die Geschichte *erzählen*. Sie meint, dieses ständige Bedürfnis, die Familie Valentine auf ein Podest zu stellen, hätte nur Schaden angerichtet, und es sei an der Zeit, dass die Welt sieht, wer wir wirklich sind.«

Ich ziehe die Luft scharf ein. »Meine Scheiße.«

»Achtung: Sprache.« Max lacht und klopft mir auf den Kopf. »Also schulde ich dir eigentlich was, Mer. Aber mach das nie wieder mit mir, okay? Wir sind eine Familie. Wir sind im selben Team, okay?«

»Okay.« Ich nicke. »Selbes Team.«

»Cool«, sagt er lächelnd und beißt wieder in seinen Käse.

Und das war's, alle Wut oder Bitterkeit ist verflogen. Er mag es gut verbergen, aber Max' großes Herz ist ein wesentlicher Teil dessen, was diese Familie in den letzten zwei Jahren zusammengehalten hat.

Ich spüre eine Welle der Liebe für meinen Bruder und schlage ihm auf den Arm.

»Aua!«, jammert er und hält mir den Käse hin. »Willst du was? Er ist ein bisschen klebrig, aber noch ganz passabel.«

»Du bist widerlich.« Ich nehme den Käse, denn mit einem Mal verspüre ich Heißhunger. »Ja, danke.«

Ich schiebe mir ein großes Stück in den Mund und schaue auf die Uhr. Wenn ich jetzt gehe, dürfte ich es gerade noch rechtzeitig schaffen.

»Du siehst übrigens gut aus«, sagt Max hinter mir, als ich mich zur Tür wende. »Schön, dass du wieder deine Farbe trägst.«

»Rot für *Gefahr*«, sage ich lächelnd und wirble für ihn im Kreis. »Im Tierreich bedeutet es: *Bleib weg*.«

»Ich bin giftig!«, sagt er und lacht. »Friss mich nicht!«

»Oder einfach: *alle mal zu mir herschauen*.« Ich zwinkere ihm zu. »Wie ein Affe mit einem breiten roten Hintern.«

»Genau das bist du«, neckt mich Max. Ich nehme einen Stift vom Beistelltisch und werfe ihn auf meinen Bruder. »Weißt du, Mer, in den meisten Kulturen der Welt bedeutet Rot vor allem *Leben*.«

Mit funkelnden Augen schnappe ich mir meine alte scharlachrote Kapuzenjacke von der Garderobe. Sie ist ein bisschen eng, aber das spielt jetzt keine Rolle.

Mein Bruder und ich schauen uns übermütig an.

»Ich weiß.« Lächelnd öffne ich die Haustür und spüre ein Gefühl der Freiheit in mir aufsteigen. »Das ist genau der Grund, warum ich es trage.«

66

Aber diesmal ist John nicht da.

Statt einer silbernen Limousine, in der unser Chauffeur geduldig in der Einfahrt wartet, steht da ein alter grauer Volvo Kombi mit einem gewaltigen Kratzer an der Seite.

Ich blinzle erstaunt. Wer zum Teufel …?

Das Fenster gleitet herunter, und mein Vater ruft heraus: »NA? STEIGST DU EIN, MISSY, ODER WILLST DU NUR MIT OFFENEM MUND DASTEHEN UND GLOTZEN?«

Verwirrt gehe ich langsam auf das Auto zu. Es ist ein großer Wagen, aber mein hünenhafter Vater sieht immer noch aus, als würde er ein Playmobil-Auto fahren. Sein Kopf streift buchstäblich die Decke.

»Was?«

»Ich bin hier für den Fahrdienst.« Der Motor heult grundlos auf. »Offenbar tun normale Väter so etwas. Sie kutschieren ihre Kinder durch die Gegend. Also, hier bin ich, ein ganz normaler Vater. Ich habe mir ein normales Vater-Auto besorgt und so weiter … Wurde auch Zeit, oder?«, fragt er scherzhaft, schafft es aber nicht, mir ins Gesicht zu sehen.

Ich nehme auf dem Beifahrersitz Platz und starre meinen Vater an. Er erwidert meinen Blick immer noch nicht.

»Was soll das?«, frage ich verständnislos.

»Oh … ich habe die Karre nur vorübergehend gemietet«, antwortet er, obwohl ich das natürlich nicht gemeint habe. »Mach dir keine Sorgen, ich finde etwas, das besser zu den *Valentines* passt. Etwas anderes ließ sich so kurzfristig nicht auftreiben.«

Er hebt die Augenbrauen und beäugt das Lenkrad, das sich links befindet.

»Obwohl ich nie verstehen werde, warum ihr darauf besteht, auf der falschen Straßenseite zu fahren«, fügt er halb entrüstet, halb frustriert hinzu. »Außerdem hat es keine Automatik, das dürfte also interessant werden. Sicherheitsgurt bitte, junge Dame.«

Verblüfft schnalle ich mich an. »Wo ist John?«

»Ich habe ihm einen dringend benötigten Urlaub gegeben.« Dad fummelt an der Schaltung herum, und das alte Auto knirscht und schlingert vorwärts. »Er ist auf den Bahamas. Es ist natürlich längst nicht genug, aber eine Niere würde er nicht annehmen.«

Mein Vater braucht vier Anläufe, um das Sicherheitstor zu öffnen.

Ich schaffe es nicht, den Blick von ihm zu wenden.

Es gehört einiges dazu, mich sprachlos zu machen, aber nach siebzehn Jahren hat mein Vater es endlich geschafft.

»Ich …«, stammle ich, halte inne und schlucke.

Totale Fehlanzeige. Mir fällt einfach nichts ein.

Nach der peinlichsten Stille der Welt stellt Dad eine schreckliche Sechziger-Jahre-Musik an und fährt los, mitten hinein ins Zentrum von London. Ich habe keine Ahnung, was gestern passiert ist, aber offensichtlich werde ich gerade Zeuge der Auswirkungen. Was haben Grandma und meine Eltern denn noch alles beschlossen? Verkaufen wir das Haus, malen wir uns grün an und ziehen in ein Raumschiff, das zum Mars fliegt?

»Dad«, krächze ich schließlich, als wir die Themse erreichen.

»Warte mal«, unterbricht er mich, denn das in die Windschutzscheibenhalterung geklemmte Handy klingelt. Er dreht die Musik leiser. »Halte den Gedanken noch einen Moment fest, dann bin ich ganz Ohr, Kleines.« Er schaltet die Freisprechanlage ein. »Hey, Schatz. Gibt's was Neues?«

»Wir haben morgen früh einen zweiten Besichtigungstermin«, sagt Ruth mit ihrer warmen, ruhigen Stimme. »Es gibt noch ein anderes Paar, das interessiert ist, aber ich bleibe optimistisch, was unser Verhandlungsgeschick angeht.«

»Phantastisch«, antwortet Dad. »Hast du ihnen gesagt, wer ich bin?«

»Habe ich nicht.« Ruth lacht. »Und ich hoffe sehr, dass ich das in meinem Leben niemals tun werde, danke. Wie geht's dem Auto? Ich habe ihnen den Papierkram gemailt. Warst du rechtzeitig da?«

»Bin auf dem Weg. Mercy sitzt gerade neben mir.«

Ich beobachte Dad und versuche, diese vielen neuen Informationen zu verarbeiten, während ich gleichzeitig feststelle, wie gut gelaunt mein Vater ist. Nein, nicht gut gelaunt, sondern glücklich. Beim Klang von Ruths Stimme hat sein Gesicht aufgeleuchtet wie eine helle Taschenlampe. Die Seelenklempnerin hat zwar eindeutig zu viele Hosentaschen, aber er ist *ernsthaft* in sie verliebt.

»Eine Besichtigung?« Ich runzle die Stirn. »Und was?«

»Ein neues Haus.« Dad schaut mich etwas zögerlich von der Seite an und biegt so behutsam nach links ab, als wäre ich aus Porzellan. »Ich ziehe zurück nach London. Für immer. Schluss mit dem Herumvagabundieren.«

Leise fügt Ruth hinzu: »Dein Vater wird von nun an viel öfter für dich da sein, Mercy.«

Mit einem Mal werde ich von einer so starken Dankbarkeit gepackt, dass ich in Tränen ausbrechen möchte.

Ich war so sehr damit beschäftigt, meiner Mutter hinterherzujagen, dass ich gar nicht gemerkt habe, wie sehr ich auch meinen Vater brauche.

Außerdem Schuldgefühle: Ich war furchtbar zu dieser Frau mit einer Vorliebe für Cargohosen.

»Danke, Ruth«, sage ich mit dünner Stimme.

»Gern geschehen«, antwortet sie, und ich höre, dass sie lächelt. »Jetzt lasse ich euch zwei allein, ihr habt viel nachzuholen. Ich muss mir einen Stamm britischer Klienten aufbauen, und ihr seid *seltsam abgeneigt*, eine Therapie zu machen. Viel Glück mit dem Stück, Mercy.«

Dann verstummt das Handy, die Musik hört auf, und der Wagen fährt sanft an den Bordstein hinter dem Theater. Dad und ich sitzen schweigend da und überlegen beide, wer zuerst sprechen soll.

»Dad«, wage ich mich vor.

»Du hattest recht.« Er holt tief Luft und hält sich am

Lenkrad fest. »Mit allem. Ich wollte dich nicht bei mir am Set haben.«

Ein scharfer Schmerz, ganz neu und völlig unerwartet. »Oh.«

»Aber nicht aus dem Grund, den du vermutest.« Mein Vater wendet sich mir zu, sein Gesicht ist plötzlich zerrissen, verletzlich. »Ich war auf der Flucht, Mercy. Die Trauer … Sie war zu viel. Ich konnte es nicht ertragen, ohne Charity in diesem Haus zu sein. Also stürzte ich mich in die Arbeit.«

Ich runzle die Stirn. »Okay …«

»Am Anfang sagte ich mir, es ist doch nur dieser eine Job.« Dad schluckt. »Nur ein Film, weit weg. Er würde mir die nötige Zeit geben, um mich zu fangen. Mich aus dem Loch zu ziehen. Aber es war nicht genug, nichts änderte sich. Also arbeitete ich härter. Ich nahm den nächsten Job an. Dann noch einen.«

Er reibt sich mit seiner großen Hand über die Augen, dann dreht er sich zu mir.

»Ich habe versagt, Liebling. Ich habe als Vater versagt. Ich habe versagt, dich zu beschützen oder es besser zu machen. Und je mehr ich versagte, desto schwieriger wurde es, zurückzukommen.«

Ich habe meinen Vater noch nie weinen sehen – nicht einmal bei der Beerdigung –, aber jetzt sind seine dunklen Augen feucht und glänzen.

Mein Herz zieht sich nach innen zusammen.

»Dad«, sage ich und lege die Hand sanft auf seine. »Du hast nicht –«

»Ich wollte dich nicht am Set haben, Mercy, nicht weil du es nicht verdient hättest, dort zu sein, oder weil ich dich nicht sehen wollte.« Seine Stimme bricht. »Ich wollte nicht, dass du erneut mein Versagen miterleben musst.«

Wie gerne wäre ich jetzt wütend: Ich möchte ihm sagen, dass er der Erwachsene ist, dass er seinen Schmerz hätte überwinden müssen, dass er einen Weg hätte finden müssen, für uns da zu sein, dass er sich mehr Mühe hätte geben müssen.

Aber Trauer ist nicht so.

Sie ist eine Bombe, und wenn sie explodiert, weiß keiner von uns, wo die zerfetzten Teile von uns landen werden.

»Es ist okay«, sage ich leise. »Dad, ich verstehe das.«

Mit einem kleinen Schluchzer der Erleichterung legt er seinen Kopf auf unsere Hände und stützt ihn für ein paar Minuten auf das Lenkrad, während seine breiten Schultern zucken. Ich warte geduldig, dass er seine Fassung zurückgewinnt.

Schließlich hebt er den Kopf und versucht, mich anzulächeln.

»Du bist auf der Suche nach einem Job?« Verlegen wischt er sich übers Gesicht. »Ich werde demnächst in London bei einem neuen Film Regie führen, und ich habe gehört, dass du arbeitslos bist. Ich denke, es ist an der Zeit, dass der besten Schauspielerin der Familie ein bisschen klassische Vetternwirtschaft angeboten wird, oder?«

Ich lache. »Danke, aber *nein* danke. Das ist etwas, das ich mir selbst erarbeiten muss.«

Er nickt und schaut auf das Globe. Vor dem Theater wird

es immer voller. Zur Premiere von *Viel Lärm um nichts* versammeln sich Menschen: aufgeregt und erwartungsvoll, übersprudelnd und in Vorfreude auf das Stück.

Ich schließe meinen Mantel und hebe mein Kinn.

»Soll ich mit reinkommen?« Dad folgt meinem Blick und setzt sich aufrechter hin. »Ich schwör dir, wenn heute Abend jemand auch nur ein einziges unfreundliches Wort zu meiner Tochter sagt, werde ich …«

»Was wirst du dann tun?«, frage ich und spüre eine heftige Zuneigung in mir.

»Ach, lassen wir das.« Mein Vater grinst breit. »Sagen wir einfach, dass wir in Amerika eine nicht ganz so würdevolle Art haben, mit solchen Dingen umzugehen.«

»Ich krieg das schon hin, Dad.« Ich öffne die Autotür und steige aus. »Das sind die Konsequenzen, denen ich mich allein stellen muss.«

»Ich bin stolz auf dich, Kleines.« Dad lehnt sich über den Beifahrersitz. »Und ich werde hier auf dich warten. Ich lese Zeitung. Blicke wiederholt auf meine Uhr. Murmle vor mich hin, dass ich nichts Besseres in meinem Leben zu tun habe, als einen kostenlosen Taxiservice für meine fehlgeleitete Teenagertochter anzubieten. So was in der Art.«

Und wieder überwältigt mich eine unendliche Erleichterung.

»Du brauchst nicht zu warten«, sage ich trotzdem.

»Ich bin dein Dad, Mercy.« Er lächelt mich an, und sein Gesicht ist voller Liebe. »Jemand, der viel weiser ist als ich, hat mir gesagt, dass Väter das so machen.«

67

Aber so einfach ist das mit dem Karma nicht.

Die Auswirkungen zeigen sich sofort – mein schlechtes Verhalten kehrt zu mir zurück und schnappt nach mir. Mit gesenktem Kopf schleiche ich mich durch die Menschenmenge zur Hintertür: verschlossen.

Ich versuche es bei einer anderen Tür: wieder verschlossen.

Niedergeschlagen gehe ich wieder zum Vordereingang, ziehe mir die Kapuze meiner Jacke tief über die Stirn und suche verzweifelt nach einem Weg hinein, bei dem ich weder eine Szene machen noch einen Feuerlöscher benutzen muss.

Diesmal geht es nicht darum, vom Hauptereignis abzulenken.

»Oh, echt jetzt?« Ein blondes Mädchen in der Warteschlange liest ein Schild, das über das Theaterplakat geklebt ist. »Mercy Valentine ist nicht mehr dabei? Ich habe die Karten nur gekauft, weil ich als Kind immer ihre Geisterserie gesehen habe.«

»Das macht nichts«, tröstet ihre Freundin sie. »Die scheint inzwischen völlig durchgeknallt zu sein.«

»*Genau.*« Das Mädchen rümpft enttäuscht die Nase. »Ich hatte auf ein anständiges Drama gehofft. Jetzt ist es nur *Shakespeare.*«

Mit gesenktem Kopf gehe ich auf sie zu, meine Wangen brennen.

»Ich nehme sie«, sage ich und senke den Kopf noch weiter. »Die Eintrittskarte. Wenn du sie nicht willst, gebe ich dir …« Ich krame schnell in meiner Handtasche, ziehe einen Packen Bargeld heraus und reiche ihn ihr.

»Machst du Witze?« Ihre Augen weiten sich, und sie reißt mir das Geld aus der Hand. »Gut. Abgemacht.«

Sie wirft mir ihr Ticket zu und hüpft juchzend davon.

»Ich fasse es nicht!« Ihre Freundin runzelt die Stirn und beugt sich vor, um unter meine Kapuze zu spähen. »Du bist doch nicht etwa … Schon gut, natürlich nicht.«

Sie schüttelt den Kopf und eilt davon, um ihre Freundin einzuholen.

Erleichtert nehme ich ihren Platz in der Warteschlange ein. Mit tief gezogener Kapuze wird mich hoffentlich niemand erkennen. Warum auch? Ich bin nicht schwarz gekleidet, ich mache kein finsteres Gesicht, ich versuche nicht, alles zu ruinieren.

Endlich erreiche ich die Eingangstür des Globe.

Das Mädchen, das meine Eintrittskarte kontrolliert, hebt die Augenbrauen, nickt aber und sagt nichts, sondern zeigt mir den Weg zu den vorderen Stehplätzen. Unauffällig schlage ich meine Kapuze zurück, gehe so nah wie möglich an die Bühne heran und warte, während das Theater sich füllt, halte den Atem an, während die Zuschauer drängeln, schubsen, ihre Plätze einnehmen. Aus diesem Blickwinkel ist die hölzerne Bühne hell und leer, und wenn ich nach oben schaue, zeigt sich der Himmel in einem tiefen, sternlosen Dunkelblau.

Da blinken die Lichter im Zuschauerraum, und die Menge verstummt.

Mein Atem stockt.

Und dann schaue ich mit vollem Herzen zu, wie mein Stück ohne mich beginnt.

»*Ich entnehme diesem Brief*«, sagt Leonato, der majestätisch auf die Bühne schreitet und auf ein Blatt Papier blickt, »*dass Don Pedro von Aragonien heute Abend hier in Messina eintrifft.*«

Ich schlucke und schiebe mich noch weiter vor: Piper hat leise die Szene betreten, zusammen mit Daisy, die ein blaues maßgeschneidertes Kleid trägt. Es sitzt tadellos, und mit ihren frisierten Haaren und dem Make-up sieht sie aus wie die perfekte Beatrice.

Sie hält sich im hinteren Teil der Bühne auf und lauscht aufmerksam einem Boten, und als sie ein paar hastige Schritte auf ihn zumacht, fühle ich, wie sich mein Magen vor Überraschung zusammenzieht. Ihre Bewegungen sind schnell, vogelartig, nicht wie die langsamen, verhaltenen Gesten, die ich von ihr kenne.

»*Sagen Sie*«, fragt sie so scharf, wie ich es ebenfalls noch nie gehört habe, »*ist Signor Hau von Stecher mit heiler Haut davongekommen, oder nicht?*«

Sie *ist* die perfekte Beatrice.

Und wenn sie ihr Kinn trotzig hebt, höre ich es.

Ich höre ihren Eifer und ihre Ungeduld, das Herzklopfen in ihrer Kehle und die kaum verhohlene Nervosität. Ich höre die Erregung in ihrer Stimme, und mein Magen schlägt wieder einen Purzelbaum.

Verity hatte recht. Beatrice ist schon *vernarrt* in Benedikt, bevor das Stück überhaupt begonnen hat.

»*Oh, der hat's überlebt*«, sagt der Bote grinsend.

Daisy lacht mit einem absichtlich spröden Unterton. »*Sagen Sie, wie viele hat er in dieser Schlacht geschlachtet und gefressen? Oder vielmehr, wie viele hat er geschlachtet? Denn ich versprach ihm, alle zu fressen, die er schlachten würde.*«

Und da ist es, das zeitlos Verräterische: Bei jedem Satz, den sie spricht, geht es um Benedikt.

»*Du gehst zu grob mit Signor Benedikt um*«, tadelt Leonato sie leichthin.

Und alles, was ich denken kann, ist: *Natürlich* tut sie das.

Was soll sie denn sonst tun? Zugeben, dass sie nicht aufhören kann, an ihn zu denken? Dass sie die ganze Zeit, die er weg war, geschmachtet hat, dass sie nicht geschlafen hat, an nichts anderes denken konnte? Damit würde sie ihre Schwäche, ihre Verletzlichkeit preisgeben. Es wäre *demütigend.*

Ich wende meine Aufmerksamkeit wieder der Bühne zu.

»*Ich sehe, gnädiges Fräulein*« – der Bote schüttelt traurig den Kopf –, »*der Herr ist bei Ihnen nicht gut angeschrieben.*«

»*Nein.*« Beatrice errötet. »*Andernfalls würde ich den Zettel verbrennen.*«

Fasziniert von ihrem Schauspiel schiebe ich mich zwischen den Zuschauern immer weiter vor, um noch näher heranzukommen.

Im Schein der Bühnenstrahler leuchtet ihr blasses Gesicht.

Als ich mich kurz umdrehe und das Publikum anschaue, sehe ich, dass alle Blicke auf sie gerichtet sind, gebannt von ihrer Darstellung.

Mit vernehmbaren Schritten kommt Eli auf die Bühne geschlendert, und erneut überläuft mich ein Schauder der Überraschung. Eli ist präsent, er ist frech, er ist … brillant.

»*Ich wundere mich, was Sie immer reden, Signor Benedikt.*« Und mit plötzlichem Schmerz erkenne ich alles wieder: die Barrieren und die Selbstverteidigung, den inneren Kampf mit sich selbst. »*Kein Mensch hört Ihnen zu.*«

»*Was, Fräulein Zicke von Hochmut …*« Benedikt zieht spöttisch eine Augenbraue hoch. »*Sie leben auch noch?*«

Als ob er nicht jeden einzelnen Moment an sie gedacht hätte, als ob sie nicht *eindeutig* die allererste Person wäre, die er nach seiner Heimkehr aufsucht.

Die Handlung schreitet voran und zieht mich mit sich.

Fassungslos stehe ich da und erlebe, wie eine Geschichte, die ich zu kennen glaubte, mich wie ein Ziegelstein ins Gesicht trifft. Die ganze Zeit dachte ich, Beatrice und Benedikt wurden ausgetrickst, damit sie sich verlieben. Aber sie sind bereits ineinander verliebt, bevor das Stück überhaupt beginnt – sie haben nur zu viel Angst, es zuzugeben.

Bei der Schlussszene sind meine Augen feucht und meine Wangen heiß. Ich habe mich irgendwie bis ganz nach vorne geschlängelt, so dass meine Nase fast die Bühne berührt.

»*Liebst du mich denn nicht?*« Beatrice lächelt spielerisch, all ihre Feindseligkeit ist verschwunden.

»*Ich? Nein*«, lügt Benedikt und lächelt. »*Nicht übermäßig.*«

»*Dann*«, sagt Beatrice und beginnt zu lachen, »*täuschen sich meine Cousine Margreth und Ursula sehr. Man schwor, dass du mich liebst.*«

Er beginnt auch zu lachen. »*Die schworen mir, du wärst fast krank um mich.*«

»*Sie schworen, du wärst* halb tot *um mich.*«

Und als Beatrice und Benedikt mit dem gleichen Sinn für Humor losprusten, wird mir klar: Liebe ist kein *Trick*. Sie ist kein Placebo. Sie ist keine Unterwerfung oder Eroberung. Sie ist keine Dunkelheit, die verzehrt, oder eine Falle, die zuschnappt; und sie ist definitiv keine Schwäche.

Sie verdoppelt sich, statt sich zu halbieren.

Man steht der Welt zu zweit gegenüber, nicht allein.

Daisy hatte recht.

Dieses Stück ist *verdammt romantisch*.

»*Also komm*«, schließt Benedikt und stupst Beatrice scherzhaft an. »*Ich nehme dich, aber weiß Gott nur aus Mitleid.*«

»*Ich bring's nicht über mich, dich zu enttäuschen*«, sagt Beatrice und verdreht die Augen. »*Aber ich habe mich nur überreden lassen, und außerdem will ich dein Leben retten, man hat mir gesagt, du hättest die Schwindsucht.*«

»*Friede!*« Benedikt lacht. »*Oder ich stopf dir den Mund.*«

Eli packt Daisy und küsst sie, fest.

Und als das Publikum um mich herum spontan in tosenden Applaus ausbricht, drehe ich mich abrupt um und drängle mich durch die Menge, mit kribbelndem Magen und brennendem Herzen.

Finn. Ich muss Finn finden.

68

Wo soll ich mit der Suche anfangen?

Ich schiebe mich durch die jubelnden Zuschauer, suche die Balkone nach den vertrauten hellgrünen Augen ab. Würde er sich die Aufführung dort oben anschauen? Oder hinter der Bühne?

Ich schlüpfe in den leeren Korridor und schleiche mich zu einem Seiteneingang.

Mit einem leisen *Klick* öffne ich die Tür und betrete den dunklen, menschenleeren Trakt. Die gesamte Besetzung ist auf der Bühne und verbeugt sich unter frenetischem Beifall. Ich halte nach Finn Ausschau, aber dort ist er auch nicht.

Ich versuche es in einigen Umkleideräumen, nur für den Fall, dass er seine Ausrüstung wegpackt.

Nichts.

Ich mache mich auf den Weg zum Proberaum, meine Angst steigert sich zur Verzweiflung. Es ist der Premierenabend. Den kann er doch nicht *verpasst* haben, oder?

»Finn?«, rufe ich mit hochroten Wangen. »Finn!«

Hinter mir ertönt Jubel, und die Tür fliegt auf. Das gefeierte Ensemble strömt herein: johlend und singend wird ein High Five nach dem anderen verteilt. Bruder Franziskus wirft seine Perücke fröhlich in die Luft, Rosie macht bereits die ersten Fotos, Don Pedro eilt zielstrebig zum Buffet.

Sie rauschen an mir vorbei wie eine Welle über einen unbedeutenden Kieselstein, und ich empfinde plötzlich Traurigkeit.

Das ist nicht meine Feier.

»Hey.« Ich drehe mich um und suche in der ausgelassenen Gruppe nach einem bestimmten Gesicht. »Hat jemand gesehen, wo –?«

»Mercy!« Piper bleibt neben mir stehen, der Erfolg hat ihre Wangen rosa gefärbt. »Was machst du hier?«

»Ich wollte das Stück sehen. Es war phantastisch.« Ich werde rot. »Hast du Finn gesehen?«

»Nein. Eigentlich den ganzen Abend nicht.« Sie schüttelt den Kopf und wirft einen schnellen Blick über ihre Schulter. »Ähm, du solltest nicht hier sein, Mercy. Verity wird das nicht gefallen. So wie du deinen Abgang inszeniert hast …« Sie zieht eine Grimasse, wenn auch nicht ohne Mitgefühl. »Ich meine, wir alle haben manchmal schlechte Tage, aber du hast wirklich …«

»Mein Spielzeug aus dem Kinderwagen geworfen«, beende ich mit grimmiger Verlegenheit den Satz für sie.

»In ein Feuer.« Sie lächelt. »Und Benzin drüber geschüttet.«

»Ich weiß«, gebe ich beschämt zu. »Es tut mir aufrichtig leid. Die Dinge, die ich gesagt habe …«

»Oh.« Piper hebt die Augenbrauen. »Darüber würde ich mir keine Sorgen machen. Wir sind professionelle Schauspieler. Du bist nicht die erste Promidiva, mit der wir gearbeitet haben, und du wirst auch nicht die letzte sein.«

»Pipes!«, ruft Rosie quer durch den Raum und ignoriert

mich geflissentlich. »Komm schon! Eli wird gleich eine Rede halten!«

Unnötig zu erwähnen, dass er bereits auf einem Tisch steht.

»Hallo?« Elias Bingo-Wings tippt an sein Glas. *Kling. Kling. Kling.* »Könntet ihr euch alle hier versammeln?« *Kling.* »Verbindlichsten Dank.« *Kling.* »Jetzt, wo alle da und aufmerksam sind, möchte ich diesen besonderen Moment nutzen, um meinem –«

»Apropos Promidiva …« Piper verdreht dezent die Augen. »Pass auf dich auf, Mercy. Ich hoffe, du findest Finn. Sieh im Vorratsschrank nach. Ich habe ihn mal erwischt, wie er da ein Nickerchen gemacht hat.«

Dann dreht sie sich schwungvoll um, lässt mich einfach stehen und gesellt sich zu den anderen.

Im Vorratsschrank? Warum sollte Finn in einem Vorratsschrank schlafen? Warum sollte *irgendjemand* dadrin schlafen? Und noch wichtiger: Warum ist er nicht hier, um mit seinen Kollegen die Premiere zu feiern?

Beunruhigt biege ich in einen der schmalen Korridore.

»Finn? Wo –?«

»Willst du mich VERARSCHEN?«

Langsam drehe ich mich um und sehe mich einer vor Wut schäumenden Verity gegenüber.

Mit puterrotem Gesicht stapft sie auf mich zu.

»Warte«, beginne ich kleinlaut und strecke entschuldigend die Hände aus. »Bevor du mich rauswirfst, Verity, möchte ich nur sagen –«

»Oh, ich denke, du hast schon genug gesagt.« Sie lacht hässlich. »Dich dazu zu bringen, diese Dinge *nicht* zu sagen, ist die wahre Herausforderung für jeden Regisseur, Mercy. Diesen Abend wirst du jedenfalls nicht ruinieren. Wo ist die Security? SECURITY?«

Mit finsterer Miene schaut sie sich in dem menschenleeren Gang um.

»Das war eine tolle Vorstellung«, sage ich schnell, bevor sie es sich anders überlegen und mich wie eine Rugbyspielerin außer Gefecht setzen kann. »Einfach umwerfend, Verity. Ich meine es ernst. Das Publikum war hingerissen.«

»Dir haben wir das nicht zu verdanken«, schnaubt Verity verächtlich. »Dein kleiner Tweet *Macht euch nicht die Mühe, das Stück anzuschauen* hatte über vierzigtausend Likes, wie ich von unserer PR-Abteilung erfahren habe.«

Ich erröte. »Tut mir leid.«

»Ja, nun, er hatte allerdings nicht den beabsichtigten Effekt, ganz im Gegenteil.« Sie schnieft. »Wir sind das Globe Theatre. Wir brauchen nicht die *Zustimmung* eines verblassenden Teenie-Sternchens. Deine Missbilligung hat sogar dazu geführt, dass die Vorstellung fast ausverkauft war. Also danke dafür.«

Ich zucke zurück, obwohl ich es verdient habe.

Klick – hinter Verity schwingt eine Tür auf, und Daisy kommt langsam heraus, mit großen leuchtenden Augen und einem Strauß Lilien in den Händen.

»Oh!« Sie bleibt abrupt stehen. »Mercy!«

Das Glückstrahlen, das ihr Gesicht verwandelt hat, flackert.

»Hi, Daisy.« Ich lächle freundlich. »Glückwunsch.«

Jetzt sieht sie unschlüssig aus. »Du hast es gesehen?«

»Ja.« Ich nicke. »Du warst unglaublich. Hintergründig, originell, witzig. Ehrlich, du hast alle umgehauen. Du bist ein Star.«

Verity verdreht die Augen, anscheinend ist sie nicht überzeugt, was meine Aufrichtigkeit angeht.

»Denkst du das wirklich?« In Zeitlupe riecht Daisy an den Blumen. »Ich kann noch iiimmer nicht glauben, dass das tatsächlich passiert ist. Ehrlich gesagt, war ich schon froh, den zweiten Wächter spielen zu dürfen.« Dann schaut sie hoch. »Ich glauuube, ich habe Beatrice nicht so gut gespielt, wie du es getan hättest. Es ist deiiine Rolle.«

Verity schnaubt, aber ich ignoriere sie.

»Es ist nicht meine Rolle, Daisy.« Ich lächle und frage mich, warum ich sie früher so nervig fand. »Es war immer deine. Es gibt nichts, was ich dir beibringen könnte.«

Wir lächeln uns noch einmal an, und es kommt mir wie ein Abschluss vor.

»Wie reizend«, sagt meine Exregisseurin pampig. »Wenn es dir nichts ausmacht, ich habe ein Ensemble, mit dem ich feiern möchte. Wir sehen uns auf der Party, Day.«

Vor sich hin grummelnd stapft sie davon.

Daisy macht Anstalten, ihr zu folgen.

»Ähm.« Ich kratze mich am Hals, weil die Verlegenheit wie eine heiße Ranke über meine Kehle kriecht. »Daisy, ich … Du weißt nicht zufällig, wo Finn ist, oder? Ich habe ihn nirgendwo finden können.«

»Ich habe ihn nicht gesehen.« Sie runzelt nachdenklich die Stirn. »Tatsächlich haben wir uns geraaade gewundert, dass er nicht aufgetaucht ist. Natüüürlich hatte er heute Abend nichts zu tun, aber wir dachten, er würde mitfeiern.«

»Das hätte ich auch gedacht«, sage ich, zunehmend besorgt.

Wie soll ich ihn nur finden? Ich weiß nicht, wo er wohnt, ich habe nicht einmal seine Telefonnummer.

Daisy betrachtet mich ein paar Sekunden, sieht, wie niedergeschlagen ich bin. Dann öffnet sie ihre Handtasche, kramt vorsichtig darin und zieht schließlich ein zerknittertes Stück Papier und einen Stift heraus. Sie schaut auf ihr Handy und kritzelt etwas auf den Zettel.

»Hiiieeer«, sagt sie und drückt mir das Blatt Papier in die Hand. »Finns Adresse.«

Ich blicke es erstaunt an.

»Wir haben in der ersten Woche unsere Kontaktdaten ausgetauscht«, erklärt sie. »Schau nach, ob es ihm gut geht. Er ist fuuurchtbar, seit du … gegangen bist.«

Selbst jetzt bringt sie es nicht über sich zu sagen: *seit du kurzerhand gefeuert wurdest, weil du eine Hexendiva aus der Hölle bist*.

»Moment, was meinst du mit *furchtbar*?« Meine Laune hebt vom Boden ab wie ein Heißluftballon. »Du sagst das nicht nur so, oder? Wie … wie furchtbar genau?«

»Oje, wenn du wüsstest!« Daisys Augen weiten sich. »Soooooo furchtbar. Sarkastisch. Unhöflich. Schlecht gelaunt. Einfach nur schrecklich. Er ist ein völlig anderer Mensch.«

Ich spüre, wie ein glückliches Grinsen mein Gesicht von einem Ohr zum anderen in zwei Hälften teilt.

Finn mag mich immer noch.

»Danke«, sage ich und umklammere das Blatt Papier.

»Gern geschehen.« Daisy lächelt mich an und schaut dann wieder auf ihre Blumen. »Und, Merrrcy? Ich danke *dir*.«

69

»Und?« Mein Vater schaut mich neugierig über seine Zeitung hinweg an, als ich in den Volvo steige. »Wie ist es gelaufen?«

»Gut.« Ich nicke geistesabwesend.

Dann zerknülle ich Finns Adresse, streiche sie glatt und starre sie ein paar Sekunden lang an. Ich habe ein flaues Gefühl im Kopf.

»Wohin als Nächstes?«, fragt Dad laut und lässt den Motor an. »Mein Taxidienst steht dir zur Verfügung.«

Ich huste und murmle den Ort, der auf dem Papier steht.

»Wie bitte?« Mein Vater kneift die Augen zusammen, als könnte er mich so besser verstehen. »Acton? Was in aller Welt zieh dich nach *Acton*?«

»Ähm.« Ich räuspere mich. »Ein Junge.«

»EIN JUNGE?« Dad explodiert förmlich und schlägt mit beiden Händen aufs Lenkrad. »ICH SOLL DICH FÜR EINEN JUNGEN QUER DURCH LONDON FAHREN? BIST DU VERRÜCKT? WER IST ER? WAS MACHT ER? WER SIND SEINE ELTERN? SOLLTE ICH IHN KENNENLERNEN? STELL DICH GLEICH MAL DARAUF EIN, DASS ICH EIN GESPRÄCH MIT DIESEM JUNGEN MANN FÜHREN WERDE, UM IHM AUF DEN ZAHN ZU FÜHLEN.«

Mit geblähten Nasenflügeln starre ich meinen Vater an.

Er starrt zurück.

»Na, wie hat sich das angehört?« Dad zwinkert. »Gleichermaßen väterlich, beschützend und einschüchternd?«

»Und wie.« Ich lache laut auf. »Eins a.«

»Spaß beiseite.« Dad gibt *Acton* in sein Navi ein und biegt links ab. »Du bist mein Mädchen, Mercy. Wer auch immer dieser Junge ist, ich hoffe, er ist es wert.«

Ich schaue wieder aus dem Fenster auf die vorbeiziehenden Londoner Straßen und lächle.

»O ja«, sage ich mit absoluter Gewissheit. »Das ist er.«

Finn wohnt in einer Sackgasse direkt am Bahnhof von Acton. Man kann nirgends parken, also stellt Dad das Auto am Bürgersteig um die Ecke ab.

Ich schlucke, steige aus, zögere.

»Du schaffst das«, sagt Dad aufmunternd und angelt seine Zeitung von der Rückbank. »Ich werde auch ganz bestimmt nicht zusehen. Versprochen.«

Ich bin so nervös, dass ich dafür nur eine Grimasse übrig habe. Impulsiv ziehe ich meine rote Jacke aus und werfe sie auf den Rücksitz. Was auch immer als Nächstes passiert, ich möchte phantastisch aussehen. Dann streiche ich mein Kleid glatt und gehe um die Ecke und die Stufen hinauf.

Die Haustür ist cremefarben, aus Kunststoff und wirkt irgendwie provisorisch.

Ich klopfe und stelle fest, dass meine Hände zittern.

Stille.

Mein Magen sackt enttäuscht nach unten. Ich klopfe erneut.

Stille.

Ich will schon aufgeben, um es morgen noch einmal zu versuchen, als ich Schritte und ein leichtes Rascheln höre. Ich weiß nicht, wieso, aber ich weiß, dass er es ist.

»Finn?«, sage ich und klopfe erneut. »Ich bin's, Mercy.«

Wieder Stille, aber diesmal spüre ich, dass er leise auf der anderen Seite der Tür steht.

»Bitte, Finn. Ich muss mit dir reden.«

»Das ist wirklich kein guter Zeitpunkt«, sagt er gepresst. »Du solltest gehen.«

»Geht es dir gut?« Ich gerate in Panik, jeder Schmerz wird von Sorge und Angst verdrängt. »Warum warst du nicht bei der Premiere? Ist etwas passiert?«

Eine Pause, dann sagt er mit flacher Stimme: »War nicht in der richtigen Stimmung. Kannst du mich in Ruhe lassen?«

Mein innerer Heißluftballon zerplatzt augenblicklich.

»Klar«, sage ich kurz und wende mich zum Gehen. »Was immer du willst.«

Aber meine Füße wollen sich nicht bewegen, und ich merke, dass ich es nicht kann. Ich werde es nicht tun. Ich werde ihn nicht so zurücklassen. Es geht ihm nicht gut, das spüre ich. So oft habe ich ihn weggestoßen, aber Finn ist immer wieder zurückgekommen. Jetzt bin ich an der Reihe, das für ihn zu tun.

Mit zusammengebissenen Zähnen hole ich mein Handy heraus und schreibe:

Von: Mercy Valentine
An: Finneas O'Connor

Bitte, mach die Tür auf.

Ich höre seinen Handyton, und eine Sekunde später:

Von: Finneas O'Connor

Nein.

Also atme ich tief durch: Dann eben so.

Von: Mercy Valentine

Seit dem Tod meiner Zwillingsschwester habe ich mich wie ein halber Mensch gefühlt. Ich habe mir die Schuld gegeben und hatte das Gefühl, dass alles Gute in mir mit ihr gegangen ist. Du hast mich von meiner schlimmsten Seite erlebt. Ich weiß, wie es sich anfühlt, jemanden so sehr zu lieben, dass man sich selbst verliert, wenn dieser Mensch geht, und ich konnte nicht riskieren, das noch einmal durchmachen zu müssen.

Aber die Sache ist die, dass ich mich bei dir nicht wie eine Hälfte fühle.

Du bist witzig und klug und liebenswürdig und so wahnsinnig heiß, dass du meine Ohren in Brand steckst, aber … du musst nicht immer so sein. Ich werde dich trotzdem mögen.

Du bist noch genauso wunderbar, selbst wenn du in Stücken bist.

Bitte mach die Tür auf.
X

Mit zusammengekniffenen Augen drücke ich auf SENDEN.

Es macht *Pling*.

Und ich warte eine gefühlte Ewigkeit, stütze meine Fingerspitzen auf die Kunststofftür, will, dass sie sich öffnet, damit Finn weiß, dass ich noch da bin.

Irgendwann höre ich ein Klappern. Die Kette an der Tür klickt, die Tür geht auf. Finns Augen sind rosa, seine Wangen blass. Er sieht erschöpft aus, als ob er geweint hätte, und so, so traurig.

Mit schwerem Herzen mache ich einen Schritt auf ihn zu.

»Was ist passiert?«, frage ich sanft, aber mit einem Knoten im Hals. »Was ist los? Wie kann ich helfen? Sag es mir, und ich …«

Ich halte inne und schaue an ihm vorbei in die winzige Wohnung.

»O mein Gott«, stoße ich hervor.

70

Die Wohnung ist leer.

Nicht im Sinne von *Ich bin gerade eingezogen*; nicht im Sinne von *Ich bin ein Mann und verstehe nicht, wie man mit Blumen und Kerzen Stimmung schafft.*

Sondern im Sinne von *Keine Möbel, keine Familie, wird demnächst abgerissen.*

Mit grimmiger Miene winkt Finn mich herein.

Blinzelnd gehe ich durch die Räume, stumm, verwirrt. Das Wohnzimmer hat eine Blumentapete, aber es ist völlig leer: Alle Bilder an der Wand wurden entfernt, nur die Nägel sind noch da. Mitten auf dem Boden liegt ein zerknitterter Schlafsack, daneben ein grüner Plastikklappstuhl, auf dem ein Wasserkocher steht, und eine leere Pot-Noodle-Dose, die noch schwach nach Curry riecht. Das einzige Licht kommt von einer Plastiklampe, die leicht windschief danebensteht.

Ich gehe weiter. Die Küche ist komplett ausgeweidet.

Kein Kühlschrank, kein Ofen, keine Mikrowelle.

Die beiden Schlafzimmer sind leer, vier kleine rechteckige Dellen in jedem Teppich zeigen noch, wo früher die Betten standen. Die Tür des Einbauschranks steht offen, aber es sind nur leere Kleiderbügel darin. Es gibt ein winziges Badezimmer, in dem die Armaturen zwar noch an ihrem Platz sind, aber als ich den Wasserhahn drehe, kommt kein Wasser heraus. Und als ich den Schalter umlege, geht kein Licht an.

Niemand scheint hier zu leben, und doch ist es so.

»Was ist los?«, frage ich leise und wende mich wieder Finn zu.

»Na ja.« Sein Gesicht sieht aus, als wäre es aus Wachs, so angespannt ist er. »Was soll ich sagen? Ich lebe einfach mein bestes Leben.«

Ich schaue mir seine Kleidung genauer an. Er trägt dieselbe zerknitterte Jeans und den staubigen Pullover, den er anhatte, als er mich dazu brachte, ihn am Theater abzusetzen. Er war da, an jenem Morgen, hatte sich auf einen der Balkone gelegt. Was hat Verity gesagt? *Finneas O'Connor? Er wohnt praktisch hier.*

Und da trifft mich die Wahrheit: Das tut er tatsächlich.

»Wo ist alles hin?«, frage ich leise.

»Verkauft«, sagt Finn mit einem matten, freudlosen Lächeln. Er zuckt mit den Schultern. »Vermute ich jedenfalls. Die Schuldeneintreiber standen heute Morgen vor der Tür, um auch noch das Letzte mitzunehmen und Strom und Wasser abzustellen. Was gut ist, denn eine kalte Dusche ist inzwischen zu einem verführerischen Luxus geworden.«

Ich starre ihn an. Wie kann er immer noch Witze machen? »Wo ist deine Familie?«

»Meine Mutter starb, als ich noch ein Kind war«, sagt er und lässt sich auf den Schlafsack sinken. »Mein Vater …« Ein kurzes, heiseres Lachen. »Sagen wir einfach, seine Spielsucht hat einen neuen Tiefpunkt erreicht.«

»Keine Geschwister?«

»Nö.«

Eine Welle der Traurigkeit steigt in mir auf, gefolgt von Scham. Er macht das die ganze Zeit durch, schon seit ich ihn kenne. Aber ich war so sehr mit meinem eigenen Kummer beschäftigt, dass mir nie in den Sinn gekommen ist, dass auch Finn jemanden brauchen könnte.

Ruhig setze ich mich neben ihn auf den Schlafsack.

Schweigend schaue ich ihn an, bis er meinen Blick auffängt.

»Also.« Er zuckt mit den Schultern. »Was sagst du dazu?«

»Ähm.« Ich schaue mich in der leeren Wohnung um, dann auf den Pot-Noodle-Becher. »Ich fühle mich schlecht, weil ich dich für die französischen Croissants bezahlen ließ.«

Er lacht grimmig. »Und die Kaffees. Vergiss die Kaffees nicht.«

Ich zucke zusammen. »Die haben sechs Euro gekostet.«

»Sieben, um genau zu sein.« Finn sieht mich mit seinen tiefgrünen Augen an, und mein Magen fängt an zu flattern, so wie immer, wenn ich bei ihm bin. »Bemitleide mich nicht zu sehr, Mercy Valentine. Vergiss nicht, *ich* bin derjenige, der im Moment noch eine Anstellung hat.«

»Touché«, antworte ich lächelnd. »Es wird alles wieder gut, Finn. Wir lassen uns was einfallen.«

»Ja.«

Nach einer kurzen Pause fügt Finn hinzu: »Ich meine, es ist echt hilfreich zu wissen, dass ich so *wahnsinnig heiß* bin, dass ich *Ohren* in Brand stecke. Vielleicht kann ich dieses Talent ja zu Geld machen. Hast du irgendwelche guten Kontakte?«

Ich muss laut lachen. »Halt die Klappe, Idiot.«

»Nein, wirklich.« Er grinst. »Ich könnte mich einem Zirkus oder so anschließen. *Der kluge, liebenswürdige, witzige, ohrenentflammende Finneas O'Connor!* Oder war es *der liebenswürdige, witzige, kluge* –«

Finn hält den Finger hoch und kramt sein Handy aus der Hosentasche.

»Warte, lass mich den genauen Wortlaut checken.«

»O mein Gott.« Peinlich berührt nehme ich ihm das Handy ab und werfe es auf den Schlafsack. »Stopp. Willst du mir jetzt für den Rest des Lebens diese E-Mail vorlesen?«

»Natürlich nicht.« Er wirft mir einen entrüsteten Blick zu. »Nur die ersten ein oder zwei Jahre, dann wirst du mir ja hoffentlich noch ein paar weitere Komplimente schicken, damit ich das updaten kann.«

Ich lache, als das Glück in meiner Brust pulsiert.

Die ersten ein oder zwei Jahre? Heißt das …?

»Bist du sicher«, frage ich, gegen meine plötzlich aufkeimenden Zweifel ankämpfend, »dass du es ertragen kannst, mit einer arbeitslosen theatralischen Diva gesehen zu werden, die einen schrecklichen Ruf hat, keine Karriere, keine nichtschwarzen Klamotten mehr, die ihr richtig passen, und herumschreit, *dass es meilenweit zu hören ist*?«

Finn denkt einen langen, laaangen Moment darüber nach. Ich versetze ihm einen Stoß.

»Hey«, sagt er schließlich und schubst mich grinsend zurück. »Ich habe dir die Tür aufgemacht, oder nicht?«

Und meine Freude ist so hell, so schwerelos, dass ich geradezu spüre, wie sie explodiert und die Nacht wegsprengt.

Statt einer Antwort beuge ich mich vor und küsse ihn sanft.

Und als wir uns küssen – als unsere Lippen sich berühren und unsere Wangen sich entzünden –, fühlt sich plötzlich nichts mehr so leer und nichts so dunkel an. Ich bin nicht allein, und ich habe Platz für seinen Schmerz und für meinen. Ich habe Platz für unser Glück und unsere Traurigkeit; unsere Aufregungen und unsere Hoffnungen; unsere Enttäuschungen und unseren Jubel.

Ich habe endlich Platz für all das.

Nach einer gefühlten Ewigkeit, und doch nicht lange genug, zieht Finn sich kurz zurück und hebt die Augenbrauen.

»Heißt das, ich kann mein Postauto wiederhaben? Es steht immer noch in eurer Einfahrt.«

Ich lache und küsse ihn wieder.

»Klar. Betrachte die Karre nicht länger als Geisel.« Ich halte inne, meine Wangen stehen in Flammen. »Also, machen wir das? Ich und du? So richtig? Wie … eine Beziehung?«

»Sieht so aus.« Er stupst mich mit seiner Nase an. »Stell dich darauf ein, bei Ikea über Besteck zu streiten und in der Badewanne zu weinen, Mercy Valentine. Ich für meinen Teil bin schon sehr gespannt.«

Ich halte ihm meine Hände hin, mit offenen Handflächen.

Er nimmt sie beide.
»Ich bin auch gespannt«, gestehe ich ihm.
»Schnipp.« Er lächelt.
Ich lächle zurück und küsse ihn sehr fest. »Schnapp.«

71

Acht Jahre zuvor

Das Festzelt leert sich.

Einer nach dem anderen verlassen unsere glamourösen Gäste die Jubiläumsparty, während bereits die Reinigungskräfte herbeieilen, staubsaugen, die Tische zusammenklappen, Flaschen und Getränkereste aufsammeln.

Natürlich wurden wir schon vor Stunden ins Bett geschickt.

Aber dazu ist es nicht gekommen, und so sitzen wir jetzt alle im Schlafanzug auf der geschwungenen Mahagonitreppe und beobachten durch die Buntglasfenster, wie Bentleys, Land Rovers und Jaguars die Auffahrt hinunterrollen. Max hockt auf der obersten Stufe, die Ellbogen auf die dünnen Knie gestützt, die flauschige Faith lümmelt auf der zweiten, darunter sitzen Charity und ich eng beieinander und schließlich Hope, deren Kopf immer wieder nach unten sinkt, obwohl sie sich nach Kräften bemüht, wach zu bleiben.

»Komm schon, Pudel«, flüstert Eff. »Ich glaube, die Party ist vorbei.«

Hope reißt sofort die Augen auf. »Nein! Ich bin nicht müde! Ich gönne meinen Augenlidern nur eine kurze Pause!«

Wir lachen alle.

»Oooh«, sagt Max und wird plötzlich munter. »Wenn ich

mich beeile, könnte ich noch Kuchen stibitzen, bevor das Buffet komplett weggeräumt ist.«

»Ich komme mit«, sagt Faith gähnend und steht auf. »Vielleicht kann ich ein paar Blumen retten.«

»Gut, wenn ihr alle geht«, sagt Tee und springt ebenfalls auf, »dann gehe ich auch.«

»Und ich!« Hope kämpft sich auf die Beine. »Kann mich jemand tragen?«

»Ich dachte, du wärst nicht müde?« Max lacht.

»Ich bin nicht *müde*«, stellt Pudel entrüstet klar. »Ich bin kostbar und faul. Das ist ein Unterschied.«

»Du kommst natürlich auch mit, Meerhexe«, sagt Charity, und ihre Zähne blitzen auf. »Zweier-Armee, du erinnerst dich?«

»Drei.« Eff lacht.

»Vier.« Max grinst.

»Fünf!« Hope quiekt.

Lachend rennen wir die Treppe hinunter, an Schlaf ist nicht mehr zu denken.

Da bleibt Max abrupt stehen.

Wir anderen prallen gegen seinen Rücken und werfen uns dabei fast gegenseitig um. Neugierig schaue ich über Charitys Schulter und sehe Mum und Dad. Elegant stehen sie in der kerzenbeleuchteten Halle, in den Händen Teller, auf denen sich Köstlichkeiten türmen.

»Sechs«, sagt Dad und zieht die Augenbrauen hoch.

»Sieben.« Mum schmunzelt. »Ich würde sagen, wir sind eine stattliche Truppe.«

Die beiden blicken zu uns hoch, ihre Gesichter sind weich und warm.

»Hier.« Mum hält mir einen Teller mit Windbeuteln hin, den mir mein Bruder vor der Nase wegschnappt. »*Irgendetwas* sagte mir, dass ihr nicht wie geplant im Bett seid.«

»Hey«, sagt Dad lachend und hält uns ebenfalls seine zwei Teller hin. »Ich finde, unser Nachwuchsensemble hat eine kleine Belohnung verdient. Es war eine große Premiere heute Abend. Das Krimistück …«

»Ist richtig gut, nicht wahr?« Charity wirft sich in die Brust. »Mercy hat es geschrieben.«

»Und ich habe –«, kräht Pudel los, fängt dann aber an zu gähnen.

»*Regie geführt*, wollte sie sagen«, erklärt Eff und gibt ihr einen sanften Kuss auf den Kopf.

»Es war *wundervoll*«, sagt Mum. Sie nimmt Hope in den Arm und hebt sie hoch. »Das beste Geschenk zum Jahrestag, das wir je bekommen haben. Danke, meine Lieblinge. Ich glaube, jetzt ist es an der Zeit, meine Valentines ins Bett zu bringen.«

Langsam geht sie die Treppe hinauf, Hopes Lockenkopf wippt auf ihrer Schulter. Dad legt seinen Arm um Charity und führt sie ebenfalls hinauf. Immer noch gierig kauend folgt Max; Eff schnappt sich schnell ein paar Lilien aus einer Vase und schwebt hinter ihnen die Stufen hinauf.

Ich stehe in der Halle und habe einen dicken Kloß im Hals.

»Mercy?«, sagt Mum. Alle drehen sich um und sehen mich an. »Kommst du?«

Und als ich in ihre strahlenden, schönen Gesichter blicke – der Menschen, die ich am meisten auf der Welt liebe –, möchte ich diesen Moment wie einen Vogel fangen und in meinen Händen halten.

»Ja«, sage ich und folge ihnen die Treppe hinauf. »Wartet auf mich.«

72

Vier Monate später

»Sind alle bereit?«

Ich schaue mich nach allen um, die sich im Kinoraum versammelt haben.

Faith und Scarlett sitzen zusammen auf einem der Zweiersofas, sie halten sich an den Händen und tauschen lächelnd Blicke aus, wenn sie denken, dass niemand hinsieht. Mum hat sich elegant auf die Kante einer Lederliege niedergelassen, ein goldenes Champagnerglas in der Hand. Sie hat ein wenig zugenommen und sieht wieder rosig und kurvig aus und erhellt den Raum mit ihrem berühmten Megawattlächeln.

Mum zwinkert Dad zu, und der grinst liebevoll zurück.

Dann drückt er Ruths Schulter, als die sich nach vorne beugt und etwas zu Grandma sagt. Ich weiß nicht, was es ist, aber es bringt Grandma dazu, laut zu lachen und ihren Mund mit der Hand zu bedecken.

Hope und Ben haben es geschafft, sich beide in einen gemütlichen Sessel zu quetschen, Pudels Lockenkopf lehnt an Bens Schulter, während er vor Stolz zu platzen scheint. Maggie betrachtet die beiden zärtlich aus der hinteren Ecke, wo sie leise Popcorn in Schalen füllt.

Max steht vor dem großen Bildschirm und rückt seinen silbernen Zylinder zurecht.

»Ich sagte«, wiederholt er etwas lauter und zieht die Augenbrauen hoch, »SIND ALLE BEREIT?«

»Oh!« Mum nickt schnell. »Entschuldige, Liebling. Ich dachte, die Frage sei rhetorisch.«

»Dann lasst uns loslegen!« Dad klatscht in seine großen Hände. »Wir zappeln alle schon am Haken!«

»Genauer gesagt ist es ein *Spannhaken*, Dad«, wirft Hope mit einem tiefen Seufzer ein. »Ich habe in der Schule gelernt, dass ein Spannhaken ein spitzer Hakennagel ist, mit dem man Stoff an einem Zelt befestigt und damit straff zieht.«

Wir schauen sie alle schockiert an.

»Verflixt«, haucht Max. »Bildung, wer hätte das gedacht?«

»Daaaher«, fügt Pudel hinzu und kostet den Moment ihres Triumphs aus, »benutzen wir diesen Ausdruck, weil er einem das Gefühl von Zeltabenteuer vermittelt.«

Jetzt lachen alle.

»Tolle Überleitung.« Eff greift hinüber und kneift Hope leicht in die Wange. »Gut gemacht, Kleines.«

Unsere kleine Schwester bläht ihre Brust auf wie ein Rotkehlchen.

»Das ist jetzt live?« Ruth deutet auf den Bildschirm, nimmt sich Popcorn und steckt es manierlich in den Mund. »Wir sehen es zusammen mit der ganzen Welt?«

Max schaut auf seine Uhr und murrt: »Nicht wenn nicht alle pünktlich auftauchen, dann nicht.«

Alle Blicke richten sich auf mich.

»Hey!« Ich zucke mit den Schultern und strecke die Arme

aus. »*Ich* bin hier. Ich kann nicht für die Verspätung anderer Leute verantwortlich gemacht werden.«

In diesem Moment fliegt die Tür mit einem Knall auf.

»Entschuldigung!« Finn stürmt herein, eine riesige Schachtel Pralinen unter dem Arm. »Nach langer Suche fand ich die Schachtel unter einem Stapel von Mercys schmutziger Wäsche. Ich frage mich, warum ich nicht sofort dort nachgesehen habe.«

Ich grinse meinen sexy Freund an.

Ja, ich weiß. Wir sind immer noch sehr zusammen und sehr verliebt.

Vier Monate, und es werden immer mehr – wer hätte das gedacht?

»Sie ist nicht *schmutzig*«, murmle ich und rutsche rüber, damit Finn sich neben mich setzen kann. »Es wird nur ein bisschen heiß und stickig unter den Studiolichtern, das ist alles.«

Er legt seinen langen Arm um meine Schulter. »Das ist Unsinn, Mer. Am Set trägst du ein Kostüm.«

»Der Gestank und das Make-up färben auch auf meine normale Kleidung ab.« Ich gebe ihm einen leichten Klaps. »Warum bist du so?«

»Warum bist *du* so?«

»Ich habe zuerst gefragt.«

»Keine Ahnung. Zu viel Zeit mit dir?«

Wir grinsen und küssen uns abwechselnd.

Nachdem ich meinen Stolz heruntergeschluckt habe und zu jedem einzelnen Vorsprechen gegangen bin, bei dem Persephone mich angemeldet hat, habe ich schließlich (okay, ziemlich schnell) die Hauptrolle in einem britischen Historienfilm bekommen. Ich habe mir den Arsch aufgerissen – lange Arbeitszeiten, späte Nächte –, und als sich die Gelegenheit ergab und sie einen Kulissenbauer suchten, habe ich Finn den Vorschlag unterbreitet.

Jetzt arbeiten wir wieder zusammen, meine Karriere ist wieder auf Kurs, er hat eine neue Wohnung gefunden und …

Sagen wir einfach, es ist gut. Es ist wirklich, wirklich *gut.*

»*Ekelhaft.*« Lachend bewirft Scarlett uns mit Popcorn. »Sind wir hier, um den neuesten TV-Hit zu sehen, oder was?«

Finn und ich lösen uns voneinander, lachend und mit glühenden Wangen.

»Klar sind wir das.« Max klickt aufgeregt mit der Fernbedienung, bis der Bildschirm aufleuchtet. »Okay, jetzt kommt die Werbepause. Habt ihr alle eure sozialen Medien aktiviert? Ich brauche die *volle Familienpublicity*, bitte. Damit meine ich alle. Dich eingeschlossen, Grandma.«

»Auf keinen Fall«, sagt sie trocken, während alle gehorsam zu ihren Handys greifen. »Irgendwo muss die Grenze ja gezogen werden.«

Dann sieht sie mich an.

»Obwohl ich *vielleicht* ein bisschen twittere, wenn Mercy ihren ersten großen Preis bekommt«, fügt sie mit einem stolzen Lächeln hinzu. »Nach allem, was ich gehört habe, ist das sehr wahrscheinlich.«

Ich lächle sie an und senke dann verlegen den Kopf, während Finn meine Hand hebt und meinen verheilten Fingerknöchel küsst.

»Es geht los!« Hope deutet auf den Bildschirm, wo der letzte Werbesport zu Ende geht. »Schaut, schaut!«

Mit übervollem Herzen sehe ich mich im Raum um.

Dann stehe ich spontan auf.

»Auf Charity«, sage ich laut und deutlich und halte meinen Orangensaft hoch.

Alle heben ihre Getränke.

»Auf Charity«, sagt meine Familie gleichzeitig, und alle lächeln. Als der Raum heller wird, als die Schatten und die Dunkelheit verschwinden, sehe ich das Spiegelbild eines Mädchens auf dem gerahmten Filmplakat an der Wand neben mir: dunkle Haare, dunkle Augen, ein Gesicht voller Stolz und Glück.

Sie lächelt.

Mit einem Knistern erwacht der Bildschirm zum Leben.

In goldenen Buchstaben, die sich um ein rosa Herz winden, steht da schlicht:

Die Valentines

Danksagungen

2020 war ein seltsames Jahr.

Niemand hat eine weltweite Pandemie kommen sehen, und da ich buchstäblich von anderen Menschen abgeschottet war, konnte ich Mercys Isolation sehr gut nachfühlen: In vielerlei Hinsicht ist dies ein Buch der Hoffnung und der Stärke, das nur im Jahr 2020 entstehen konnte.

In diesem Sinne bin ich unendlich dankbar für diejenigen, die immer wieder meine Einsamkeit durchbrochen haben, um mich zurück ins Licht zu ziehen. *Pazifisch* (wie Hope sagen würde) Kate Shaw, meine unerschütterliche Agentin und Fürsprecherin, die ein Leuchtfeuer der Ermutigung, Zuneigung und Unterstützung bleibt, und Lizzie Clifford, meine geniale Lektorin, mit der ich seit einem ganzen Jahrzehnt zusammenarbeite und die immer zur Stelle ist, wenn ich sie brauche: um zu entwirren, zu glätten, umzulenken und zu befeuern. Meinen beiden literarischen Felsen kann ich nicht genug danken.

Gewidmet ist dieses abschließende Buch jedoch meiner Schwester Tara.

Die Valentines-Serie ist vor allem eine Liebesgeschichte für Schwestern. Die drei Bücher sind so konzipiert, dass sie zusammen wie ein Puzzle funktionieren: eine Erkundung der komplexen, intensiven Beziehung zwischen Geschwistern.

Meine kleine Schwester ist sowohl meine beste Freundin als auch die Person, mit der ich am häufigsten streite: Sie ist die Person, die ich zuerst anrufe, wenn ich weine, wenn ich gute Nachrichten habe, wenn ich überwältigt bin. Wir sind eine Zweier-Armee (dank des Songs *Army of two* der großartigen Nuller-Jahre-Band *The DumDums*). Sie hat mich geformt, und ich habe sie geformt: Wir sind die Menschen, die wir durch die andere geworden sind. Und natürlich war es meine Schwester, die mir während des Lockdowns beigestanden und mich über Wasser gehalten hat. Wenn 2020 irgendetwas Gutes bewirkt hat, dann dass es mich der klugen, starken, mutigen Person nähergebracht hat, die ich auf der Welt am meisten schätze.

Also, Tara: Danke. Und ja, bei ruhigem oder stürmischem Wetter.

Ich möchte mich auch bei meinem brillanten und engagierten Team bei HarperCollins bedanken, das – obwohl es aus der Ferne wirkte – ebenfalls dazu beitrug, dieses Buch zum Leben zu erwecken. Ann-Janine Murtagh, Charlie Redmayne, Nick Lake, Samantha Stewart, Michelle Misra, Jess Dean, Laure Gysemans, Mary O'Riordan, Elorine Grant, Kate Clarke, Elisa Offord, Beth Maher, Alex Cowan, Geraldine Stroud, Jo-Anna Parkinson, Louise Sheridan, Sam White, Robert Smith, Carla Alonzi, Sarah Mitchell und Aisling Smith. Ich kann es kaum erwarten, bald mit euch allen persönlich zu feiern.

Vor dem ersten Lockdown hatte ich das Glück, einen Tag backstage im Globe Theatre mit der Royal Shakespeare

Company verbringen zu dürfen. Für mich, der graduierten Shakespeare-Enthusiastin, wurde damit ein Traum Wirklichkeit, nicht zuletzt weil dieses Erlebnis mir half, Mercys (und meine) Leidenschaft zum Leben zu erwecken. Ein großes Dankeschön an die RSC, die mir und meiner fiktionalen, brillanten Schauspielerin die Erfüllung eines lebenslangen Wunsches ermöglicht hat.

An meine Familie: Ich habe euch in diesem Jahr sehr vermisst. Mum und Dad, ihr verblüfft mich immer wieder mit eurer Großzügigkeit, eurer Liebe, eurem untrüglichen Feingefühl und eurem Sinn für Humor. Autumn, du entwickelst dich zu einem kleinen Mädchen, das genauso unabhängig und strahlend ist wie deine Mum, ich bin so stolz auf dich. Granddad, ich habe so ein Glück, einen Gentleman wie dich (keinen Edelmann!) in meinem Leben zu haben. An alle anderen meiner Familie: Zero, Ghost, Caro, Louise, Adrien, Vincent, Vero, Charlie, Simon, Ellen, Freya, Robin, Lorraine, Romayne, Dixie, Grandma und Judith. Dieses Jahr hat mich gelehrt, wie sehr ich euch liebe - und wie sehr ich euch alle umarmen möchte, wenn es vorbei ist.

Zu guter Letzt, an meine Leser: Das vergangene Jahr hat uns allen gezeigt, wie herzlich, wie positiv und wie stark wir sind: gemeinsam und allein. Danke, dass ihr mich auf dieser letzten Valentine-Reise begleitet. Ihr seid – und wart schon immer – der Grund, warum ich schreibe.

Mit Liebe und Hoffnung für die Zukunft und für immer,

Holly xxx

Alle Bände von Holly Smale

Habe ich		*Wünsche ich mir*
	›Die Valentines – verdammt berühmt‹ Happy Girl (Band 1)	
	›Die Valentines – verdammt berühmt‹ Perfect Girl (Band 2)	
	›Die Valentines – verdammt berühmt‹ Rebel Girl (Band 3)	

Deine Wunschliste bitte hier ausschneiden.